유녀전기

In omnia paratus

〔8〕

카를로 젠

Carlo Zen

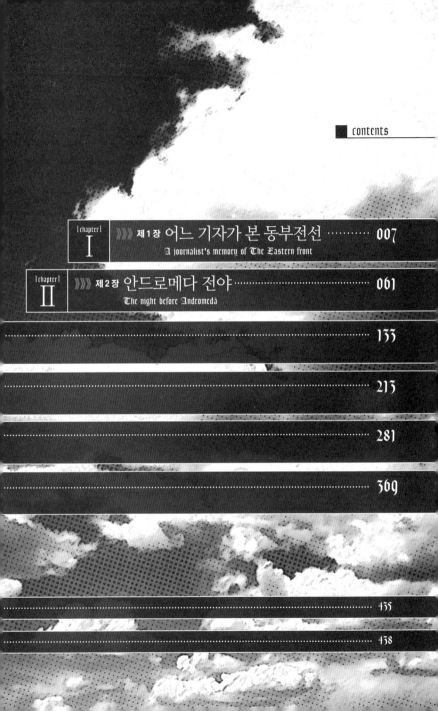

■ contents

상관도

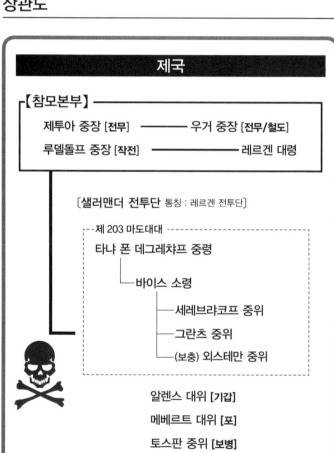

제국

【참모본부】

제투아 중장 [전무] ──────── 우거 중장 [전무/철도]

루델돌프 중장 [작전] ──────────── 레르겐 대령

〔샐러맨더 전투단 통칭 : 레르겐 전투단〕

제 203 마도대대

타냐 폰 데그레챠프 중령

└── 바이스 소령

├── 세레브랴코프 중위

├── 그란츠 중위

└── (보충) 외스테만 중위

알렌스 대위 [기갑]

메베르트 대위 [표]

토스판 중위 [보병]

연방

서기장 (아주 착한 사람)

로리야 (아주 착한 사람)

┌【다국적 부대】────────────────

미켈 대령 [**연방 – 지휘관**] ────── 타네치카 중위 [**정치장교**]

드레이크 중령 [**연합왕국 – 차석**] ──────────── 수 중위

이르도아 왕국

가스만 대장 [**군정**] ──────────── 칼란드로 대령 [**정보**]

자유공화국

드 루고 사령관 [**자유공화국 주석**]

어느 기자가 본 동부전선

A journalist's memory of The Eastern front

레르겐 전투단? ……옛날에 본 적이 있지요.

앤드류 WTN 특파기자

대전 후 / 론디니움에서

대략 [작전], [전투], [회전], [결전]이라는 단어는 격전이 벌어졌다는 듯한 환상을 느끼게 하는 최고의 말이다. 그야 실제로 전투행위가 있었겠지.

하지만 사실 동부전선에서 양군을 갉아먹는 진짜 요소는 완만한 출혈이었다.

주요 작전행동도 없는 광대한 영역에서 이루어지는 자잘한 충돌이야말로 종군장병들로 하여금 [그 동부]라고 말하게 했다.

라인 전선과 같다. 과거 라인 전선도 [라인 전선 이상 없음]이라는 한 문장 뒤에 대량의 주검이 쓰러져 있지 않았던가.

역사책에 실리지 않는, 혹은 조명되는 일조차 드문 비주류 전선. 하지만 그곳에서도 역사가 수놓이고, 역사의 희생자가 말없이 잠들어 있다.

나의 이름은 앤드류.

사람들이 말하지 않는 전장을 방문했었던 종군기자 중 한 명이다.

회상록 삼아서 펜을 쥘 생각이었는데, 서론이 꽤나 길어졌다. 다소 감정적이 된 걸지도 모르겠다.

어쩌면 정반대로 이것을 말하는 것으로 나는 과거의 기억에서 도망치고 싶은 걸까?

도피하고 싶다는 마음은 없지만, 그 시대를 경험하고 돌아왔을 뒤로 애송이가 완전히 세상에 닳아버린 망할 녀석이 됐으니까…… 뭐, 잿빛 추억이란 사실은 틀림없겠지.

아무튼 나는 목격자였다.

양식이 있고 통찰력이 풍부한 관찰자였을지는 자신이 없다. 솔직히 고백하자면 눈앞의 일조차도 똑똑히 기억하지 못한다. 그뿐만 아니라 당시의 나는 연방의 정세조차도 거의 인식할 수 없는 풋내기였다.

하지만 어쩌다 얻은 인연으로 나는 WTN의 특파기자로서 연방, 연합왕국이 합동으로 설치한 다국적 부대(당시에는 그런 [우호적인 것]을 연방과 연합왕국이 만들기도 했다. 양국의 수뇌가 서로를 끔찍한 이데올로기의 악마라고 욕하는 게 아니라 아름다운 전우라고 칭송하기도 했다는 사실을 젊은 독자 여러분은 아시는지?)에 종군기자로서 참가할 수 있었다.

젊은 내가 그런 기회를 얻게 된 이유는, 역설적으로 내가 젊었기 때문이겠지.

연방 당국의 눈총을 받지 않은 저널리스트 중에서도 아무튼 무지한 애송이였기 때문에 그들이 받아들여 준 것일지도 모른다.

실제로 대부분의 종군기자는 나와 비슷한 또래였다. 꽤나 광신적인, 아, 이거 실례, 열렬한 공산주의 성향의 기자가 아니라면 나이든 기자는 지극히 드물었다고 기억한다.

덕분에 오랫동안 알고 지낼 동료가 생겼다고 감사해야 할지도 모르겠다.

하지만 그것들은 여담이다. 아무래도 나이를 먹으면 이야기가 산만해지는 모양이다. 추억이 너무 많은 거겠지.

추억, 그래, 추억이다.

내 안에서 [바다사자 공세]라고 하는 일련의 작전은 제국군이 행한 안드로메다 작전과 같은 시기에 있었다. 망령이라 일컬어지는 [레르겐 전투단]으로 보이는 무리를 목격한 적도 있다. 그것을 알았을 때에는 꽤나 귀찮은 적이 눈앞에 전개한다면서 씁쓸한 기사를 썼다가 멋지게 검열에 걸려버렸다.

그 시대, 연방군과 연합왕국군의 다국적 부대인 탓도 있어서 검열관은 꽤나 고생하지 않았을까? 쓰게 하고 싶은 것, 쓰게 해서는 안 되는 게 너무나도 뒤죽박죽이었으니까 어쩔 수 없겠지.

신문을 올바르게 읽는 법을 배우기에 좋은 교재가 만들어졌다고 생각한다.

젊은이에게는 그 시기의 신문을 역사책 옆에 두고 읽어보는 것을 추천하고 싶다. 정말이지, 역사책의 기록과 신문지면에 실린 이야기의 괴리란!

현실에서 일어난 일을 읽을 생각이었는데 월면 탐사 기사라도 읽고 있는 듯한 기분이 들겠지. 어떠한 진실을 찾고 싶다면 행간을 읽을 수밖에 없다고 한 우리의 헛소리에도 일리가 있다고 이해해 준다면 고맙겠다.

하지만 전부 숨길 수 없는 진실이란 것이 지면에서 슬쩍 얼굴을 내미는 일도 있다.

나 자신도 [무시무시한 제투아]란 단어를 동부에서 알았는데, 그건, 그 장군은 분명히…… 정말로 무시무시한 장군이었다.

지금도 그 인물의 모든 것을 똑똑히 말할 수 있는 인간은 없지만, 당시 동부전선에 있던 한 명의 연합왕국인으로서 말해 보자면 실로 단순하다.

그 녀석을, 그 극약을 동부전선으로 좌천한 제국군 참모본부에게 저주 있으라.

전체적으로 보자면 제국군에 흉사가 됐을지도 모른다. 연합왕국의 일원으로서는 축하할 일이겠지. 하지만 나는 그때 동부에 있었다. 부분적인 시점으로 보자면 우리의 앞에 [그] 제투아 장군이 버티고 선 것이다.

정말이지 최악이라는 말로 형용할 수밖에 없다.

종군 저널리스트로서 말하자면, 그래 정말 멋지다. 기삿거리는 부족함 없었다. 스쿠프를 찾기에 가장 좋고, 종국에는 너무나도 많은 죽음이 일상이 되어버렸다.

우리 특파원은 멋진 기사를 썼다고 칭송받았지만…… 분명히 미쳐버린 시대였으리라. 시체가 차곡차곡 쌓이는 [철도선]의 마술사를 상대로 광대한 동부전선에서 싸우는 우리 동포와 연합의 전우를 [특집]으로 다루고, 본국 사람들은 그 싸움을 보고 가슴이 뛰었다.

아무리 생각해도 역시 뭔가 이상한 시대였다.

그러니까 알고 싶다.

단죄도, 규탄도, 나아가서 복수도 안중에 없다.

그저 알고 싶다.

"어떻습니까, 드레이크 장군님. 이번 초고입니다만."

"……자네 회상록이니 자네 마음대로 쓰면 되지 않겠나? 오래된 우정으로 보여 준 건 고맙네. 하지만 나 개인으로서는…… 검열하라는 말인가? 빨갱이에게나 부탁하게나."

내 수기라고 해야 할 물건의 초고. 하지만 시간을 할애하여 일부러 카페의 테이블 위에서 꼼꼼하게 읽어준 노신사의 반응은 밋밋했다.

무관심, 냉담.

무심코 나는 머리를 싸쥐고 싶어졌다. 예상은 했지만 너무나도 예상대로라고 할까, 예상 이상의 완고함이었다.

제1관문에서 이러면 정말 앞날이 훤하다.

"쌀쌀맞군요. 공통된 추억으로 이야기꽃을 피워보면 어떨까요? 이것도 노인 클럽에서는 보편적인 즐거움일 텐데요."

"꽤나 흥미로운 의견이군. 고맙다, 앤드류."

흥미롭단 말이지. 나는 그 말에 다시금 긴장하였다.

식민지 사람들의 말이라면 몰라도 본국 사람이 차를 한 손에 들고 [흥미롭다]고 말하는 것은 [너 바보냐?]라는 강렬한 야유다.

"그래도 말이지, 나는 현역의 마음을 잃지 않으려고 해. 그렇게 보였다면야 조금 실망했다는 심정을 부정할 수 없지. 자네의 제안은 우리의 기골과 기력이 시든 뒤에 다시금 검토해 보지 않겠나?"

우리 존불의 정신 같은 말을 내뱉으면서 드레이크 장군은 은근슬쩍 찻잔으로 손을 뻗었다. 예전부터 변함없는 메시지. 즉, 더는 말할 생각이 없는 거겠지.

좋다 싶어서 나는 각오했다.

취재 대상의 입은 굳게 닫혔다. 어용 언론인과 본직 언론인의 차이를 보여 주어야겠지.

"최근 나이를 먹어서 말이죠. 아무래도 깜빡깜빡하는 게 많아서."

"어이어이, 앤드류. 자네는 나보다 젊을 텐데."

퇴역이 눈앞으로 다가온 나이의 군인임에도 몸에 철심이라도 박힌 것처럼 등이 꼿꼿한 장군의 말에 나는 무심코 쓴웃음을 지었다.

나이로는 분명히 그렇다고 끄덕이면서도, 육체 연령이란 말이 내 머리를 스쳤다. 젊었을 적에는 힘든 일도 버텼던 몸도 나이를 먹으면 마일드해진다.

"그렇다면 장군님도 조금은 노인다워지시지요. 옛 친분을 생각해서 조금만 부탁합니다. 약한 모습 좀 보여주시지 않겠습니까?"

솔직히 아직 쌩쌩한 장군이 부럽다.

대전에서 살아남은 항공마도사관은 과도한 마도 사용으로 일찍 죽든가, 묘하게 장수한다고 들었는데…… 드레이크 장군은 오래 사는 쪽이겠지.

하하핫 소리 내어 쾌활하게 웃는 그의 모습을 보면 쇠약이라는 단어와 관계없는 것도 일목요연하다.

"약한 모습? 좋아, 그렇다면 아껴 둔 이야기를 좀 해 보실까. 그건 아직 젊은 해병마도사관이었던 내가 당시의 연인에게 전보를 보냈을 때의 이야기인데……."

"실례입니다만, 장군님. 제가 여쭙고 싶은 것은 동부 시대입니다만."

한순간 불쾌한 듯이 눈썹을 찌푸리는 모습을 보인 끝에 드레이크 장군은 깊이 한숨을 흘렸다. 지극히 당연한 모습이다. 말허리를 잘려서 기분이 상한…… 것처럼 보이지만, 본심은 어떨까?

이거 일이 재미있어졌다. 나는 그런 직감이 들었다.

"……앤드류, 결국 그건가."

"뭐, 그렇습니다."

"무슨 이야기를 듣고 싶은 거지?"

나는 쓴웃음을 섞어서 고백했다.

"그게 말이죠, 당시의 저로는 알 수 없었던 사실을 후세에 전할까 싶어서 말입니다."

보았다.

들었다.

그리고 이해하지 않았다.

동세대와 마주 앉은 것과 이해했다는 것이 반드시 이콜이 아니라는 현실이 슬프다.

"자네도 꽤나 끈질긴 남자군."

"저널리스트 정신이란 것입니다."

"정신인가. 그럼 어쩔 수 없지. 좋아."

드레이크 장군은 어깨를 으쓱이더니 우아한 동작으로 샌드위치를 입에 넣었다. 묘한 부분에서 좋은 교육을 받았다는 느낌이 드는 것은 예나 지금이나 변함없다.

"어쩔 수 없다는 말에 기대 좀 해도 되겠습니까? 동부에서 하버그램 각하의 역할과 미스터 존슨의 이야기, 오늘이야말로 들을 수 있으면 좋겠습니다만."

"미안하지만 나는 모르는 일일세."

나는 옆에서 한마디 끼워 넣었다.

"대단히 실례인 줄 압니다만, 장군님의 해병마도부대 말입니다. 정보부의 특수작전에 비밀리에 종사했다는 기록이 있습니다만? 어디까지나 방증입니다만, 몇몇 연구자가 최근 조사한 바로는 그런 활동이 있었음을 강하게 시사하고 있습니다. 애초에 저희는 연합령에서 처음 얼굴을 마주쳤을 텐데요."

"자네가 무슨 소리를 하는지 나는 전혀 모르겠군. 보다시피 나는 학교를 싫어하는 편인데? 학자 선생님이 뭐라고 쓰는지 전혀 상상도 안 가."

난처해하는 목소리를 믿는 것은 이류이거나 풋내기. 애초에 드레이크 장군이 학교를 싫어한다는 소리가 새빨간 거짓말이란 것을 나는 알고 있다.

"요새의 철저한 사관 교육 커리큘럼을 정비한 제1인자 중 한 분이 학교를 싫어하다니! 밑에서 구르는 후보생들에게 들려주고 싶은 말이로군요."

"하라고 명령한다면 임무를 수행할 뿐이지. 좋아서 교육 임무에 종사한 건 아닌데."

"……들었던 이야기와는 많이 다르군요. 본론에서 벗어난 이야기를 다시 되돌릴까요. 동부에서 한 특수공작 작전에 대해 말해 주시지요."

"당시 계급을 기억해 줄 수 있을까? 동부에서 만났을 때,

나는 일개 중령에 불과했는데? 뭘 안단 말인가?"

시치미 떼려는 모습은 역시나 과거의 모습을 방불케 한다. 정갈한 해병마도장교의 저의를 잘못 읽은 젊은 저널리스트가 여럿 나온 것도 당연하겠지.

하지만 이제 다시는 같은 실수를 저지르지 않기로 했다.

"일개 중령님, 예, 저는 그 설명을 믿은, 풋내 나는 젊은 기자였습니다. 그립군요. 지금도 때때로 떠오릅니다."

"그립단 말인가. ……동부에서 함께 있었던 인간이 그렇게 말하니 감개 깊군."

"감개 깊다는 의미로는 역시 미켈 대령님도 그립군요."

한순간 복잡한 감정을 언뜻 보였지만, 역시나 드레이크 장군의 철면피는 완고하기 그지없는 모양이다. 내 한마디에 쓴웃음 섞어 끄덕이자마자 슬쩍 화제를 바꾸었다.

"……그리운 이름을 들었군. 자네도 못된 남자야. 연방인을 전우라고 부른 시대가 환상이 아니라는 산 증인이 바로 우리니까."

"살아 있는 동안에 남기지 않겠습니까?"

"이야기를 말인가? 모르는 걸 어떻게 말하나. 하지만, 아, 자네, 담배 좀 피워도 될까?"

"마음껏 피우시죠."

시가의 진한 향기를 피우면서 그는 쓴웃음을 보였다.

"……앤드류, 분명히 그건 신기한 시대였어."

"……하아, 도착했군."

나는 절절한 심정으로 중얼거렸다. 라인 전선 취재로 이름을 날린 WTN의 에이스 기자 앤드류라는 딱지는 연방에 들어가는 데에 너무나도 미덥지 않고 부족하다.

오히려 방해되지 않았다는 사실이 놀랍다. 제국과의 전쟁이 발발하기 이전에 공산당 기관지는 [어리석고 고집스러운 반동주의자의 소굴]이라며 우리 조국을 욕하였다.

그런 자본주의 국가의 저널리스트를 다스 단위로 받아들이는 계획이 좌초하지 않은 것은 신의 은총이겠지.

정치라는 괴물이 낳은 비틀린 결과가 기적이 되어 지상에 내려왔다.

어제의 적은 오늘의 친구. 공산주의자와 자본주의 해군이 합동으로 제국에 심술을 부리는 기이한 동맹의 결과로서, 불구대천이라며 서로 으르렁대던 공산주의 국가와 자본주의 국가는 공통된 적과 싸우는 전우라는 껍질을 뒤집어썼다.

껍질 하나. 그 차이는 매우 희박하지만, 그것가 여태까지 불가능하던 것을 간단히 돌파하는 계기가 되면서 연방-연합왕국의 관계는 극적으로 개선되기 시작했다. 그 일환으로 연방 공산당은 한정적이긴 하지만 파견된 연합왕국군 부대와 동반으로 종군기자단 수용을 허락했다.

원래 극단적일 정도로 외부의 취재를 제한하던 연방이다. 기적이 아니면 이런 이야기가 실현될 수 없었겠지.

일찍이 없던 기회다. 한정된 자리를 놓고 모두가 다투었고, 그 자리에는 자기가 어울린다고 자부하는 베테랑들이 치열한 줄다리기를 벌였다. 실적의 어필, 연방 공용어 습득 실적의 강조, 또한 역사적인 식견의 과시. 하나같이 하루아침에 익힐 수 없는 것이고, 벼락치기로 익힌 풋내기가 나서기에는 힘든 경쟁 상대였다.

나조차도 라인 전선에서 종군기자로서 경험을 쌓았다고 해도 WTN기자 중에는 젊은 축이다. 선배들을 상대로 겨루기는 힘들다고 스스로를 객관시할 정도로는 냉정했다.

내가 낙찰됐다고 상사가 말했을 때, 솔직히 선발 이유가 아주 미심쩍었을 정도로 의외였다.

하지만 딱히 상사가 나를 다른 선배보다 높이 평가한 건 아닌 듯하다는 사실을 연방행 배에 탄 순간 이해하였다.

왜 WTN에서는 나일까? 대답은 지극히 단순했다. 나이, 혹은 경험 부족에서 답을 찾을 수밖에 없다.

말할 나위도 없이 직접 보면 안다. 소수의 예외를 빼면 연방이 받아들이기로 인정한 기자단은 각지의 신참들로만 구성됐다.

내친김에 말하자면 이 업계는 좁다. 오른쪽으로든 왼쪽으로든 극단적인 인간의 이름 정도는 소문이 나돈다.

소수의 예외가 편중된 것을 보면 연방의 의도는 어린애라도 간단히 느낄 수 있겠지. 멤버 리스트만으로도 충분하다. 업계 사람이라면 무명의 젊은이가 과반수를 차지하고, 나머지는 빨갱이 신봉자인 베테랑으로 구성된 삐딱한 집단이라고 순식간에 파악할 게 틀림없다.

그렇다고 해도 젊은 저널리스트들은 부족한 경험을 열의로 보충할 수 있다면서 기회를 얻었다는 사실에 의욕이 넘쳤다. 그렇게 그들은 연방 영토에 발을 내디딘 순간부터 보고 들은 것을 과감하게 본사로 보내기 시작했다. 있는 그대로 말하자면, 명성과 실적을 탐내는 탐욕스러운 저널리스트 후보생들이 특종에 심각하게 굶주려서 전선으로 달려간 행위이기도 했다.

물론 나름대로 교육을 받았고 겉으로는 차분했지만…… 내가 해내겠다 같은 공명심이 전혀 없는 인간은 동부까지 달려오지도 않겠지.

나도 이름 좀 떨치겠다는 마음을 가지고 있었다.

내게 할당된 숙사 주변을 주욱 돌아보고 주위 지형을 머릿속에 입력하는 등, 라인 전선에서 배운 몇 가지 [안전책]을 취하는 동안에 확실히 부대의 분위기도 파악했다.

전체적인 첫걸음은 아무래도 실패가 많았다.

[고향 이야기]를 꺼내면 입이 가벼워지는 경향이 있지만, 순수한 해병마도사들은 중요한 정보를 하나도 말하지 않았다. 옛 협상연합 출신 의용마도부대에 취재를 시도하면 연방 공산당의 정치장교가 과감하게 가로막는 판국. 일단 접촉해 본 감으로는, 전체적으로 유의미한 정보를 얻어내기가 몹시 어렵다는 실감이 들었다.

그렇다고 해도 론디니움에 당국의 공식 발표만 보내선 공짜 밥만 먹는 꼴이다. 빈손으로 돌아가려면 각오가 필요하다. 일단 내 책상이 사라져 있겠지.

인간은 필요에 내몰리면 잔꾀도 떠오르는 법. 목표는 연합왕국군, 연방 파견부대 지휘관, 드레이크 중령의 취재.

주변 지형을 기억할 때 높으신 분이 좋아하는 장소를 꼼꼼하게 파악해 둔 나는 보온병에 차를 준비하고 주둔지를 털레털레 산책하는 척하면서 목적하던 인물을 찾았다.

우연을 가장하여 나는 보온병을 꺼내면서 말을 붙였다.

"드레이크 중령님이지요? 이런 곳에서 만나다니 우연이군요. 근처에서 차라도 어떻습니까?"

"고맙군. 앤드류였던가, 그래서?"

"그래서라뇨?"

"자네도 저널리스트 나부랭이겠지? 그저 [우연]하게 만난 공무원에게 차를 대접할 만큼 친절한 저널리스트도 아니겠지."

고개를 갸웃거리는 시늉을 했지만, 나는 속으로 혀를 찼다. 저널리스트가 내놓는 차의 대가. 그게 싸지 않다고 취재 대상이 이해하면 일이 꽤나 귀찮아진다.

"……의외로 그런 사람이 한 명쯤 있어도 좋지 않습니까?"

"하하하, 그럼 날씨 이야기로 하루를 때울까? 아니면 연방─연합왕국 사이의 아름다운 양국 협력에 대해 공식성명문을 축음기처럼 되풀이하면 될까?"

"참아 주시죠."

내 약한 소리에 어깨를 으쓱이는 시늉도 그렇고, 표면상으로는 아무것도 숨기지 않는다고 가장하는 태연한 태도도 그렇고, 드레이크 중령은 매스미디어 대응에 있어서 이상할 만큼 빈틈이 없었다.

"실례를 무릅쓰고 묻겠습니다만, 중령님은 전쟁 전에 어디 홍보 부서에 계셨습니까?"

"아니, 보다시피 멋대가리 없는 해병마도사인데."

좀 봐달라는 듯이 나는 한숨을 흘렸다. 다소, 아니 꽤 오버리액션이겠지만, 좀 흔들어 보자.

"일개 해병마도사관이, 아, 이런. 실례했습니다."

"신경 쓰지 않아. 자네는 일반 시민이고, 게다가 사악하기 그지없는 저널리스트다. 하고 싶은 말을 자유롭게 할 권리가 있지."

"……크나큰 영광입니다, 중령님."

가볍게 흔들어 보고 낸 결론은 아쉽게도 나보다 상대가 한 수 위라는 답. 무례하다고 화내는 것도 아니고, 무시하는 것도 아니고, 미소와 야유로 답한다면 어쩔 수가 없다.

　내 수중에 있는 패를 다 읽었다.

　저널리즘을 존중해 주는 건 고맙다. 하지만 우리 방식을 이해하는 장교님이란 뜻이다. 이 인간에게 듣고 싶은 이야기를 캐내는 건 몹시 어렵겠지.

　"이거야 원. 앤드류, 연합왕국인들끼리 속내를 캐는 것도 무의미하겠지. 좀 걸어 볼까. 일단 자네의 자세한 경력을 좀 알려 줘."

　"음, 일단 취재 신청서에는 이력서도 첨부했을 텐데요?"

　론디니움의 연방 대사관에서 비자를 신청한 것은 거의 악몽 같은 경험이었다. 놈들은 규정을 위한 규정을 위해 규정집을 만들 생각이냐고 묻고 싶을 정도다.

　"양국이 동의한 종군기자의 취재 허가를 받는 것만으로도 산더미 같은 서류를 작성했단 말입니다. 그 이상 뭘 쓰면 좋을까요?"

　"음, 아니, 서류라면 나도 얼추 읽었지. 정말이지 편집적인 연방인과 함께."

　"편집적이라고요?"

　"어라, 자네는 빨간색을 좋아하나?"

　"그런 색을 좋아할 나이는 지났습니다만."

재치 있는 답변은 적어도 중령님을 감탄시키기에 충분했던 모양이다. 애송이가 건방 떨지 말라는 농담도 던지지도 않고 중령님은 만족스럽게 끄덕이지 않는가.

"……이거 미안하군. 아무래도 최근 묘하게 마음고생이 많아서 말이지."

"그 [마음고생]이란 말은 제게 주는 작은 보너스입니까?"

연방과의 조정에 마음고생이 있다는 시사일까? 씨익 웃는 중령님은 정말 만만치 않다. 연방─연합왕국 사이의 연대와 관련된 당사자가 그런 뉴스를 슬쩍 언급한다면 누구든 신경 쓰이지 않을 수 없겠지.

이보다 더 듣고 싶으면 비위를 맞춰 주는 수밖에 없다. 나는 알겠다고 체념하고 끄덕였다.

"정식으로 인사하지요. WTN 특파기자 앤드류입니다. 라인 전선에서 종군기자로 취재한 뒤에 협상연합 난민 취재, 그리고 운명이 어떻게 굴러간 건지 동부에 특종감이 있다는 말과 함께 [날려진] 불쌍한 저널리스트입니다."

"날려져?"

"사실 WTN은 진짜 베테랑을 파견하고 싶었던 모양인데 말이죠? 이상하게도 연방은 태반의 신문에서 젊은이만 입국시켜서."

취재하는 건지, 취재를 받는 건지 알 수 없는 건 곤란하지만…… 타협으로 뭔가를 끌어낼 수 있다면 감지덕지다. 저

쪽이 알려 주고 싶어 하는 것을 받아가는 게 아니라 진짜 뉴스를 캐낼 수 있는가, 내 실력이 심판대에 오른 거겠지.

"음, 뭐, [저널리스트]에 대해 연방인은 신경질적이니까."

"……알고 있습니다. 저 같은 애송이에게까지 친절하니까요. 정중하게 [통역]과 [안내인]까지 마련해 주었습니다. 솔직히 간섭이 조금 심하죠."

"그런데 말이지, 앤드류. 자네는 모를지도 모르지만…… 조금이 아니야. 사실 그들은 꽤나 부드러운 편이거든?"

"예?"

무슨 이야기를 들을 수 있을까 싶어서 기합을 넣는 나에게 드레이크 중령은 씨익 웃었다. 물론 주의 깊게 보면 [눈]은 조금도 웃고 있지 않다는 사실도 알 수 있지만.

"부탁하면 차든지 과자든지, 정말이지 필름과 전보만 아니라면 뭐든지 융통해 줄 거야."

아하, 나도 고개를 끄덕였다.

"보도 관계자를 앞에 두고 연방군인이 프로파간다를 떠들 때로군요. ……솔직히 저도 전선 취재 경험은 있으니까 그런 것까지는 기대하지 않습니다."

"그렇다면?"

"잠자리가 군용 숙사라면 감지덕지 아닙니까? 드레이크 중령님, 저는 라인 전선에 있었습니다. 참호 취재도 당연히 경험했습니다."

지독한 경험이었지만, 최고의 교사란 보통 그런 것이겠지. 라인의 참호선에 틀어박혀서 공화국군 병사들과 하루를 보내면 어지간한 일에는 놀라지 않게 된다.

참호 생활로 키운 근성이 있으면 어디든지 뛰어들 수 있다.

"후방에서 말하는 [영양 만점의 훌륭한 식사]라는 게 콘비프 통조림과 곰팡이 슨 딱딱한 비스킷이던 날부터 군대식 대접에도 익숙해졌습니다."

하지만 내 말을 듣고도 드레이크 중령은 고개를 저었다. 히죽거리는 표정은, 내가 뭔가 착각해서 웃긴 걸까?

"앤드류, 자네는, 응, 솔직하군."

"예?"

"이 다국적 부대가 전개한 곳만큼은 연방군의 소모품 부족이 이상하게도 해소되지. 그러니까 자네가 희망하면 진짜 뭐든지 나올 거야."

"스콘과 차와 오이 샌드위치도 말입니까?"

"본국의 우아한 애프터눈 티인가. 아마 가능하겠지."

아무리 그래도 그건 농담일 거라고 웃으려던 때 나는 드레이크 중령이 진지한 얼굴로 끄덕이는 걸 깨달았다.

"실례입니다만, 그건 전쟁터에서 불가능한 이야기인데요. ……사실입니까?"

나는 거의 소리치고 있었다. 전쟁 중인데 저널리스트에게 차와 스콘, 거기에 샌드위치까지?

"믿기지 않을지도 모르지만, 나올 거야."

"여기는 최전선인데요?"

"오이만큼은 아무래도 생오이가 아니라 절인 걸로 나올지도 모르겠지만, 아무튼 자네의 요청에 200퍼센트로 대접하겠지."

"……잠깐만요? 그거, 가격이 얼마나 붙는 겁니까?"

겉으로는 어떤 얼굴을 하든 종군기자란 환영받지 못하는 외부인이다. 공짜 밥이나 먹는 인간, 속내를 확실히 말하자면 [귀찮은 외부인]이 고작이다.

그런데도 정말로 그런 대우를 받는다면, 우리가 내놓는 홍차 한 잔보다 비싸지 않을 리가 없다.

"프로파간다입니까……?"

"초기 레벨에서는 그 정도겠지."

웃음을 지운 드레이크 중령은 지친 기색을 보였다.

"멋진 여자, 혹은 자네의 성적 취향에 맞는 친구와의 낭만적인 사랑이 찾아올 기회가 동부에 마구 굴러다닐 것 같으니 조심하게나."

"자, 자, 잠깐만 기다려주세요!"

이건 간과할 수 없다 싶어서 나는 소리쳤다.

주위를 둘러봐서 연방인이 없다는 것을 확인하고…… 간신히 인적 없는 야외에서 이야기하고 있음을 깨달을 만큼 내 심장은 놀라움에 벌떡대고 있었다.

소문으로는 들은 적 있다. 술자리에서 농담 섞어서 오가는 가십이다. 솔직히 말해서 진지하게 받아들일 레벨의 이야기가 아니다.

"그런 게, 여기서, 진짜로?"

"나도 농담은 좋아하지만, 이건 럼주에 맹세코 사실이야. 오히려 허락된다면 전원에게 경고하고 싶을 정도지."

"……소문으로는 들은 바 있습니다만, 그 정도로?"

"심해."

드레이크 중령은 그렇게 짧게 대답했다.

"일단 조심스럽게 전원에게 전파하려고 하는데 말이야. ……머리가 빨갛게 물든 놈들이 격하게 욕하더군."

어깨를 으쓱이는 중령님의 표정은 완전히 지쳐 있었다.

내심 넌더리를 치는 게 훤히 읽혔다.

"일단 옹호를 해 둘까, 확실히 말하자면 공산당도 필사적이겠지."

"그건 여유가 없다는 뜻입니까?"

"다소 달라. 뭐라고 해야 할까?"

잠시 생각에 잠긴 끝에 드레이크 중령은 다시금 입을 움직였다.

"그들이 말하는 [완벽한 당] 말인데, 여유라곤 어디에도 없어. 그러니까 이것저것 신경 쓸 수 없지."

무슨 말을 하는 건지 전혀 모르겠지만, 꽤나 의미심장한 한마디였다. 아마도 나는 뭔가 놓치고 있다. 내 수중에 파츠가 부족한 것을 분하게 여겼다.

"말이 너무 많았나 보군. 차 한 잔의 대가치고 이야기에 푹 빠졌어. 이 이상은 추가 요금을 받아야겠는데."

"그럼 다음은 담배라도 가져오죠."

"……매력적인 제안이지만, 해병마도사관으로서는 폐에 더 다정한 옛 친구인 알코올을 희망하고 싶군. 럼은 수중에 있으니 좋은 스카치로 부탁해."

의외로 비싼 요구다.

그에 어울리는 대가를 기대할 수 있을까? 하지만 투자하지 않으면 돌아오는 게 없다는 것 또한 사실이다.

나로서는 각오를 단단히 할 수밖에 없다.

"알겠습니다, 중령님. 다음 작전까지는 준비해드리죠. 그럼……."

"다음 작전이 언젠지 알려달라고? 어려운 이야기로군, 앤드류. 부디 술을 입수해서 잘 간수해 두게나."

이거 못 당하겠다 싶어서 나는 항복했다. 마지막 시도도 실패로 돌아갔다. 역시나 구르고 구른 만큼 가드가 단단하기 짝이 없다.

더 말하자면 구두약속이라고 해도 이미 약속해버렸다. 준비하겠다고 단언하고서 막상 작전 개시 때 [없습니다]란 소리는 입이 찢어져도 할 수 없다. 약속을 깬 저널리스트의

[믿어 주세요]만큼 경멸을 사는 것도 없다.

이거 서둘러서 본국에 부탁할 수밖에 없겠지.

"예, 애써서 작전까지 입수해 보지요."

"그런가, 그럼 미안하지만…… 얼른 한 병 내놓게."

"예?"

놀라는 내 어깨에 턱 손을 얹으며 드레이크 중령은 유쾌하게 웃었다.

"앤드류 군. 사실 오늘, 지금부터 연방군과 합동으로 작전 브리핑을 하거든. 대회의실에서 17시부터. 스카치, 기대하지."

한 방 먹었다고 깨닫기에 충분했다.

실컷 빙빙 도는 말을 들은 끝에 멍청하게 약속까지 해버렸다. 취재 대상에게 희롱당했다고 인정하자니 저널리스트로서 참담한 마음을 품을 수밖에 없다.

"중령님, 이거 너무하지 않습니까?"

"수업료야, 젊은이. 자, 시간이 별로 없을걸? 자네는 거짓말쟁이 저널리스트가 아니라고 증명해 주겠지?"

》》》 같은 날 대회의실 - 17시 《《《

연방 공산당이란 인간들은 분명 복화술을 할 줄 아는 게 틀림없다. 놀라운 스쿠프의 타이틀은, 그래, [유쾌한 인형극

~전시에도 유머와 전통을 잊지 않는 연방의 한때]로 할까?

기자회견에서 공식 발표의 통역 담당이 [여성]이라고 알았을 때는, 연방이 리버럴이란 소리는 어쩌면 진실일지도 모른다고 놀랐고, 그리고 감탄마저 품을 뻔했다.

하지만 그 정체를 알자 긍정적인 감정, 혹은 서글픈 마음도 중포탄의 직격으로 단숨에 사라졌다. 연방의 [정치장교]가 단상에 올라가서 우리의 회견을 주도하는 것은 공산주의자가 홍보라는 것을 잘 이해하지 못한다는 증거겠지.

공식으로는 미켈이라는 연방군 대령이 기자회견을 하게되어 있다. 하지만 대령은 연방왕국 공용어를 못해서 [통역]으로 그녀가 붙은 모양이다. 아니, 언어 장벽을 극복할 필요성은 안다. 이해도 할 수 있고, 당연하다면 당연하겠지.

하지만 그 통역으로 일부러 정치장교를 쓰는 시점에서 너무나도 노골적이다.

"그럼 시간이 됐으니 시작하도록 하겠습니다. 대령 동무의 통역을 맡은 타네치카 중위입니다."

시작한 것은 그 통역님, 다시 말해 정치장교님.

공연 순서가 기록된 팸플릿을 보는 기분이다. 말하자면 서투른 삼류 배우의 사류 각본이라고 형용할 수밖에 없는 잡다한 연극일까.

타네치카 중위가 통역을 하는 걸까, 사실은 자기가 지껄이는 걸까. 후자로만 보인다.

"앞으로의 군사작전, 연방군-연합왕국군의 합동작전에 대해 대령 동무가 저널리스트 여러분에게 대략적으로 설명하겠습니다."

연합왕국 공용어에 섞인 강렬한 연방 억양. 악명 높은 정치장교님의 발음치고는 제법 깔끔하다고 칭찬해야 할까, 진짜 통역을 써달라고 요구해야 할까, 실로 고민스러운 선택지다.

뭐, 단어 선택은 정중하지만.

우리 같은 외부 저널리스트를 불러다가 다국적 부대의 반격을 취재하게 하는 것이 프로파간다를 겸한다는 정도야 상상이 간다. 하지만 정치장교를 해설자로 붙이는 것이 역효과라는 사실을 연방인이 왜 모르는지 영원한 수수께끼다.

아니, 거기서 나는 생각을 바꾸었다.

WTN에서 보낸 특파기자는 나밖에 없다. 정신 놓고 있다가 놓칠 수는 없다. 나로서는 연방군의 정치장교보다도 본국의 데스크 쪽이 훨씬 더 무섭고.

다급히 수첩에 펜을 놀려서, 다소 알아듣기 어려운 연방인의 설명에서 요점을 놓치지 않도록 받아 적었다.

"상황은 다음과 같습니다. 인민의 이름으로 침략자를 격퇴하기 위해 연방군, 연합왕국군, 또한 전우 동포와 동무 여러분은 대규모의 반격전을 기도하고 있습니다."

정중한 설명…… 말하자면 선전 효과를 다소 의식하는 거겠지만, 아무래도 꾸밈이 너무 많은 말이라서 무슨 말을 하고 싶은 건지 이해하기 다소 어렵다.

으리으리할 뿐이지 알맹이 없는 설명을 요약하자면 [다 같이 반격하겠습니다] 정도일까?

"이번 작전의 목적은 인민의 영토 탈환입니다. 연방령 안에 침입한 침략자, 다시 말해 제국군의 격퇴야말로 그 주안점이겠죠."

대략 내가 이해한 바로는, 으리으리한 수식어를 걷어내면 의외로 견실한 작전이다. 목적하는 바는 견제와 앞으로의 교두보, 진로 개척을 겸한 준비 작전인 모양이다.

"이상입니다만⋯⋯ 질문 있습니까?"

질의응답이 있다니 연방치고 진보적일까. 하지만 여성을 앞두고 규탄 같은 질문을 던지는 것은 에티켓 문제가 아닐까⋯⋯라는 갈등조차도 나는 조금 품었지만, 좋든 나쁘든 공명심이 앞서는 동료에게는 관계없는 모양이다.

번쩍 손을 든 용사가 한 명.

"양대양 통신입니다. 제국군이 남쪽에 집중하고 있다는 정보를 들었습니다. 이에 대한 연방군의 정세 판단을 묻고 싶습니다만."

"지적하신 대로 제국군은 남부 도시군에 침략의 조짐을 보이고 있습니다만, 저희는 이에 대한 방어전 준비를 갖추고 있습니다. 그쪽에서 방어하고 이쪽에서 반격을 실행하면 제국군의 전선을 크게 밀어내는 것으로도 이어지겠죠."

취재진 사이에서 작은 한숨이 흘렀다. 언뜻 보면 정중하며 비빌 구석도 없는 대답에 대한 실망이겠지. 결국 우리가 알고 싶은 건 지켜낼 수 있는가 하는 점이다.

연방인은 서비스 정신이란 것이 희박한 걸까. 이렇게까지 우리가 부채질해도 단상에 있는 정치장교 나리는 아무런 말이 없다.

아무래도 레이디에 대한 배려는 버린 모양인지, 마음을 굳힌 양대양 통신의 기자는 과감하게 다음 화살을 날렸다.

"방어 가능성에 대해서는 어떻습니까? 제국군 부대는 빠르게 모이고 있어서 남쪽의 방어선이 위태롭다는 소문도 있습니다만?"

"우리 군의 동향에 대해서 파악하고 있는 자세한 정보를 공개하는 것은 방첩상의 리스크가 있기 때문에 대략적인 것만으로 양해바랍니다, 라고 대령 동무가 사전에."

떠오른 것처럼 [대령 동무가]라는 말을 덧붙여서 전달하는 형식. 이 타네치카 중위, 하다못해 미켈 대령에게 확인하는 시늉이라도 하면 좋겠는데…… 정신 놓고 있는 듯한 미켈 대령이 과연 이 질의응답의 내용을 이해하는 걸까?

나를 포함한 기자들은 신만이 알 만한 진실이 어느 쪽일지 거의 확신한 듯했다.

"대령 동무에게 직접 묻고 싶습니다. 큰 실례입니다만,

대략적이라도 대답해 주실 수 있겠습니까?"

"실례입니다만, 대령 동무는 연합왕국 공용어를 못 하니 그만해 주시겠습니까."

부드러우면서도 단호한 즉답. 통역의 역할이 무엇인지 착각하는 게 아닌가? 하다못해 본인에게 확인하는 시늉이라도 하면 좋을 텐데.

이걸 어떻게 해야 할지 우리가 머리를 굴리기 시작했을 때 한 남자가 스윽 손을 들었다.

"시사사보입니다. 그럼 우리가 연방 공용어를 쓰면 되겠습니까?"

그렇게 말하자마자 유창한 연방 공용어인 듯한 말로 뭐라고 떠들기 시작한 쾌남이 멋진 일격을 날렸다.

연방어를 할 줄 아는 기자가 있을 줄은 생각도 안 했겠지. 정치장교님이 어안이 벙벙한 듯이 굳은 표정을 한 것이 매우 추상적이다.

설마 연방군 대령이 연방어를 모른다고는 할 수 없겠지.

다소 표정이 굳은 것은 사실이지만, 그녀는 자세를 가다듬었다.

뚜벅뚜벅 대령의 앞으로 다가가서 귀엣말로 뭐라고 하는 시늉만 하더니 태연하게 궤변을 늘어놓았다.

"……대령 동무는 언어의 전문가가 아닌 이가 개입할 경우 의도하지 않은 오해를 낳을 우려가 있다고 말씀하십니다."

"그 말은?"

"연방 공용어를 모국어로 삼지 않은 여러분과는 여러분의 모국어, 즉 연합왕국 공용어로 취재하는 게 확실하다고."

진짜 서툴기 그지없는 변명이지만, 결코 그 이상은 후퇴하지 않겠다는 단호한 의지마저 띤 답변, 또 회장에 한숨이 가득 찼다.

"좋습니다, 그건 알았습니다. 그럼 다시금 질문을."

"그러시죠."

정치장교의 승낙을 얻은 시사사보의 기자는 입을 열었다.

"왜 우리에게 남부전선의 취재 허가가 나오지 않습니까?"

"주로 여러분의 안전상의 이유입니다."

"종군기자인데요? 전선에 있는 이상 어디에 있든……."

변함없겠죠, 라고 시사사보의 기자가 말을 잇는 것도 기다리지 않고 정치장교는 말허리를 뚝 잘랐다.

"보안과 안전상의 조치가 필요하다는 점을 이해해 주세요. 경고할 수밖에 없는 것이 실로 유감입니다만, 현재는 전시이기에 어쩔 수 없습니다."

아주 진지한 얼굴로 정치장교 나리는 농담을 늘어놓는다. 우리를 웃겨 죽일 생각이라면 정말로 대성공이겠지.

"저희 공산당은 항상 개방된 보도를 환영합니다만, 전쟁이라는 특수한 상황에서는 원칙을 관철하지 못할 수도 있음을 이해해 주십시오."

실소를 억누르기가 너무 어렵다.

홍차를 싫어하는 신사와 동급이라는, 자유로운 보도를 사랑하는 공산주의자란 게 있을 줄이야.

분명 거짓말 대회의 전당에 들어갈 발언이다. 예외적으로 입국할 수 있었던 것도 [전쟁]이라는 [특수한 상황]이라서 가능한 일탈이 아니었나.

이 분위기에 감염된 것인지 나도 덩달아 손을 들었다.

"……다른 질문을 해도 되겠습니까?"

마침 잘됐다고 생각했겠지. 기쁘게 끄덕이는 정치장교의 표정을 보자면 귀찮은 일에서 해방됐다는 기쁨이 가득했다.

"WTN의 앤드류입니다. 우리는 이 반격전의 취재를 허락받은 걸로 생각하면 됩니까?"

"물론 그렇습니다."

"어느 정도의 제약이 있습니까?"

힐끗 드레이크 중령과 연방군 쪽 사람이 시선을 주고받고 뭔가 눈짓이 오간 뒤에 연방군의 정치장교가 지친 표정으로 끄덕였다.

뭔가를 서로 확인하는 문답, 하지만 말로는 할 수 없다는 것일까?

한 발 앞으로 나오자마자 드레이크 중령은 입을 열었다.

"내가 설명하지. 단적으로 말하자면 제군의 취재는 세 가지 제약을 받는다."

알겠나? 라는 질문에 우리는 일단 고개를 끄덕이고 다음 말을 기다렸다.

"첫 번째로, 연방군 부대 및 다국적 부대의 동향에 대해서는 [실시간]으로 흘리는 것을 삼가도록. 나는 내 동향을 라디오나 신문으로 제국군에 선전하고 싶다고 생각할 만큼 허영 많은 성격이 아니라서."

가벼운 웃음으로 자리의 분위기가 적당히 데워진 순간 [이건 전혀 본의가 아니지만]……이라는 식으로 딴전을 피우면서 드레이크 중령은 침통한 표정과 함께 무겁게 입을 열었다.

"그와 관련해서 통신을 검열한다. 말하자면 기밀보호의 관점에서 안전장치를 둔다는 뜻이다."

"검열이라면, 연방 측이?"

"연합왕국, 연방 합동 통신감독관이 담당한다. 질문이 나오기 전에 먼저 대답하자면, 머릿수가 부족하다는 구실로 적당히 하진 않는다."

필요한 물건, 편의는 봐준다. 대신 전원의 안전을 위해서 타협하고 싶다면서 드레이크 중령은 말을 이었다.

"두 번째로, 방금 것과 연관된 건데…… 제군은 사령부에서 취재를 했으면 한다. 용기가 있는 *토미(Tommy)도 있다는 건 알지만, 트렌치에 토미를 처넣는 것은 연방의 인민 제군

---

* 토미(Tommy) : 유럽의 모 연합왕국 병사를 뜻하는 속어.

도, 본국 정부도 바라지 않는다."

어쩔 수 없는 형태로 우리도 고개를 끄덕였다. 취재 구역을 제한한다는 뜻이다. 종군기자로서 경험이 있으면 이해할 수 있는 요청이다. 실제로는 임기응변이나 따돌리기가 전혀 없는 건 아니겠지. 방법이 여러 가지 있는 것은 이해하지만, 그건 피차 마찬가지다.

드레이크 중령은 그때까지 유창하게 말했지만, 도중에 노골적으로 헛기침을 한 번 했다.

"마지막으로 카메라, 녹음기 종류는 [연방군의 안내인]이 동행하고, 그들이 OK했을 때만 사용하도록 한다."

우리가 우엑 소리와 함께 표정을 구기는 것을 보았겠지. 사정없는 반론이 날아들기 전에 기선을 제압하고 굵은 못을 우리에게 박았다.

"이것들 모두가 연합왕국, 연방 당국이 합의한 내용이라서…… 취재 허가증이 걸려 있다고 이해해 준다면 좋겠다."

좀 심하지 않나 싶은 한마디. 취재 허가를 취소할 수도 있다는 말이 나왔으니 몸을 사릴 것 같았지만, 좌중의 분위기는 한층 들끓었다. 그런 우리의 말 없는 불평불만이 담긴 시선 앞에서도 드레이크 중령은 개의치 않고 씨익 웃었다.

"내 말은 이상입니다. 이러면 되겠습니까?"

아하, 그렇게 나오셨나. 드레이크 중령은 불쑥 정치장교 나리에게 말을 넘겼다!

언뜻 보면 아무것도 아닌 행동이지만, 연방인은 과연 알아차렸을까.

이거 꽤나 강렬한 야유인데.

"예, 대령 동무도 드레이크 중령님의 말씀대로 하면 된다고 합니다."

"좋습니다. 그럼 대령 동무, 실례하겠습니다."

연합왕국군 현역 장교가 마지막에 가서 형식적인 경례와 함께 [대령 동무]라는 공허한 말을 [정치장교 나리]에게 던지는 의미.

으음, 정치장교에 대한 혐오가 너무 강해서 가시로 나타났군.

통역가를 쓰는 경우에도 [대화 상대]를 보고 말하는 것이 매너다. 조금이라도 외교 쪽 경험이 있는 사람이라면 [누구나 아는] 이야기인데.

즉, 그런 무례를 저지르고 싶어질 정도로 [유쾌하지 않다]는 표명일까. 으음, 마지막에 사나이다운 모습을 보여 주는 분이군.

나는 그쯤에서 살짝 한숨을 쉬었다.

난처하게도 스카치 한 병을 빚졌는데. 여기서는 동업자들이 한 병 정도 가져온 것을 싹싹 빌어서라도 조달하는 수밖에 없겠지. 상당히 비싸게 치이겠지만, 지금은 신뢰가 훨씬 더 비싸다. 그렇게 해서 나는 어떻게든 체면을 지키기 위해

라이벌들에게 울며 매달렸다.

본국산 스카치는 믿기 힘들 정도의 대가──특종 하나를 그에게 양보하는 약속──를 치르고 양대양 통신 측에서 받았다. 데스크에게는 도저히 보고할 수 없지만, 필요한 대가라고 타협한 나는 그 스카치를 드레이크 중령에게 제공했다.

이 실패는 어딘가에서 만회할 수밖에 없다는 속셈으로 나는 특종을 찾아 부지 내부를 바쁘게 배회했다.

하지만 특종이 간단히 잡힐 리가 없다. 이럭저럭 며칠 계속한 결과, 벌써 눈에 익숙해진 주둔지를 어슬렁댈 뿐. 하지만 어딘가에 밥벌이 소재가 굴러다닐지도 모르고, 무엇보다도 하루를 느슨하게 보내는 것보다는 생산적이다.

그렇게 우울해하는 내게 말을 붙인 사람은 기분 좋게 걸어오는 드레이크 중령이었다.

"여어, 좋은 아침, 앤드류. 인사가 늦었는데, 좋은 스카치 고마워. 어디서 조달했는지 물어도 될까?"

"동료가 한 병 나눠줬습니다. 엄청나게 비싼 한 병이었습니다만……."

하하핫 소리 내어 웃는 드레이크 중령은 저번 기자회견 때 보여 주었던 딱딱한 태도와는 전혀 다르게 정중했다.

이게 본모습이겠지만, 귀찮게도 취재 대상으로서 손쉬운 타입은 아니다. 한번은 그의 손에 완전히 놀아났지만, 그래도 어떻게든 뭔가 기사로 쓸 소재를.

"······음."

"중령님? 왜 그러십니까?"

내가 그렇게 물어도 미간에 주름을 잡은 드레이크 중령은 자못 불편한 기색으로 주위를 둘러보기 시작했다.

이거 혹시?

"경보! 마력탐지!"

예감을 뒷받침한 것은 부지에 울리는 우렁찬 경보음과 고함소리.

참호선에 순식간에 긴장감이 달리듯이, 연합왕국군 부대의 마도사들이 허둥대면서 장구류를 짊어지고 튀어나오는 것으로 확인할 수 있다.

"앤드류, 자네들은, 피신해!"

그 말을 남기고 달려가는 드레이크 중령에게는 미안하지만, 웃기는 소리다. 이런 절호의 기회를 놓치면 종군기자 실격이다. 들뜬 나는 소란스러운 주둔지 내부로 눈을 옮겼다.

아무래도 이건 상황이 좋지 않은 느낌이다.

"제길, 선제공격을 당한다고?!"

당직장교의 외침에 분노의 대답.

"코드 조합! 레르겐 전투단입니다!"

"응전해! 요격마도사를 띄워!"

"적의 규모는?!"

"적 진지에서 1개 중대 규모! 돌발 진출입니다! 레르겐 전투단의 마도부대입니다!"

보아하니 아무래도 기선을 빼앗긴 걸까.

포위된 적이 역습한 것이다. 라인 전선에서는 일상다반사였지만, 제국군은 서쪽에서나 동쪽에서나 여전히 활동적이다.

"제길, 진지방어라면 진지방어답게 틀어박혀 있으란 말이야!"

"탄막 사격! 에잇, 외부 경계는 뭘 하는 거야!"

"번역 담당관을 얼른 소집해! 연방군이, 젠장, 대체 뭐라는 거야?!"

결국, 다국적 부대란 것은 이럴 때 약하다. 공화국군 투성이였던 이전과 달리 연합왕국, 연방에 옛 협상연합 출신과 다키아, 나아가 합중국의 의용병이란 것까지 섞여 있으면 혼란은 더욱 커진다.

소수의 마도부대가 상대라도 이건 틀렸다.

한 방 먹었구나 싶어서 나는 혼란에 빠진 아군의 대응에 고개를 내젓고, 어떤 녀석들이 공격해 오는 건가 싶어서 시야를 다시금 위로 올렸다. 연방의 하늘에 춤추는 적 마도부대. 과연 적은 어떨까 하는 호기심이 태반이었다.

"음?"

한순간 하늘에 있을 리 없는 것이 날아간 것처럼 여겨져서 나는 경악했다.

기분 탓이 아니라면 아이가 날고 있었다.

아니, 어린 마도사라고 해야 할까?

깨알 같은 점이라서 거리를 잘못 쟀을 가능성도 있지만, 근접격투전을 벌이는 사이즈 비율로 보자면 너무나도 이상하다.

아군과 비교해서 그 제국군 마도사는 너무나도 작았다.

나는 슬쩍 카메라를 꺼내어 그쪽으로 렌즈를 들이댔다.

핀트를 맞추기가 어렵다고 고심하면서 극적인 스쿠프 한 장을 얻으려는데, 그때 내 어깨에 다부진 손이 올라왔다.

"미스터."

"뭐야?!"

보다시피 지금 무진장 좋은 때인데.

"카메라를 넣어 주십시오."

지금까지 깨닫지 못했지만, 아무래도 친절한 안내인 여러분이 내게 서툰 퀸즈어로 할 말이 있는 모양이다. 적습에도 불구하고 나를 쭉 포위하고, 겉으로만 정중한 플리즈 소리를 듣는 경험이라니 참 무시무시하다.

"……저걸, 찍지 말라고?"

묵묵히 끄덕이는 연방인의 단호한 태도에 나는 살짝 한숨을 흘렸다. 이런 식이면 '예, 알겠습니다.'로는 넘어가지 않겠지.

예상대로 그들은 손을 내밀었다.

"필름을 받을 수 있겠습니까."

"……OK, 대신할 필름은 받을 수 있겠지?"

"그야 물론입니다."

안녕, 특종.

안녕, 어음 변제가 끝난 특종.

으으, 제길.

그렇게 나는 그날의 특종을 빼앗기고, 눈앞에서 필름을 빼앗기는 꼴이 됐다.

다음이 있으면 주위를 살피고 몰래 찍자……라고 반성했을 때에는 이미 늦다. 공격해 온 제국군은 그걸 끝으로 진지에 틀어박히기 시작했다. 레르겐 전투단은 이쪽의 기세를 꺾고 그걸로 만족한 걸까.

적당히 좀 해 주라.

심정으로는 슬슬 본사 데스크에 내 특종을 보내고 싶다.

그런 충동에 사로잡히지만 전쟁이란 내 마음대로 안 된다. 꿈쩍도 하지 않는 포위전이면 종군기자는 어떻게 할 수 없다. 기분 나쁜 장기전을 각오할 수밖에 없다.

할 일도 없이 빈둥빈둥.

애초에 주둔지에는 오락이고 뭐고 없다. 취재를 위해 진지 밖으로 나가려고 하면 친절한 동행자 제군이 가로막는 꼴. 그들의 정중한 태도와는 달리 따돌리기도 쉽지 않다면 할 수 있는 일은 극히 제한되겠지.

덕분에 자극적인 취재는 고사하고 일상의 자극을 찾는 꼴이 됐다.

그 결과 우리에게 주어진 식당에서 시간이 남아도는 동료들과 함께 이른 저녁을 먹고 식후의 우아한 한 잔이란 명목으로 사교 시간이 생겨났다.

동부에 와서 자극적이었던 전투가 딱 한 번. 초장만 분위기 좋았고 그 뒤로는 매일 규칙적으로 한가하다면 사람이 늘어져서 못 해 먹는다.

흐름이 흐름이다, 테이블의 화제는 정해져 있다.

현재의 전국, 이것뿐이다.

'자, 포위전은 어떻게 될까.'라고 시사사보의 기자가 화제를 꺼내자, 각자가 신나게 떠들었다. 온갖 의견이 오갔지만, 제아무리 적이 용감해도 전력 차이가 이렇게 크면……이라는 주장은 참 그럴듯했다.

"알레느조차도 태워버렸어. 제국은 주저하지 않을 테고, 연방인도 그렇겠지."

"……그렇다면 이거 간단히 결판이 나는 거 아니야?"

자리에 떠도는 낙관론에 대해 나는 의문의 말을 던졌다.

"실제로는 미묘할지도 모릅니다. 이건 느낌이지만, 라인 전선과 비교하면 사용되는 포탄의 양이 적지 않습니까?"

나의 감각에 불과하다는 건 알지만, 왠지 적이 보통내기가 아니라는 예감이 있었다. 안 좋은 감각, 혹은 두려운 분위기라고 해야 할 뭔가가 제국군 진지에서 풍겼다.

저기에는 전장의 마물이라고 해야 할 무언가가 있는 게 아닐까?

"라인 경험자는 다들 똑같은 감상이군."

"그야 그렇겠지요."

말이나 논리로는 설명이 안 되지만, 자신의 감각도 무시할 게 아니다.

포탄의 비.

정말로 라인 전선은 지옥이었다. 포탄의 비가 항상 쏟아지는 대지란, 그런 말이 아니면 형용할 수 없다. 라인 전선의 포탄음, 우르릉대는 소리.

그 믿기 어려운 강철의 물량으로 지구를 월면처럼 마구 헤집었어도 라인 전선은 움직이지 않았다. 기자로서 부끄럽지만, 거기에 숨어 있던 뭔가를 말로 표현하기란 매우 어렵다. 말로 표현한 순간 그 무시무시함이 희석되고, 이해할 수 없는 괴물을 이해한 기분이 되어버릴 정도다.

결국 나로서는 뭐라고 해야 좋을지 몰라서 무난한 경험담을 말하였다.

"라인의 크레이터에서도 살아남은 제국군입니다. 이걸로 일소할 수 있다고는 생각되지 않습니다."

"내기할까, 앤드류?"

"사람의 목숨이 걸린 내기는 하지 않기로 했습니다. 아군이 죽는 쪽에 걸어서 이기면 술이 맛없어지죠."

"어이어이, 그렇게 단언할 수 있는 차원인가?"

"저는 라인 전선에 있었거든요?"

그리고 참호전을 취재했다. 그걸 보며 나는 전쟁을 배웠다. 유일하게 확실한 것은 확실하지 않다는 것뿐이라는 사실도 말이다.

"50시간 가까운 공화국군의 준비포격 후에 기운차게 반격해 오는 제국군 방어진지란 걸 한번 보면 압니다."

말로 하는 건 간단하지만, 그 광경을 보면 말이란 게 얼마나 가벼운 것인지 몸을 떨 수밖에 없다.

"그렇다면……. 웃, 또 경보?!"

이전의 적습 때에도 울렸던 사이렌 소리.

이완된 기자단의 분위기는 순식간에 취재의욕과 공명심의 흐름에 쓸려가고, 모두가 자기 카메라와 펜을 한 손에 들고 뛰쳐나갔다. 좋은 장면을 찍자는 마음으로 동료를 따돌리는 정도야 당연하다.

여기선 전선으로……라는 마음으로 달려가지만, 우리는 뜻밖의 광경을 목격했다.

"나왔다! 예상대로다!"

어느 마도사가 힘차게 외친 한마디. 흘려듣기에는 너무 큰 그 말을 들은 우리는 서로 시선을 주고받았다.

"……이번에는 수완이 좋군요."

그렇다기보다 너무 좋다는 것이 우리의 솔직한 감상이었다. 본래 여러 언어가 오가서 혼돈의 도가니가 되어야 할 진지 안의 분위기에는 너무나도 질서가 있었다.

평시와 같다고 할 정도는 아니지만, 다급히 허둥댄다기보다는 [활성화]됐다고 해야 할 모습일까.

그렇다면…….

"처음부터 적습을 예상했다는 건가?"

누군가가 중얼거린 한마디가 우리의 똑같은 심정이었다. 아무래도 이건 포위전의 기본인 모양이다.

덕분에 전장의 리포터가 아닌 종군기자로서 제법 긴박감 있는 것을 본국에 보낼 수 있었던 것은 다행이었지만…… 최소한도의 결과임은 틀림없다.

이렇게 됐으면 슬슬 드레이크 중령에게 뭔가 끌어내야겠다 싶어서 나는 어프로치 강화를 결단했다. 전투 직후에는 힘들더라도 일단락이 난 단계에서 선물 대신 담배와 술을 준비해 막사의 중령을 찾아가자 아무래도 좋은 타이밍이었던 모양이다.

소소한 승리의 연회를 혼자 즐기려는 건지, 중령의 책상에는 술이 나와 있었다. 취재 대상의 입을 가볍게 풀어 주는 저널리스트 최고의 벗은 잘 일하고 있다.

"여어, 앤드류. 슬슬 올 때가 됐다고 생각했어."

작지만 확실한 자신감을 내비치면서 드레이크 중령은 손

에 들고 있던 잔을 가볍게 기울였다. 알코올을 손에 든 이상 비번이겠지. 일을 한 건 마치고 긴장을 풀고 있었던 걸까?

마침 잘됐다 싶어서 나는 옆에 앉아 술자리에 섞였다.

"오늘 요격전, 그건 미리 알고 계셨던 건가요?"

"숨길 일도 아니지만, 그렇지. 만전의 태세로 기다렸던 거다."

"용케 간파하셨군요. 적이 날아온다고 판단한 근거는 무엇입니까?"

"앤드류, 군사기밀이야. 취재라면 사양하지."

"그걸 좀 어떻게든."

물고 늘어지는 내 앞에서 드레이크 중령은 쓴웃음과 함께 잔을 입으로 가져갔다.

"구태여 말하자면 레르겐 전투단과 지휘관의 경력을 분석한 결과다."

대답이 안 되는 대답. 그런 것은 중령님의 입을 열려고 애쓸 것도 없이 본국의 난로 앞에서 내 기사를 읽는 일개 독자도 간단히 상상할 수 있다.

다만 전투단이라는 단어에 나는 살짝 흥미를 품었다.

"그런데 전부터 궁금했던 건데, 그 전투단이라는 게 대체 뭡니까? 아무래도 낯설어서 누구한테 좀 물어볼까 하고 있었습니다만."

"뭐? 일반적인데……. 아, 아니, 자네는 라인 쪽 경험자였나. 모르는 것도 어쩔 수 없겠군.”

드레이크 중령은 쓴웃음을 지었다.

“제국군이 얼마 전부터 시작한 운용형태 중 하나지. 지휘관 밑에 부대를 이것저것 다 긁어모아서 굴리는 형태. 요는 우리의 다국적 부대 비슷한 걸까.”

“연대나 여단과는 다릅니까?”

내 의문에 드레이크 중령은 분명히 고개를 내저었다.

“본질적으로 전혀 다르다고 생각해 주게. 규모 때문에 차이가 눈에 띄지 않지만, 그 속내는 전혀 달라. 보병대대, 전차대대, 항공마도대대 등을 통상의 편제와는 무관계하게 때려 넣어서 임무별로 편성하는 임시 형태다.”

“그럼 임시 편성이고…… 부대명을 그 지휘관의 이름으로 부른다?”

“그래. 이 경우는 우리의 눈앞에 있는 적 지휘관이 제국군의 레르겐 대령님인 거지.”

“솔직히 잘 모르는 이름입니다.”

내 거짓 없는 감상을 말하자면 곤혹스러웠다. 자랑은 아니지만 나는 전선에 있는 대다수 고급장교의 이름을 암기했다는 자부심이 있었다.

라인 전선에서 이것저것 들었고, 동부로 날아오기 직전까지 본사의 자료실에서 최신 정보도 수없이 읽은 사전 지식. 물론 적과 아군을 불문하고 말이다.

"본국의 카드식 색인을 뒤지면 뭔가 나올지도 모르겠지만, 저로서는 전혀 짚이는 게 없습니다. 어떤 경력의 소유자입니까?"

"무리도 아니겠지."

"그 말씀은?"

"제국군 참모본부의 중추에 있던 군인이야. 관계자가 아니라면 별로 흥미를 가질 리도 없는 지위겠지. 애초에 후방 근무자는 눈에 띄질 않고."

나는 드레이크 중령의 말에 "아하." 하고 맞장구를 쳤다.

"즉, 군무관료 출신이란 겁니까? 뭐라고 할까, 야전에 적극적으로 나설 만한 이미지가 아닙니다만?"

"다소 인식을 고치는 편이 좋아, 앤드류. 이 녀석들은 군무관료이기도 하지만, 본질적으로는 참모장교다. 다시 말해서, 그 자식은 보통내기가 아니야. 작전국의 중추에 있던 전략가라지만, 전술가로서도 지극히 우수하다."

"후방의 프로가 말입니까? 후방에서는 뒤쪽 깨끗한 책상 앞에서 시간 맞춰 앉아 있기만 하는 타입이 많다고 들었습니다만."

대갈장군. 이론쟁이, 혹은 탁상공론.

프로라고 불릴 터인 인간들에 대한 연합왕국군의 솔직하며 소박한 전선의 욕설을 떠올리면 어느 정도 이미지를 떠올리기 쉽다.

"본국 비판인가? 애석하게도 제국인은 다른 모양이야. 보면 알겠지만, 시가지는 철저하게 수호하는 자세지만 방어할 수 없는 지역은 과감하게 포기해. ……꽤나 진흙 냄새 나는 방어선을 펴지 않나?"

드레이크 중령의 목소리에 섞인 것은 희미한 긴장감. 미지의 적을 경계하는 걸지도 모르지만, 그렇긴 해도 묘하게 실감이 어린 듯한 느낌이기도 했다.

"힘든 상대다?"

"제국 작전가란 이놈이고 저놈이고 최악의 놈들이겠지."

"그 정도입니까. ……솔직히 연방군의 공식 브리핑에서는 낙승이란 뉘앙스였습니다만."

나는 이때다 싶어서 기삿거리의 냄새를 맡고 있었다. 공산당이 체면에 얽매이는 건 잘 알고 있지만, 거기에 구애된 나머지 파견을 나온 연합왕국군 부대와의 연락, 연대에도 지장이 있다면 충분히 자극적인 기삿거리다.

……뭐, 검열되든가, 통신금지를 먹겠지만.

여담 정도로 머릿속 어딘가에 담아두면 나중에라도 끄집어내어 써먹을 수 있겠지.

"드레이크 중령님은 고전하리라고 생각하십니까? 솔직히 말해서 개구리처럼 적 마도사가 펄쩍펄쩍 날아드는 것은 앞날에 불안을 품기에 충분합니다만."

"실제로 이쪽이 우세인 건 틀림없어. 포위에 직접 참가한 부대만 해도 3개 사단, 상대는 1개 전투단 정도다. 주변 연방군을 합치면 피아의 차이는 압도적이라고 해도 좋아."

그래, 그 말만 들으면 액면 전력으로 압도하는 것이 명백하겠지. 고전은 고사하고 압도하는 게 당연하다.

"그런데 흔들림도 없어."

"……구원이 올 예정이라면."

바로 그 말이라는 듯이 중령은 끄덕였다.

"우리도 같은 것을 경계하고 있지. 하지만 솔직하게 말해서, 글쎄."

"글쎄, 라뇨?"

내 의문에 대해 드레이크 중령은 가볍게 입꼬리를 올리며 웃었다.

"여기서만 하는 말인데, 라는 전제로 말하지. 이건 비밀을 모두에게 나불거려달라는 의미가 아니거든?"

"잘 알고 있습니다, 중령님."

드레이크 중령은 고개를 끄덕이고 입을 열었다.

"증원을 염출할 여유는 제국군에 없을 거야. ……남쪽에 전력을 집중하고서도 이쪽에서 대규모의 포위 해방전을 벌일 만한 병력이 있느냐 하자면."

"제국이라도 힘들다?"

"오히려 제국이니까 힘들 테지."

그게 무슨 소리냐고 묻는 내 시선에 드레이크 중령은 기막힌 눈치로 어깨를 으쓱였다.

솔직히 어린애 취급을 당하는 기분이지만…… 이유만이라도 물어보자.

"으음, 드레이크 중령님. 이유를 들을 수 있겠습니까?"

"앤드류, 자네는 왜 자기가 여기에 있는지 잊었나? 제국은 사실상 일국으로 세계와 전쟁을 하고 있어."

"너무 손을 넓게 뻗었다?"

"뭐야, 알고 있다면 이야기는 간단하지. 세계와 전쟁을 할 수 있다는 사실에 놀라야 할까, 세계와의 전쟁을 멈추지 않는 멍청함에 웃어야 할지는 나중으로 미루지."

드레이크 중령은 진지한 얼굴로 말을 이었다.

"잘 듣게. 이건 결국 수학의 문제야."

수학인가 싶어서 나는 쓴웃음을 지었다.

"고향에서는 산수를 담당하는 요한 선생님에게 한숨을 산 편이 많은 학동이라서, 간단하게 설명해 주신다면 다행이겠습니다만."

"어려운 이야기도 아니지. 인구 비율의 문제로 생각하면 간단해. 아무리 제국인이 마법 같은 수단을 써도 병사가 될 수 있는 인구층은 한도가 있지."

"……즉, 그들도 한계가 가깝다?"

그런 거겠지. 혼자서 다섯 명을 쓰러뜨리는 전사라도 여섯 명과 싸우면 이길 수 없어진다. 제국군이 아무리 강력하더라도 그들은 애초에 외교와 정치에서 실패하였다. 하지만 정말로 놀라야 할 것은 제국의 대응책이겠지. 그들은 이런 상황에 이르러서도 진지하게 전쟁을 계속할 생각인 모양이다.

전쟁이란 정말 인간의 지성에 지극히 좋지 않은 효능이 있는 걸까?

"자칫하다간 애들조차도 전쟁에 써먹는 꼴이 됐을지도 모르지."

'보았습니다.' 라고 말하려다가 삼켰다.

내 스쿠프는 연방의 감시자에게 필름과 함께 폐기됐다.

더 말하자면 대신으로 받은 필름은 질이 미묘해서 문제다. 암실에서 현상했을 때의 조악함을 보면 눈물이 나올 정도였다.

그렇긴 해도 총력전이란 흔히 그런 거겠지. 연방의 필름이 열화됐다고 해도 그들은 아직 소년병을 대대적으로 운용하는 상황에는 이르지 않았다……. 그럴 터이다. 아니, 여기 이외의 전선을 보여 주지 않으니 단언하기 어렵지만.

그래도 이런 곳에서 아이가 총을 든 제국과 비교하면 낫겠지.

"실례입니다만, 중령님. 아무리 그래도 그렇게까지 몰렸으면 체크메이트겠죠. 승리의 날은 가깝지 않을까요?"

"그렇게 생각하겠지?"

나는 동의하였다. 일반적으로 생각하면 틀림없이 제국도

비명을 지르고 있겠지.

"자네는 역시 상식인이군."

한숨 섞어 고개를 끄덕일 수밖에 없다.

"여하튼 제국인이란 죄다 머리가 이상할지도 모르는 놈들이야 .그렇게 기억해 두면 돼."

"……그럼 머리가 정상적인 연합왕국 군인을 취재하고 싶습니다만, 어떻습니까?"

내가 수첩을 마이크 대신 삼아 내밀자 드레이크 중령의 쓴웃음이 돌아왔다.

"옛 협상연합 출신 의용마도사들이 아니라면 누구든 자유롭게 질문할 수 있게 해 주지. 아니, 처음부터 그러지 않았나. 쌀쌀맞긴, 괜히 걱정하는 거라면 내가 소개해 주지. 누가 좋나?"

"중령님, 그걸 아시면……."

"의용부대를 취재하게 해달라고? 본국을 잃은 그들의 상처를 뿌리까지 파헤치는 건 삼가게. 마도사의 멘탈이란 전투 상황에 직결돼. 앤드류, 자네도 라인 전선에서 보지 않았나?"

그렇게 말하면 나도 대꾸할 말이 없어진다.

"그렇지, 자네에게는 다른 방향으로 나아가도록…… 딱 하나 특별하게 힌트를 주지."

"감사합니다. 대체 어떤 겁니까?

특종감이면 좋겠다며 마음을 다지는 내게 드레이크 중령은 무겁게 말했다.

"……제투아라는 제국군 중장을 아나?"

"음? 으음, 어어, 분명히 다소 기억이. 잠깐만 기다려 주세요. 분명히…… 제국군의 철도 담당자였지요."

가볍게 들은 적이 있는 수준의 인간이다. 지위가 낮은 건 아니지만, 중견 정도의 장성이라고 할까. 뭐라고 하면 좋을까.

화려한 타입은 아니다. 그런 인상밖에 없는 이름이었다.

"아쉽군. 뭐, 기억해 두면 좋은 이름이겠지."

"하아. 그런 겁니까."

나는 드레이크 중령의 말을 가볍게 흘려 넘겼다. 적당히 의미심장한 소리를 하다니 둘러대는 게 너무 서툴지 않나?

옛일을 회상하며 지금의 나는 살짝 쓴웃음을 지었다.

"정말로 기억해 두면 좋은 이름이었어."

……그렇다. 그 시기, 젊은이였던 [나]는 그 이름을 그냥 흘려들었다.

[chapter]

II

>>> 제 2 장 <<<

안드로메다 전야

The night before Andromeda

동부전선은 진정한 의미로 총력전이었다.
낮잠 명령을 받은 적이 있나?

———— 동부전선 종군자 ————

연방의 공기는 계절과 관계없이 한기를 부른다. 행운인지 불행인지 연합왕국인에게 이 대지에 사는 부족——[공산주의]라는 미신 신봉자 말인데——은 우호적이라고 말하기 힘들다.

내 이름은 이름 없는 존. 예의 바른 사람들에게는 친애의 뜻을 담아 존 아저씨라고 불릴 때도 있다.

난처하게도 연방의 공산주의자들은 나를 스파이라고 의심하는 모양인데, 진짜 엉뚱한 오해다. 공식으로는 국왕 폐하와 조국의 이름 아래에서 여기저기 뛰어다니는 가련한 연합왕국 외무성의 비자 발급직원에 불과하다.

물론 진실은 신사적으로 비밀로 부쳐야 하겠지.

그런 시답지 않은 생각을 하면서 나는 연방에 입국한 긴장감을 가볍게 걷어냈다. 단순한 메신저라고 해도 이렇게 긴장하는 것은 첫 임무 이후 처음이었다.

나답지 않게도 목적하는 인물을 찾고 말을 걸었을 때에는 안도할 정도였다.

"여어, 드레이크 중령. 그리운 얼굴이 보여서 안도했어."

"이거 미스터 존슨 아닙니까. 용케 이런 곳까지. 오시는 도중에 덤벼드는 야만족을 보진 않았습니까?"

"다행히 야만족과는 친구 놀이를 하는 중이었지."

외교사절에 대한 연방 관리의 공손한 태도는 전설적이다. ……말할 것도 없지만 한없이 나쁜 의미로. 하물며 연방의 비밀경찰이 주목하는 [비자 발급직원]의 입국은 다른 의미로 크게 환영받을 각오도 하였다.

"……아무래도 제국과 전쟁하는 중에는 다소의 융통성을 발휘하는 정도의 지혜가 있었던 모양이군요."

"바로 그렇지, 드레이크 중령. 나도 제법 놀랐어."

야유를 들으면서도 무사히 최전선 부근까지 여행할 수 있었으니까, 전시 중에는 [있을 리 없다]는 것만이 [있을 리 없다].

"그렇긴 해도 솔직히 말하자면 긴장했네. 하버그램 각하도 사람을 참 험하게 부린다니까. 이런 동부 구석까지 노인을 날려버리다니."

"실례되는 말이지만, 고생도 많으십니다."

드레이크 중령 또한 본국 정보부가 벌인 억지의 뒤처리를 하느라 고생하는 타입이니까, 그 말에는 진짜 공감이 느껴졌다.

존 아저씨로서는 선물이라도 하나 찔러 주고 싶은 기분이었다.

"정말로 고생이야. 부대 단위로 보낸다면 또 몰라도, 이런 늙은이를 혼자 사악한 공산주의자의 소굴로 보내고 연락요원으로 삼다니!"

힐끗 이쪽으로 눈짓을 보내는 드레이크 중령의 시선은 경고. 하지만 걱정할 것도 없다. 여기는 연방이고, 드레이크 중령과 부하들의 주둔시설은 통째로 연방이 제공해 주었다. 최신 시설로 접대하겠지. 벽에는 마이크를, 전화선에는 녹음기를, 재떨이에도 도청기가 한둘쯤 있더라도 놀랍지 않다. 그보다도 그런 게 없을 거라고 기대하는 것이 이상하다. 이런 것은 상식 이전의 문제겠지.

연방 공산당의 비밀경찰이란 대략 편집광일 정도로 근면하다. 사악하기 그지없다는 소리다.

"으음, 상층부가 무슨 생각을 하는지 짐작도 안 간다고 생각하지 않나?"

"괜찮겠습니까? 그런 발언을."

"들으라고 하는 소리니까 문제없네."

엿듣고 있다면 당당하게 하자면서 나는 어깨를 으쓱였다.

눈앞에서 정갈한 얼굴이 뻣뻣해진 드레이크 중령과 달리 나는 평화적인 신사다. 남들이 듣고 싶다고 생각하는 것을 립서비스해 주는 것도 나쁘지 않다.

"사실을 말하자면 연방에 대한 본국의 감정은 진짜야."

"의외로군요. 본국은 보수적인 인간이 많다고 생각했습니다만."

"옛날 그대로지. 그래도 공산주의의 진보성을 진심으로 칭송하고, 공산당의 영지를 절찬하고, 특히나 공산당의 농업 정책이 농촌에 가져온 진보적 영향에 대해서는 [우리 머리로는 이해할 수 없다]라는 말을 할 정도야."

"그 말씀은?"

"여전히 공산주의는 [대단히 흥미롭다]는 뜻이지."

연합왕국인이라면 틀림없이 얼굴을 찌푸릴 찬사다. 식민지인이라면 또 몰라도, 본국인이라면 행간을 읽는 것은 일도 아니다. 더할 나위 없는 야유, 통렬하기 짝이 없어서 목이 막힐 정도다.

웃음을 억누르는 눈치인 드레이크 중령의 어깨를 두드려서 나는 잠시 산책하러 나가자고 했다.

"실내에서 손님에게 이야기하는 것도 나쁘지 않지만, 모처럼 왔으니 경치라도 보면서 이야기하지."

"그렇군요. 모처럼 오셨으니 산책이라도."

쾌히 승낙하고 수고롭게 안내를 맡아주는 드레이크 중령을 따라서 나는 야외 진지 시찰이라는 핑계로 어슬렁어슬렁 바깥을 돌아다녔다.

수고스럽게도 밖에도 듣는 귀가 많다. 아니, 내가 이목을 모으는 것은 상정하였다.

따라붙는 놈들이 있으리라고는 각오하였다. 하지만 그래도 여기저기에서 빤히 쳐다보는 감각은 으스스하다.

숙련된 정보부원을 놀라게 할 정도의 감시국가. 연방의 본질을 여실하게 말하는 듯하다.

아무리 그래도 일단은 동맹국의 인간인데──.

그렇긴 해도 이런 전시에서 그들이 자본주의 국가의 인간에 대한 의심이란 것을 잃지 않은 것은 중대한 특징으로 기록해야겠지.

현재 우호국인 연합왕국─연방의 관계는…… 결국 편의상의 동맹에 불과하다. 살얼음 한 장 밑을 엿보면 의심의 수맥이 콸콸 흐르는 것을 여실하게 찾을 수 있겠지.

대지 밑에 뭐가 흐를까 방심할 수 없다. 마음속으로 쓴웃음을 지으면서 나는 일부러 대지를 내디뎠다. 뭐든지 확인해야만 한다고 해도 흙만큼은 솔직하다.

흙 위에 뭘 짓는가는 하나의 척도가 될 수 있다. 그러니까 황량한 검은 흙은 슬픈 느낌이라 내키지 않는다. 얌전하면서도 일족의 긍지인 컨트리 하우스에 있는 정원이 그립다.

아아, 하지만 일개 공복인 나는 일 이야기를 해야 한다.

"드레이크 중령, 한층 기분이 어두워지는 소식이다. 최신 첩보에 따르면 제국군은 드디어 여세를 몬 대공세를 기도하고 있다."

"확실합니까?"

"틀림없네. 편제도 발령된 모양이야. 놈들은 남부 공세작전을 A전선, 기타 동부전선을 B전선이라고 관할을 나눌 셈인가 보네. 더불어서 편성된 A집단이 공세, B집단이 측면 방어가 되지."

뇌리에 연방의 지리를 떠올리면 실로 간단하다. 적은 아래쪽, 즉 남부에 이상할 정도의 전력을 긁어모았다. 출처는 트래픽 해석과 해독. 따라서 정확한 예측이겠지.

"단순하지만 알기 쉽겠지?"

"남쪽에서 연방이 방어에 성공할 공산은?"

좋은 질문이다. 나는 허세를 부리며 끄덕였다.

"절망적으로 낮지는 않지만, 희망이 넘칠 만큼 높지도 않지. 미묘하다고 할까."

왕왕 오해를 사곤 하지만, 적의 정세를 안다는 것은 중대한 어드밴티지이긴 해도 결국은 어드밴티지 중 하나에 불과하다. 정보 수집에 성공해도 압도적인 적을 상대로 100퍼센트 승산이 있는 작전은 없다.

오히려 알게 되어서 괴로울 수도 있다. 예를 들어서 백 마리의 굶주린 사자가 달려온다고 정확한 예측으로 알게 된 기분은 과연 어떨까?

"A집단으로 편성된 부대는 기갑, 마도, 자주포 등으로 상당히 기동력 높은 화력이 집중된 모양이야. 어딘가에서 붙들 수 있다면 또 모르지만, 평야에서 기동전이 되면 연방군의 방어는 의심스럽지."

"승산이 있다면 시가전입니까……."

여의치 않은 상황을 눈치챈 드레이크 중령은 표정을 흐리며 신음하듯이 중얼거렸다.

"어찌 됐든 피로 물들겠지요. 남부 도시군을 둘러싼 공방은 지옥이 될 겁니다. 정말 지독하군요. 전도유망한 젊은이들을 미트파이로 만들다니."

최전선에서 싸워 온 드레이크 중령의 한탄은 처참한 현실을 계속 지켜본 장교 특유의 유머가 섞여 있었다.

"힘이 쭉 빠집니다. 뭔가 좋은 소식이 하나라도 있으면 좋겠습니다만."

"……으음, 그래. 잊고 있었는데, 낭보라고 할 수 있을지도 모르는 소식이 하나 있지."

"마음이 가벼워진다면 뭐든지 환영입니다만…… 남부가 위험한 상황입니다. 그것 관련이라면 더욱 좋겠습니다만."

"관련된 것이지."

그렇게 말하며 나는 고개를 끄덕였다. 제국군의 대규모 군사 공세의 조짐은 명백하기 더없지만, 그 뒤편으로 자그마한 희망의 빛이 보였다.

"제국군과 황실, 행정부의 대립이 격화되고 있다는 정치 정보가 들어왔네. A집단, B집단의 편성을 보면 내부 대립의 영향이라는 풍문도."

"비록 소문이라지만, 적의 행보가 흔들린다면 감지덕지로군요."

"기뻐하게나. 본격적으로 흔들리는 모양이야."

드레이크 중령은 감탄한 듯이 호오 소리를 내더니 무의식 중에 휘파람을 불었다.

나로서도 실제로 전쟁기계가 고장을 일으킨다면 더없이 대환영이다.

"제국군 참모본부와 제국 정부의 대립인 모양이네. 크게 불만을 산 참모본부의 군수 담당자가 B집단으로 쫓겨났다는 이야기도 있지."

"솔직히 의심스럽군요. 단순한 도마뱀 꼬리 자르기 아닙니까?"

건전한 회의적 정신을 지키는 드레이크 중령에게는 미안하지만, 잘린 꼬리란 게 거물 중의 거물이었다.

"도마뱀으로 보자면 꼬리가 아니라 두뇌지. 참모총장, 참모본부가 옹호했는데도 전무참모차장 각하가 [*영전]이라는 형태로 B집단의 [조정 담당]으로 쫓겨난 모양이야."

"참모본부에서 영전입니까? 대체 어떤 장군이?"

"아, 제투아 중장이라는 귀찮은 군정가지. 녀석이 참모본부에서 사라질지 모른다는 이야기를 듣고 본국의 전문가들은 쾌재를 외쳤지."

내 말을 듣고 잠시 생각에 잠긴 끝에 드레이크 중령은 간

---

* 영전(榮轉) : 영예로운 전출. 이전보다 더 좋은 자리나 직위로 옮김을 뜻하지만, 보통은 정반대 의미로 쓰이는 경우(좌천, 2계급 특진 등)가 많다.

신히 떠오른 것처럼 끄덕였다.

"……들은 적은 있는 정도의 상급장교로군요. 그 정도로 유능합니까?"

"유능하지. 무시무시하게 유능해."

나는 단적으로 고개를 끄덕였다. 정보의 출처를 설명할 수 없는 게 아쉽지만, 정확성 높은 모든 정보가 제투아라는 제국군 중장은 사악한 조직인이라는 것을 계속 증명하였다.

제국군의 급진격을 병참으로 계속 지원하는 기량은 이쪽의 예상을 항상 뒤엎었다. 보급망 정비, 자치평의회 설립, 또한 동부의 방한구 지급까지, 방수한 암호 전보가 모두 근면함과 정확한 대처를 보여 줄 정도다.

기쁘게도 그런 그가 중추에서 [영전]하신다.

"여기서만 하는 이야기인데, 녀석이 적 A집단의 보급을 맡을지 아닐지로 연방의 남부 자원지대 방어는…… 성공 확률에 큰 오차가 생기겠지. 분석관들은 일이 쉬워지겠다고 보았네."

대규모 공세를 앞둔 타이밍에서 보급, 병참을 담당하는 군정가가 파면. 제국 내부가 갈라지고 있다고 말하는 일급 조짐이다.

거대한 조직을 움직일 경우 인사야말로 사활이다.

제국인은 그걸 잊은 걸까? 아니면 계속 승리하는 것으로 메우는 걸지도 모른다.

"동부전선에서 적 보급망이 혼란에 빠진다는 것은 나쁜 소식이 아닙니다. 하지만 질문 하나 해도 되겠습니까?"

"뭔가?"

드레이크 중령은 의심을 입에 담았다.

"동부의 B집단으로 좌천됐다는 건 군정가지요? 목하 눈앞에 있는 우리의 적은 방어선을 구축하고 있습니다만."

"그게 어쨌단 말인가?"

"그렇다면 방어전 독려라는 것도 가능하지 않겠습니까? 적 B집단이 방어선 구축을 진행하는 것이 낭보라고 생각되지 않습니다만."

지당한 의심이다 싶어서 나는 드레이크 중령의 혜안에 속으로 동의했다. 유능한 군정 담당자는 조직을 지탱하는 명인이 될 수 있다. 방어진지 구축 하나만 봐도 보급망을 담당할 수 있는 군정가가 B집단에 있다면 이야기가 다르다.

상황이 상황인 만큼 제국군의 보급망 개선이나 자치평의회와의 관계 강화가 이루어지면 귀찮기 짝이 없다.

하지만 나는 쓴웃음을 보여 주었다. 제국군 관련 정보를 훑어보면 말 그대로 제투아 중장은 슬프게도 [지방으로 쫓겨나는] 파견이겠지.

지위만큼은 남았을지도 모르지만, 포지션을 분석하면 완전한 장식이라는 것이 일목요연했다. ……이런 말은 극단적이지만, 그는 본국에서 말하는 문장원(紋章院) 장관이나 마찬가지다.

"정보부의 이름을 걸고 이것은 확약할 수 있네. 적어도 권한이 주어진 부임은 아니다. 여기서부터는 다소 추측이 섞이지만, 완전히 한직이라고도 들었지."

"확실합니까?"

"……나 개인은 확실하다고 믿고말고. 이 이상은 정보 평가의 문제나 기밀이 얽히는 이야기가 되겠지만. 하지만 나는 그렇게 믿네."

중장급에게 B집단의 지휘권이 없다는 소리는 해독된 적의 암호—— 다시 말해 매직이 웅변하고 있다. 출처를 드레이크 중령에게 설명할 수 없는 것은 유감이지만, 그건 진짜다.

제투아 중장의 역할은 사찰하고 조언하는 정도. 평시라면 중요하게 들리겠지만, 전시에 명령권이 없는 상급장교의 역할은 한정적이다.

지위만큼은 있지만, 현실에서 실권이 전무하다면 불쌍하기까지 하다.

"나쁜 소식은 아닙니다만, B집단과 상대하는 우리로서는 아직 의문이로군요."

해설

【문장원 장관】
설명하지! 문장원 장관이란 사실 이해하기 어려운 번역어다. 장관인데 여럿(세 명) 있다니! 라며 외국에서 들어온 말에 머리를 싸쥐는 건 일단 니중으로 하고, 그 일을 해설하지! 귀족 가문 등의 문장을 판별합니다. 식전에 참가합니다! 또한 명예직입니다만, 급료는 나옵니다. 구체적으로는 제일 상급자가 49.07파운드, 나머지 두 사람은 20.25파운드. 참고로 연봉입니다. 필요한 경비가 부족하거든 알아서 벌어!

* 문장원(紋章院. College of Arms) : 계보문장원이라고도 함. 유럽의 모 섬나라에서 국가, 왕실 귀족의 족보와 문장(紋章)에 관련된 업무를 담당하는 기관(법인).

어깨를 으쓱이는 드레이크 중령에게 나도 난처한 듯이 끄덕였다. 조금 더 좋은 소식을 준비했으면 좋겠지만…… 수중에는 그보다 좋은 소식이 없다.

"이것 말고는 홍보나 기밀뿐이라서. 미안하군."

"아뇨, 하버그램 각하에게 잘 전해 주십시오. 가능하다면 저 여자들을 거두어 가신다면 더 기쁘겠습니다만."

힐끗 꺼낸 [여자들]이란 표현에 담긴 감정은 바로 마음고생. 드레이크 중령의 지친 얼굴에 떠오른 표정은 어딘가 애원하는 빛마저 섞여 있었다.

징징거리는 타입의 장교가 아닐 텐데 정말로 신기한 일이다. 메어리 중위라고 했던가. 연합왕국과 합중국, 나아가 협상연합과의 정치, 외교상의 필요성으로 파견된 의용마도사 때문에 꽤 고생하는 모양이다.

하지만 미안하게도 나와 마찬가지로 드레이크 중령 또한 국왕 폐하와 조국의 요청에 응할 수밖에 없는 가엾은 국가의 몸종이다.

"진심으로 동정하지. 슬프지만 나로선 아무것도 할 수 없어. 그건 하버그램 각하가 아니라 더 위에 부탁할 일이야."

"미스터 존슨, 당신의 입장으로도 말입니까?"

나로서는 실로 유감이지만 바로 그렇다.

의용마도부대의 취급은 정보 부분이나 군사적 합리성의 세계가 아니라 외교, 나아가서 국가의 사정이라는, 최고로 멍청하고 숭고한 차원에 있다.

그런고로 그는 묵묵히 끄덕일 수밖에 없다.

"힘든 현실이로군요. ……애써보겠습니다."

"미안하네, 드레이크 중령. 최소한의 선물로서 연방 세관 관리와 흥정해서 밀수한 물건을 가져왔지. 본국의 스카치야."

"말씀 참 고맙습니다! 잘 음미하면서 마시겠습니다!"

"벽지 근무의 위안으로 삼아 주게. 그럼 다음에 또 봅세."

》》》 　　　　같은 날 제도 베른 / 중앙역 　　　　 《《《

제도 중앙역의 플랫폼은 잡다한 인파가 연주하는 사람들의 소리와 군용, 민간 열차를 불문하고 분 단위로 정차했다가 떠나가는 차량이 연주하는 기계음이라는 이중주를 드높게 울리면서, 평소와 다름없이 활기가 찼다.

개전 이후로 철도 물류의 증대는 격화 일로를 걷고 있다. 제국의 물자 흐름을 파악하려는 인간이 있다면 바로 이 혼잡을 그 증거로 간주하겠지.

이 공간이야말로 근대의 상징이자 제국의 바이탈 사인이다. 그렇기에 국가의 필요에 응하여 부임지로 가는 군복 차림의 사람들 또한 악수를 나누고 이별을 아쉬워하면서 객차에 몸을 싣고 여행을 떠난다.

그것은 고급장관이라도 예외가 될 수 없다.

"제투아 중장, B집단 사열 담당으로의 영전, 축하하네."

"좌천을 축하하는 말인가? 형식적인 말에는 형식적인 태도로 감사의 말을 돌려주도록 해야겠군."

농담 섞은 말과 함께 오래된 전우들끼리 악수를 나누던 제투아 중장과 루델돌프 중장은 나란히 쓴웃음을 올렸다.

"……제투아, 자네도 참 재수가 없군."

"어쩔 수 없지. 최고통수부에 덤벼든 건 나니까."

병참 사정, 생산 상황, 그리고 무엇보다도 대전략 차원에서 제투아라는 [하부]가 [최고통수회의]라는 [상부]에 덤볐다.

황실, 국민, 혹은 정부. 어떻게 대변되더라도 궁극적으로는 국가의 의사에 대해 군인은 복종하는 법이다. 합법적인 명령에 대한 무조건적인 복종이야말로 통제의 진수. 거기에 예외는 있을 수 없다.

최고통수회의가 주(主)이며 군인으로서의 제투아는 종(從)이다.

"솔직히 말하자면 내 전무참모차장 해임도 있을 수 있다고 각오했네. 그런 만큼 김이 샐 정도야."

"흥, 그렇게 본 건 자네 정도지. 좌천된 인간이 참 **뻔뻔**하다 싶을 정도야."

"[겸임 사령]으로 동부 발령이니, 자리를 남겨 둔 것만이라도 온정이겠지."

국가의 의사를 거절하는 것은 반역이다.

아슬아슬한 선을 건드리는 만큼 해임이라는 최악의 경우는 각오하였다. 루델돌프 중장에게 하는 안도의 말은 그런 의미로 제투아의 본심이었다.

실로 온정 있는 조치라고 할 수밖에 없다.

여태까지의 실적을 감안하고 동부에서 속죄시키려는 셈이겠지. 관료기구는 냉혹한 조직인의 집합체지만, 인사에 마음을 쓴다는 점에서 일정한 배려를 해 준다.

하지만 루델돌프 중장은 제투아와 다른 감상을 품은 듯하였다.

"······문제는 대응의 차이다!"

그는 고개를 내저으며 내뱉었다.

"자네도, 나도 나란히 위에 반대했지. 그런데도 이건 뭔가? 모른다곤 하지 않겠지, 제투아."

최고통수회의의 본심은 처분으로 나타났다. 반대한 제투아, 루델돌프 중장에게 내린 처분은 표면상 큰 차이가 없지만······ 내실, 실무 면에서는 커다란 차이가 있었다.

"나도 승진은 날아가긴 했어도 현직에 남았지. 자네는 동부 좌천이야. 전선행을 뭐라 하는 건 아니지만, 실권도 없이 그냥 뒤에서 밥이나 축내라니 그냥 말려 죽이는 것 아닌가!"

"휴가를 받았다고 생각하기로 했는데."

"자네는 여전하군. 하지만, 제투아, 경고해 두지. ……위는, 아니, 정부 전반이 자네를 노려보고 있어."

"이제 와서 무슨 소리."

제투아 중장은 쓴웃음을 보였다.

"원망을 사지 않고 어찌 전무 노릇을 하겠나. 총력전 도중 아닌가? 팔방미인 노릇을 하면서 모두에게 잘 보인다는 건 애초에 불가능해."

적국 젊은이의 시체를 효율적으로 쌓는 방법을 모색하고, 그 대가로 이쪽의 젊은이가 피를 토하면서 대지에 쓰러진다. 그것이 전쟁이다.

누군가에게 사랑받고 싶다면 참모장교만큼 안 맞는 일도 없다. 남겨진 유족의 한탄, 비탄, 분노를 생각하면 당연하기 짝이 없는 이야기다.

"결국 내가 주도한 일을 떠올려 보게. 외교 분야에 대한 참견이야. 실질적으로는 독단전행이고, 최고통수회의에 대한 반대가 아니더라도…… 처분되지 않은 게 이상하지."

잘되길 바라면서 발버둥 친 인간이 실패했다. 결과론이지만 실패한 인간에 대한 조치로서는 꽤나 미온적인 처벌이라고 할 수 있다.

이 점에서 제투아 중장은 불만이 없다.

"신상필벌은 조직의 기본이야. 의도가 좋았다고 해도 군인이 외교에 손을 내미는 건 월권행위나 마찬가지. 무조건

면책하면 어떻게 될까? 군 통수상 무엇보다도 원칙에 어긋나."

그러니까 당연하다. 조직의 일원으로서 제투아는 군정론에 따라 자신의 처우를 객관적으로 보고 간단히 평하였다.

"기강을 잡을 필요가 있지. 적절한 채찍질이 있다는 것은 군이 건전함을 뜻하네. 처분이 없는 것보다는 있는 것을 기뻐해야 하지 않나?"

"하지만 공평하지 않아. 상벌은 군의 기본이지만, 자네의 월권도 따지고 보면 국가전략 결여에 대한 보완행위 아닌가. 참모본부가 이번 인사를 진심으로 증오한다는 것은……."

주위에 사람이 없다고 해도 루델돌프는 지나친 말을 하였다. 이거 안 되겠다 싶어서 제투아는 말을 가로막았다.

"그 정도로 하게나."

"음."

입을 다무는 동시에 불쾌함을 눈썹으로 드러내는 루델돌프 중장은 여전히 감정에 솔직한 모양이다.

"아무튼 우리는 군인이야. 군인인 이상……."

"어쩔 수 없나."

불쾌한 눈치인 옛 친구의 태도는 다소 걱정스러웠다.

"루델돌프 중장, 귀관에게 말하기도 그런데…… 군인이란 국가의 대전략에 따라야만 하지. 적어도 지금 내가 할 수 있는 말은 그것뿐이야."

제투아 중장은 가볍게 웃었다.

"그러니까 나는 명예로운 전선에서 감투정신을 함양하라는 시사를 받은 거겠지."

"연방군의 손으로 자네를 처리하려는 심산일지도 모르네."

"그건 괜한 걱정이야. 내가 자네를 죽일 생각으로 동부에 파견한다면 장난질 하나라도 치겠지. 이를테면 긍지를 자극하여 명예연대장으로 [지원]하게 한다든가. 적어도 나라면 그렇게 하겠는데."

참모본부에 오래 있었다는 소리는 그런 수완도 숙지했다는 소리다.

예를 들어서 노르덴에 돌격하여 라인 전선을 위태롭게 했던 과거의 상관들이 어떤 식으로 [명예롭게 영전]했는지 생각하면…… 제투아 중장은 그런 생각에 쓴웃음을 지었다.

"나는 축복받은 부류야. 상대적으로 보자면 말이지만."

"자넨 여전하군. 어깨에 별이 붙은 장군으로서 중위 시절처럼 조직의 부조리에 한탄하다니. 아니, 이건 너무해, 제투아. 정말이지 군인이란 마음대로 안 되는군."

"중령 때도 비슷한 소리를 했던 것 같은데. 결국 지위가 변해도 마음대로 안 되는 게 세상이지. 위에는 위의, 아래에는 아래의 고생이 있다는 소리에 불과해."

"자네는 너무 달관했어. 보통은 그 정도가 아닐 텐데."

달관할 수밖에 없는 것은 경험에서 나온 산물이다. 대체 누구의 뒤처리를 계속해 왔단 말인가? 실로 흥미로운 의문이다.

제투아 중장 자신도 작전국 출신이다. 루델돌프 중장을 필두로 하는 작전가들의 억지도 작전적 정합성을 비추어 보면 이해할 수 있다. 필요한 것이라고 보고 그들의 무리난제에 어울려줬는데…… 그때 한 가지 사실을 떠올렸다.

"한마디 해도 될까?"

"뭔가?"

"전무는 군의 기구야. 조직의 경향으로서 정치 쪽으로 약하지."

무슨 당연한 소리를 하는 거냐고 시선으로 묻는 루델돌프는 옳다. 하지만 제도란 [인간]이 운용하는 것이다.

"내 일처리가 자네에게 오해를 일으켜선 안 되지. 일단 확실히 말해 두지. 정치를 다루는 것을 전제로 편제되지 않은 전무는 어디까지나 도구에 불과해. 스스로 생각할 수 없는 도구야. 따라서 전선으로 가는 철도망 말고 다른 것을 그들에게 기대하지 마."

"그 말은?"

"미안하지만 군이 아닌 분야와의 절충은 힘을 빌려주게."

조직의 부족함을 사람이 메운다.

말로는 좋지만, 문제를 뒤로 미루는 것이기도 했다. 하지만 알고는 있어도 전시다 보니 좋게 말하자면 임시응변, 냉철하게 말하자면 벼락치기 대응에 쫓기게 된다.

결과적으로 상황에 맞추는 형태로 제투아 중장은 정치적 처리에 손을 담그는 꼴이 됐는데…… 그것은 본래 전무참모부라는 틀에서 일탈하곤 한다.

보급 문제와 물류 담당자로서 참모본부는 비슷하면서도 다른 차원의 세계로 들어가고 있다는 게 실정이겠지.

"역시 자네가 적임자야. 이 타이밍에 군정 실무에서 멀어지다니…… 솔직히 괴로운 정도로 끝날 일이 아니야."

루델돌프 중장은 그렇게 말하며 사납게 웃었다.

"하지만 군정 관료인 제투아 중장이 아니라 작전가로서의 자네가 주전장 밖을 담당해 준다면…… 그쪽 걱정은 안 해도 되겠군."

"호오? 학구파 인간답게 한직을 기회 삼아서 철학적 사고에 빠질지도 모르는데?"

"하하하, 그거 놀랍군."

제투아 중장의 어깨를 주먹으로 가볍게 찌르면서 루델돌프 중장은 웃음을 터뜨렸다.

"작전가인 자네가 어느 정도인지 모르는 바가 아니지. 설마 자네가 완전히 다 잊어버렸을 리도 없어. 그렇다면 자네의 군사적 자질을 걱정해 봤자 시간 낭비지."

"이거야 원, 항상 귀찮은 일만 떠맡는군."

"제투아 중장, 잊지 않았겠지. 참모장교란 근면을 가장 좋게 보는 법. 자네만 지방에서 우아하게 쉬게 둘 것 같나."

제투아는 흥 하고 코웃음을 쳤다.

"온정 있는 한직근무인가 했더니 예상외의 요망이군. 이보게, 일을 시킬 거면 권한이라도 좀 주면 좋겠는데……."

명목상인 지위, 명예직으로의 좌천. 상부가 의도하는 바는 그렇겠지. 반대로 현장을 지도하는 루델돌프 중장은 이때다 싶어서 B전선을 통째로 던질 생각으로 나왔다.

그것을 위해 필요한 권한이 애매모호하다면 일을 진행할 때 엄청난 곤란이 따라붙을 것이다.

"자네답지 않은 푸념이군, 제투아."

"푸념 한마디라도 해야지. 애초에 이쪽만 고생하지 않나. B전선의 유지라. 그것을 [요청]으로 움직여야 할 정도면 고향에 은둔하고 싶어지는데."

"무슨 소린가. 본래 자네에게 병참을 맡기는 쪽이 훨씬 편한데."

"……알고 있어."

어찌 됐든 고생이란 건 변함없다, 그런 한마디는 삼켰다. 항상 하는 고생이라는 불평을 꺼내려던 때에 기적 소리가 두 사람의 목소리를 지워버렸다.

이야기에 빠진 동안에 시간이 된 모양이다.

"어이, 열차가 왔나 보군. 저기 보게, 제투아."

"음, 그런가 보군."

플랫폼에 미끄러져 들어오는 열차는 객차 뒤에 화물차를 연결한 전형적인 정기편이었다. 화물차 안에는 동부로 가는 치중물자가 잔뜩 있겠지.

가장 큰 특징은 대공위장이라는 명목으로 덕지덕지 칠한 싸구려 염료일까. 하늘에서 보면 오인하기 쉽도록 궁리한 차량은 아무래도 색조가 무겁다.

그게 앞날을 연상시키는 듯해서 불쾌했다. 루델돌프 중장에게 뭐라고 말해 봤자 불안을 씻어낼 순 없겠지.

출발 전에 제투아 중장은 자기답지 않게 끈질기다는 걸 알면서도 구태여 입을 열었다.

"안드로메다의 병참, 솔직히 말하는데……."

말해야만 한다.

하지만 못을 박아야만 한다는 마음은 헛수고였다.

"마필이 부족하다. 철도만은 가까스로 어떻게 된다. 이것이 희망의 동아줄이야. 그 밖에는 보험으로 트럭이 있는데…… 연료 비축이 아슬아슬할걸."

"……그래."

요점을 파악하고 문제를 이해한다고 말하니 뭐라 돌려줄 말도 없다.

"애초부터 알고 있었어. A집단 쪽은 걱정 말게. B집단은 맡김세."

루델돌프 중장은 가볍게 끄덕이고 가슴을 주먹으로 두드렸다. 자기가 떠맡겠다는 소리겠지.

"자네의 억지에 어디 하루 이틀 어울려 줬나."

"동기의 인연이란 거지. ……자네와 나, 둘이서 이겨 보자고."

"실패했을 경우는?"

언제든지 마음에 예비책을. 참모장교의 천성이다. 본성이라고 해도 좋다.

작전에 임하면서 누구보다도 강렬하게 성공을 빈다. 하지만 모두가 보기 싫어하는 실패의 가능성에 대비한다. 모순에 가깝지만, 성공을 누구보다도 강하게 빌기에 누구보다도 최악을 상정해야만 한다.

"전선을 정리, 후퇴도 불사. 지는 말에게 계속 거는 취미는 없어."

"……대담한 전선후퇴는 B전선에도 영향을 줘. 물러날 때는 연락이라도 주게."

루델돌프 중장이라면 타이밍을 그르칠 일도 없겠지. 본래 불안하게 생각하는 쪽이 이상한 이야기다.

하지만 오래간만의 최전선 근무라서 주저가 생겼을까? 제투아 중장 자신도 느낌이 기묘했다. 말로 하기는 어렵지만, 뭔가 단추를 잘못 끼운 듯한 위화감. 하지만 그 감각을 말로 표현할 수 없었다.

결국 조금 망설인 끝에 제투아 중장은 말을 삼갔다. 확실하지 않은 것을 말할 수도 없다면서.

"자네라면 잘해 줄 거라고 믿네. 이걸로 이쪽은 A전선에만 집중할 수 있으니까, 감사하지."

"적당히 할 수 있다면 충분하겠지."

"자네가 하는 일이니 문제없이 해 주겠지."

"……노력은 하지. 하지만 이건 단순한 연대책임으로 끝나지 않을 문제야. 자네가 사람을 험히 부린다는 것을 감안해서 한마디 하지."

"해 보게나."

"남기고 가는 우거 중령 등은 우수하지만, 본질적으로 사람이 좋은 타입이야. 협조성은 풍부하지만, 자기추창을 억제하는 기질이기도 하지."

"그래서?"

"그들이 무리라고 말할 때는 내가 말하는 무리와는 성질이 다른 것을 이해해야 해. 아마도 그들이 무리라고 할 때는 쥐어짤 데까지 다 쥐어짠 거야."

루델돌프 중장에게 맡기는 전무 참모들은 전력을 기울이는 것에 너무 익숙해졌다. 군더더기를 털어내고 최대효율을 추구한다는 점에서 더없이 유능하다.

조직인으로서는 최고의 톱니바퀴겠지.

문제는 그들을 부리는 법에 있다.

"기억해 두라고. 내 부하는 아주 근면해. 너무 근면하다고 해야 할지도 모르지. 그들을 부리려면 공부 좀 하게."

그들은 노력을 아끼지 않는다. 근면하고 이타적인 것은 칭찬할 만하지만…… 참모장교가 적절하게 휴양을 취하지 않는 것은 문제이기도 하다. 한계에 직면할 때까지 심신을 혹사해서는 유사시에 대응할 여력을 잃는다.

"……마음에 담아 두지. 이거야 원, 자네를 쥐어짤 때가 훨씬 편했어."

"자네와 작전참모들의 억지에 나와 부하들은 말라비틀어질 뿐이야. 더 쥐어짜도 원한 말고는 피도 눈물도 안 나와. 그 정도로 마음고생과 격무가 문제였어. 동료 복만큼은 없었던 것 같군."

"으음, B집단에서 나처럼 좋은 동료를 만나면 좋겠군."

"하하하! 그거 문제로군. 너무 심하지 않나."

제투아 중장은 웃고 루델돌프 중장은 어깨를 으쓱이며 너스레를 떨었다. 동기의 가벼운 농담이란 나이를 먹어도 변함없는 모양이다.

"무운을 빌지."

"음. 그럼 언젠가 또 봄세."

"그래. 개선장군 각하가 되는 걸 기다리고 있지."

어깨를 두드리고 악수를 나누면서 농담이 끊이지 않는다. 참모장교가 아무리 칭찬을 들어도, 그 인격이 선량하기 때문임이 아니라는 점만큼은 확실하겠지.

"비싼 술과 시가를 준비해달라고. 파산시켜 줄 테니."

"괜찮아. 작전가 제투아 각하 개선축하회를 기대해 줘. 성대한 자리로 만들 테니. 준비는 전무의 제투아 중장에게 시킬 테니까 완벽하리라 믿어도 좋겠지."

"……자네한테 한 방 먹다니. 으음, 나도 갈 데까지 갔군. 그럼 얌전히 동부에 가 보실까."

그럼 언젠가 또 보자.

그 말을 남기고 열차의 객실로 들어간 제투아 중장을 맞이하는 것은 긴장을 띤 경례와 함께 직립한 졸병이었다.

"실례하겠습니다! 각하, 짐을……."

"짐?"

"옙, 도움이 필요한 화물은 어디에?"

"수고하는군, 짐은 없네."

놀란 표정을 하는 젊은 졸병. 귀를 의심하는 걸까?

"예? 저기…… 도움은 필요 없으십니까?"

고급장관에게 되묻는 긴장 때문일까, 창백한 얼굴로 입을 여는 그에게 제투아 중장은 동정마저 품었다.

"보게나, 가진 거라고는 장교행랑 하나지. 이사 가는 것도 아닌데 내가 들지도 못할 큰 짐을 가져가서 뭐하겠나. 장교란 명령 하나만 내려오면 몸 하나로 부임하는 법이지."

"크, 크, 큰 결례를 저질렀습니다!"

"신경 쓰지 말게."

제투아 중장은 가볍게 고개를 내저었다.

"전임자들이 귀관을 오해하게 했다면 실로 유감이군. 그렇긴 해도 좋은 기회야. 동부로 가는 병사들에게는 따뜻한 차 한 잔이 무료였지? 일개 군인으로서 내게도 그걸 내준다면 좋겠군."

"옙! 곧바로 대령하겠습니다."

졸병은 정말 멋진 속도로 달려갔다. 잘 훈련받은 모습이다. 하지만 제투아 중장으로서는 [평시] 같다고 다소 쓴소리를 하고 싶은 바이기도 했다. 의례를 중시하는 것은 군의 평소 모습이지만, 전쟁터로 가는 열차에서 이래야 하나?

"……어허, 야전군 근무치고 너무 정중한데."

철도 운행이나 이용 실태에 관해 쓴소리 한마디라도 해야만 하겠지. 마음속 메모장에 과제로 기록하려다가 문득 깨달았다.

여기는 참모본부가 아니다.

즉각 개선을 명령하면 해결되는 공간이 아니다. 다 기억도 못 하게 될 테니 기록해 둘 필요가 있겠지.

요청하는 권한이란 즉 그 정도란 소리다.

객실의 의자에 앉아서 제투아 중장은 중얼거렸다.

"B집단 놈들의 고삐를 잡으면서 전쟁이라."

최고통수회의가 상정하지 않은 역할 분담이다. 명목상의

권한은 있지만, 실질적으로 작전지도의 임무는 참모본부에 남은 루델돌프 중장이 책임질 예정이었겠지. 동부의 남쪽 끝에서 이루어지는 대규모 공세로 인원이 부족해진 루델돌프 중장이 전무 지도도 겸임하면서 B집단의 지도까지 할 순 없다는 걸 알아주지 않는 점은…… 불쌍하긴 하지만.

"덕분에 내가 떠맡을 수 있나."

위가 의도하지 않는 형태로 분업이 됐다. 결과적으로 권한도 수중의 카드도 대폭 제약되는 동부 부임이다. 참모본부와 동부군의 관계가 극도로 나쁜 건 아니라고 해도, 방면군에 낙하산 인사가 이루어진 것이다.

사령부 사람들과 마음이 통하기까지 느긋하게 시간을 보낼 여유도 없겠지.

"멍청한 루델돌프, 말은 쉽게도 하는군."

명령으로 강요할 수도 없고 요청을 거듭할 뿐이라니, 정말 힘들다. 동부에서 자신의 영향력은 무시무시하게 제약되겠지.

실질적으로 수중의 카드는 전혀 없다.

"……아니, 딱 하나 있나."

딱 한 장의 카드. 하지만 와일드카드다.

"샐러맨더가 있군."

전투단을 구상할 때는 설마 이런 식으로 써먹게 될 줄 꿈에도 생각하지 않았다. 지휘관인 데그레챠프 중령 이하, 참모본부 예하로 운용되는 특수한 편제. 동부에서 그리 적극적으로 활용되지 않지만, 앞으로는 증설을 검토해야겠지.

"이럴 줄 알았으면 편성 중인 전투단도 동부로 보냈으면 이야기가 간단했을까. 아니, 소용없는 소리긴 하지."

본국에서 운용 연구를 목적으로 몇몇 전투단이 시험운용 중인데…… 참모본부 직할이라는 편리함을 감안하여 너무 곳곳으로 흩어놓은 것이 안 좋게 작용했다.

아예 죄다 동부로 보냈으면 직할 전력으로서 기대할 수도 있을 텐데.

덕분에 수중의 패가 부족하다는 최악의 결과가 됐다.

"아무튼 이렇게 됐으면 나도 현장 지휘관으로서 자리를 지킬 수밖에 없나. 이기면 되지만."

동부에서 안드로메다를 성공리에 완수한다. 이상은 명료하다. 가능하다면 희생이 적은 편이 바람직하다.

이길 수만 있으면 동부에서 제투아 중장 자신이 해야 할 일은 자연히 소멸하는 거나 마찬가지겠지. B전선이 안정되면 B집단의 참모들에게 야유를 던져주면 된다.

"하지만 이기지 못하면?"

무심코 흘린 자신의 불길한 질문에 제투아 중장은 등골이 오싹해졌다.

안드로메다가 실패하면? 대응할 순 있을지도 모른다. 아주 힘들긴 하지만, 어떻게 못할 만큼 노망이 든 것도 아니다.

하지만 그것은 진짜 문제가 아니다.

지금이라면 아직 수습할 자신도 있다. 실패를 기반으로 고칠 점을 고치고 다음 작전을 짜면 된다. 하지만 다음에도 실패하면? 포기하지 않고 또 다음 작전을 짤까?

아니, 작전이야 짤 수 있을지도 모른다. 아무리 인재 부족이 심각해진 지 오래인 참모본부라도 작전 입안 기능까지 상실하는 데에는 이르지 않았다.

문제는 단 하나.

과연 거기에 이른 제국과 현장의 제국군에게 세 번째 작전을 이행할 만한 여력이 남아 있을까? ……아니, 그 이전에 두 번째 실패를 수습하는 게 가능할까?

객관적으로는 양쪽 다 절망적일 만큼 0에 가깝다고 인정할 수밖에 없다. 대규모 작전이 두 번이나 주저앉으면 제국의 기틀은 남을까?

공세는 고사하고 방어 전투조차도 만전의 승산이라고 하기 힘들다. 문제가 없다고 안도의 마음을 품고 위기에서 눈을 돌리려면 상당한 자기기만이 필요할 것이다.

……짜증스럽게도 연방군은 다른 모양이다. 놈들은 전장에서 몇 번이나 실패를 거듭하고, 그때마다 일어섰다.

"아하, 과연."

제투아 중장은 아까부터 품었던 위화감의 정체를 간신히 깨달았다.

"우리는 실수하면 안 되고, 적은 실수해도 된다. ……불공평하다고 생각했던 거로군."

참모본부에서 동부군 전진 거점으로 호출을 받았을 때, 타냐로서는 레르겐 대령이든 우거 중령이든, 아무튼 지인 장교가 일종의 전령으로 온 거라고만 생각했다.

통신문으로 주고받기엔 너무 위험하거나 중대한 안건은 장교가 가져오는 법이다.

기밀보호나 편이성, 시장성이라고 해야 할 요소를 생각하면 호출의 목적은 정보 전달일 것이다. 그리고 중령급인 자신에게 전달하는 사람이라면 영관급 정도가 상한선이다.

제국군이라는 관료기구를 숙지하면 자기도 모르게 보이는 결론을 바탕 삼아서, 다시 친분을 갖고 중앙과의 연줄을 다져야겠다는 마음을 품고 대령한 타냐는 그만 굳어버렸다.

사령부 기능을 갖추었다고 해도…… 안내받았을 때는 꽤나 고급스러운 막사가 다 있다고 다소 의심해야 했다.

"오래간만이군, 데그레챠프 중령."

동부군의 졸병에게 안내받아서 방문한 방에서 기다리던 것은…… 영관급이 아니라.

한 손을 들고 가볍게 웃는 것은 호호 할아버지 같은 장군 각하. 잘못 볼 리도 없다. 참모본부 전무참모차장 각하, 별을 늘어뜨린 제투아 중장 각하님이시다.

방심한 만큼 충격은 절대적. 예기치 않은 기습 때문에 소심한 타냐의 심장이 무심코 입에서 튀어나올 뻔했다.

하지만 조금이라도 미래를 예지할 수 있으면 이야기는 달랐을지도 모른다. 적어도 제투아 중장이 다음에 할 말을 알았으면 타냐의 놀라움은 이 정도가 아니었겠지.

"참모본부에서 흘러와서 당분간 동부에서 놀게 됐다. …… 일단 잘 부탁하지."

대수롭지 않은 투로 내뱉는 말은 계속해서 이어졌다.

"간단히 말해서, 최고통수회의의 불만을 사서 날아오게 됐다. ……상사의 잘못을 지적하는 것은 꽤나 힘들군."

커리어, 플랜 양쪽에 빛나는 연줄이었을 터인 제투아 중장이 엎어졌다.

그 사실은 조심스러운 인생 설계를 진행하던 타냐에게 통한의 사태를 의미했다. 자기 파벌의 보스가 쓰러졌다! 파벌이란 이래서 안 돼!

그런 푸념을 사람들 앞에서 하지 않았던 자제심만큼은 타냐에게 자랑할 만한 것이다. 하지만 긍지나 자제심만으로 문제를 해결하는 건 불가능하다.

주도권을 상실했다고 깨달았을 때에는 이미 늦었다. 경악과 경악의 곱셈이지만, 플러스에 마이너스를 곱한 것처럼 마이너스다.

경악한 타냐가 자세를 가다듬기 전에 제투아 중장은 마이 페이스로 담담히 말하기 시작하였다. 차라리 존재X처럼 유해성을 온몸에서 현현시켰으면 다른 대응도 가능했을지도 모른다.

하지만 사회적 모범에 구속되는 문명인 타냐 폰 데그레챠프라는 일개 제국군인에게 [상사가 말하는 도중에 도망친다]는 선택지는 불가능했다.

타냐가 리스크를 깨달았을 때 이야기는 심상치 않은 데까지 도달하였다.

다시 말해 제국군 참모본부와 최고통수회의가 대립.

정치 사정에 따라 대규모 공세작전 [안드로메다 작전]의 결행이 확정. 그것을 기반으로 군은 대규모 공세의 사전 집적을 개시하였고, 소문으로 나돌던 동부군의 재편이 이루어지는 것도 사실.

주전력을 집결한 A집단, 광범위한 전선 방어의 B집단으로 양분하고, 기갑전력의 태반이 남부 도시 공략에 집중된다……등의 이야기를 듣느라 끼어들 틈도 없었다.

여기까지 들은 시점에서 기밀정보의 레벨이 얼마나 높은지── 타냐는 알고 싶지도 않았다.

결국은 다음 한마디로 끝난다.

"그런고로 나는 동부 B집단에 대한 감사와 지도 군령에 기반을 두고 방어선 재구축을 지원하게 된다. 남방에서 실행하는 안드로메다를 위하여 B집단 전체에서 기갑전력의 태반을 빼앗기지만, 이쪽은 이쪽대로 지혜를 쥐어짜서 잘해 보지 않겠나."

입을 쩍 벌리고. 타냐 자신도 놀랍게도 얼간이처럼 넋 나간 얼굴로 제투아 중장의 말에 귀를 기울일 수밖에 없었다.

동부 전선은 광범위하다고 일반적으로 말하지만, 그건 엄밀하게 말하자면 오해다. 더 현실에 가까운 표현으로 하자면 너무 넓다.

그래서 모든 것이 분산된다. 당연히 방어 진지도 방어 전력도. 이상을 말하자면 라인 전선처럼 두꺼운 참호와 화력 거점으로 이루어진 스트롱홀드로 공산주의자 환영회를 여는 것이 도리인데, 현실은 구멍투성이의 좀 먹은 진지라고 해야 한다.

말하자면 만성화된 인력 부족 상태다.

여러 명으로 대응하는 편이 효율적이고 바람직하다고 알면서도 사람이 부족하다. 국가의 폭력장치인 제국군의 지불 능력은 [국가]가 파산하지 않는 이상 확실하다지만, 국력과 인적 자원의 소모가 제국군을 무겁게 짓누른다.

이런 상황에서 긴급 대응용 기갑전력까지 A집단에 빼앗긴다?

현기증을 느끼지 않는 인간이 있을 수 있을까. 쇼크사했다면 또 모르지만.

"반론, 이론, 기타, 귀관이 하려는 말을 모르는 바 아니다. 하지만 연방군의 자원지대를 제압할 수 있다면 전쟁경제에 극적인 정세 변화도 기대할 수 있겠지."

"외람되지만, 그것은 [성공]했을 때의 이야기입니다."

"아주 흥미로운 지적이다. 논의를 위한 가정으로서 자유롭게 말해라. 귀관은 안드로메다 작전을 어떻게 보나?"

"……소관의 주제를 생각하도록 하겠습니다."

"솔직히 묻지. 꼭 기탄없는 의견을 말해 주게."

떨떠름한 눈치인 타냐에게 제투아 중장은 부드러운 표정으로 다음 말을 재촉했다. 그 눈은 웃고 있지 않았다.

어쩔 수 없다 싶어서 타냐는 각오를 하고 입을 열었다. 말을 들어주는 상사에게 의견을 말하는 것은 사관의 월급 범주 안에 있는 일이니까.

"아슬아슬한 연락선, 파탄 직전의 병참망, 극도로 장대한 측면의 폭로, 점과 선을 확보하는 정도에 불과한 우군 부대, 마지막으로 거리라는 위협."

타냐는 반쯤 화풀이처럼 내뱉으면서 결론을 말하였다.

"모든 것이 무모합니다."

"무모하다고만 하면 모르지. 계속해 보게나."

"달리 형용할 단어를 소관은 모릅니다. 구태여 표현하자면 이것은 너무 위험한 도박이나 마찬가지입니다."

말을 꺼낸 이상 설명할 의무가 있다. 담담하게, 어디까지
나 직업전문가로서 주관을 극력 배제한 어조로 타냐는 자기
견해를 제시했다.

"현황을 단적으로 표현한다면 B집단은 이름뿐입니다. 집
단이라는 명칭과 달리 동부의 실존은 A집단뿐이며, B집단
은 잔해나 마찬가지! 교과서는 고사하고 동부 기준에서의
필요 최소한의 병력조차 확보하지 않았습니다."

"그렇게 보이나?"

당연하다는 듯이 타냐는 힘주어 끄덕였다.

"군 대학은 물론이고 사관학교의 최하급생조차도 한눈에
판단할 수 있을 겁니다. A집단의 공세가 성공하더라도 B집
단이 깨지면 전선은 대폭 후퇴할 수밖에 없습니다. 그런데
도 문제의 B집단은 형태뿐이니, 안드로메다의 측면만이 아
니라 후방까지 위태로워질지도 모릅니다."

숫자 맞추기, 분식회계나 마찬가지다. B집단이 막아내려
고 해도 B집단에는 그럴 만한 병력이 없다.

A집단은 전력집중의 노력으로 가까스로 국소적 우위를
확보한다. 돌파구를 뚫는 것만이라면 가능할지도 모른다.

적은 두껍지만 균질하게 두꺼운 게 아니니까, 구멍을 뚫
는 것뿐이라면 항상 고려할 수 있다. 하지만 그때 후속 부대
가 뒤따를 수 있느냐가 최대의 문제다.

돌파했을 때 [돌파구]를 계속 확보할 수 있는 지휘통제가 잡힌 예비부대가 없으면 무익한 고생이 된다.

"지금은 예비는 고사하고 B집단에서 긴급대응부대까지 뽑아가고 있습니다! 이 시점에서 본말전도인 게 드러납니다."

"그걸 어떻게 하는 것이 참모의 본분이겠지."

"불가능한 일에 적절한 이의를 제기하는 것도 참모장교의 의무입니다. 소관은 군 대학에서 그렇게 배웠습니다만."

특히나 불가능한 것은 솔직하게 [아무리 군사적 합리성을 요구해도 불가능하다]라고 명언하는 것을 군 대학 참모여행에서는 강조하였다. 따라서 타냐는 말을 이었다.

"참모의 일이란 불가능한 것을 강행하는 것이 아닙니다. 저울을 기울일 수는 있어도, 죽은 자로는 그것이 불가능합니다. 저울추보다 가치가 있는 것을 올릴 수는 없습니다."

"중령, 학교 교육을 과신하다니 야전장교답지 않은 발언이군. 우리는 백지수표를 받은 신분이 아닐세. 안드로메다의 리스크가 크다는 건 부정하지 않지만, 일단 발령된 이상 최선을 다할 뿐이야."

타냐는 고개를 흔들며 제투아 중장의 말에 답했다.

"그 말씀은 알겠습니다만, 도무지 내키지 않습니다."

"꽤나 구차한 말이군. 귀관답지 않은데, 왜 그러나?"

"분위기입니다만, 형용하기 어려운 애매모호함이 있다는 건 인정합니다. 하지만 구태여 말씀드리자면 모든 게 마음에 안 듭니다. 애초에 작전의 이름부터가 거슬립니다."

타냐는 제투아 중장이 쓴웃음 짓는 모습을 시야 한구석에 포착했다. 그만큼 재미있는 소리를 할 생각은 없었지만, 상사의 흥미를 많이 끈 모양이다.

"신기한 일이군."

"예?"

놀란 타냐에게 보내는 시선은 치기로 가득했다. 발언의 어디에 상사가 재미있어할 요소가 있었을까?

"귀관이 미신을 믿다니. ……조금 더 합리적인 장교라고 생각했는데."

"이름이 모든 것을 말합니다."

"흠?"

계속해 보라는 시선에 따라서 타냐는 말을 이었다. 구조주의를 과도하게 따를 생각은 없지만, 만사는 그 틀에서 벗어나야 할 순간이 있다.

"우리는 의외로 [말]을 과신하고 있습니다. 따라서 [단어]에 따라서 사고, 상상력이 제약된다는 과제를 쉽게 잊어버립니다."

결국 인간이란 단이의 마력에 희롱당한다. 타냐가 알기로 이름은 단어지만, 동시에 [이름이 가진 의미]는 때로는 오해의 씨앗이 된다.

"다키아 대공국군의 [사단]과 연방군의 [사단]은 같은 [사단]이라도 위협도가 다릅니다만…… 연방과의 싸움을 너무 염두에 두면 다키아 대공국군을 과대평가하고, 다키아와의 싸움을 염두에 두면 연방군을 과소평가하는 위험성이 있는 것과 같습니다."

"그래, 듣고 보니 분명히 그렇군."

재미있는 말을 들었다. 그런 표정으로 제투아 중장은 고개를 끄덕였다. 학구파 상관의 흥미를 끄는 화제였다면 다행이다.

"그럼 안드로메다라는 이름이 품은 의미는?"

"안드로메다 성운입니다. 따라서 너무나도 큰 목표가 아닐까요. 적어도 소관에게는 자명하게 생각됩니다. 거리의 위협을 무시하려고 애쓰는 바람에 걱정거리가 명백하지 않습니까."

안드로메다라는 기묘한 이름에는 속마음에 있는 걱정이 의도하지 않은 형태로 드러난 것처럼 생각될 정도다.

그것이 의식적인지 무의식적인지는 모른다.

흥미 깊은 명제지만, 무너져 가는 기업일수록 [성장전략, 장기전략]이라는 단어를 좋아하는 것과 같은 경향일까? 단적으로 표현한다면 여유가 없다는 것을 채 숨기지 못한다.

"과도하게 용감할 필요도, 과도하게 무의미한 가치중립을 찾을 필요도 없습니다. 하지만 작전명 하나만 봐도 어떤 식으로 받아들여지는지 배려해야 합니다."

조직에서 조직 안의 사람을 고무할 수 있는가, 기죽게 하는가는 사활문제다.

"좋은 지적이다, 중령. 명명자에게 넌지시 전달하지."

"예?"

"언제나 내가 작전명을 결정했는데, 이번에는 내가 정하지 않아서. ……루델돌프 중장에게는 꼭 전하도록 하지."

　또다시 한 대 얻어맞은 기분이었다. 대화 주도권을 상실하는 것이 타냐로서는 분하기 짝이 없었다.

　어느 틈에 제투아 중장은 시가를 꺼냈다. 제길, 간접흡연인가. 속으로 한숨을 내쉰 타냐에게, 오늘은 연속해서 예상밖의 일이 생겼다. 뭔가 주저하듯이 잠시 침묵한 끝에 중장 각하는 시가를 시가 케이스로 되돌리지 않는가!

"한 대 피울까 생각했지만, 아무래도 내키지 않는군."

"심기가 편찮으십니까?"

"아니, 귀관에게 권하고 속내를 좀 말할까 했는데, 군법이 떠올랐을 뿐이다. 시가를 귀관에게 권했다간 둘이서 사이좋게 처벌을 받지."

"옳은 말씀입니다."

　타냐는 무심코 쓴웃음을 지었다.

　미성년의 음주, 흡연은 범죄다. 하물며 항공마도장교쯤 되면 폐를 약하게 만드는 행위는 직무에 전념해야 할 의무에 저촉되지 않는가 하는 걱정마저 있다. 미성년 항공마도장교가 직무전념의무를 무시하고 흡연! 이만큼 규약에 위반하는 개념도 달리 없겠지.

그래도 타냐는 탈선하려는 생각을 되돌렸다.

중요한 것은 중장 각하가 일개 중령 따위에게 [담배를 권하자]고 생각할 만큼 심각한 이야기가 있다는 사실이다.

대체 얼마나 어려운 이야기일까?

여기까지 듣는 것만으로도 꽤나 괴로운데…… 그 이상이면 솔직히 말해서 발길을 돌려 도망치고 싶다. 도망치고 싶지만, 여기서 도망칠 수 없는 것이 사회나 조직에 속한 개인, 그리고 무엇보다 군인이라는 직업의 괴로운 점이다.

"오늘은 계속 놀라기만 했습니다. 이미 무슨 소리를 들어도 놀라지 않겠다고 결의했습니다. 뭐든지 말씀해 주십시오."

각오와 함께 타냐가 말을 꺼낸 순간 제투아 중장은 살짝 끄덕였다. 그래도 아무래도 주저되는지 잠시 침묵이 흘렀다.

몇 초, 하지만 기나긴 몇 초였다.

간신히 고개를 들자마자 제투아 중장은 씁쓸한 표정을 하고 타냐에게 고개를 숙였다.

"미안하네, 중령. 1개 마도중대를 빌려주게."

"예? 실례입니다만…… 분파입니까?"

"그래, 귀관의 1개 중대를 가져가지."

어려운 명령일 거라고 각오는 하였다.

하지만 그래도——.

그래도 타냐가 무심코 주먹을 움켜쥐고 상관을 노려볼 정도로 괴로운 요망이었다.

"각하, 외람되지만 반발을 용서해 주십시오. 그것은 단순한 중대가 아닙니다."

"알고 있네. 그러니까 사령부 중대로 써먹고 싶군."

"……손발이 잘리는 기분입니다만."

극단적으로 인원에 구멍이 나는 건 아니라고 해도, 사람이 모자라는 건 어디나 똑같다.

타냐의 손발, 귀중한 인적 자원인 항공마도사는 레르겐-샐러맨더 전투단에서도 수적으로 충족됐다는 소리를 빈말로도 하기 어렵다. 수중의 패가 줄어드는 것은 너무나도 괴롭다.

보충 마도중대를 넣고 가까스로 정수인 증강대대를 유지한다고 해도 정예는 고작 3개 중대. 그 3분의 1을 빼앗기는 것을 태연하게 허용할 수 있는 책임자 따윈 없겠지.

"그럼 하나 정도는 괜찮겠군."

"사정없는 말씀이군요. 그 용도를 여쭤도?"

"예비전력이다. 전략예비야, 중령."

"각하, 직책상 반론을 허락해 주십시오."

"어디 들어보지."

제투아 중장이 고개를 끄덕여준 것은 행운이었다. 어떻게든 자기 카드를 사수하겠다는 듯이 타냐는 설득을 위한 논리를 폈다.

"저희 1개 전투단에서 추출하는 것은 너무나도 안 좋습니다. 전력 추출이 필요하다면 동부방면군 내지 B집단에서 검토해 주셨으면 합니다."

"즉…… 귀관의 부대일 필요는 없다? 조금 전까지 B집단은 실존하지 않는다고 부정한 장교의 입에서 나온 발언이라고는 생각되지 않는데."

아무리 B집단이 속 빈 강정이라고 해도 모순의 문제다. 여유가 없다고 해도 백 명에서 한 명과 열 명에서 한 명은 의미가 전혀 다르다.

타냐는 무심코 거친 어조가 되어 있었다.

"제203항공마도대대는 샐러맨더 전투단의 중핵입니다. 기갑, 포병, 마도, 보병의 통합전술에서 핵심이라고 해도 과언이 아니겠지요. 무엇보다 동부에서의 배치, 운용 상황을 볼 때 소관은 강하게 반대할 수밖에 없습니다."

계속해 보라는 시선을 받아 타냐는 이때다 싶어서 떠들기 시작했다.

"샐러맨더 전투단은 동부에서 참모본부 직할전투단입니다. 동부 방면의 전략예비로서 운용하는 것이 상정되는 것은……."

"중령, 오해가 있는 모양이군. 이건 B집단을 위한 전략예비가 아니다."

"예?"

"나를 위한, 아니, 정확을 기하자면 [동부방면군에 낙하산으로 내려온 참모본부 파견자]를 위한 [예비전력]이다. 여태까지 계속 말하지 않았나."

그렇게 말하면 타냐로서는 다음 말을 이을 수 없다.

"형식상 나는 동부방면군 B집단에 [조언]과 [권고]를 할 수 있지만…… 직접적인 명령권은 없다. 해군 제독이 함장을 뛰어넘어서 군함의 조타까지 할 수 없는 것과 좀 비슷하겠지."

"지도 당사자이실 터입니다만."

"……명목상으로는 말이지. 그렇긴 해도 내 권한은 [대폭 제약] 내지 [얕보인다]는 게 실태다. 본국에서는 참모본부가 별도로 적절한 조치를 취한다는 생각이 있겠지."

타냐는 무심코 물었다.

"그럼, 그렇다면 각하께서 왜?"

"동부의 남쪽 끝에서 대규모 공세를 하면서 서방 항공전을 총괄하고, 물류를 담당하면서 자치평의회에 숨어든 두더지를 두들긴다면 참모본부도 한계에 가깝다."

"불손한 줄 알면서 말씀드리겠습니다만, 참모장교는 무수하게 육성되지 않습니까?"

"육성되다마다. 다만 지금 시점에서 내실을 죄다 파악하는 인간은 어떤가?"

아하, 타냐는 무심코 순간적으로 모든 악의 근원을 이해했다. 인수인계의 문제다. 한 번이라도 경험하면 간단히 상상이 간다. 아무리 유능하고 성실하고 근면한 인재라도 외부에서 끼어들어서 즉각 조직을 움직이는 건 너무나도 어렵다.

"이럴 때에 내가 너무나도 한가하게 동부에 있다면⋯⋯ 이보란 듯이 참모본부의 귀찮은 일이 밀려드는 꼴이지. 결국 여차할 때를 위해서 아무래도 수중에 패가 필요하다."

굳이 말로 하지 않은 내용이 이해된 것만큼 타냐로서는 반론하기 어려웠다. 실제로 권 없는 입장이란 의례직으로 변한다. 하지만 제투아 중장은 참모본부의 사정을 가장 잘 알면서도 유능하다. 참모본부로서는 아무래도 맡기고 싶어지겠지.

그것이 조직의 상투적인 모습이다. 한편 제투아가 맡은 의례직이란, 말하자면 실무에서 거리를 둔 것이다.

그러니까 타냐로서는 딱 한 가지 묻지 않을 수 없었다.

"각하, 솔직하게 말씀드리겠습니다만⋯⋯ 그 설명을 듣고 소관은 한층 더 곤혹스럽습니다. 있는 그대로 말씀드린다면 알 수 없어졌습니다."

"뭐가 말이지?"

유쾌하게 고개를 갸웃거리는 제투아 중장 각하는 왠지 의미심장한 웃음을 띠고 있었다. 실로 악마 같은 웃음이다.

조직인인 타냐는 확신을 갖고 의심마저 품을 수 있다. 이건 명분 뒤에 엄청난 의도가 숨어있는 패턴이 아닐까?

"애초에 예비전력 따위를 [무엇]에 쓰시려는 겁니까?"

"만의 하나에 대비하고 싶다는 말로는 납득할 수 없나?"

"실례입니다만, 당사자인 B집단 사령부도 본국의 사정을 모른다고 해도 방어 임무를 숙지했을 터. 여차할 때에는 최대한 대응하겠지요."

방어 임무를 받은 부대가 전력을 다하는 것은 당연하다. 거기에 본국의 정치적인 의도나 군사적인 사정이 더해진더라도, 방어한다는 사실에는 더 이상의 사족이 있을 거라고 생각할 수 없다.

솔직히 뭘하고 싶은 건지 진심으로 이해하기 어렵다.

"각하, 외람되지만 여쭙고 싶습니다. ……용도는 무엇입니까?"

제투아 중장의 표정을 똑바로 응시하면서 작은 흔들림도 하나 놓치지 않으려는 타냐에게 제투아 중장은 쓴웃음과 함께 고개를 끄덕였다.

"데그레챠프 중령, 지도를 보면서 말하지."

"옙."

동부전선 지도는 익숙하다. 그야말로 지겨울 만큼 봐서 익숙해졌다.

그렇긴 해도 역시나 중장 각하의 지도에는 타냐 같은 현장 지휘관 레벨에는 알려지지 않은 최신의 세세한 정보까지 담겨 있다.

하지만 기본적으로 타냐를 포함한 지휘관들도 아는 배치 상황과 큰 차이는 없음.

바꿔 말하자면 제국군 부대는 A전선인 남방에 집중 배치됐고, B전선인 중앙, 북방에는 병력 밀도가 낮다. 극단적인 집중으로 공세전력을 염출하면서 그 대가로 광범위하게 빈약한 전선을 껴안는다는 미묘한 배치 상황이 일목요연하다.

이 정도의 전력 상황, 밀도는 전쟁 전 사관학교에서 상정하지 않았겠지.

동부에서 제투아 중장이 명목상이나마 방어선을 지도하러 파견되는 공적인 이유도 전혀 근거가 없지 않기에, 이때다 싶어서 참모본부가 죄다 떠넘기려는 것이다.

"각하, 역시 이런 상황에서 지도한다면 예비 병력은······."

"필요 없겠지. 일반적으로 하려면."

"그럼 일반적인 방식이 아니다?"

"······중령, 일반적인 방식은 사치야. 나는 그렇게 생각한다."

갑작스러운 말이었다.

툭 흘러나왔다고 할 수밖에 없을 만큼 자연스러운 투덜거림, 자칫하면 흘려들었을지도 모르는 혼잣말.

"B집단의 방어계획은 그림의 떡이지. 내구방어를 통한 주전선 원호라고 하면 듣기야 좋지만, 극도로 한정된 병력으로 살얼음 같은 방어선밖에 못 만드니까 무모하기 짝이 없어. ……유일한 해결책은 극도로 리스크가 높다고 해도 공세방어밖에 없다."

"적 야전군을 직접 노린다는 말씀입니까? 실례입니다만, 그거야말로 기동력이 필요한 전개입니다."

"B집단에도 예비전력은 있다. 태반을 빼앗겼지만 기갑사단도 있지."

"하지만 공세를 유지할 만한 병력은 없습니다."

다 아는 사실을 지적하는 것이 타냐로서는 의아할 따름이었다. 제투아 중장 정도 되면 당연히 이해하고 있을 텐데.

자네답지 않다고 사람을 놀린 당사자도 평소와 달리 마음이 약해 보였다. 평소라면 제투아 중장은 자신만만하고 완고할 텐데…… 좌천 때문일까? 아무래도 타냐가 보기론 평소와 다른 모습이었다.

"……유인에 이은 격멸입니까? 열세일 경우의 이상론입니다만, 적이 넘어올 리가 없습니다."

아우스터리츠든 트라팔가르든, 튀어나온 적을 두들기는 게 가장 효율적이다. 나폴레옹도 넬슨도 적을 유인하느라 몹시 고생했다.

"……지도를 보게나, 이 철도망을. 병참 시점에서 보면 적은 철도선을 활용하고 싶겠지. 이 부근에 미끼를 놓고 루트를 고정하고 싶다."

"루트를 고정한다는 말은, 즉 적이 우리의 의도에 따라 행동하게 한다는 뜻이 됩니다. 적을 유인할 수 있다면, 이라는 조건이 붙습니다만."

"그렇지. 말하자면 유인할 수만 있으면…… 다음은 간단하겠지? 기동전개, 포위, 격멸이다. 전형적인 단기해결책이 되어 주겠지."

제국군이 장기전을 벌이면 안 된다는 뉘앙스가 담긴 그 말은 단기결전 지향의 냄새가 강하게 풍겼다. 후방을 숙지하는 인간이 오래 끌기 싫다는 뉘앙스를 내비치는 것은 실로 심각하다.

서둘러야 할 정도로 여유가 없다.

"이 정도라면 대충 짐작했습니다. 미끼는 우리 레르겐 대령님이로군요? 유감이지만 소관으로서는 거절했으면 하는 심정입니다만."

"미끼가 되길 거부하나? 솔직히 말해서 무의미하군, 중령. 나는 현지군에 대한 명령권이 모호하지만…… 참모본부 전무참모차장으로서의 권한은 충분히 남아 있다."

구역질마저 드는 사악함, 그게 바로 이거겠지. 자유의지로 선택할 수 있는 것처럼 실컷 말하다가 마지막 순간에 슬쩍 꺼내는 것은 전가의 보도, 명령권.

참모본부 직속인 타냐는 참모본부 전무참모차장인 제투아 중장의 직속. 거부권은 애초에 존재하지 않았다.

"명령이라면 물론 이익를 제기할 수도 없습니다. 하지만 만전의 준비를 확보하기 위해서라도 제 중대는 돌려주셨으면 합니다만."

"그렇게 되면 구원군을 움직일 보증이 없어져. 결과적으로 귀관의 목을 조르게 되겠지. 따라서 기각할 수밖에 없다. 대신이라고 말하기도 그렇지만, 자네 쪽에 있는 관전무관은 이쪽이 데려가지."

단순한 거부보다는 대안이 있는 제안 쪽이 기쁜 것이 사실이다. 하지만 짐을 가져가주는 대신 휘하 1개 중대를 빼앗긴 상태로 최전선행. 엿 같은 거래다. 강탈이나 마찬가지다.

타냐는 진저리 치는 표정으로 답했다.

"손님을 후방으로. 바꿔 말하자면 저희는 손님을 간수할 여유도 없어진다는 겁니까."

"이해가 빨라서 좋군. ……진흙 좀 묻혀야겠네."

솔직한 업무명령은 진창을 뒹굴라는 것. 참모본부는 머드에 블랙인 흙을 좋아하는 모양이다. 정말 기막힌 직장이다. 전쟁 중이 아니었으면 노동기준법에 호소하겠다.

"몇 번이고 말씀드려도…… 제게서 중대를 가져가시겠다는 거군요?"

"그렇다."

엄연한 사실이라는 어조로 제투아 중장은 단언하였다.

"주사위를 굴릴 밑천은 되어 주겠지."

"각하가 도박을 좋아하시다니 진심으로 의외입니다. 실례지만 성실한 분이라고만 멋대로 생각했습니다."

"데그레챠프 중령, 귀관은 경마를 하나?"

"예, 겨, 경마 말씀입니까?"

"그래."

갑작스러운 질문에 타냐는 당황하여서 뭐라고 답해야 할지 주저했다.

"아뇨, 아무래도 소관은……."

"하하하, 그렇겠군. 나이 차이를 의식하지 않게 하는 귀관의 우수함에 놀랐다는 걸로 해 주게."

"예?"

멋대로 납득해 준다면 다행이다, 괜한 소리를 할 마음이 없다는 것을 보이기 위해 타냐는 깊이 고개를 숙였다.

"……중령, 경마란 것은 공평한 갬블이 아닐세. 순수한 확률론이 아니라 [개체의 차이]를 확실히 알고 불확실성이라는 안개에 도전하는 점에선 전쟁에 가깝지."

"도박을 좋아하지 않는 몸이기에 진짜인지 아닌지 소관은 잘 모르겠습니다. 각하가 그렇게 말씀하신다면 경마장에 슬쩍 발을 옮겨보고 싶습니다만."

"그건 무리겠지. 포기하게나."

"예?"

"명마는 그 말처럼 좋은 말이니까. 불행한 일이긴 하지만, 군마로서 족족 동원됐다. ……다름 아닌 내가 군무로서 동원했으니까 잘 알지. 예외란 있을 수 없어."

제투아 중장은 거기서 표정을 풀었다.

"이야기를 되돌리자면 나도 운에 거는 갬블은 싫어하는데…… 승산이 있는 도박에는 애증이 반반이라고 할까. 그리 괜찮은 갬블러는 아니겠지만."

"각하, 각하는 승산이 있으면 도박에 나서십니까?"

"대가는 크겠지. ……병사들의 희생도 작전 없이 연방군과 부딪치는 것보다는 훨씬 낫지."

"그렇게까지 말씀하신다면 소관은 반론할 수 없습니다."

다소 주저한 뒤에 타냐는 결단을 내렸다.

어찌 됐든 명령이 내렸으면 거부권은 없다. 군대에서 대개의 일탈은 규칙으로 정당화할 수 있지만, 직접적인 계급과 명령계통에 대한 반역만큼은 불가능하다.

따라서 타냐는 중대 공출을 피할 수 없고, 그렇다면 손해를 최소화하는 게 바람직하다. 단순한 전력 사정만을 감안하면 외스테만 중위의 보충 마도중대를 내놓는 것이 최적이다. 하지만 그들은 어디까지나 아직 미숙하기 짝이 없어서 위험하다.

사람을 내놓는다는 것은 추천한 쪽에도 일정한 책임이 따른다. 이 경우 사관학교를 나온 항공마도사관을 파견한다는 명목으로 그란츠 중위의 중대가 무난하겠지.

"……그란츠라는 젊은 중위의 중대로 좋다면."

"감사하지."

고뇌의 결단을 내린 타냐에 대한 치하의 말이겠지만, 앞으로의 곤란을 생각하면 지금으로선 고마움이 하나도 느껴지지 않는다. 제투아 중장의 악랄한 무언가와 어울리게 된다면 어떤 역할을 짊어지게 되는가, 그것만이라도 알아낼 필요가 있다.

"그런데 각하. 팔 하나를 빼앗긴 소관의 샐러맨더 전투단 말입니다만, 어떠한 사기에 가담하게 되는 겁니까?"

"어려운 이야기도 아니지. 안드로메다 동안 B전선을 유지하기 위해 군을 대표하여 무장한 카나리아가 되어야겠어. 적이 오면 포위되어 주게."

대수롭잖은 투로, 엄청난 소리를, 상사가 태연하게 했다.

포위되어 주게?

사방팔방이 적인 곳에 뛰어드는 공수부대 출신자가 아닌 이상 포위당해서는 안 된다고 배울 터인데. 상사에게 의심 어린 시선을 보내는 것은 삼가야 한다고 생각하지만 무심코 눈을 까뒤집었다. 이것은 폭언이나 마찬가지다.

"그러면 우군 구출의 명목으로 부대를 움직일 수 있다. 기동전으로 몰고 가서 포위격멸로도 이을 수 있다. 주전선 원호로서는 아마 유일무이한 길이겠지."

……좋은 말이지만, 그건 미끼가 되지 않는 쪽의 의견이었다. 타냐로서는 하다못해 딱 하나만 확약이 필요했다.

"버림받는 게 아니라고 믿어도 되겠습니까?"

"나는 버리지 않는다. 최악의 경우 맡은 1개 중대를 돌려보내지. 그리고 아무리 골방지기인 참모들이라도 우군을 구출하지 않을 리가 없다. 내가 중대를 인솔하여 돌진하면 무슨 일이 생겼을 때의 책임 문제를 두려워하여 보다 신속하게 움직이겠지."

"군 통제상 지극히 위험한 조치가 되겠습니다만."

"전략 차원의 이야기는 몰라도 단순한 작전 레벨의 기동전에서는 사소한 문제겠지. 눈앞의 적을 두들기는 것에 불과하다."

전공은 독단전행마저도 정당화한다. 다만 그것은 [전공이 있을] 경우뿐이다.

"말로는 쉽지만 실천은……이라는 말이 있습니다만."

"그러니 지혜가 필요하겠지. 말하자면 철도에 장해물을 끼워 넣는 것까지가 귀관의 일이다. 뒷일은 이쪽에서 정리하지."

타냐는 알겠다고 대답하고 화제를 바꾸었다.

"저희 전개 대상 지역에 대해 자세히 듣고 싶습니다."

지피지기면 백 번 싸워 위태롭지 않다는데, 지형을 모르면 전쟁을 시작할 수 없다. 핵전쟁도 지도 없이는 할 수 없겠지.

"솔딤528진지라고 호칭되는 지역이다. 적당한 시가지, 적당한 거리, 그리고 무엇보다도 문제의 철도노선이 있다. 입지로 보아 적이 재탈환을 노리기에 최적의 지점이다."

지도 위로 짚은 지명은 식별번호가 있을 뿐인 썰렁한 곳.

"우회하려고 들지 않겠습니까? 스트롱홀드에 일부러 부딪칠 만큼 연방군이 한가하거나 멍청하지 않으리라고 생각합니다만."

무식하게 방어지점에 밀집보병이 돌진하다가 죽는 짓은 아무리 연방군이라도 더 이상 하지 않는다. 예전이라면 혹시 했을지도 모르지만, 작금의 기량 향상과 질적 개선을 보면 무능한 공산주의자라는 말은 단순한 색안경이다.

"적의 하급장교만 봐도 질적 변화는 현저합니다. 탁월하다는 말은 과언일지도 모르지만, 최소한도의 지식은 피와 시체를 통해 그들도 학습했을 터입니다. 그런데도 오겠습니까?"

"오겠지. 나는 병참을 배운 작전가다. 한때는 작전을 배운 병참가로 혹사당했지만, 작전을 모르는 것도 아니야. 적이 제정신이라면 철도선을 노린다고 생각한다."

단언하는 제투아 중장의 말에는 자신과 확신이 넘쳐났다.

"······적이 제정신이라면 행동을 예상할 수 있다는 말씀입니까?"

"전쟁의 이치란 이데올로기와 무관하다. 어떤 이데올로기라도 현실의 물리법칙을 무시하면 대가를 치르는 법이지."

"예, 그건 옳은 말씀이라고 생각합니다만······."

"연방군도 여유가 별로 없어. 따라서 트럭, 마필의 수송에 여유는 없겠지. 적이 반공을 꾀할 경우 어떻게 할지는 자연히 한정된다. 따라서 철도선이 사활적으로 중요해진다."

병참의 전문가인 제투아 중장의 지적에 타냐는 무심코 생각에 잠겼다.

역사상의 독소전과 달리 제국—연방의 동부전선에서는 철도선의 공방이 생사를 결정하지 않을까? 가정으로서는 제법 합리적으로 생각됐다.

하지만 동부군의 전달사항으로는 가도 내지 트인 평야부가 적 기갑선봉 진출의 리스크가 가장 크다고 보았는데.

"동부군은 도로, 가도도 중시하고 있습니다만."

"나는 철도선이야말로 핵이라고 본다. 연방군의 물량이 탁월하다고 해도 우리 군의 A집단을 가벼이 볼 수 없고, B집단을 돌파할 만한 기갑사단을 집중 투입할 여력은 없겠지. 따라서 내가 적이라도 철도선 활용을 꾀한다. 중요지점 확보, 따라서 B전선의 한정적 안정을 확보하는 것을 지향한다."

그 말은 이치에 맞는다.

한정된 리소스, 한정된 선택지, 한정된 대응책.

가난뱅이끼리 벌이는 전쟁이란 정말 슬프다. 이것도 전쟁이라는 궁극의 낭비행위가 부른 아이러니한 결과겠지.

자본주의자도, 공산주의자도 역시나 같은 바닥에서 싸우는 것이다.

"샐러맨더 전투단은 그 적의 예봉을 환영하도록 한다. 기본적으로 굳건하게 방어한다. 군령 없는 철수는 금한다."

"……한 말씀 드리겠습니다만, 적 전선에 무척 가까운 지점입니다. 명령이라면 분전을 확약하겠습니다만, 물리적 한계는 무시할 수 없습니다. 1개 전투단으로 계속 지켜낼 수 있을지는 의문이."

"고수할 것을 바란다. [레르겐 전투단]은 무슨 수를 써서라도 솔딤528진지를 지켜라."

"식량, 물, 탄약 등의 보급이 끊길 경우, 소관의 판단으로 철수를 결단할 권한을 주신다면 좋겠습니다만."

"철수는 허가할 수 없다. 우군이 포위를 풀 때까지 진지를 힘껏 지켜라."

사실상의 사수 명령에 타냐는 무심코 얼굴빛이 변했다.

"각하?! 아무리 그래도 그건!"

군사적 합리성을 방패로 타냐는 끼어들었다. 전쟁에서는 바보짓을 하는 쪽이 진다. 그렇다면 지금 샐러맨더 전투단을 거점방어로 할당하는 것은 옳은 방책이라고 하기 어렵다.

"샐러맨더 전투단은 본질적으로, 근원적으로 순수한 타격전력입니다! 거점에 붙들어 놓는 방어는 처음부터 논의할 수 없습니다. 장전을 죄다 죽이게 됩니다!"

"어차피 이대로는 본전을 다 까먹는다. ……그리고 내 수중에는 샐러맨더 전투단 말고 다른 카드가 없다. 미안하지만 고생해 주게."

"질문이 있습니다만, 소관의 부대는 [정치] 문제로 고생하는 겁니까?"

"긍정도 부정도 할 수 있지."

즉, 부정은 아니다.

이 상황에서, 침묵이란 소리 높여 웅변하는 상황 증거다.

"다만 거듭 확약하지. ……상황에 따라서지만, 증원은 반드시 붙여 주지. 죽게 내버려 두지 않겠다."

"……부족하나마 최선을 다하겠습니다."

》》》　　　통일력 1927년 6월 9일 솔딤528진지　　　《《《

'제길, 내가 프리맨이라는 거냐.'

솔딤528진지의 외곽, 폐허로 변한 잔해 그늘. 이 최고의 차폐물에서 다른 장교들과 함께 적정 파악을 위해 쌍안경을 들여다보던 데그레챠프 중령은 성대한 푸념을 마음속으로 흘렸다.

공산주의자에게 포위되어서 후퇴도 할 수 없이 전투단으로 방어전투.

남의 이야기라면 동정하고 공감하고 분투를 칭송해도 좋다. 포위된 부대의 영웅적인 전투란 역사책의 전쟁이야기에 화려함을 더하겠지.

실로 대단한 일이다. 당사자가 아니라면, 이라는 말을 크게 써넣는다면 더더욱 좋겠지만.

"공산주의자에게 포위당했나."

한반도라면 연안 부근은 아름다운 함포사격이 지원해 주겠는데…… 아니, 프리맨의 전투라도 영역 전체를 보면 항공 우세만큼은 지키고 있었을 터이다.

더불어서 이쪽은 스스로 항공우세를 취하러 가야만 하는 항공마도사이기도 하다.

전부 자기가 해야만 한다는 소리다. 분업을 기본으로 삼는 근대사회의 전제를 내던진 면에서 군대란 정말로 웃기는 동네다.

후방으로 돌아가려고 일어서려던 때에 자기가 흘린 한숨을 들었을까, 걱정하는 얼굴을 한 부관이 조심스럽게 말을 붙였다.

"중령님, 괜찮으십니까?"

"마음에 안 드는 이웃이 방문하는 바람에 혐오감이 들었을 뿐이야."

"……귀찮은 사람들이니까요."

"맞는 말이군."

타냐는 그렇게 말하며 웃었다.

친구는 고를 수 있지만 이웃은 고를 수 없다. 연방군이라는 이웃이 실존하는 이상, 무시할 수는 없다.

"이거야 원, 그란츠 중위가 부럽군. 지금쯤 제투아 각하께 귀여움을 받고 있겠지."

"실수나 저지르지 않겠습니까?"

"제투아 각하는 관대하시지. 실수 한둘 정도야 인생의 중요한 순간까지 수습할 유예를 주실 거야."

"그게 관대한 겁니까?"

"집행유예니까 온정 넘치지 않나."

고개를 흔들면서 타냐는 사열하듯이 솔딤528진지 내부를 이동했다. 주욱 돌아보는 데에 필요한 시간은 한정됐다. 한마디로 말해 진지가 좁다.

타냐는 어깨를 으쓱이면서 경계선에 붙어 있던 낯익은 대대 부지휘관에게 말을 건넸다.

"어떤가, 소령. 상황은?"

"아무래도 역시 완전히 포위된 모양입니다만."

차석지휘관이 무게 잡으면서 말한 내용은 실로 진부하기 짝이 없다. 견실하다고 받아들일 수도 있지만, 그것은 너무 호의적인 견해다.

연방군에 포위됐는데 그걸 모르는 인간이 과연 있을까. 확실히 말하자면 대단히 의심스럽다. 실존한다면 정신구조를 학문 발전을 위해 연구시키고 싶을 정도다.

"보면 안다. 더불어서 각하의 예상대로다."

공산주의자의 해일이 밀려든다면 참호선과 유기적 방어 태세를 구축하는 것도 지극히 당연하다. 유비무환이라고 하는데, 병에 걸린 뒤에 치료하는 것보다 예방이 훨씬 낫다는 것은 꼭 의학에만 해당되는 이야기도 아니다.

시장경제 원리를 신봉하는 인간이라면 가시화하기 어려운 비용에 대한 예민한 감각 또한 필요하겠지. 특히나 타냐 같은 직종이 [위기관리비용]을 아끼다간 대참사에 이르는 것을 잊어서는 안 된다.

안전이란 공짜로 살 수 없다.

단순해서 어린애라도 이해할 수 있는 이야기다.

"설마 정말로……라고는 생각했습니다만."

"바이스 소령, 정직한 것은 미덕이지만 조금은 상부를 신용하게나."

"아무래도 낙관적인 견해를 많이 들었기에."

"분명히 상부에서 낭보를 흘릴 때는 의심해야 할지도 모르지만, 나쁜 예상 아닌가? 그럼 신용해도 좋겠지."

온다고, 온다고, 경고가 있었다. 각오 정도는 해 둘 수 있었겠지.

"비가 온다고 알면 우산 정도는 준비하는 법이니까."

여기에 넋 놓을 정도라면 일기예보를 무시했다가 비를 맞는 얼간이 꼴이다. B집단 놈들, 접이우산 하나라도 준비했을까?

빈약한 병력 밀도를 생각하면 오한이 든다.

"그나저나 숫자가 많군. 항공함대의 정찰 정보는?"

"이쪽에. 항공함대에 따르면 대략 4~5개 사단이라고."

부관이 내민 것은 항공함대가 보낸 사진과 분석. 정말이지 근면한 녀석들답게 이쪽이 포위되는 동시에 항공부대를 띄워서 바로 대응한 모양이다.

"항공지원을 얻을 수 있다는 게 불행 중 다행이군."

타냐는 툭 하고 말을 던졌다.

"하지만 이쪽이 긁어모아서 간신히 증강연대 정도인데, 저쪽은 참 많이도 모았어."

B집단이 상대하는 연방군은 2선급 내지 보충이 덜 끝난 연방군 부대라고 하는데…… 연방군은 보충하는 것보다도 부대를 신설하는 쪽으로 대응하는 케이스도 종종 있다.

"문제는 적의 질입니다. 정보는 없습니까?"

"바이스 소령. 귀관의 마음도 모르는 바는 아니지만, 전혀 없다."

제투아 중장의 예상이 수중에 있는 최신 정보인데, 적이 지쳤을지도 모른다는 희망적 관측은 도움이 안 된다.

"4~5개 사단이라는 액면 숫자 이상의 적 전력은 파악할수 없다는 말씀이군요. 귀찮습니다. 혹시 놈들이 연방군 친위사단이란 놈들이라면 아주 골치 아파집니다만."

"그건 아니겠지."

"그렇게 생각할 수 있다면 마음이 편하겠습니다만."

바이스 소령의 씁쓸한 말에 타냐는 쓴웃음을 지었다. 전선 장교가 후방을 회의적으로 보는 건 전장심리의 기본이지만, 적절한 상황 분석까지 의심하는 것은 간과할 수 없다.

"아무리 그래도 아군을 좀 믿어라. 모든 연방군의 친위사단은 감시 대상이다. 이걸 놓칠 만큼 제국군 정보부가 무능한가? 그건 아니라고 생각하고 싶군."

"그럼 안심하고 신용하시는 겁니까?"

"무조건 신용하고 싶긴 하지. 슬프게도 신용이란 쌓는 것이고, 우군 정보부는 기초공사를 다시 하는 단계다. ……최악의 상정을 게을리하진 마라."

신용과 과신은 다르다.

"그렇긴 해도 우군 A집단이 대규모 공격전을 개시하고 있는데?"

시작된 안드로메다 작전의 성패는 제쳐 두더라도, 주전장이 남쪽에 있는 도시들일 게 확실하다. 연방이 밭에서 사람을 수확할 수 있다고 해도 두 차례의 대규모 섬멸전을 제국군이 수행한 뒤이기도 하다. 무진장에 가깝다와 무한의 차이는 수사적인 것이지만, 숫자로 반영될 수밖에 없다.

친위사단 같은 비장의 카드에 여유가 있을까? 있다면 이미 옛적에 제국군을 도로 밀어냈겠지.

하지만 바이스 소령은 다시금 타냐에게 의견을 제시했다.

"탐색을 거듭하여 마도 내지 기갑으로 접촉하는 건 어떨까요?"

적극책의 상신. 소령급 사관으로서는 올바르겠지만, 바이스 소령처럼 경험이 풍부한 야전장교라도 포위되면 마음이 불안해지는 걸까?

항공마도장교쯤 되면 여차할 때 날아서 도망칠 수 있는 만큼 마음에 다소 여유가 있어도 좋을 텐데. 아니, 부하를 두고 도망쳤다는 말을 듣고 싶지 않은 것도 알겠지만.

아무튼 그 의견을 타냐는 찡그린 얼굴로 기각하였다.

"수적 열세인 우리에게는 마모라는 사치가 허락되지 않는다. 패시브로 아는 범위를 조사하는 수밖에 없다."

"하다못해 야간습격만이라도 어떻습니까?"

기각하려고 고개를 내저으려던 타냐는 그때 의외의 의견 상신자와 만났다.

"나쁘지 않다고 생각합니다. 한번 부딪치는 것만으로도 적정을 충분히 수집할 수 있을 겁니다."

"세레브랴코프 중위, 귀관도?"

"……라인 전선을 떠올리니 팔이 근질거립니다. 야습을

들고 소풍을 떠나는 것도 나쁘지 않다고 생각합니다만."

"기각, 기각이다. 이 전쟁광들아."

때때로 부하가 보여주는 흉포성이 타냐에게 골칫거리다.

야간습격에 마음이 들뜨는 놈들과 침식을 함께하며 일하다니, 과거의 자신은 상상도 할 수 없었겠지.

"보수적이라고 하더라도 지금은 병력 온전이 우선이다."

"괜찮겠습니까? 실례입니다만, 허가만 해 주시면 지원자만 데리고 소관과 세레브랴코프 중위가 인솔해서 습격을."

부하가 끈덕지게 매달리는 것을 귀찮게 생각하면서도 타냐는 타이르기 위해 입을 열었다.

"무슨 소리를 해도 안 되는 건 안 된다. 애초에 우리는 방어하는 쪽 아닌가?"

"하지만 진지전이라면……."

"이건 참호전이 아니라 거점방어전이다. 우리의 일은 적 야전호에서의 문화 커뮤니케이션이 아니다. 손님의 환영 준비다."

포위당했다는 말은 곧 농성전을 의미한다.

"진지하게 말해서 적의 기량은 싫을 만큼 안다. 무엇보다 갓 진을 친 적은 경계심도 왕성하다."

"그럼?"

"오늘, 내일은 적의 공세를 흘리는 데에 주력한다."

그다음은 상황에 달렸겠지. 적의 경계심이 누그러졌을 때

두들겨 패러 가는 것도 나쁜 수라고는 하지 않는다. 무엇보다 적극적 행동은 수비하는 측의 사기를 지키는 데에 반드시 필요하다고 할 수 있다. 전장 경험이 풍부한 부하 사관들조차도 행동을 바라니까…… 한번 치고 나가는 것도 필요하다는 건 상상이 간다.

"아무튼 적의 방심을 유발하기 위해서라도…… 기죽은 척한다. 토스판 중위의 보병부대를 주력으로 끈질기게 방어하기로 한다. 원군을 기대할 수 있는 상황이긴 하지만, 원군의 도움을 너무 기대하는 것도 안 된다."

따라서 여차할 때를 대비해 여력을 남기면서 한편으로 적의 공격을 받아낼 필요가 있다.

"사전계획대로 알렌스, 메베르트 대위 쪽은 한 발 뒤로 물러나도록 한다. 당분간 그들은 온존한다."

그리고 타냐는 덧붙였다.

"그래, 상황에 따라선 예비전력으로 투입할 수는 있다. 최악의 상황을 상정하고 비축하도록 하자."

타냐는 그때 이쪽으로 달려오는 메베르트 대위의 모습을 보고 마침 좋은 타이밍이라고 쓴웃음을 지었다.

"메베르트 대위, 잘 왔다. 적이 왔지만, 포병은 한동안 침묵했으면 한다."

"예?"

"왜 그러지, 대위?"

"아, 아니요. 알겠습니다. ……소관으로서도 최대한 온존을 검토해 주셨으면 하는 참이었기에. 마침 잘됐습니다."

대위는 그렇게 말하며 표정을 폈다.

타냐로서는 정말이지 충격적이기 짝이 없었다.

대포 바보가 [포격을 삼가고 싶다]라고 말하려고 고민했다? 포격 말고는 아무 생각이 없는 녀석이었는데!

"귀관의 입에서 그런 말이 나올 줄이야! 솔직히 인정하자면 엄청나게 놀랍군."

"포탄 보급이 안 되니 아무래도 의식할 수밖에 없습니다."

"내 고뇌에 동참한 걸 환영한다. 철도선 위에 포진했는데 물자 비축에 도무지 진척이 없다니, 이건 웃기지도 않는 이야기지."

사관학교에서는 도무지 상정할 수 없겠지.

철도만 있으면 보급을 걱정할 필요가 없다고 배웠다. 철도선 하나로 1개 전투단을 먹일 수 있다면…… 철도선이 끊기지 않는 한 보급 부족은 있을 리 없을 터였다.

상식이 도움이 안 된다는 게 바로 이거다.

이 진지에 착임하여 열흘 동안 비축된 것은 식량이 주고, 그 조달처는 자치평의회 쪽. 다시 말해 본국에서 포탄은 제대로 오지도 않았다. 방어전에 임하며 진지화를 위해 최대한의 노력을 다할 수밖에 없는데 자재조차 부족하다니 울고 싶어진다.

그렇기에 버티기 위해 타냐는 지혜를 쥐어짰다.

"자, 제군. 작전 명령이다."

숨을 삼키고 명령을 기다리는 장교들에게 타냐는 무겁게 명령을 내렸다.

"낮잠 준비를 하도록, 서둘러라."

"나, 낮잠입니까?"

놀라서 입을 쩍 벌리며 대답하는 부지휘관에게는 실망했다. 중대함을 이해하지 못한 거냐고 무의식 중에 책망하고 싶어질 만큼 중요한 지시인데. 부하가 자기관리도 못하고 수면부족이 되는 건 본인의 책임이겠지만, 로테이션 문제로 수면부족이 된다면 그것은 타냐의 과실이다.

전쟁을 할 때에 그런 멍청이 짓을 할 여유 따윈 없는데.

"병사들을 잘 재워라. 로테이션을 철저하게 지키며 반드시 전원의 수면 시간을 확보해라."

"……침상 확보가 과제로군요."

이해한 모양인 세레브랴코프 중위의 혼잣말은 라인 전선에서 24시간 요격 경험이 있는 경험자이기 때문이겠지. 수면부족은 피부에 안 좋니 어쩌니를 따지기 이전에 전쟁에 좋지 않다. 수면부족은 판단력의 적이다. 결코 허용하기 어려운 능력 저하다.

"반지하 진지를 만들게 했지만, 전원에게 돌아갈 침대는 어렵다. 흙 포대를 활용하는 수밖에 없다. 그래도 물과 수면에는 만전을 기할 필요가 있다."

경험자로서 타냐는 부지휘관에게 엄명했다.

"세 끼 식사 중 최소 한 끼는 따뜻한 것으로. 필요하다면 마도사를 열원장비 대용으로 써도 좋다."

"규칙위반입니다만?"

"지휘관은 독단전행을 해야만 할 때가 있다. 바이스 소령, 우리는 전쟁을 하고 있으니까 낮잠은 장교도 교대로 취한다."

[chapter]

III

제3장

안드로메다

Andromeda

동부 전반은 위기적이다.　　　— 제국군 전선부대

동부 전반은 순조롭지 않다.　— 제국군 현지부대

동부 전반은 정체 상태다.　　— 제국군 참모본부

동부 전반은 팽팽한 상태다.　— 제국 후방의 인식

말 전하기 게임

"레, 레르겐 전투단에서 긴급! 솔딤528진지가 지극히 유력한 연방군 부대에게 급속하게 포위되고 있다고 합니다!"

안드로메다 작전이 발동하고 슬슬 남부 도시군 공략을 위해 A집단이 움직임에 따라, 이에 호응하는 연방군의 공세는 [적의 견제 작전]으로서 있을 법하다고 상정됐다.

따라서 B집단 사령부의 모두가 가볍게 눈썹을 찌푸리며 나쁜 예감이 적중했다고 속으로 가볍게 혀를 찼다.

상황 보고를 받자마자 "역시 왔나."라고 중얼거리며 지도에 눈길을 준 그들은 솔딤528진지의 위치를 확인하려고 방어선을 훑어보다가 한순간 곤혹스러워졌다.

"멜팅 라인의 진지가 아니란 말인가?"

기존에 사령부가 상정한 적의 진군 루트는 광대하고 진출이 용이한 가도변. 따라서 한정된 리소스를 멜팅 라인이라고 명명한 주요 예상 전장에 투입하자……라고 판단했던 B집단의 참모들은 예상이 확 빗나갔음을 깨달을 수밖에 없었다.

상정 진출 루트의 방어진지에 솔딤528진지란 곳은 흔적도 없다. 지도를 읽으며 혹시나 싶어서 살피자…… 방비가 부족한 가도 외곽. 간신히 운용되는 철도선에 위치한 작고 작은 교두보다.

"이럴 수가! 제길, 이쪽에서?!"

아뿔싸 싶은 루트. 습격을 받으리라고는 생각하지 않았던 방면인 만큼 B집단 사령부의 참모들이 받은 난처함과 충격은 거대했다.

"수비대에게 후퇴 명령은?!"

"틀렸습니다! 늦었습니다! 우군은 포위됐습니다!"

참모장교라면 누구든지 연방군에게 한 방 먹었다고 인정하겠지. 예기치 못한 작전적 기습을 받았다고 인정할 수도 있다. 하지만 그래도…… 고급장교들은 놀라서 일제히 내뱉었다.

"포위됐다고?! 그럴 리가!"

여기는 동부전선이다.

정글도, 험준한 산악지대도, 또는 시야가 극단적으로 좁아지는 노르덴 국경지대도 아니다. 솔딤528진지 부근도 진창이 되곤 하지만 시야가 탁 트인 동부다.

적이 예상 밖의 움직임을 보였다는 건 사실이다.

하지만 왜 수비대가 포위됐는지를 그들은 이해할 수 없었다. 초병이 있으면 적의 접근을 감지할 수 있을 터이다. 제일보가 적의 접근 보고라면 또 몰라도 포위됐다는 것은 너무나도 이상하다. 장병이 낮잠이라도 자지 않는 한 솔딤528진지가 포위되는 건 불가능하지 않나?

대규모 적 부대의 전개를 놓친다는 건 근대군으로서 말도 안 된다. 항공함대의 정찰과 관측마도사를 이용한 대지경계 행동도 표준이 된 지 오래가 아닌가.

몇몇 참모에 이르러선 수비대가 얼간이라서 그런 게 아닌가 하는 안이한 결론으로 비약했지만, 포위된 부대명을 확인하자마자 머리를 내저으며 그건 멍청한 망상이라고 웃을 수밖에 없었다.

동부에서 혁혁한 무훈의 명예로 빛나는 역전의 레르겐 전투단을 얼간이라고 비웃을 수 있다면, 얼간이란 대체 무엇인가. 모두가 이해하기 어려워서 무심코 소리쳤다.

"왜 레르겐 전투단은 포위됐지?!" "레르겐 대령은 왜?!" "초병과 감시 라인은 뭘 했지?!" "사수 명령을 내리진 않았을 텐데! 후퇴의 여지는 있었을 거다!" "항공마도 수색은 왜 기능하지 않았지?!"

시끄럽게 노성이 오가는 실내에서, 그 모습을 재미없다는 눈치로 바라보는 시선이 있었다.

중앙에서 좌천되어 왔다는 소문이 난 제투아 중장이다. 유일하게 이 자리에서 평소와 다름없는 평정을 지킨 채로 일어서서 입을 열었다.

"제군, 논의도 중요하다. 하지만 여기는 대학이 아니다. 따라서 논해야 할 것은 대응의 검토겠지."

혼돈을 쫓아내기 위해 말하는 것은 명예와 도리다.

"제군이 예기하지 않은 루트로 적이 습격해 왔다. 그리고 현지에서 우군이 포위됐다. 우리는 움직일 수밖에 없다. ……이상의 상황 인식에 문제가 없다면 우리는 레르겐 전투 단을 구출해야만 하겠지."

동부군의 참모진을 둘러보면서 제투아 중장은 다시금 하나의 결론을 말했다.

"논해야 할 것은 바로 구출 계획이다. 어떻게 구원을 보내야 할까. 그 점으로만 해야 하지 않겠나?"

아군이 포위됐다. 그러니까 구하러 간다. 지극히 단순한 이야기였다.

군인이라면, 그리고 병사의 생명을 맡은 장교라면 대놓고 반대하기 어려운 논리이기도 하다. 무엇보다도 사령부가 잘못 읽은 거라면 어떻게든 만회해야 한다.

"기다려 주십시오, 각하."

"뭔가?"

"이런 정세 하에서 구원이라고 해도 적극행동을? 아시리라고 생각합니다만, 참모본부에서는 [전수방어]의 엄명이. 무엇보다 우리에게는 잉여전력이 전혀……."

"다소 다르겠지."

그래도 할 말이 있다고 나서는 동부군 B집단의 참모들에게 제투아 중장은 쌀쌀맞게 못을 박았다.

"참모본부의 B집단에 대한 명령은 [전선방어]의 엄명이다. 임무는 전선 유지이지, 움직임을 제약하는 게 아니야."

"하지만 전력 상황을 감안해 주십시오!"

"수중의 패가 윤택하지 않다는 건 잘 알고 있지만, 수단을 가릴 상황이 아니지. ……본관이 상상하는 범위로는 외과적 일격으로 대응해야 할 상황으로 보인다. 예비전력의 집중투입이 최적의 답 아닌가?"

"하, 하, 하지만 모든 예비전력을 투입한단 말입니까?"

주저에 대한 대답은 명쾌하기 그지없었다.

"그렇다."

제투아 중장은 말을 이었다.

"당연하지 않나. 저버릴 순 없지."

"자력으로 이탈할 것을 명하고 최대한 지원하면 되지 않겠습니까? 포위를 뚫는 것을 전제로 한 대규모 작전을 이행할 만한 병력의 여유가 우리에게 없는 이상……."

"참모 과정에서 아무것도 못 배웠다는 것을 빙 둘러 자백하는 건가?"

어리석은 자를 찾았다는 듯이 제투아 중장은 눈썹을 찌푸렸다.

"윗선의 추태로 포위된 부대에게 자력으로 이탈을 요구한다? 하나 물어보고 싶군. 군 대학에서는 어떤 교육을 받았지?"

통솔의 기본 중 기본이다. 보낼 수 있는 구원을 보내지 않는 것은 군 내부에 더없이 거대한 악영향을 미친다.

"멜팅 라인에 자재를 투입한 끝에 예상이 빗나가서 솔딤 진지를 그냥 죽게 두겠다니 제정신인가? 라인 전선을 텅 비우고 북방으로 대륙군을 보낸 참모본부의 고위 장성이 좌천된 이유를 모른다고 하진 않겠지."

사기, 모럴, 혹은 조직에 대한 신뢰라는 무형재산은 눈에 보이지 않지만, 사실 인간의 영혼도 마찬가지다. 영혼은 눈에 보이지 않는다. 하지만 그것이 없으면 인간이라고 부를 수 없겠지.

인간의 무리인 군대 또한 예외라고 할 수 없다.

그리고 사령부의 실수란 것은 악성 감기다. 군 전체를 좀먹는다. 더불어서 실수도 아니라 부조리라면 더욱 악질이다. 구할 수 있는 부대를 도우려고도 하지 않고, 자력으로 돌아오라고 말하면 어떻게 될까? 틀림없이 중요할 때 무너지는 군대가 하룻밤 사이에 만들어진다.

고군분투하는 레르겐 전투단을 방치할까, 구출할까의 문제를 무시했다간 실질적으로 군으로서 자살할까, 죽음 속에서 삶을 찾을까의 선택지가 된다.

"무시한다는 것은, 다시 말해 상급사령부의 태만은 최악이다. 우리 군의 근간을 이루는 [명령 계통에 대한 신뢰]라는 영혼을 무너뜨린다."

한심하다는 목소리로 제투아 중장은 내뱉었다.

둘 중 하나다. 어느 쪽을 선택할 수밖에 없다. 이 경우 군으로서 자살을 선택하는 어리석은 자는 군에게 백해무익하니까 총살밖에 약이 없다.

"규율, 훈련이 주입된 장병을 하룻밤 만에 겁먹은 불쌍한 무리로 뒤바꿀 생각인가?"

참모장교란 참모 과정에서 악랄함을 익히지만, [적에 대해서] 발휘하는 것을 대전제로 한다. [구할 수 있을지도 모르는 우군을 방치한다]는 선택지는 고려도 할 수 없다.

"……적어도 구하는 시늉은 보여야겠지. 그리고 이 경우 시늉보다도 실효성이 중요하다. 동부에서 우군조차도 버리는 제국군이란 소리를 들으면 어떻게 될까?"

노골적일 정도의 미소를 짓고, 제투아 중장은 실내의 참모진을 노려보고 위압하기까지 했다.

아군을 버리면 신용에 흠이 간다. 신용이란 것은 쌓을 때는 엄청난 시간이 필요하지만, 파괴하고 분쇄하고 흔적도 없이 날려버릴 때는 딱 한 번의 실수면 족하다.

"자치평의회의 앞이다. 연방이 열심히 선전하겠지. 절호의 재료를 제공하는 이적행위나 마찬가지다."

제국과 손을 잡으면 결국 버림받는다. 교전국이 신이 나서 그렇게 흔들어대겠지. 자치평의회 멤버들에게 연합왕국 쪽 사람들이 속삭이는 케이스도 걱정해야 한다.

적이 똑같은 실수를 하면——솔직히 제투아 중장은 그러기를 바라지만——자기도 이때다 싶어서 선전에 활용한다.

무엇보다 자치평의회의 방첩 상황은 온건하게 평해도 좋다고 할 수 없다. 그들의 동요를 억누르는 제국에 대한 신용이 날아가면 그들이 의심을 억누르기를 기대하기란 어렵다.

이때다 싶어서 연방 쪽 두더지들이 암약할 때…… 자치평의회가 통째로 연방으로 넘어갈 걱정까지 할 수밖에 없는 게 현황이다. 문제의 성질은 궁극의 딜레마라고 할 수밖에 없다.

점령지의 심각한 압박을 줄이고 치안 유지와 안정을 위하여 자치평의회에서는 전력을 묻지 않고 사람을 활용한다. 그러지 않으면 혹독한 통치가 될 수밖에 없기 때문에 온건한 접근이 필요하겠지.

민족정책에 따라 반연방 성향의 우호지역을 확보한다는 정책 취지로 봐도, 수상쩍은 인간을 배제하는 옵션은 취할 수 없다. 불가피하게 연방의 두더지도 숨어든다.

물론 다소는 그렇게 들어오는 것을 전제로 극력 경계를 요구하지만…… 문이 넓으면 악의 있는 방문자가 숨어들 수 있다.

두세 개의 방증에 불과하고 확증을 품을 정도는 아니지만…… 연합왕국 정보부의 두더지도 자치평의회 내부에 침투했다는 의혹이 있다.

무엇보다도 정보가 너무 많이 흘러나가는 낌새가 있다. 본국과 자치평의회에 파견한 대표단이라는 명목의 외교관들이 주고받는 기밀통신이 누설되는 듯한 사례가 확인됐다.

암호가 유출됐나 싶어서 분석도 시켰지만, 결론으로는 전혀 문제없음.

통신 한 통이나 암호표가 사고로 유출되는 일은 있더라도, 정기적으로 코드를 변경하고 강도의 개선에 임하는 이상 이론상 불가능하다는 것이 통신보전부의 장담이다.

암호가 아니라면 나머지는 사람. 그리고 운 나쁘게도 적의 연합왕국인은 휴민트(인적 첩보)에 이상하게 능하다. 물론 교전국의 정보부가 이쪽에 숨어들려는 것은 기본이지만…… 왜 혀가 있는지 모를 놈들의 입을 더 매끄럽게 만들 수도 없겠지.

머리를 흔들어 잡념을 쫓아내면서 제투아 중장은 다시금 동부군 B집단 참모들에게 자기 의도를 말하였다.

"결론부터 말하지. 정치적 필연성과 군사적 합리성을 기반으로 나는 제군의 즉각적인 행동 개시를 강하게 희망한다. 기동전을 통한 포위 해제를 요청하지."

제투아 중장의 말은 실내에 폭탄을 던지는 것이었다. 모호한 권한에 기반을 둔 요청. 보통은 무시할 수도, 거부할 수도 있겠지.

한편 그들의 대다수에게 귀찮게도 제투아 중장이 말한 [우군을 버릴 수는 없다]는 논리, 이유는 지극히 타당하였다.

"음, 혹시 제군이 사열관의 말로 부족하다고 한다면……전무참모차장 명의의 요청을 더해도 좋다. 참모본부에서 위탁받은 권한으로 자치평의회에 미칠 악영향을 저해하기 위한 즉각적인 행동을 요청하고 싶다."

공기가 굳었다.

모든 참모들이 따악 하고 머리를 얻어맞은 눈으로 제투아 중장을 응시했다. 제정신이냐고 말하지 않을 수 있었던 것은 그들의 심중에 남은 이성이 작동한 위업이겠지.

충격으로 분쇄될 뻔했다고 해도 이성은 간신히 주워 모을 수 있다. 가까스로, 정말로 가까스로지만 평정을 가장하는 사회적 생물다움이란 것이다.

"……외람되지만, 각하. 그 발언의 뜻은 이해하기……."

규율훈련을 받은 참모장교들은 좋든 나쁘든 자제심이 강하다.

그건 좋은 일이지만, 제투아 중장이 보기에는 적극성을 잃었고 너무 비관적이다.

"제군, 귀관들은 내가 멍청이라고 말하고 싶나? 그렇다면 사양할 것 없네. 나는 나 자신의 발언이 무엇을 의미하는지 모를 만큼 무능하지도, 자각이 없지도, 하물며 무지하지도 않지."

사열관이라는 명예직과 명목상으로 참모본부의 전무참모차장에 자리가 남아 있다는 특수한 입장. 이 두 가지 지위로 [요청]한다면 거부하는 쪽도 상당한 각오가 필요하다.

물론 최고통수회의는 성을 내겠지. 이런 걸 허용할 만큼 제투아 중장에게 권한을 준 게 아니니…… 잘못되면 정말로 큰 문제로 발전한다.

하지만 솔직히 말해서 제투아 중장으로서는 그런 건 별것 아니다. 필요하다면 걸어야 할 것이 있다.

"자, 주저할 이유가 없어졌다고 보는데…… 더 남았나?"

아마도 여태까지의 상대가 적극성 넘치는 루델돌프 중장, 수중의 카드가 필요에 응하여 용맹하게 돌진할 수 있는 데 그레챠프 중령이었기 때문에 제투아는 [온후한 학구파]를 칭할 수 있었던 거겠지. ……결국 상대 평가였던 거라고 제투아 중장은 속으로 쓴웃음을 지었다.

인간이란 환경에 맞추어 변하는 법인가!

재미있다고 생각하면서도 안색 하나 바꾸는 법 없이 제투아 중장은 입을 열었다.

"바꿔 말하자면 이건 기회이기도 하다. 적이 오고 있다. 그것도 어슬렁어슬렁 걸어온다. 군인으로서 적 야전군의 격멸은 영원한 이상이다. 그렇다면 이걸 기회 삼아서 우리 또한 [포위격멸전]을 해 보지 않겠나."

씨익 웃는 제투아 중장의 눈빛에 기죽는 형태로 고개를 끄덕이려던 참모들. 하지만 아무리 그래도 그들도 괜히 참모 마크를 달고 있는 게 아닌 모양이다.

의심어린 표정을 하던 몇 명이 조심조심 입을 열었다.

"각하, 실례입니다만…… 각하께선 꽤나 차분한 것으로

보입니다. 그렇게 호담해질 수 있는 무슨 비결이라도 가지고 계십니까?"

언외의 말에 담긴 것은 너무 대화를 착착 진행한다는 의심.

실제로 전장의 안개를 개의치 않고 대답을 끌어내는 제투아의 말솜씨는 거의 커닝 수준이다.

적이 어디로 올지 예상하고, 그 예상이 적중했을 때의 예비 플랜을 준비했으니까 요령이 좋다고 할 정도도 아니다.

그렇기 때문이겠지.

……위화감이 들지 않으면 그 멍청한 머리에 절망할 수밖에 없다. 사람 좋은 참모장교란 덜떨어진 존재다. 우거 중령처럼 탁월한 조정력, 이해력 있는 지성이라도 없으면 처분마저 검토해야 한다.

"경험과 준비에 불과하다."

준비라는 한마디에 그들은 눈을 부릅떴다. 희미하게 퍼지는 긴장의 빛과 함께 떠오르는 것은 경계의 빛. 꼭 얼간이인 것만은 아닌 모양이다.

"혹시 레르겐 전투단은……."

"시간벌기용 패냐고? 부정은 하지 않겠다."

반쯤 안도의 마음과 함께 제투아 중장은 살짝 미소 지으면서 입을 열었다. 귀관들의 암묵적인 의심은 옳다고.

단적으로 사실을 말하자.

제국은 주력을 동부 남쪽에 집중시켰다. 선택과 집중이란 대원칙이지만, 여유가 부족한 경우는 [뺄셈]이다. 그러니까 동부의 남쪽 말고는 모조리 방어에 임하게 됐다. 제투아 중장도, 동부군의 참모들도, 모두 주지하는 사실이다.

"각하, 독단으로 기정 방어방침을 뒤엎을 생각이십니까?!"

"크나큰 오해다."

"하지만!"

"제군이 나란히 오른쪽을 볼 때, 내가 왼쪽을 경계한 것에 불과하지. 레르겐 전투단은 그저 제군들의 뒤를 닦기 위해서 포위된 셈이다."

"각하, 말씀이 지나치십니다!"

동부에 부임하자마자 열심히 떠들었지만 설득할 수 없었다. 그러니까 어쩔 수 없이 데그레챠프 중령에게 억지를 부려서 솔딤528진지의 사수를 명했다.

제투아 중장은 살짝 짜증과 함께 내뱉었다.

"그건 아니지. 애초에 우리는 수적 열세에 있고, 또한 광대한 전선을 품고 있다. 교본에 따르는 방어체제 구축은 꿈에 불과하다. 그러니까 레르겐 대령이 포위되는 것으로 적의 공세를 끌어들인 것 아닌가?"

"그, 그럼…… 레르겐 전투단이 포위된 것은 의도적?"

"아마도 그의 자발적이며 헌신적인 결단이 틀림없겠지. 레르겐 대령을 다소 아니까 단언할 수 있는데, 그는 작전가다."

엄밀하게 말하면 레르겐이 아니고, 더 말하자면 비자발적 행위지만…… 궁극적으로는 데그레챠프라는 중령이 의무에 충실하다는 것을 제투아 중장은 확신하였다. 필요하다고 명령한 이상 그 중령은 한계까지 부대를 혹사해서라도 버티겠지.

웃기는 기만이지만, 이런 핑계를 앞두고 구원을 거부할 수 있는 조직인도 드물다는 게 현실이다.

"연약한 방어선을 유린당해서는 안 된다는 전술적 판단이겠지. 물러나면 적이 밀려든다. 그렇다면 주도권의 상실로 이어진다. 주도권의 포기만큼은 참을 수 없다."

제투아 중장은 태연하게 말하였다. 작전 레벨로 고려하면 애초에 수동적인 방어체제로는 채 지켜낼 수 없다고.

"자, 제군. 거듭 묻겠는데…… 적이 오고 헌신적인 우군이 궁지에 있다, 그러면 요격에 나서야 하지 않겠나?"

"하지만 각하!"

"공세에 나서기엔 병참도, 병력도 도무지 부족합니다. 방어선의 구축조차도 어렵습니다!"

험악한 표정의 고급장교들이 나란히 대반발.

동부군 참모들이 걱정하는 심정도 제투아 중장은 쉽사리 상상할 수 있다.

애초에 병력이 부족하다. 부분적인 공세에 나서는 것은 리스크가 너무 크다. 교과서 레벨, 아니면 사관학교 교범 레벨이라면 그들은 무조건 합격이겠지.

하지만 슬프게도 여기는 [상정 환경]이 아니다.

전쟁 전에 교육한 상정에서는 [여태까지의 극한상황]을 [불가능하다]고 잘라 말했다. 그렇다. 이성적으로 생각하면 이런 전쟁을 위한 전쟁을, 그저 전쟁을 계속하려는 이유만으로 속행한다는 것은 제대로 된 두뇌를 가진 사람이라면 일소에 붙이겠지.

하지만 지금은 아무래도 웃을 수 없다.

"인재를 얇게 늘렸다가 적의 예봉에 뚫려도 안 되지. 그런 바보 같은 짓을 할 정도라면 긁어모아서 곤봉으로 만들어 휘두르는 편이 훨씬 낫다."

"하지만……."

"거듭 요청하지. 제군, 구원 작전을 입안, 연구하도록 요청한다. 신중한 것은 좋지만, 우군이 전멸하기 전까지는 그 개요를 제출하기를 기대한다."

》》》 통일력 1927년 6월 14일 동부전선 《《《

제국군의 공문서에는 솔딤528진지로 분류되는 중규모 전진거점이 있다. 원래는 연방의 차량정비거점을 둔 마을 내지 계획도시다.

지난번 철퇴작전 성공과 함께 전진했던 제국군이 점령했

고, 안드로메다 작전 준비에서 공략을 맡은 A집단을 위해 전력이 철수한 뒤 반쯤 방치됐다고 해도 좋다. 딱 잘라 말하자면 솔딤528진지는 그리 긴급도가 높지 않은 벽지의 진지……일 터였다.

적이 오지 않으면 우아한 벽지 근무가 될 터인 솔딤528진지는 지금 연방군에 포위당한 상태다. 그렇게 손님이 밀려드는 진지에서 접대 요원인 레르겐 전투단을 지휘하는 타냐 폰 데그레챠프 중령은 세레브랴코프 중위의 손에 얕은 낮잠에서 깨어났다.

"……시간 됐습니다, 중령님."

공허한 눈으로 시계를 보니 교대시간.

조금 더 단잠을 즐기고 싶었지만 어쩔 수 없다.

"알았다. 고생했다, 부관."

농성전 중이라면 지휘관만큼은 아무래도 바빠진다. 사령부 기능을 수면부족인 인간에게 맡길 수 있을 리도 없기 때문에, 짬짬이 시간을 짜내려고 노력해도 한계가 있다.

세레브랴코프 중위가 잠자리에 드는 것과 맞바꾸고, 졸린 눈을 비비면서 지휘소로 변한 반지하 창고로 발을 옮겼다.

"교대 시간이다. 바이스 소령, 지휘를 인계한다."

"감사합니다. 현재 적에게 커다란 움직임은 없습니다. 지금도 공세에 대비하여 부대 배치, 이동 중인가 싶습니다."

인수인계 응답을 겸하면서 타냐는 부관이 잠자리에 든 것을 원망스럽게 여겼다. 커피 한 잔이라도 있으면 그래도 정신이 좀 들 텐데…….

타냐는 고개를 흔들면서 말을 이었다.

"꼼꼼하기도 하군. 우리로서야 시간을 벌 수 있어서 고맙지만…… 괴롭힘이 특기인 연방군답게 다수로 소수를 괴롭힐 생각인 모양이다. 존불의 취미인 건 이해 못할 것도 아닌데, 공산주의자까지 동조하는 것도 그렇지 않나?"

가벼운 농담으로 한 거였는데, 바이스 소령은 예의 바르게 쓴웃음을 지으면서 침묵을 지켰다.

"국제공산주의자 놈들. 형식만이라도 평화주의자라고 꾸미면 좋을 것을."

"중령님, 그거야말로 설마 싶지 않습니까?"

"동감이지만, 체면을 소중히 여겨달라고 생각하는 것도 당연하겠지?"

"맞는 말씀입니다."

바이스 소령이 끄덕였을 때였다.

멀리서 포성이 한 발 울렸다.

그것은 누구의 귀에도 익숙한 소리였다. 동부전선에서 평온한 잠에 빠진 자가 아니면 어디의 누가 연방군 중포의 소리를 잊을 수 있을까?

"……고생이지만, 전쟁 준비다."

"예, 바로 하겠습니다."

"전원 기상! 온다!"

라인 전선의 참호전 이후로 적이 오면 군인들은 바로 기상하는 것으로 정해져 있다.

솔딤528진지의 곳곳에서도 적 포병의 자명종 시계를 저주하면서 방금 교대했다고 불평을 늘어놓는 장병이 침상에서 일어나서 배치에 임했다.

"……적도 중포를 비처럼 퍼부을 여유는 없나. 좋아, 대대, 제공전이다. 적 마도부대를 요격한다."

"지휘는?"

긴장한 어조의 바이스 소령에게 타냐는 웃으며 답했다.

"너를 따돌릴 생각은 없다. 안심해라. 여기는 저번과 마찬가지로 메베르트 대위에게 맡기지. 포병은 한가하니까 지휘라도 시켜야지."

"크나큰 영광입니다."

조금 전까지의 원망 어린 태도는 어디로 갔을까, 사나운 육식동물 같은 미소를 짓는 전쟁중독자는 전선에 나가고 싶은 걸까. ……지휘소에 남으라는 소리를 듣지 않은 것을 기뻐하다니, 솔직히 타냐로서는 이해할 수 없는 성격이다.

하지만 전쟁이다.

이런 인간도 전선에서는 필요하겠지.

"그럼 바이스 소령. 메베르트 대위와 교대하도록. 나는 세레브랴코프 중위를 붙잡아서 대대를 모으지. ……늦으면 두고 간다?"

"출격할 때까지는 준비해 두겠습니다."

경례하고 다급히 수화기에 달라붙는 바이스 소령을 남기고, 타냐는 지하창고에서 튀어나가 대대의 집적지점으로 지정된 진지 안의 광장으로 발을 옮겼다.

매번 그렇지만 멋지게도 전원이 다 모여 있다.

그란츠 중위의 부대가 빠지고 외스테만 중위의 얼굴이 있는 것을 제외하면 예전과 같다. 더 말하자면 세레브랴코프 중위도 늦지 않게 온 모양이다.

물론 사관들은 그렇다고 해도…… 자다가 깨서 그럴까? 머리 꼴이 아주 엉망인 마도사도 몇 명 보였다. 최소한의 몸단장은 사회적 문명인의 기본이라고 타냐는 믿어 의심치 않지만, 적습이 허용할 수 있는 예외인지 항상 고민하게 된다.

"대대는 집결을 완료하였습니다!"

"보고, 수고 많다, 세레브랴코프 중위."

경례와 답례를 기계적으로 주고받으면서 타냐는 마음속으로 어떻게 쓴소리를 할지 고민하였다. 지진이나 화재는 [상정 밖]으로 허용되겠지만, [적습]이란 전시 하에서 돌발적 사태가 아닌 만큼…… 기준을 느슨하게 풀어도 될지 아주 고민된다.

이럴 때에 이런 생각을 해야 하는지 다소 고민되는 바이기도 하다. 하지만 복장의 문란함이 마음의 문란함이란 것은 헛소리지만, 외견에 신경 쓸 여유가 없어지는 것은 문명인으로서 위험한 후퇴다.

공산주의자라는 비문명적인 적과 존재X라는 반문명적 존재를 앞두고 근대 시민인 타냐로서는 역시 한마디 해야만 하겠다.

"대대 전우 제군, 보아하니 자다 온 인간이 많은 모양이군. 우리 대대는 몸가짐에도 까다로울 텐데…… 적 포병이 때 아닌 모닝콜을 울린 모양이다."

결국 꾸짖는 것도 아니다 싶어서 가벼운 농담으로 부하를 웃기면서 타냐는 빙 둘러서 몸단장 이야기를 지적했다.

"갑작스러운 손님이라고 잠옷 바람으로 맞으러 나갈 수도 없겠지. 문명인답게 적절하게 차려입도록."

작은 습관이 커다란 잘못으로 이어진다. 하인리히의 법칙이 경험적인 측면에 가깝다지만, 옳기는 하다. 인간이란 한계가 항상 따라붙는다. 한계를 늘려서 높은 평균을 확보하기 위해서라도 타냐는 부하에게 규칙을 확실히 지키도록 항상 요구하였다.

습관이야말로 성공으로 이어지는 황금률이다.

"자, 세레브랴코프 중위, 외스테만 중위. 그리고 바이스 소령이 올 텐데, 요격전이다. 라인 전선의 요령으로 한다."

타냐는 사관들에게 짧게 상황을 전달했다. 실제로는 바이스 소령에게 전해서 들은 상황을 전달하는 것에 불과한 형식적인 확인이지만…… 확인하는 데에 의미가 있다.

표준수속에서의 일탈은 태만에서 생겨나는 법이다.

그렇다고 해도 베테랑에게 과도한 걱정은 필요 없다. 타냐는 기대하는 부하에게 웃음을 보냈다.

"세레브랴코프 중위, 평소와 같다."

"예, 평소와 같습니다."

"……귀관은 평소와 같아서 안심할 수 있군."

반복된 복창을 타냐는 칭찬하였다. 칭찬에 익숙하지 않은 걸까, 놀라는 세레브랴코프 중위의 표정에 타냐는 쓴웃음을 지었다.

부하를 제대로 칭찬하지 않는 것은 잘못이었다.

어렸을 적에 읽은 나이팅게일의 전기에서 그녀가 [크림에 마지막까지 남아 준 간호사]를 [황금보다도 가치가 있다]고 말한 것을 어린 나이의 자신으로서는 도무지 이해할 수 없었는데, 지금이라면 완전히 이해할 수 있다. 역시나 통계학의 발전에 공헌한 위대한 개혁자다. 인적 자본이란 것은 간호사든 사관이든 직종에 관계없이 보편성 있는 것이다.

그런 의미로 신뢰를 쌓은 세레브랴코프 중위는 정말이지 저 나이팅게일이 말한 바와 같이 그 몸무게와 같은 무게의 황금에게 앞서는 인적 자본 가치를 쌓은 게 틀림없다.

"……의외라는 얼굴 하지 마라. 이래 보여도 귀관에게 기대하는 거니까."

"가, 감사합니다!"

틈을 봐서 또 감사품이라도 준비해야겠지. 초콜릿 같은 걸 후방에서 입수해 보자고 마음속 비망록에 기록했다.

타냐는 초진 때보다 긴장감이 빠진 듯한 보충 마도중대의 지휘관을 바라보았다. 이쪽이 문제다.

"외스테만 중위, 귀관에게는 이렇게 말하고 싶다. 너무 무리하진 마라. 일단은 내가 돌봐줄 테니 내 뒤를 따라와라."

"알겠습니다!"

의욕이 넘치는 그는 좋든 나쁘든 아직 신임 중대장이다. 실전 경험이 있다고 해도 타냐가 바라는 수준으로 맡길 수 있는 레벨에는 아직 멀다.

하지만 머리 굳은 토스판 중위도 써먹기 나름이었다.

외스테만 중위도 자질로 보면 딱히 열악하지도 않으니까 제대로 활용하면 못 써먹을 것도 없겠지.

젊은 인재란 경험이 부족하지만 그걸 메우려는 마음이 있다. 필요한 것은 적절한 교육이다. 타냐로서는 이 점에서 사소하게나마 실적에 자부심이 있다. 세레브랴코프 중위나 그란츠 중위를 전쟁터에서 키운 교육자로서 자기 수완을 자랑스럽게 생각하는 것은 당연한 권리겠지.

외스테만 중위에게 필요한 것은 약간의 시간과 귀를 기울이는 자세다.

"힘찬 대답이군, 중위."

"옙!"

"한 가지 마음에 담아 두도록. 중위, 전쟁의 기본은 최고 득점이 아니라 평균점의 승부가 많다. 약점을 없애는 편이 살아남기 쉬울걸? 뭐, 앞으로의 과제로 삼도록."

"말씀 감사합니다."

고분고분한 것은 얻기 어려운 특질이다 싶어서 타냐는 만족스럽게 끄덕였다.

"오래 기다리셨습니다, 중령님."

"오, 소령. 지각하면 두고 가려고 했다."

"그건 좀 봐주시길."

너스레를 떠는 바이스 소령에게도 가벼운 여유가 떠돌았다. 역시 경험자란 든든하다.

"마침 잘됐군. 외스테만 중위를 내가 돌보지. 바이스 소령, 나머지는 네게 맡겨서 유격전을 한다."

아군을 생각하면서 하는 전쟁이란 아무래도 마음이 불안하다. 신입사원의 *OJT를 방불케 한다. 다만 전쟁이란 사람의 목숨이 걸려 있다. 커버할 여력이 있으면 좋겠는데…….

타냐가 그렇게 우울해지는 건 당연하다.

그래서 그란츠 중위의 부대가 빠진 건 뼈아프다. '제투아 중장 각하, 원망하겠습니다.'라고 속으로 투덜거릴 정도다.

---

* OJT(On the Job Training) : 직장에서 상사나 선배가 부하나 후배에게 구체적으로 일을 주고 그 일을 통해 필요한 지식, 기술 등을 지도하고 가르쳐서 업무처리 능력을 육성하는 활동.

"저는 어떻게 합니까?"

"세레브랴코프 중위, 귀관도 나와 같다. 외스테만 중위의 부대를 원호한다."

'커버 요원은 많아서 문제 될 것 없으니까.' 라는 말을 삼키면서, 타냐는 부관에게 대답하고 요령 좋게 날아가는 대대를 인솔하여 하늘로 올라갔다.

제공전의 기본은 위를 취하는 것이고, 적 마도부대가 공격하는 상황이면 느긋하게 올라갈 수 없지만.

적이 묘하게 여유롭게 준비하는 걸까? 스크램블도 없이 정렬하여 올라갈 수 있는 시점에서 시간적 여유는 있었다.

"……포격에서 돌입까지의 타이밍에 차이가 너무 나는군. 적의 포격은 잘 조정된 것이 아닌가?"

덕분에 걱정하던 보충 마도중대의 전력화 단련을 실전에서 시험할 수도 있다.

그들이 다루기 어려운 엘레니움 97식 돌격보주를 아슬아슬하게나마 다루어서 안정적으로 비행하는 모습은 타냐를 감동하게 했다.

동시에 등골을 오싹하게 하는 것이기도 하다.

"풋내기 대 풋내기의 전쟁인가. 이거 인적 자본의 낭비가 심하군……."

가난뱅이 대 가난뱅이로 모자라서 풋내기 대 풋내기. 슬슬 총력전도 극에 달했다.

개전 이전의 제국군에서는 항공마도사 정도 되면 [신임단독]으로라도 착탄 관측 임무를 [맡길 수 있는] 수준으로 교육 수준이 확보됐다. 지난번에 오인 포격이 있었을 때도 그랬지만, 이번에는 [신임단독]이라도 착탄 관측 임무를 [맡길 수 없을] 정도로 상황이 악화됐다.

교육할 시간이 없다. 교육하는 데 필요한 인원을 전선에 빼앗긴다. 결국 교육 미완성 상태로 전선에 보내져서 햇병아리가 칠면조 사냥을 당하는 꼴이 된다.

사악한 소모 사이클의 완성이다. 현장 레벨에서 어떻게 할 수 있는 게 있다면 조금이라도 정착률, 아니 생존률을 확보하는 정도겠지. 인간방패를 살려 두기 위해서라도 최선을 다해야만 한다. 타냐는 쌍안경을 꺼내어 적정을 관찰하기 시작했다.

"……정석대로의 전개로군."

고도를 취하면서 공중에서 전열을 형성하는 대치. 쌍방이 어느 정도 수를 지키면서 상대하게 된다.

이쪽의 대열과 비교하여 연방군의 그것이 밀도로 다소 앞서는 정도일까.

공산주의자를 상대로 물량으로 대항하는 일이 드문 제국군. 공산주의자의 자멸로 마도 분야만큼은 질적, 수적으로 우세를 지키고 있지만 수적 우위는 수적 균형으로 저울이 기울어지는 모양이다.

"……연방군도 제법이군."

정말이지 싫어진다.

약한 적을 두들기는 것은 싫지 않지만, 동등한 적과 겨루는 것은 유쾌함과 거리가 멀다. 노동이란 것은 최소한의 노력으로 정리할 수 있는 게 최고지만. 하물며 전쟁이다. 아아, 싫어진다.

"적, 발포!"

아군의 경고가 울리는 가운데, 타냐도 익숙한 순서로 반격을 명했다.

"01이 대대에. 응전이다."

초장거리란 것도 있어서 광학계 저격술식을 통한 집중 사격. 그렇긴 해도 거리 문제는 사정없이 명중률과 위력을 감쇄시킨다.

술탄 잔량에도 신경 쓰면서 찔끔찔끔 쏴대는 것을 생각하면 골치가 아프다.

"칫, 장거리에서는 노력에 비해……."

낭비가 많다고 투덜거리려는 때에 타냐는 적진의 움직임에서 격변을 찾아냈다.

"음? 공산주의자 마도사가 돌진해 온다고?!"

전열, 혹은 대열을 무너뜨린 돌진. 적 마도사들이 이쪽으로 폭주하듯이 돌진을 개시하였다.

"통제가 무너졌나? 질서를 흐트러뜨리다니……."

외스테만 중위의 당혹스러운 목소리에 타냐는 순간 뭔가 걸리는 걸 느꼈다. 지휘가 무너지고 대열이 붕괴했다고 해도 너무 이르다. 장거리 사격전이 신병의 신경을 거스른다는 이야기는 이해하지만, 그렇다고 해도 적도 제대로 된 손해를 입지 않았다.

"적의 신병이 실수했나? ……아주 가끔 있는 일이긴 하지만."

뭔가 이상하다 싶어서 적을 노려보면서 생각에 빠지려던 때에 타냐는 무심코 외쳤다.

"그게 아니야!"

이쪽이 우군 상공에서 대열을 짜니까 적이 돌진했다!

최악이다!

"움직여! 치고 나간다!"

가타부타 할 것 없이 타냐는 외쳤다.

"예?"

하지만 돌아온 것은 외스테만 중위의 얼떨떨한 목소리. 전장에 있으면서 이렇게 눈치가 없다니! 우리는 [우군 진지 상공]이다. 연방군에게 똑같은 짓을 해 주었을 텐데 잊어버렸나?!

어쩐 일로 평정심을 잃고 타냐는 부대에게 절규했다.

"01이 대대에! 전력 가속! 진지 상공에서의 혼전을 허락하지 마라!"

갑작스러운 지시지만, 바이스 소령의 부대는 타냐의 뜻을 이해하고 돌진을 개시. 돌출, 고립시키면 안 된다 싶어서 세레브랴코프 중위도 따랐다.

아군 진지 상공에서 적과 뒤엉키면 아래를 향해 오발이 날아갈 리스크가 커진다. 서툰 술식으로 우군 오폭을 할 수도 없는 노릇이고, 또 밑에서 원호를 받으려고 해도 밑에서 잘못 쏠 리스크도 크게 오른다.

원호전투에서 적이 정면에서 백병전으로 밀고 들어오는 것은 악몽에 가깝다.

그러니까 앞으로 나설 필요가 있었다.

"저, 적이 치고 들어옵니다!"

한 방 먹었다는 생각이 들었기에 타냐로서는 여기서 질질 끌 수 없었다. 외스테만 중위의 당황한 목소리에 타냐는 짜증을 냈다.

"알고 있다! 얼른 대응해!"

"통제사격을……."

그게 아니다, 또 소리쳐야 할 필요가 있다니! 임기응변으로 움직이지 않는 부하를 데리고 전쟁을 해먹을 수 없다!

"멈추지 마라, 외스테만! 돌격에 밀린다! 밀리지 말고 밀어내라! 돌격! 알겠나! 이쪽이 부딪쳐서 밀어내라!"

의표를 찔리면 정예라도 허둥댄다. 하물며 경험이 부족한 사관과 마도사라면 분위기에 휩쓸릴지도 모른다.

그렇기에 명령을 내리고 해야 할 일을 지시해야 한다.

"돌진해라! 전진, 전진, 전진!"

갑작스러운 호령이지만, 가까스로 늦지 않는 형태로 보충 마도중대를 포함한 제203항공마도대대도 돌진하는 적에게 맞추어 정면 돌격을 꾀했다.

"혼전을 피해라! 고도를 취하면서 적을 우군 진지 상공으로 접근시키지 마라!"

피아의 우위가 보주의 고도 성능 차이임을 알기에 타냐는 상승을 명했다. 하지만 그때 타냐는 진심으로 경악스러운 사상과 조우했다.

위에서 일방적으로 가지고 놀려고 고도를 취했는데, 따라오는 적을 떼어낼 수 없었다.

"적 고도 8천?! 이럴 수가, 이 고도까지 올라온다고?!"

불가능하다는 말은 삼킬 수밖에 없다. 눈앞의 광경이야말로 무엇보다도 웅변하는 반증이다. 믿기 어렵게도 부대로서는 저고도 전문일 터였던 연방군 마도사가 같은 고도에서 이쪽에게 팽팽한 싸움을 강요한다.

수적 균형만이 아니라 질적 균형이라니 받아들이기 어렵다. 그럼에도 불구하고 백병전이 서툴 터인 놈들에게 밀리고 고도까지 따라잡혔다.

"01이 대대에. 1만 2천까지 올라가! 다소 무리해도…… 잠깐! 방금 명령, 취소! 취소다! 전원, 고도 8천을 유지!"

한순간 한계고도까지 상승을 결단하려다가 마지막 순간에 타냐는 잘못을 깨닫고 다급히 명령을 취소했다.

평소라면 상승시켰다.

하지만 지금은, 지금만큼은 안 된다.

97식에도 적응이 덜 된 보충 마도중대는 고도순응 훈련도 제대로 받지 않았다. 거기까지 올라갈 수 있을지 많이 의심스럽다. 고도 차이를 활용하고 자시고 할 때가 아니었다.

"현 고도를 유지하면서 서로 연대하여 커버해라! 02, 뒷사냥이다, 신임을 노리고 드는 놈들을 우선적으로."

노려라, 라고 말하려던 차에 타냐는 공중에 떠오른 검은 콩알 같은 점을 깨달았다. 하나도 아니고 복수의 점.

발견한 것의 정체를 순식간에 깨달았다.

"적기?! 산개! 응전!"

소리치는 동시에 조금 전까지 달라붙어서 떨어지지도 않던 적 마도사들이 일제히 이탈을 개시.

이쪽이 밀집된 곳으로 적 항공기, 전투기가 치고 들어왔다. 기관포, 그것도 대구경 중기관포의 집중사격을 맞으면 버틸 수 없다.

순간적으로, 라고 해야 할까.

제203항공마도대대는 베테랑의 이름에 부끄럽지 않은 기민한 대응으로 예기치 않은 새 공격에 대응했다.

각자가 난수회피행동을 취하면서 적기의 시야를 방해하

려고 폭렬술식으로 응사.

기습을 받은 부대로서는 이상적인 반응속도라고 할 수밖에 없겠지. 제국군 참모본부의 비장의 카드란 소리는 공으로 듣는 게 아니다. 무리한 임무를 임기응변으로 대처하고 밀어붙여서 돌파하는 힘이 있기 때문이다.

"대미지 보고!"

"손해 경미!"

세레브랴코프 중위의 대답은 정말 유쾌한 것이다.

한 방 먹었다고 이를 가는 마음이 없지는 않다. 하지만 손해 그 자체가 경미하다는 사실로 해소할 수 있을 정도의 것이다. 평소의 교육, 인적 자본에 대한 투자의 성과를 자랑해야겠지.

살짝 표정을 풀고 하늘을 둘러본 타냐는 거기서 다시금 표정을 굳혔다.

적 전투기를 피할 필요가 있었고, 기관포탄의 표적이 되지 않기 위하여 난수회피를 하면서 폭렬술식을 전개했는데, 그 바람에 부대 사이의 거리가 너무 벌어졌다.

대열이 무너졌다!

"페어를 유지해라! 적이 돌진해 온다!"

혀를 차고 싶은 광경이었다. 다른 부대라면 또 모르겠지만, 즉응이 늦는 외스테만 중위 등의 움직임은 타냐의 분통이 터질 만큼 느리다.

"아래쪽에서의 사격에 경계! 제길, 이건 뭐냐. 공산주의자 놈들, 남들이 싫어하는 짓이라면 정말로 잘하는군?!"

"공산주의자니까요!"

부관의 반론에 "그래서 어쨌다고!"라고 무심코 소리친 타냐. 거기에 대한 부관의 대답은 실로 위트가 넘쳤다. 아니면 솔직한 반응일까?

"그런 거라고 예전에 직접 말씀하지 않으셨습니까?"

"음, 분명히 그렇지. ……전쟁에서도 남이 싫어하는 짓을 잘할 수 있게 됐다고 말하는 게 맞겠지."

혀를 차고 싶은 마음을 누르면서 타냐는 적의 실력을 인정했다. 표적을 좁힐 수 없도록 산개한 연방군 마도부대를 요격하려고 고도를 취했을 때 나타난 연방군 전투기.

적기는 일격이탈에만 치중하고, 기관포탄을 다 쓴 뒤에는 즉각 이탈.

고도, 속도가 너무 차이가 나서 반격은 어렵다. 무엇보다 밑에서 손님이 온다. 추격을 운운할 상황이 아니다.

하지만 어디까지나 그것뿐.

계속 당해 줄 도리도, 이유도, 아니, 필요성도 타냐에게는 존재하지 않는다. 언제든지 포기하지 않는다. 실패란 만회하면 된다.

살짝 심호흡 한 번.

결의를 담아서 타냐는 입을 열었다.

"우리에게 격투전을 청하다니 거참 대단한 용사들이군! 연방군 놈들, 마도검이 꽤나 마음에 든 모양이야. 실컷 먹여 줘라!"

맡겨달라고 말한 것은 역시나 선봉을 주로 맡는 바이스다.

"그럼 먼저 실례하겠습니다!"

"허가한다. 가라!"

옙 소리가 나온 순간에 바이스 소령은 기민하게 행동을 개시하였다. 호흡이 척척 맞는다는 게 바로 이거겠지.

"중대, 나를 따르라, 돌격이다!"

타냐는 다른 이들에게 원호하라며 소리쳤다.

"지원 사격 3연발!"

허둥대면서도 착실하게 쏴대는 걸 보면 외스테만 중위도 간신히 실전에 익숙해지고 있다고 인정해야겠지.

잘못 쏘지 않을 거라고 신용할 수 있다면 계속 원호만 시키는 게 제일 낫겠다.

"외스테만! 원호 사격을 계속해라! 억지로 맞힐 필요는 없다!"

"알겠습니다!"

대답 하나는 정말 잘한다.

아니, 경험 부족을 이유로 악의를 품는 건 좋지 않다. 경험은 계속 쌓을 수 있다. 능력 부족과 경험 부족은 구별하지 않으면 공평하지 않다. 공평할 것, 그것은 타냐에게 너무나도 당연한 의무다.

전장 생활이 너무 길어서 공격적이 된 걸지도 모르겠다. 어쩌면 제투아 중장의 무리한 사수 명령이 과도한 스트레스의 원인일까.

"지금 그걸 생각할 때가 아니지."

가볍게 머리를 흔들어 잡념을 쫓아낸 뒤 타냐는 전투로 생각을 되돌렸다. 타이밍은 제법 좋았다. 바이스 소령 등이 돌진하였기에 적은 대응에 쫓기고…… 이쪽은 공중돌격대열의 형성을 마쳤지 않은가.

타냐는 부관에게 고개를 돌렸다.

"좋아, 세레브랴코프 중위, 바이스를 따라서 돌입한다. 평소와 같지만…… 등 뒤를 맡기지. 특히나 적기의 돌입을 경계해라."

"알겠습니다."

"좋아, 시간 됐다. 얘들아, 내 뒤를 따라라!"

증속, 증속, 계속 증속.

97식이 괜히 돌격연산보주라고 불리는 게 아니다. 엘레니움 공창의 개발책임자는 머리가 이상하지만, 신기하게도 기술력은 그 기상천외한 발상을 실현시켰다.

최대전속에서 압도하는 것이 다행이다. 적을 철저하게 뭉갠다는 공중전의 기본을 활용하는 것은 자연스러운 흐름이었다. 타냐의 부대는 바이스 소령 때문에 대열이 흐트러져서 이리저리 방황하는 적 마도사를 위쪽에서 단숨에 덮쳤다.

이쪽을 깨달은 적 마도사가 즉각 방어를 굳히려고 해도 움직임이 둔하다.

"흥, 대응이 느려."

술식을 쏘려고 총을 들이대고 방아쇠를 당기려는 순간, 격추 스코어를 올리려고 입맛을 다셨을 때 타냐는 측면에서 날아온 예기치 않은 사격이 방어외피에 박혀서 기동이 흐트러지는 꼴이 됐다.

공산주의자가 페인트를 써?!

"……덫 사냥?!"

타냐는 무심코 이를 갈았다. 한 방 먹었다고 깨달은 순간에는 옆에서 적 마도사가 세레브랴코프의 견제사격을 개의치 않으며 날아들었다.

원호는 늦었고, 이탈도 불가능.

"빌어먹을!"

서둘러 공중 벡터를 비틀어서 진로를 변경. 방어 대응으로서 측면에서 밀고 드는 적에게 기관단총을 전력 사격. 탄창을 비워버릴 기세로 거리를 벌리면서 97식 돌격연산보주의 속도 성능을 최대한 살려서 전력 가속.

"중령님! 무사하십니까?!"

"별거 아니다!"

두 번 정도 적병의 사격이 지근탄이 되어도…… 95식을 쓸 정도도 아니었다.

그 가엾고 징글징글한 MAD가 개발한 97식은 연방군의 신형 보주와 마찬가지로 방어외피에 힘을 기울이면 다소의 피탄에도 견딜 수 있다.

"그 정도로 격추될 만큼, 우리도, 보주도, 나쁘진 않아!"

부하에게는 으르렁거리면서도 마음속은 정반대였다.

적에게 의표를 찔렸다는 경악이 타냐의 뇌리를 지배했다는 사실은 숨길 수 없다.

연방군 마도사 상대로 근접전으로 뒤처지다니, 타냐의 패러다임은 말 그대로 논리가 무너졌다.

기관단총의 탄막 사격능력이 없으면 지금쯤 돌진한 적병에게 어떻게 됐을까.

"……칫, 그렇긴 해도 기분 나쁜 놈들이군."

가까스로 이탈에 성공한 타냐는 그제야 적을 관찰하려고 시선을 줬다.

평소라면 적병의 얼굴을 하나하나 식별하지도 않는 타냐지만, 고속 접근, 순간적인 교차 사격이라는 사정도 있어서 이번만큼은 시각 정보를 중시했다. 장비, 군장, 인종 등을 주목하려던 타냐는 거기서 뜻하지 않은 발견을 하였다. 분명히 친위대 같은 놈들일 거라는 생각으로 관찰했는데…… 군장은 통상 연방군의 그것. 군복의 기장에서도 딱히 차이점을 발견할 수 없다.

그냥 기분 탓일까, 꽤나 나이가 있었다. 마도사라는 병과가 재편 중인 연방군으로서는 보기 드물게 마흔을 넘었을 듯한 나이였다.

교관일까? 어찌 됐든 젊지 않은 요원을 동원할 만큼 공산주의자에게 여유가 없다는 사실은 좋은 일일지도 모른다. 이렇다면 제투아 중장이 말하는 원군도 의외로 고생 않고 도달해 주겠지. 기다려야만 하는 것은 사실 괴로운 일이다.

"……이거 좋은 소식이군. 아니, 당할 뻔한 인간이 할 말이 아니지만."

쓴웃음을 지으면서 응사하고, 광학계 저격술식으로 적의 방어외피를 뚫어서 격추 스코어를 벌기 위해 손을 움직여도…… 맞질 않는다.

뿐만 아니라 함부로 움직임을 멈추고 조준에 집중하면 사정없는 방해가 들어온다. 적을 노릴 틈도 없이 이쪽이 맞으면 죽도 밥도 안 되겠지.

"제길, 묘하게 연대가 좋군."

적의 등을 노리려고 했는데, 이쪽을 향하는 적의 총구. 2인 1조 행동에 철저한 거지만, 어쩌면 연방군이 아군보다도 연대가 더 좋을 수도 있다니 믿기지 않았다.

힐끗 보니 이쪽 또한 나이가 많다. 교관들의 연대일까. 어찌 됐든 호흡이 너무 잘 맞아서 사격으로 무너뜨리기는 어렵다.

그렇다면 적의 노림수에 넘어가는 수밖에 없다.

만용도 여기에 이르면 합리적 선택지라는 듯이 타냐는 적에게 부딪칠 기세로 접근하여 간신히 마도검으로 적병을 하나 베어 넘겼다.

"제길, 시간이 너무 오래 걸려. ……이건 뭐지?"

주위를 둘러보고 타냐는 곤혹스러움을 드러내며 말을 내뱉었다.

마도 운용의 최첨단을 걷는 제국군 중에서 자타 공히 정예라고 인정받는 제203항공마도대대가 일반적으로 숙련도가 떨어진다고 보는 연방군 마도부대를 상대로 호각이나 마찬가지.

아니, 전체적인 국면을 보면 아군이 다소 우세라는 게 공평한 평가일까? 그래도 정예부대 지휘관인 타냐로서는 받아들이기 어렵다는 게 솔직한 감상이다.

이건 실수로라도 있을 수 없는 레벨이었다. 연방군과 같은 수준으로 비교해야만 한다는 것은 역전의 항공마도대대에게 맞는 평판이라고 하기 힘들다.

그리고 공중에서 생각에 잠겨있으면 적이 신나서 공격해온다.

"에잇, 짜증 난다!"

연막을 겸하여 폭렬술식을 세게 발현시키고 적과의 거리를 벌리려고 했을 때, 타냐는 페어인 세레브랴코프 중위가 움직임을 멈춘 것을 깨달았다.

"비샤! 뭐 하는 거냐!"

"중령님! 저걸! 적의 방어외피 말입니다!"

"음? 뭐?"

"……폭렬술식에 일부가 찢겼습니다. 신형이 아닙니다!"

"뭐? 정말인가?!"

적병을 가리키고 흥분한 듯이 외치는 세레브랴코프 중위의 지적에 타냐도 무심코 소리쳤다. 지금 한창 혼전으로 고생하는 것도 모두 적의 튼튼한 방어외피를 상정했기 때문이다.

면 제압을 통한 대항전술을 단념할 필요가 없다면 이야기는 달라진다.

"시험해 보지!"

기대 반, 체념 반으로 술식을 폭렬계로 전환, 면 제압을 주안에 두고 사격.

위력보다도 범위를 우선한 술식이라면 약삭빠르게 기동하는 적 마도사라도 어느 정도 붙잡을 수 있다.

눈을 부릅뜨고 전과를 확인했지만 적의 움직임에 별다른 변화가 보이지 않는 것을 깨달았다. 틀렸나 싶어서 혀를 차려던 순간, 타냐는 적의 군복 색깔에 붉은색이 섞인 것을 시야 한구석에서 포착했다.

"상정한 것보다 약하다?"

방어막을 날려버리고 방어외피에 가볍게나마 손상을 줬

다면 적 보주의 성능은 상정한 것보다 훨씬 방어 성능이 떨어진다.

좋은 소식이다 싶어서 타냐는 웃었다.

"바이스, 외스테만! 놈들은 신형 보주를 쓰는 게 아니다. 관통계가 아니라 면 제압으로 대처한다!"

""예?""

무전 너머로 곤혹스러워 하는 사관들의 목소리가 겹치는 것에 기묘한 재미를 느꼈다. 적의 방어외피가 두껍다는 믿음에 사로잡혔던 사람은 타냐만이 아니었던 모양이다.

애초에 그릇된 경험이 원인이다. 연방군 마도부대의 단단함에 완전히 질렸기 때문에 연방 마도사가 단단하다는 선입관이 악영향을 미쳤겠지.

"다소의 오발, 오폭은 허용한다! 폭렬술식 준비! 모든 공간에 난사해라! 다만 실수로라도 지상에 있는 우군을 맞히진 마라!"

""아, 알겠습니다!""

좋다 싶어서 타냐는 무전으로 외쳤다.

"01이 대대에! 01이 대대에! 면 사격으로 적을 날려버려라! 방어외피에도 힘을 기울여라! 사격, 개시이이이!!!"

다음 순간 말 그대로 쏘라고 하니까 쏜다는 듯이 폭렬술식의 꽃이 공간에 날아갔다.

아군이 있는 공역까지 날려버리는 것은 난폭한 짓일지도

모른다. 하지만 이미 연방군 대공진지가 [가능성]과 [잠재성]을 타냐에게 보여주듯이, 아군까지 끌어들일 만큼 대충 쏘는 편이 결과적으로 훨씬 간단히 적을 맞힐 수 있다.

아무리 그래도 제국군이 그 정도까지 할 거라곤 생각 않았겠지. 연방군 마도사들은 순식간에 폭염에 휩싸여서 공간과 함께 날아갔다.

물론 격추한 수는 적었다.

"칫, 질기긴. 타이밍 좋게 후퇴인가."

폭풍에 휩쓸려서 날아갈 때에 저항하지 않고 함께 날아가며 후퇴하기라도 한 걸까, 적 마도사의 태반은 허둥대긴 했어도 그렇게 숫자가 줄어들지 않았다.

"슬슬 저 끈질김이 싫어진다. ……이거 물러날 때인가. ……아군에게 격추된 얼간이는 있나!"

"탈락자 0! 가벼운 화상을 입은 자는 다소!"

세레브랴코프 중위의 보고에 타냐는 가볍게 웃었다.

"97식 덕분이라고 해야겠지. ……방어외피가 적보다 튼튼해서 다행이다."

속도, 내구도, 신뢰성. 모든 면에서 뛰어난 이 녀석이 양산, 전면 배치될 때면 질적 우세가 확실해지겠지. ……제대로 사용하는 마술사가 얼마나 있을까 문제지만.

아무튼 적 마도부대는 물러났다.

상공 원호의 목적으로 보자면, 다음으로는 적 지상부대를 격퇴하면 되겠지만…… 제공권이 없는 상황에서 지상군을 돌격시키는 어리석음을 연방군도 깨달았겠지.

지상으로 시선을 주니 꽤나 평온하다. 우리의 공중전을 완전히 남의 일인 양 구경하고 있었을 게 틀림없다. 정말이지 부러운 신세다.

그때 타냐는 부하를 치하할 필요를 떠올렸다.

"음, 바이스 소령, 외스테만 중위. 둘 다 수고했다. 중위는 입을 열 기력도 없는 모양이군. 먼저 내려가서 부하들과 함께 쉬도록."

"……옙, 먼저 실례하겠습니다."

외스테만 중위를 치하하면서 내려보낸 타냐는 바이스 소령 등과 함께 일단 체공경계로 이행했다. 적이 돌진해 오지 않는다면 내려가서 부하들에게 눈을 붙이게 하자. 내친김에 시간이 된다면 나도 자고 싶다.

그 정도의 의식으로 체공했기에 자연스럽게 타냐는 바이스 소령을 곁으로 불러서 방금 전투에 대한 소견을 물었다. 공통된 인식은 이상하게 힘들었다는 것. 숙련도도 그렇지만 연대 기량이 탁월하다는 점은 종래의 연방군과 차원이 달랐다.

이런 녀석들을 언제까지 상대해야 되는 거냐고 한탄하고 싶다. 제투아 중장도 이로톡 억지 명령을 내리면서 어떻게 1개 중대나 뺄 수 있을까.

"……꽤나 귀찮은 적이 나왔군."

"옳은 말씀입니다. 그렇긴 해도 항공함대 얼간이들, 뭐가 제공권은 걱정 없다는 건지 모르겠습니다. 적 항공기까지 연대에 가담하다니 너무하는 거 아닌지."

"좀 진정해라."

타냐는 바이스 소령의 푸념을 다독였다. 세상에는 전쟁이 좋아 죽을 것만 같은 인간만 있는 게 아니다. 항공함대가 낮잠을 자고 우리가 집요하게 기총사격을 당한다면 그 의견에도 찬동할 수 있겠지. 하지만 현황은 전혀 다르다.

"일단 적의 항공 지원도 끊겼다, 소령."

우군 항공함대는 직접 지원하러 나타나지 않았지만 적 항공전력이 제멋대로 굴지도 않았다. 즉…… 보기에 따라선 완벽하다.

100퍼센트의 배제는 불가능해도 90퍼센트 정도 확보해준다면 최소한 필요한 만큼 일했다고 인정할 수밖에 없다. 과도한 완벽함을 기대하는 것은 서비스 잔업이나 노동 착취로 이어진다.

이 점에서 항공함대는 자신들이 말한 만큼의 일을 완수하였다. 혈기 왕성한 바이스 소령은 이해하기 어렵겠지만, 전선 이외의 부서에도 각자 사정이 있다.

"우군이 제공전 내지 항공격멸전을 적지 상공에서 하고 있으니까 우리 대공경계가 소홀해졌다고 생각해라. 하늘을 불안해하지 않아도 되는 건 뜻밖의 행운이다."

타냐는 야유를 섞어서 적 진지를 굽어보았다.

"덕분에 앞으로는 주의한다고 해도……. 우리는 우리의 고도에서 일에 전념할 수 있다."

"하지만 고도를 활용하기 어려워졌습니다."

"동감이다. 아마도 적의 의도도 그렇겠지. ……보게나, 문제의 그거다, 그거."

시선 끝에 있는 것은 쌀알만 하게 보이는 그것. 적 마도사들은 후퇴했다고 해도 일단 이쪽을 엿보는 자세를 흐트러뜨리지 않는다. 아예 쌀알처럼 짓뭉개버릴 수 있으면 얼마나 속이 후련할까.

"……고생도 많군. 일부러 반응을 흘리다니."

그렇다고 해도 강력한 마도 반응은 이쪽에 대한 위압을 겸하겠지. 24시간 존재를 과시하듯이 마도 반응을 보이면 싫어도 의식할 수밖에 없다.

"자의식 과잉은 사춘기의 특권이라고 하지만, 이렇게 존재감을 과시하면 나에게 앙심이 있나 싶을 정도인데."

"중령님에게 어필하다니, 연방군에도 용사가 있군요."

"음?"

찌릿 부지휘관을 노려보아도…… 역시나, 역시나.

키가 작은 게 문제일까? 상사라고 해도 부하를 위압하는 데에 한도가 있을지도 모른다.

그런 참에 슬쩍 섞여드는 것은 배짱도 좋은 부관이다.

"용사 중의 용사 아닙니까?"

쓴웃음을 지으며 대화에 섞여드는 부관도 참 배짱 좋다. 아니, 잠깐만. 생각해 보면 라인 전선 때부터 근본은 똑같았던 것 같다. 그땐 어땠더라? 그렇게 생각하다가 타냐는 쓴웃음을 지으며 받아쳤다.

"제군, 용사의 숙명이란 걸 아나?"

결국은 그냥 잡담이다. 너무 신경 쓸 것도 없다.

"용사란 녀석은 반드시 죽는다. 그럼 지금 여기서 죽지 않는다는 보증도 없겠지. 연방군의 용사란 놈의 전설을 여기서 끝내 주자."

장교 셋이서 하하핫 소리 내어 웃으면 무거운 분위기도 날아간다. 조금 전까지의 격전을 정리하기에도 좋고, 다음 전투에 대한 마음가짐으로도 좋다. 의식을 바꾸는 좋은 계기였다.

"그렇긴 해도 적도 대단하군. 기량 면에서는 인정할 수밖에 없어. 바이스, 어떤가?"

"동감입니다. 전술, 연대, 기량, 모든 면에서 피아의 차이가 거의 없었습니다."

"귀찮기 짝이 없군. 문제의 신형 보주도 그렇고, 적의 신참도 그렇고, 우리의 강점이…… 음?"

"중령님? 왜 그러십니까?"

그렇게 묻는 바이스 중령에게 타냐는 적을 가리키면서 중얼거렸다.

"저거다."

부지휘관과 부관에게 적을 가리키면서 타냐는 적의 군장에서 식별을 읽어내려고 하였다.

"……뭔가 기억에 있는 듯한 신참이 합류하는 것 같은데…… 라이브러리에 있나? 틀림없이 연방의 항공마도부대가 아닌데. 어디 놈들이지?"

힐끔 시선을 보내자 부지휘관은 틀린 눈치. 뭐, 언어나 방첩에서는 타냐도 바이스도 세레브랴코프 중위에게 못 당한다. 타냐와 부지휘관의 시선은 자연스럽게 언어에 능통한 부관에게 향했다.

"아마도 연합왕국이겠죠. 아니, 잠깐만 기다려주십시오. 무전을 방수해 보겠습니다."

시선의 질문에 그녀는 잠시 적의 무전에 귀를 기울인 끝에 결론을 말하였다.

"……연합왕국, 그리고 협상연합의 공용어가 섞여 있습니다."

타냐는 그제야 떠올렸다. 해당되는 놈들로 짚이는 바가 있었다.

"소문으로 듣던 의용군이든가, 아니면 잔당군인가. 어느 쪽인지 모르지만, 조금은 태만해져도 될 텐데 말이지. 왜 이런 동부 벽지까지 오는지."

전쟁 같은 것에 좋다고 참가할 것도 없을 텐데, 왜 자비를 들여서 이런 곳까지 오는 걸까. 그렇게 전쟁중독인 걸까. 상식인으로서는 이해할 수 없는 감성이다.

거기에 어울려 주는 건 체력, 기력의 서비스 잔업이나 마찬가지다.

"적에게 움직임이 없으면 차례대로 내려간다. 체공해서 체력을 낭비하는 것도 바보 같다."

하지만 물러날 때를 의식한 발언은 상대의 반응이라는 사정 때문에 실행에 큰 문제가 생긴다. 적이 있는 이상 간단히 후퇴할 수도 없고, 은근슬쩍 계속 대치해 보았자 득이 없다.

한없이 시간만 계속 흘러가는 눈씨름. 결국 득도 없이 계속 체공하다가 서로 후퇴한 것은 눈씨름이 시작되고 몇 시간 후의 일이었다. 정말 아무런 득도 없이 피로만 쌓이는 대치였고, 적이 이쪽을 지치게 하려는 목적으로 도발한 거라면 대성공이겠지.

본래 초보가 그득한 연방병이 먼저 뻗어야 했다고 헛소리를 해 봤자 소용없다.

지면에 내려와서 원래 창고였던 듯한 반지하실에 굴러들어가자마자 타냐는 펜을 들고, 아까의 경험을 잊기 전에 보고서를 작성했다.

아까 같은 전투가 앞으로의 기본이 된다면 제국군은 긴급대책이 필요하다.

작성된 보고서는 스스로도 놀랄 만큼 비관적이었다.

연방군 마도사의 질적 향상은 제국군의 목을 조른다. 항공마도 분야에서의 우세를 잃으면 제국은 대체 어디서 질적 우세를 확보하면 좋을까?

다 작성된 글을 다시 읽고서 타냐는 한숨을 흘렸다.

"……그렇긴 해도 이게 제대로 읽힌다는 보증도 없나."

제국군은 조직 문화치고 비교적 소통이 양호하면서, 좋든 나쁘든 철저하게 상식적인 군사기구이기도 하다. 연방군의 질적 향상에 경종을 울린다고 과연 그게 그대로 받아들여질지 의문이다.

상부도 경계든 유의든 하겠지.

하지만 머리로만 이해하는 선에 머무르는 미래를 쉽사리 상상할 수 있다. [연방군의 질적 향상]이 얼마나 심각한지 피부로는 이해하지 못하겠지.

실제로 타냐가 지금 작성한 보고서의 내용은 여태까지의 상식과 정반대 쪽에서 싸움을 거는 것이다.

그걸 쓴 당사자조차도 반신반의한다. 현장에서 적과 엇갈린 당사자가 아니라면 연방군 항공마도부대의 [급격한] 위협 증대는 단순한 문장에 불과하다. 보고서를 읽었을 때 쉽사리 믿지 못하고, 과장됐다고 보고 썩힐 게 틀림없다.

"하아, 어떻게 설명할까."

남에게 전한다는 것은 간단하면서 어렵다. 사실을 사실

그대로 나열한 보고서라고 해도 전달하고 싶은 바를 올바로 전달하려면 상당한 고생이 필요하다.

논지를 명료하게, 읽는 이를 의식하면서 확실한 뼈대를 갖추어 쓴다.

"말로는 쉽지만 실제로 하려면…… 아주 귀찮군."

타냐는 한숨을 흘리면서 펜을 들었다.

모스코를 불태울 때와 비교하면, 그동안 놈들도 숫자만큼은 갖추었다. 하지만 숫자를 갖춘 것과 질적 향상은 다른 차원이다. 새롭게 아르바이트를 몇 명 모았는데 베테랑급으로 바로 써먹을 수 있다면 교육이란 단어를 쓰레기통에 던질 수 있겠지. 현실에서 교육의 중요성은 커질 따름이다.

그런데도 연방군 마도부대의 숙련도 향상은 마치 이상하게 즉각 전력이 증가한 것처럼 현저하다. 보고서에 그 부분의 설명을 넣지 않으면 틀림없이 가볍게 보인다.

문제 부분을 집어내는 것까지는 좋지만, 다음부터가 진짜 난제다.

"이게 이치에 맞지를 않아."

중얼거리면서 타냐는 상황을 재검토하기 시작했다. 군용 고칼로리 초콜릿 바를 우물거리면서 각 마도중대가 보낸 보고를 쓰윽 일독.

공통되게 보이는 것은 연방군 부대와 호각 내지 살짝 우세라는 보고뿐. 현상을 설명하는 열쇠는 도무지 찾아볼 수 없다.

그럼 나의 착각일까?

"그것도 아니지. 아무리 스스로 거짓말로 얼버무리더라도, 적이 극적으로 향상됐다고 생각할 수밖에 없어."

중얼거리면서 타냐는 조금 전에 썼던 보고서를 쓰레기통에 던졌다.

보고서란 간결한 결론이 필요하다. 연방군 부대는 원인을 알 수 없지만 숙련도가 향상 중이라고 상부에 보고하면 무능하다고 고백하는 꼴이다.

더욱 안 좋게도 이것은 상부가 맡긴 일이다. 최악의 경우 자기명의라면 이야기는 간단했다. 그래도 악평을 각오하면 못 보낼 것도 없다.

하지만 이건 레르겐 대령 명의로, 레르겐 전투단이, 레르겐 대령이 속한 참모본부에 보내는 공식보고서다. 자칫하다간 레르겐 대령의 명성에 먹칠을 한다.

사람의 경력에 공공연하게 상처를 내는 것 이상으로 관료들과 사이가 틀어지는 방법도 달리 없겠지. 이름을 사칭하기까지 한다면…… 여파는 믿을 수 없을 만큼 무섭다.

"하지만 나더러 어쩌란 말인가……."

진지하게 보고서에 달라붙으면서 타냐는 욱신거리기 시작하는 위장을 누르며 신음하였다.

어떻게 쓰면 좋을까.

수중의 판단재료가 너무 부족하다. 간결하게 연방군의 질적 향상을 알리는 사실만 나열하고 판단을 위에 맡기는 것도 하나의 방법이지만…… 지금은 최선이 요구된다.

망설일 때는 기본으로 돌아가야겠지.

"적의 현황을 돌아보자. 극적으로 향상됐다고 할 수밖에 없지만…… 뭐지, 이 위화감은?"

제203항공마도대대를 한 달의 훈련 기간만으로 만들어낸 타냐이기에 불가능하다고 단언할 수 있다.

인간의 한계뿐만이 아니라 한계의 한계까지 다그친 타냐의 경험에서 볼 때 항공마도부대의 질적 향상이란 것은 분명히 말해서 몇 주, 몇 달 단위로 쉽사리 해낼 수 있는 게 아니다.

한 달의 선발 과정을 [기초가 있다고 간주된 현역 장병]에게 부과하고 다키아에서 실탄연습까지 경험하고서도 숙련 면에서 다소 불안이 남았다.

외스테만 중위를 보면 더욱 이해가 잘된다.

성실하고 젊은 장교를 동부전선에서 OJT했지만, 알렌스, 메베르트 대위 정도가 아니라 자칫하면 토스판보다도 아슬아슬하다.

기초의 차이란 것은 그렇게나 절대적이다.

0.5를 1로 만드는 것과 0을 1로 만드는 것은 난이도의 차원이 다르다.

"……그런데도 연방군의 질적 변화는 너무 극적이다."

교육 분야에 일가견이 있는 타냐로서는 이 점에서 연방군의 질적 격변에 함축된 의미를 논할 수밖에 없다고 결심했다.

"제도 개혁이 영향을 미쳤다는 점은 어떨까?"

그런 말을 한 뒤에 생각하니 조직 개혁이 하루아침에 될 수 있을 리가 없다. 정치적 사정에 좌우되는 게 아니라 어느 정도 자율적인 전문 군대가 됐다고 생각하려고 해도 말이다. 만사에는 한도가 있다.

부대의 운용 레벨 개선과 숙련도의 개선은 완전한 이콜이라고 할 수 없다.

약한 병사들을 적이 완벽하게 운용하여서 이쪽의 위협이 될 수 있다는 말 자체는 이해할 수 있다. 양이 지휘하는 늑대 떼보다도 늑대가 지휘하는 양 떼가 위협적이라는 것은 고전적인 이야기에도 있겠지.

하지만 타냐는 그쯤에서 쓴웃음을 지었다.

"기업의 우두머리 하나가 바뀐다고 내일부터 흑자가 된다면 고생도 않지. 다소 극단론이었나."

양을 이끄는 늑대라고 해도 수중의 양으로 싸울 수밖에 없다. 양을 늑대로 다시금 훈련시키는 것은 유용한 수겠지.

하지만 인스턴트 식품을 데우는 것처럼 간단하지 않다.

교육에는 사람의 손이 필요하다. OJT조차도 지도원이 필요하다. 외스테만 중위를 인솔하는 것만으로도 얼마나 지쳤던가.

지도원도 없이 보고 배우라는 식일 경우, 그렇게 수고가 들지 않는다고 해도 시간은 무식하게 걸리겠지.

"뭔가가 아니야. 뭐지? 대체 어떻게 하면 극적으로 질을 개선시킬 수 있지?"

인사 관련 일을 한 바 있는 타냐이기에 마음속에 불신감이 싹트기 시작한다.

이것은 모순이다. 연방군의 항공마도전력은 극적으로 강화됐지만, 결과는 몰라도 과정이 보이지 않는다.

채용이라면 그래도 설명도 할 수 있겠지.

문제의 마도사 그 자체를 모을 뿐이라면 자질이 있는 사람을 구석구석에서 징병하면 머릿수만큼은 준비할 수 있을지도 모른다. 소문을 내면 사람들을 채울 수 있다.

그렇다고 해도 연방 놈들, 교관과 시간문제를 어떻게 극복한 걸까? 채용과 교육, 그리고 관리는 인사의 핵심이지만, 채용했을 때 교육이 필요 없는 신참은 본 적이 없다. 즉각 전력으로 써먹을 수 있는 신참이란 환상이든가, 아주 예외적인 소수 사례뿐이다.

그런 전제로 인사계획을 짜는 건 통계에 대한 반역이라고 한다. 즉 얼간이다.

"……교육을 위한 교관들조차도 연방에게는 절망적으로

부족할 터. 체계적인 운용실적이 결여된 군대 아닌가? 이 정도의 기간요원을 어디서 찾아내지?"

연방군의 다른 병과와 비교했을 경우, 언방의 항공마도전력은 무시무시할 만큼 현저하게 약하다. 목하 현재진행형으로 건설 중이라고 할 수밖에 없다. 연방군 마도부대의 조직기반이 약하다면 필연적으로 인적 기반도 너무나도 희박한 것이 당연한 가정이리라.

"가정에 모순이? 하지만 정합성은…….."

놈들을 기업으로 비유하자면 신규 졸업자 채용으로 사원 숫자만 불려놓은 꼴이다. 업무를 원만하게 수행할 수 있다고 가정하는 것은 거짓말쟁이들의 전매특허다.

물론 현장의 경험은 유익한 교사가 될 수 있다.

최전선에서 싸우는 이들은 경험을 쌓는다고 인식할 수밖에 없다. 그 결과 다소라면 제대로 된 기량을 가진 이도 나오겠지. 하지만 그것도 달걀 껍질이 아직 붙어있냐 떨어졌냐의 문제. ……여태까지의 평균 기량을 생각하면 즉각 교관직으로 전용했다고 해도 성과를 낸다는 건 시간적으로도 불가능에 가깝다.

지하의 자기 방에서 집무책상 앞에 앉아 계속 반문해도 다 헛일이겠지. 기분을 바꾸기 위해서라도 일어서서 가볍게 어깨를 움직이며 타냐는 생각을 살짝 틀어보았다.

"이렇게 되면 보통 외부에서의 중도채용. 아니면 지도 위탁이나 연수 서비스인가? 이 경우는 후자겠지만⋯⋯."

인원 부족으로 고민하는 기업이 대응책으로서 대량 채용을 했을 경우, 교육을 외부에 위탁하는 것은 드문 일이 아니다. 그리고 현재 연방에게 항공마도사 훈련 요원을 제공할 의사를 가진 것은 연합왕국이나 합중국이겠지.

어쩌면 옛 공화국, 협상연합 계열의 인원을 교관으로 활용해도 좋다.

"수요는 있고 공급도 있다. 아주 이상적인 욕망의 이중일치가 성립할 수 있는 여지는 충분한가."

하지만 그건 어디까지나 자본주의의 논리다. 연방은 썩어도 공산주의다. 내셔널리즘이라는 대의로 제국과의 전쟁을 수행한다고 하나 이데올로기에서 100퍼센트 자유로워서는 공산당이라고 할 수 없다.

당의 군대를 자본주의 국가의 사관들에게 교육시킨다?

설사 공산주의자가 그 갈등을 뛰어넘었다고 해도 각국마다 독트린이 다르다. 이런 전시에 급격하게 연합을 이룰 수 있을까?

모든 것을 뛰어넘었다고 해도 이만큼 급격하게 성과를 낼 수 있을까?

"무리지, 일반적으로 불가능해."

적이 유연한 것은 사실이고, 과소평가도 하지 않는다. 그래도 현실이라는 단어를 중시해야겠지. 이렇게 되면 중도채용만이 유일한 해답이다.

하지만 기업과 달리 연방은 국가다. 국가는 폭력의 독점자이고, 즉 최악의 독점기업이다.

"어디서 채용할 수 있단 말이지?"

말도 안 되는 소리라고 타냐는 투덜거렸다.

공산주의자에게도 경쟁이란 개념이 민간 분야에 있다고? 그렇다면 분명 소비에트의 민생품이 그렇게 심각하게 안 좋을 리가 없다. 라게리에 보낸 기술자마저도 활용시킬 수밖에 없었던 놈들에게 그런 기특함이 있을 리가 없다.

……잠깐. 그때 타냐는 얼어붙었다.

가능성에 불과하다.

어디까지나 가설, 그것도 거의 황당무계한 가정이지만……채용할 수 있지 않을까?

연방군은 과거에 [당의 군대 이전]이었던 시절이 있다. 즉 경험 있는 인원을 징병할 수 있는 인적 리소스가 잠재적으로는…… 있다, 있는 것이다.

"제길, 제길, 제길, 그런 건가!"

자기 입으로 말하고서야 간신히 깨달은 스스로의 얼빠짐은 총살감. 믿기지 않을 만큼 상상력이 결여됐다. 교조주의적인 태도라니, 내가 무슨 공산주의자인가!

"라게리인가! 에잇, 공산주의자 놈들! 성질 급하게 라게리에서 줄줄이 총살을 시켰어야지!"

공산주의자 놈들, 이상한 데서는 부자인 모양이다.

국가의 적, 계급의 적, 반동의 중핵, 저주스러운 전시대의 유물 운운하는 프로파간다로 마도사를 바보로 만들어놓고서 라게리에 [대량 보유]하고 있었다.

더욱 안 좋게도 타냐는 놈들에 대해 아무것도 모른다. 무능하거나 도움이 되지 않는다면 그래도 다행이다. 하지만 교전한 경험으로 보면…… 유능하다.

"……구시대 연방군 마도부대의 정보를 누가 알지?"

어떻게 하기 어려운 현실로서 타냐의 군력은 전시하이기에 농밀하다고 해도 [나이의 한계]가 있다. 따라서 연방이 제정이었을 시절을 아는 세대에게 들을 기회는 없었다. 정확한 경위는 둘째로 쳐도 대략 20년의 세월이 지나면 조직의 기억은 풍화된다.

"정보의 비대칭성이라고 해야지. 지식 계승도 꽤나 어려워. 완전히 최악이야."

모른다.

그것은 즉 무지.

전쟁이란 [모르는 놈이 잘못]이라는 대원칙에 지배된다. 아무도 가르쳐 주지 않았다? 그러니까 그게 어쨌다고? 이런 소리다.

마음 착한 평등주의자는 지식을 행사하는 것을 불공평하다고 꾸짖어 주시지만, 지식이란 힘이다. 전쟁이란 학력 이상으로 힘을 활용할 수 있는 쪽이 유리해진다.

지식을 쓰지 않는 전쟁을 원한다면 석기시대 이전, 가능하다면 유인원 레벨로 나란히 전락할 수밖에 없다.

그러니까 자문하자.

적을 알고 있나?

"……전혀 모른다."

수중의 정보를 모두 훑고 예습과 복습에도 여념이 없었다. 자기가 모른다는 것은 거의 공적인 정보망에 [제정 시대의 연방군 마도부대] 정보가 결여됐다는 소리다.

교범은?

전투 독트린은?

하나도 모른다.

짜증 날 만큼 타냐는 모른다. 군조차도 현장의 인간은 거의 모르는 거나 마찬가지다. 인터넷도 없는 시대, 기억이나 기록은 한 번 접촉을 잃으면 그대로 유실될지도 모른다.

정말 짜증스럽다. 적을 모르면 전쟁을 할 수 없다. 그런데 지식에 큰 결여가 있다고 이제야 알다니! 애초에 전쟁 자체가 득이 안 되는 행위여도 꼭 이겨야만 하는데!

즉, 과거의 기억을 뒤질 필요가 있다. 다행히 과거에는 접촉이 있었을 것이다. 타냐가 알기로 접촉이 있다는 것은 관료기구의 어딘가에 낡은 데이터를 남겼을 거라고 기대할 수 있다는 뜻이다.

"문제는 수고다! 제길, 고생할 미래밖에 안 보여!"

정리되지 않은 데이터.

미정리라는 것이 얼마나 귀찮은지는 조직이라면 금방 이해할 수 있겠지. 제대로 분류되지 않은 영수증의 산을 보면 안다. 혹은 창고 어딘가에 처박혀 있는 필요서류를 찾는다고 생각하면 된다.

아니, 어느 창고에 있는지라도 알면 그래도 낫다.

제일 중요한 소재 위치조차도 행방불명이 되는 법이다. 인수인계가 적절하게 이루어지지 않은 데이터, 자료들은 특히 그렇다. 아무리 귀중한 데이터라도 관계자가 부서를 떠난 순간부터 정크 데이터의 산에 파묻히는 것을 피하기 어렵다.

악의, 무능, 태만 때문이 아니라 단순히 쓰지 않는 것을 잊어버리는 것에 불과하다.

요청해도 찾기까지 시간이 얼마나 걸릴지 현기증이 난다.

"라이브러리를 뒤져야만 해. 참모본부의 어딘가에 묻혀있을 거야. 어떻게든 찾아내야 해."

이 경우 자기 명의가 아니라 레르겐 대령 명의로 신청하자. 모처럼 레르겐 대령의 이름을 쓸 수 있다. 호랑이의 위세를 빌릴 수 있다면 빌리지 않는 게 이상하다.

최대한 서둘러서, 최대한 재촉해야 한다고 타냐는 결심을 굳혔다.

자기 방에서 뛰쳐나온 타냐는 당직실로 달려가서 문제의 인물을 찾아보니, 있었다!

기계처럼 벌떡 일어서서 경례를 하는 세레브랴코프 중위의 모습을 보고 타냐는 빙그레 웃었다.

답례할 시간도 아깝지만 규칙은 규칙이다. 팔을 살짝 움직여서 규정대로 답례하고 타냐는 바로 본론을 꺼냈다.

"세레브랴코프 중위, 긴급사태다. 본국의 참모본부에 장거리 통신 준비를. 장교전령을 쓰고 싶지만, 상황이 상황이다. 최대한 강도 높은 암호 형식으로, 아무튼 서둘러서 준비해라."

"옙! 곧바로 암호요원을 깨우겠습니다. 용건은 어떠한 것입니까?"

"레르겐 대령 명의로 연방군의 데이터 재조회 신청이다. 아니, 역사로 변하고 있는 자료를 발굴해야 할 필요가 있다고 전해라. 물론 최우선이다."

"예?"

멍한 표정의 부관에게 타냐는 설명을 위해 말을 보탰다.

"적의 질적 변화가 너무 극적이다. 신병을 훈련시켰다기보다는 어딘가에서 쓸 만한 전력을 데려왔다고 생각할 수밖에 없다."

즉, 작전국의 당사자 명의로 내면 참모본부도 자기 식구가 꺼낸 말이니까 처리해 주겠지.

누가 어떤 루트로 신청하는지로 차별하는 건 나쁘다. 하지만 우선순위에 차이가 생기는 것은 공무원들의 현실이다.

놈들의 엉덩이에 불을 붙이기 위해 모든 수단을 아낌없이 투입해야만 한다.

"공산주의자가 되기 전의 군인들이 섞여 있다고 생각할 수밖에 없다. 즉, 고참들이 섞였을 가능성이 지극히 높다."

"실례입니다만, 다소 믿기 어렵습니다. 연방의 성질상 라게리로 보낼 만한 계급의 적이……."

"세레브랴코프 중위, 귀관의 경험은 존중하지. 귀중한 지식과 감각이다."

연방 문제에 관해서 경험자의 의견을 경시하는 건 위험하다. 하지만 한편으로 현실이 과거의 경험을 배신하는 일도 전혀 없지는 않다.

"귀관의 조언과 보좌에도 감사한다. 프로로서 경의를 표하지, 중위. 하지만 나는 하나의 확신과 함께 충고한다."

알고 있다는 것은 [기존관념]을 가진다는 소리기도 하다. 군이라는 조직이 아무래도 기존의 상식으로 판단하는 것과 본질적으로 같은 문제다. 타냐 자신도 상식인인 만큼 세레브랴코프 중위의 오해에도 친밀함을 가질 수 있다.

실제로 공산주의자의 이데올로기를 알면 [보통]은 라게리에서 사람을 꺼낸다고 생각하기 어렵다. 하지만 놈들은 그걸 한 것이다.

"공산주의자의 말빨에 넘어가지 마라. 놈들은 혀를 세 개는 가지고 있다. 남들이 싫어하는 짓을 하는 데에는 종교가와 비슷한 레벨로 유능하다."

타냐는 지친 얼굴로 내뱉었다.

"원칙 따위는 이데올로기보다도 현실에 좌우된다. 혁명가인 척하는 권력주의자의 상투수단인 것은 놀랄 것도 아니겠지."

공산주의, 공산주의, 공산주의.

말하자면 최악의 사회적 반동.

왜 그렇게까지 두려워해야 할지를 타냐는 잘 알고 있다. 이해할 수밖에 없었다.

"[대의]를 훔치는 놈들이다. 최악을 고려해라."

"······알겠습니다."

"정말로 짜증 나는군. 말만 앞서는 이데올로기라면 간단하지만, 애국자인가. 계속 나를 방해하는 놈들이군."

논리가 아닌 향토애란 귀찮기 짝이 없다. 근대란 사랑의 시대다. 국가라는 공동의 상상체에 대한 무조건적인 고백.

맹목적인 사랑.

정말 아름답고, 미치도록 달콤하고, 우아한 맹독이다.

"정말이지 귀찮은 노릇이야."

사랑을 타냐가 아는 말로 설명하기란 지극히 어렵다. 그것은 부조리다. 부조리와 불합리의 덩어리다.

다만 확실한 게 있다면 그것은 하나.

[사랑은 논리를 초월한다.]

적어도 그것이 진리다. '특정 사람들에게'라고 덧붙인다고 해도 중대한 위협이겠지. 논리에 대한 도전자가 세계에 만연하는 것이다.

타냐의 세계와는 정반대에 있다고 해야 할 세계지만, 슬프게도 실존한다.

》》 통일력 1927년 6월 16일 《《
동부전선 B집단 사령부 - 고급장교 집무실

명목뿐인 지위로 시찰 업무를 받았다고 해도 현장 정세를 상세하게 볼 수 있는 기회를 얻을 수 있는 것은 예기치 않은 기회이기도 했다.

안락의자에서 담배를 피우는 유쾌한 데스크워크인 것도 아니지만, 제도 참모본부에서 전무참모차장을 맡았을 때는 보이지 않던 것이 현장에 있다.

물론 제국군 관료기구는 동시대에서 가장 정비된 조직이라고 해도 좋다. 동부 방면에서의 자세한 보고는 수집되고 분석되어 적절한 경로로 참모본부에도 전달됐다.

더불어서 제투아 자신이 적극적으로 견문을 모으기 위해 레르겐, 우거, 데그레챠프 같은 각 영관급과 접하며 그런 장교들에게서 보고, 진언을 모으는 노력을 해왔다.

하지만 현실은 놀라움으로 가득하다. 백문이 불여일견이라는 말이 있다.

"구원은 보낸다. 그건 틀림없다."

확약한 이상 의무겠지. 하지만 현실을 앞에 두고 제투아 중장조차도 내심 끙끙거릴 수밖에 없었다.

너무 심하다고.

서류상으로는 이해했을 터인 궁지조차도 현실의 그것과 비교하면 정말 낙관적에 가깝다. B전선은 말 그대로 책상 위에만 있는 방어선이다. B집단 참모가 단체로 주저하는 것도 이래서야 당연하겠지.

궁극적으로 보면 최종적인 답으로서 잘못됐다고 단언할 수 있다. 하지만 마음으로는 그들의 혼란도 이유를 알겠다.

라인 전선과 비교하면 일목요연하다. 이 전선은 사실 전선이라고 부르는 것조차도 저어된다. 점으로 배치된 부대가 실질적으로 [선]을 유지하지 못하고 거점을 방어하는 꼴이다.

데그레챠프 중령 휘하의 레르겐 전투단의 구출은 어려운 전투가 되겠지.

측면을 너무 드러내지 않고 예봉이 둔하지 않을 정도로 날카롭고, 종국에는 [늦기 전에] 도착하는 것은…… 실로 어렵다.

상반된 감상이 있다면 데그레챠프 중령을 미끼로 쓰길 정말 잘했다는 안도일까. 적이 독이 든 먹이에 달려들지 않으면 지면에만 존재하는 방어선에서 물질적 군대를 저지하는 꼴이 됐다.

연방군이 다짜고짜 덤벼들지 않는 것을 신과 조국에게 감사하고 싶다.

"……항공함대의 소모율은 상정의 세 배다. 가동률의 저하가 심각해서 항공 우세를 오래 지키기란 곤란."

제공권이 최소한의 필요조건인데 동부군은 애초부터 여력이 부족했다. 서방 항공전에 항공전력을 집중 배치했다고 해도 빈약하다는 말로만 표현할 수밖에 없는 수준이다.

"연방군의 항공전력은 철퇴작전으로 격멸했다고 봤는데. ……역시 그건가."

제투아 중장은 수중의 사진을 들어올리며 한숨을 흘렸다. 제국군 항공함대의 건카메라로 촬영한 [합중국]산인 듯한 전투기.

멋지게 불을 뿜는 광경을 보는 건 호쾌하지만, 수중에 있는 사진이니까 적기가 불을 뿜는 것뿐이다. 이쪽의 기체도 그만큼 추락했다. 적기의 건카메라(우수한 합중국산 카메라와 필름이겠지)가 그것을 촬영했을 게 틀림없다.

"위험천만해. 이건 뭐지?"

곤혹스러움이 입에서 튀어나왔다.

머리로는 알고 있더라도 뭔가 이상하다. 제투아 중장은 씻어내기 어려운 위화감의 앞에서 머리를 흔들어 생각을 쫓아내면서 항공사진을 뚫어져라 바라보았다.

"……꽤나 색깔이 바랬군."

항공기재 조달은 최우선 조치를 취했지만, 그래도 빛이 바랄 정도로 질이 열화됐다. 자치평의회를 통해서 옛 연합군 계열의 장비를 일부 조달한 모양이다.

"노획품의 적극 활용인가. ……보고서에서 강조되지 않을 만하군. 결국은…… 양말 문제와 똑같은가."

현장으로서도 좀처럼 말하기 어려운 이야기겠지. 과거에 전선시찰에서 돌아온 레르겐 대령에게서 양말 이야기를 들었던 것이 지금도 떠오른다.

말하기 어려운 듯이 주저하기에 전선에서 뭔가 엄청난 불상사라도 일어났나 채근했더니 돌아온 대답이 양말이었다. 그때는 참모장교들이 모두 진심으로 곤혹스러움을 주고받았다. 듣고 보니 이해할 수 있는 이야기였기에 마음이 편했지만…….

"설명을 듣기 전까지 우리는 의외로 이해할 수 없었다. 전선이 구태여 말할 것도 없다고 정의한 정보를 후방이 얼마나 파악하고 있는지…… 의심스럽군."

상부로서는 최대한 전선을 이해하려고 노력할 생각이었다. 제투아 중장 자신도 포함하여 전원이 그렇다.

의식의 차이, 혹은 시점의 구멍이 양말. ……문화적인 장벽이 상상 이상으로 우리의 집단사고와 행동을 규정한다는 일례였다. 낡은 패러다임이란 것도 어느 틈에 융통성을 발휘하는 모양이다.

"최전선에 몸을 두고 공기를 마시면 다른 시점으로 보일 거라고 생각했는데…… 보이기야 보이지만 이건 안 되겠군."

전선은 전선의 사정에만 얽매이고, 후방은 후방의 사정에만 얽매인다. B집단 참모들의 엉덩이가 무거운 이유도 사정도 이해할 수 있지만, 시야가 너무 좁은 느낌이다. 그렇다면 후방이 대전략을 가지고 있느냐…… 이르도아를 경유한 공작이 좌절되고 제투아가 여기에 있는 시점에서 농담으로도 그렇다고 할 수 없다.

일단 이르도아 측의 칼란드로 대령에게는 앞으로의 접촉 유지와 상황 개선을 요구할 의사가 있다고만 전했지만, 확실히 말해서 그들의 중개 노력에 찬물을 끼얹은 것은 틀림없다.

슬프지만 전선에 서 보니 어느 부서도 멀리까지 보지 못했다는 게 절절하게 느껴졌다.

최고통수회의가 있고, 참모본부가 있고, 군이 있고, 정부가 있고, 그 모두가 스스로를 전략책정자라고 하면서도 결정한 것은 전략 레벨이지, 대전략 밑에서 조화시킨다는 근간이 성립되지 않았다.

"지도 이념이 없는 대전인가. ……대전 이전이라면 바보 같다고 웃어넘겼겠지. 그런 어리석은 짓이 가능하겠냐고."

……상상 이상으로 구역질이 나는, 어리석기 짝이 없는 짓이다.

전투 단위로서 제국군 부대는 정수를 충족하지 않는다. 이대로 세계와 싸운다니, 과연 제국이 그럴 수 있을까?

슬프게도 그걸 걱정하는 것은 제투아 중장이 할 일이 아니다.

"……고민스럽군."

》》》 같은 날 참모본부 《《《

등화관제가 철저한 밤이라고 해도 참모본부는 불야성을 그만둘 수 없는 제국의 심장과 같은 행정부다.

밤인데도 루델돌프 중장 또한 시끄럽게 울려대는 전화기 소리에 잠깐 붙였던 눈을 떴다.

"루델돌프 중장 각하, 우거 중령입니다. 주무시는 중에 대단히 죄송합니다만, 보고가."

"수고 많군. 무슨 일인가?"

취침 중에 오는 전화에는 익숙하다. 보고를 재촉하는 루델돌프 중장에게 우거 중령은 조심스럽게 용건을 꺼냈다.

"각하, 또 저지공업지대에 대한 야간폭격이 있었습니다."

서방 항공전은 소강상태면서도 쌍방이 못된 꾀를 부려서 해러스먼트를 하는 것도 있어서 루델돌프 중장의 취향과는 거리가 먼 음습한 것이 됐다.

"……적기를 저지할 수 없었나?"

"항공함대가 요격전을 담당하였고 전과 보고는 집계 중입니다. 격추 비율로 보자면 나쁘지 않은 듯합니다만, 적기를 모두 저지하기에는 수적 우세가."

고지식한 반응이라고 쓴웃음을 지으면서 즉각 대응에 대해 루델돌프 중장은 우거 중령에게 물었다.

"우거 중령, 제투아의 대응은?"

"과거에는 전시 국제법 위반의 뜻을 외무성과 연대하여 규탄하는 캠페인을 준비하였습니다. 시가지에 대한 무경고 폭격을 제3국에게 강하게 선전하고 비판하고 있습니다."

어이어이, 무심코 말이 튀어나왔다.

"……듣기는 했는데, 전무가 거기까지 손을 쓰면서도 인원에 문제가 없나?"

"저희는 주로 손해 보고 등을 정리할 뿐이었기에."

'인원이 부족할 때, 부하에게 과도한 노동을 시키지 마라.' 라고 제투아 중장이 당부한 것은 잊지 않았다.

가벼운 걱정을 말할 생각이었는데, 우거 중령이 태연한 투로 대수로울 게 없다고 대답하는 것으로 봐서는…… 그래, 사용법에는 조심해야만 하겠지.

"근면하군. 그래서? 우리의 항의나 선전은 상대에게 영향을 주고 있나?"

"형식적으로는 전혀 없습니다. 이번 공습 실시와 거의 동시에 중립국 대사관을 경유한 연합왕국 측의 답변이 있었습니다. 거기에 따르면 지난 공습은 [연방군 항공부대]에 의한 것이지 [연합왕국 당국]은 관여하지 않았다고."

루델돌프는 무심코 한숨을 흘렸다.

"격추한 기체에서 연합왕국인 포로는 안 나왔나?"

"명목상 그들은 [연방군] 항공함대로 파견된 연합왕국인이라고 합니다."

"말은 좋군! 그 짜증 나는 혓바닥들! 대체 무슨 낯짝을 한 거지!"

화풀이처럼 고함칠 생각은 아니었지만, 루델돌프는 스스로를 다스리며 쓴웃음을 지었다.

법률논의의 로직을 모르는 건 아니지만, 말을 뱅뱅 돌리면서 발뺌하는 표현은 좋아할 수 없다.

"……미안하군, 우거 중령. 레르겐 대령이 돌아올 때까지 고생 좀 하게."

"아뇨, 제투아 각하에게 전력으로 도우라는 명을 받았습니다. 무엇이든 명해 주십시오. 전선 지원은 후방의 책무입니다."

장교로서의 모범적 의견일지도 모르지만, 심야의 당직 중에도 태연히 말할 수 있다면 그건…… 기가 막히다고 할 수밖에 없다.

"귀관은 고지식한가."

"예?"

우거 중령의 놀란 대답에 루델돌프 중장은 수화기 너머인 것을 아쉽게 생각했다. 얼굴을 맞대고 있으면 어떤 표정인지 보고 재미있어 했을 텐데.

"그러면서 용케 제투아 중장 밑에서 죽지 않았군. 그 녀석, 남에게 말도 안 되는 요구를 하는데."

"제 동기 몇 명은 전선에 있습니다. 저도 제 전장에서 할 수 있는 일을 통해 그들을 지원할 의무가 있다고 믿을 뿐입니다. 후방에서 의자나 데우는 인간이 배부른 소리를 할 수도 없겠지요."

"물류 담당자의 발언으로는 이상적이군. 좋아, 알겠네."

이야기가 탈선하였다는 자각이 있는 루델돌프 중장은 다시금 일 이야기로 화제를 되돌렸다.

"우거 중령. 진전 중인 안드로메다의 보급 계획은 꽤나 아슬아슬하다. 제투아 중장은 철도선이 마법의 열쇠라고 가르쳐 주었는데…… 현재 수송에 문제는 없나?"

"철도선은 자치평의회의 치안작전이 성공적인 덕분에 공비 문제에서 사실상 해방됐습니다. 레일 규격 문제는 다소 심각합니다만…… 적어도 동계나 진창일 시기가 아니라면 한정적인 회수차량과 궤도 개수공사로 넘길 수 있을 겁니다. 그쪽은 괜찮습니다."

우거 중령은 그렇게 장담했지만, 한편 그가 말하는 것은 마음이 무거워지는 이야기였다.

"문제는 보급선이 아니라 공급입니다. 공업지대에 야간폭격 대책을 도입할 수밖에 없기 때문에 생산효율이 희생되고 있습니다."

"구체적으로는?"

"등화관제 하나만 해도 24시간 연속 조업체제에 악영향이 나올 수밖에 없습니다."

무리도 아닌 이야기다. 등화관제란 아무튼 효율을 저해한다. 심야에 연속조업을 담보하기에는 최악이겠지.

하지만 등화관제도 연속조업도 하지 않으면 병참이 못 버틴다.

"……산업기반이 서방에 있는 것이 제국의 비극인가."

연합왕국군의 항공 항행권 안에 제국의 주된 산업이 집적됐다는 역사적 경위가 지금만큼은 저주스럽다. 그러니까 야간폭격이 오지 않기를 바라며 애를 태우고, 실제로 왔다는 사실에 머리를 싸쥐고 싶어진다.

"서둘러서 방공계획의 개선을 추진해야겠군. 수고 많았네, 우거 중령. 계속해서 물류 쪽을 담당해 주게."

"예, 실례하겠습니다!"

찰칵 소리 내어 수화기를 내려놓으면서 한숨을 흘린 뒤 루델돌프 중장은 시가 하나를 꺼내어 기운 좀 낼 요량으로 피우기 시작했다.

제투아 중장이 물류 문제로 얼마나 고심했는지 이제야 이해할 수 있는 것도 상당히 괴롭다.

……정말이지 고민거리가 너무 많다.

우리의 수도꼭지를 적이 잠그려고 한다면 이쪽도 잠가 줘야겠지.

루델돌프 중장은 마음을 다잡고 시가를 입에 물면서 수화기를 들더니 번호를 돌렸다.

"작전부, 나다. 밤중에 미안한데, 문제의 [국적불명 선단]은?"

"북양함대의 초계기와 잠수함의 보고에 따르면 지난번 회전에서 상실한 장비가 급속히 회복되고 있다고 합니다."

간결하며 간명한 보고. 적의 물류는 싫을 만큼 증강됐다는 사실이 떠오른다.

"검문은 불가능한가? 슬슬 저지하고 싶은데."

"해군의 말로는 곤란하다고 합니다. 사실상 연합왕국 본국 함대의 함정이 호위하기 때문에 우리 군의 수상함정으로는."

작전부 담당자로서는 이런 말을 하고 싶지 않지만…… 연합왕국 해군과 정면에서 붙을 수 없다는 보고는 듣기 싫다.

하지만 행운인지 불행인지…… 익숙해졌다. 어떻게든 해

줬으면 싶은데.

"해병마도부대를 쓰는 건 왜 안 되지? 해군이라도 그 정도는 생각할 텐데."

"해군의 항공마도부대는 소규모입니다. 손이 부족합니다. 그리고 그 이외의 항공마도사는 해상항법에 과제가 있어서 색적수색전에 맞지 않는다고."

"대책을 짜는 데 시간이 필요하겠군."

루델돌프 중장은 어쩔 수 없다고 투덜거렸다.

……안드로메다는 적의 여력이 부족하다는 것을 전제로 한 돌진이다. 이쪽도 힘들지만 상대도 힘들다는 전제가 무너지면 공세의 승산도 의심스럽다.

적의 실정을 파악하지 못하는 것도 답답하지만, 장비 충족도에 따라선 점령지를 지키는 방어전 이후에도 염두에 두어야만 한다.

"남부 지역으로 유입되는 양을 파악하는 것은?"

"연방의 방첩은 짜증이 날 만큼 완벽합니다. 내무 인민위원회의 로리야라는 변태, 유능한 변태라 정말 악질입니다."

"그 정도인가?"

"믿기 어려운 열성과 편집적인 치밀함으로 기밀을 철저하게 지키고 있습니다. 휴민트를 통한 정보 수집은 연방 출신의 자치평의회에 의존할 수밖에 없습니다만, 그들의 민족 분포지에서 벗어날 경우……."

이제 됐다는 듯이 루델돌프 중장은 말을 잘랐다.

"항공정찰 분석을 재촉해라. 적의 암호 분석은?"

"암호전 섹션은 오버워크입니다. 예전에는 어렵지 않던 연방군 코드가 강도를 더하고 있다고 합니다."

"눈앞에 안개가 낀 것 같군. 이런데도 전쟁을 계속해야만 하다니."

"죄송합니다."

부하의 사과를 가로막으면서 루델돌프 중장은 생각했다. 놈들이 법을 우회한다면 피차 마찬가지다. ……우리도 그 길을 흉내 내야겠지.

"적 수송선단을 통한 물자 유입, 어떻게든 저지해야만 하는데…… 여태까지 이상의 어프로치도 있지 않겠나?"

수도꼭지를 잠그는 방법으로 검토되는 플랜이 하나 있었을 텐데.

"이전에, 뭐라고 하더라, 검토됐던……."

"잠수함을 통한 무차별봉쇄 말씀입니까?"

루델돌프 중장은 바로 그거라고 답했다.

"……국제법에 저촉될 리스크가 매우 큽니다만…… 실시합니까?"

작전부의 주저하는 목소리에 루델돌프 중장은 또 법률이냐고 진절머리를 내면서도 대답했다.

"국제법 문제는 피해라, 어떻게든 합법적으로 해야겠지.

법률의 우회 루트를 연구시켜라."

"해군의 법무 부분은 전시 금제품 규제의 원용과 안전항로 설정을 통한 제약을 주장하고 있습니다. 하지만 법학 전문가의 말로는 검문 규정은 잠수함대를 염두에 두고 작성되지 않았기 때문에 차이점이 커서 위험하다고."

알 바 없다고 대답하고 싶어지는 전문가의 의논이었지만, 무시할 수도 없다.

제투아를 동부로 쫓아낸 최고통수회의가 정말 원망스러워지는 순간이었다. 특이한 언어와 문법으로 이루어진 법학 해석 따윈 절대로 루델돌프의 특기분야가 될 수 없다.

녀석에게 몽땅 던져 줄 수만 있으면 얼마나 편할까?

"……음, 수고 많군. 일단 계속 검토시키도록."

"옙, 실례하겠습니다."

수화기를 내려놓고 루델돌프 중장은 시가를 피우면서 묵묵히 생각하였다. 마음속에 몇몇 생각이 떠올랐다가 사라지지만, 평소부터 빠른 결단과 실행을 취지로 삼는 남자치고 드물게…… 루델돌프 중장은 망설이고 있었다.

"망설인단 말인가."

자기답지 않다 싶지만 망설이는 것도 무리는 아니다.

"녀석이 없으니 아무래도 평소 같지 않은 모양이군. ……이거 자문자답이 되나."

잔업 반대. 만국의 노동자여, 잔업에 반대하라.

───── 레르겐 전투단의 표어 / 솔딤528진지에서 ─────

솔딤528진지의 진지화가 늦어진다……라고 쓰면 모순일까. 진지가 진지화하지 않았다는 소리는 군사적 상식과 맞지 않는다.

하지만 현실이란 그런 것이다. 자재가 치명적으로 부족하다. 그 결과 현장의 지혜라고 할까 창의적 노력을 통해 어떻게든 근처에 있는 것으로 때우는 꼴이 된다.

전형적인 사례는 지하저장고를 지하호로 유용하는 것일까. 방어지휘관인 타냐 폰 데그레챠프 중령이 몸을 두는 장소조차도 예외가 아니다.

연방군의 대규모 공세에 직면하는 순간, 타냐는 답답한 지하실의 가설 침대 위에서 약간의 단잠을 맛보고 있었다.

들은 적 있는 소리.

포탄의 착탄음으로 눈을 뜨는 거야 항상 있는 일이다.

"……칫, 여전히 모닝콜치고 너무 시끄러워."

그렇게 내뱉으며 침상에서 일어나자마자 제식 모자를 머리에 얹으면서 라인 전선을 떠올리고 짜증 나는 심정에 잠겼다. 추억은 아름답다고 하는데, 라인에는 그런 게 없었다.

아니, 타냐는 거기서 고개를 내저었다. 적어도 부분적으로 개선된 바도 있다.

예를 들어 환경이다.

진흙에 잠겼던 참호와 달리 반쯤 망가졌다고 해도 반지하에 있는 가설 침대에서 전장으로 직행할 수 있는 것은 아름다운 재택근무라고 칭송해야 할까?

"적습! 적습! 전원, 응전하라! 반복한다, 전원 응전하라!"

뒤늦게 울리는 경보와 소집의 외침에 담긴 긴장감은 놓칠 리 없는 대규모 전투의 전조. 최근 적 압력의 증대로 예상했던 만큼…… 오해의 여지도 없는 연방군의 대규모 공세라고 깨닫기란 너무나도 쉽다.

"제길, 공산주의자 놈들. 초과 노동이라니, 이데올로기 위반이다!"

근면하게 공격태세를 갖추고 부대를 배치하고 포병과 보병의 연대 공격 등…… 정시에 끝나는 일이 아니다. 샐러맨더 전투단처럼 규율훈련에 철저한 부대조차도 하루 다섯 시간 노동으로 끝내려면 몇 주는 필요하겠지. 공산주의자는 겉으로는 노동자의 권리를 옹호하는 주제에 실제로는 자본주의보다도 훨씬 노동력의 착취에 효율적이다.

부정의, 부정, 일탈에 대한 분노를 가슴에 품고 타냐는 노동력의 덤핑을 용서치 않겠노라고 맹세했다. 부정 경쟁은 허락할 수 없다. 만사는 뭐든지 공정하게 해야만 한다.

의분에 찬 채로 다급히 사령부호로 달려간 타냐를 기다리던 것은 당직 중이던 알렌스, 메베르트 대위의 상황 보고였다. 요약된 보고의 골자는 적이 덤벼든다는 말로 끝난다.

그 보고를 받는 동안에도 사령부는 정신없었다. 세레브랴 코프 중위가 대대를 이끌고 즉응대기 중인 바이스 소령의 전언과 함께 모습을 보였다. 동시에 통신요원은 B집단 사령부에게 현황을 긴급히 보고하고 항공함대의 원호를 요청.

완벽하게 대응 수순에 따르는 모습.

덕분에 지휘관인 타냐에게는 상황을 먼저 사색할 수 있는, 황금보다 귀중한 시간이 잠시나마 주어졌다.

"적이 오는 이상 응전할 뿐인가."

타냐는 중얼거렸다.

방어측 지휘관으로서는 예측해야 했다기보다는…… 일종의 예정조화다. 아예 확실히 인정해버리면 대응에 대한 창의적인 노력의 여지도 별로 없다.

"알렌스 대위, 장갑전력은?"

"모두 대피시켜서 은폐한 상태입니다. 손해는 발생하지 않았습니다."

물을 것도 없이 메베르트 대위도 이쪽의 뜻을 읽고 입을 열었다.

"포병도 마찬가지입니다. 산발적인 보병 원호에 종사시키는 이들을 제외하고 우리 쪽 포병은 철저하게 온존하고 있습니다. ……다만 포탄이 유폭하여 잔탄 중 1할 정도를 소모하였습니다만."

"저번의 그건 아팠지. 식량과 함께 날아간 건 짜증 나는 실패였다."

준비포격인지, 해러스먼트인지, 아니면 중포의 과시인지는 의심스럽지만, 아무튼 연방군 포병대의 포격으로 솔딤 528진지는 일정 손해를 봤다.

자재 부족으로 진지화 지연. 치명적이지는 않지만, 낙관하기에는 괴로울 정도로 귀찮다. 라인 전선 시대와 비교하면 울고 싶어질 만큼 참담한 전쟁이다.

예전이라면 물처럼 자재를 투입하였다. 지금은 탄약, 양식을 보관할 공간조차 부족하다. 방어되는 구역이 부족한 것이다. 덕분에 귀중한 포탄과 식량이 그냥 쌓아 놓은 거나 다름없고, 적의 눈먼 탄에 가설 저장고가 일부 날아가기에 이르렀다.

밀가루 정도라면 그래도 불탄 걸 회수시킬 수도 있겠지. 하지만 작열하여 날아간 포탄의 재이용은 아무래도 어렵다. 리사이클에도 한도가 있다.

"자, 외곽부에 적 보병이 오면…… 슬슬 전면공세인가."

적의 움직임은 전형적인 습격 포맷을 따른다. 보병이 슬금슬금 다가오고, 며칠의 준비를 거친 끝에 공격. 반대로 농성하는 쪽도 포탄을 있는 대로 쌓아두고 버틴다는 전형적인 공방이다.

그때 타냐는 문득 있어야 할 것이 부족하다는 걸 깨달았다. 말하자면 돌격 전의 나팔이라고 할까, 철저한 준비포격은 현대판의 *걀라르호른이겠지. 항공 우세를 노리는 항공마도부대의 공중공격도 빼놓을 수 없다.

이것은 정석이다.

전술적인 기습행동이라면 단시간의 집중사격도 최적의 해답 중 하나지만, 포병의 지원포격이란 아무래도 보통은 뺄 수 없는 요소다.

"야습도 아닌데 철저한 준비포격이 없는 것만큼은 다소 마음에 걸리는군."

"하지만 중령님. 적 포병도 잔탄이 부족한 것 아닐까요?"

메베르트 대위의 말에 고개를 끄덕일 뻔했지만, 타냐로서는 유혹에 굴해 낙관론에 기울어질 수도 없다.

그렇다고 단언할 수 없는 이상 가정은 가정이다. 무엇보다 한동안 묘하게 기분 나쁜 분위기가 연방에서 느껴졌다. 물량의 국가다. 적도 괴롭긴 하겠지만, 조금 전에 산발적으로 포격한 것만으로 보병을 돌격시킬까?

"그렇게 생각하게 하려는 위장이라는 쪽으로 유의할 필요가 있겠지."

그런데 실제로 적의 포격이 드문드문하다는 것도 사실인 만큼 고민스럽다.

---

* 걀라르호른 : 북유럽 신화의 신 헤임달이 가지고 있는 뿔피리. 그는 라그나뢰크가 오면 이 뿔피리를 불어서 세계의 종말이 왔음을 온 세상에 알린다.

"현재 적 포병이 일시적으로 비활성화 상태다. 이걸 기회 삼아서 대응하자. 문제는 적 보병을 어디까지 끌어들일지 하는 거다. 토스판 중위의 부대가 버틸 수 있는 시간에도 달렸는데……."

[별로 기대할 수 없다]는 게 본심이다.

최악의 경우는 연방군마냥 또 독전관 행세를 하는 꼴이 되겠지. 세레브랴코프 중위와 둘이서 보병의 엉덩이를 걷어차며 기저귀를 챙길 필요까지 각오할 정도다.

사령부의 통신기기에 달라붙었던 부관이 소리치면서 타냐의 생각을 가로막았다.

"토스판 중위님의 의견상신입니다!"

"뭐? 토스판 중위가? 이리 줘 봐라!"

수화기를 세레브랴코프 중위에게서 빼앗았다. 지금 막 각오하고 있던 두통의 예감에 타냐는 무심코 몸을 떨었다.

공산주의자를 상대하는 것만으로도 정신이 없다. 고양이 손이라도 빌릴 수 있다면 빌렸다. 차입한도액까지 빌리고말고. 이렇게 바쁠 때에 토스판 중위 녀석, 괜한 소리라도 해 봐라. 나는 상식인이지만, 인내심이 무한하지 않다는 것을 똑똑히 가르쳐 주마.

"데그레챠프 중령이다. 토스판 중위, 짧게 부탁한다."

"옙. 그럼 명령을 내려주시겠습니까!"

"명령?"

의표를 찔러서 그대로 되물었다. 이미 방어전에 관한 지시는 전달하였다. 방어계획을 책정하고 요원을 배치하고 대응수순을 철저하게 주지시켰다.

연방군에게 포위되어서 각 방면에서 전면공세를 받는 때에 방어선에 배치된 보병 지휘관은 이제 와서 뭘 명령하라는 걸까?

애초에 방어만 할 뿐이다. 일부러 전투단 사령부에 있는 타냐에게 거듭 요구할 것도 아니다.

"토스판 중위, 미안한데 명령이란 게 뭘 의미하지? 나는 이미 귀관에게 명령을 내렸을 거다. 방어전 지휘의 소정 계획이라면 사전에 전달했을 텐데."

"예, 중령님. 그것 말입니다만, 군에서는 이 정도의 적과 조우했을 때 원칙적으로 [후퇴]를 요구합니다. 하지만 어쩔 수 없는 사정이 있을 경우, 부대 지휘관의 권한으로 [사수] 명령을 전달할 수도 있습니다."

"……잠깐, 후퇴와 사수라고? ……보병조전인가?"

"예, 사수를 명령해 주신다면."

전언철회, 자기비판조차 불사한다.

싱긋, 무의식 중에 타냐는 미소를 짓고 있었다.

"그는 훌륭하군."

해설 **【보병조전(步兵操典)】**
보병전의 매뉴얼. 모든 사관은 군의 윗대가리, 아니 교육을 잘 받은 높으신 분들이 인정한 매뉴얼을 암기할 필요가 있습니다.

수화기를 귀에서 떼면서 주위 장교들에게 들리도록 타냐는 칭찬의 말을 이었다.

완고하며 무능한 자란, 즉 시키는 대로 완고하게 수행하는 유익한 제물이기도 했다. 이 점에서 기민한 인간은 머리 회전이 빠른 만큼 위기에서 도망치려고 한다. 어리석어도 고수하는 정신을 가졌다면…… 보기 드문 인간방패이자 몹시 환영해야 할 인재겠지.

토스판 중위여, 타냐는 마음속으로 부하의 우직함을 축복하고 싶은 마음이었다.

나라면 반드시 도망치겠지.

아니, 도망칠 게 틀림없다. 자기 입으로 버티겠다고 말하는 귀관에게 경의를 표하지.

수화기를 입가로 가져가고 타냐는 목소리에 힘을 담으면서 토스판이라는 한 명의 톱니바퀴에게, 한 명의 톱니바퀴로서 공감을 돌려주었다.

"마음에 들었다, 토스판 중위!"

"예?"

"곧바로 레르겐 대령님 명의로 된 사수 명령을 서류로 보내지."

명의란 겉치레에 불과하다. 실질적으로는 타냐 자신이 내리는 사수 명령이다. 행위에 행위로 답하는 것이 도리다.

"더불어서 그걸 가져간 녀석도 네게 보내는 증원으로 써먹어도 좋다. 단호하게 지켜내라. 단호하게 말이다. 애초에 우리는 포위되지 않았나? 이 이상 대체 어디로 후퇴하란 말이지?"

여태까지 손발을 맞췄던 그란츠 중위를 제투아 중장 각하께 빼앗긴 만큼 토스판 중위의 보병부대는 화력이 떨어졌다. 본래는 온존해 두고 싶었지만, 외스테만 중위의 마도중대로 메워야겠지.

이 경우 2개 마도중대만이 수중의 카드라도 문제는 없다. 보병이 버틸 수 있다면 전략예비는 알렌스, 메베르트 중위의 포병과 기갑만으로도 충분하다.

"예, 중령님. 하지만 규정상 확인할 필요가 있었습니다. 이해해 주십시오."

"좋다! 좋아! 아주 좋아! 이해하다마다, 토스판 중위!"

보병, 자립한 보병.

말하자면 전쟁의 중추다.

기업도 중역만으로 구성할 수 없다. 지주회사도 참모본부 같은 곳이다. 하부에서 업무를 수행하는 인원 없이는 실존할 수 없다.

즉, 우직한 토스판 중위와 그 보병을 혹사한다는 못된 관리기능을 타냐가 발휘하는 꼴이 된다.

"외스테만 중위의 마도중대를 파견하지. 그란츠 정도는 아니지만 잘 써먹어라."

"감사합니다!"

자기 일을 이해하는 부하는 적절하게 평가해야 한다. 사수 명령이 있으면 사수한다는 정신은 타냐에게 실로 유리한 것이다.

물론 평시에는 아무짝에도 도움이 안 되는 비자발적 정신이겠지. 하지만 전시의 방어전에서 그 자질을 가진 부하는 정말 찾아보기 어렵다. 옛날의 장군이 머리 좋은 병사보다도 하나를 이해하면 단호하게 수행하는 완고한 병사가 이상적이라고 평했던 것도 지당하다.

정말 써먹기 좋다. 불평불만을 말하지 않는 인재! 관리직이 보기에 영원한 이상에 한없이 가깝다. 개인적인 감상을 치우더라도 보병이 축이 되어 기능한다면 전쟁도 꽤나 하기 편하겠지.

"들었나? 외스테만 중위, 토스판 중위에게 사수 명령을 전달한 뒤 지원전투를 해라."

"알겠습니다!"

의기 담은 장교의 대답에 고개를 끄덕이면서 타냐는 가볍게 어깨를 돌렸다.

후방, 하다못해 최소한 안전한 사령부에서 떡 버티고 있는 것도 나쁘지 않고 개인적으로는 이상적이지만…… 토스판 중위의 분전을 생각하면 지휘관 선두가 사수 명령을 발령하는 쪽으로도 듣기 좋겠지.

애초부터 메베르트 대위는 당직장교로서 전반 상황을 파악하였다. 뒤를 맡긴다는 점에서도 문제없다.

체면, 체면, 체면.

어쩔 수 없다. 인간이란 정치적인 동물이다. 필요하다면 필요한 일을 하자.

"메베르트 대위, 여기 지휘를 맡기마."

"옙! 맡겨주십시오! 하지만 중령님은 어디로?"

"전선이다. 당연하지 않나?"

타냐는 진지한 얼굴을 하며 단언했다. 솔직히 메베르트 대위와 교대해서 여기 남고 싶지만, 지위가 허락해 주지 않는다.

그렇다면 열심히 점수를 벌어야겠지.

"나는 꼬맹이라서 말이야. 부하에게 사수 명령을 내리고 후방의 안락의자에 편히 앉아 있을 만큼 뻔뻔할 수 없군. 그런 신경이 있으면 인생도 편했을지 모를 텐데."

하하핫 하고 메마른 웃음이 사령부 내부에 퍼지는 것은 부하들이 적절한 긴장감을 지키면서도 무너지지 않았다는 증거겠지.

웃음이 정신건강에 주는 효능은 역시 위대하다. 조만간 코미디언의 위문이라도 있으면 좋겠는데…… 제국이라면 서커스를 찾는 게 좋을까? 다음에 기회를 봐서 확인해야 할지도 모르겠다.

"세레브랴코프 중위, 우리도 외곽부에서 화력전이다. 토스판 중위 쪽을 편하게 해 줘야 하지 않나. 아름다운 연대정신이란 것이다."

"예! 함께하겠습니다!"

세레브랴코프 중위의 빠릿빠릿한 대답은 일종의 청량제였다. 힘든 일이라고 해도 의욕적인 부하와 함께 있으면 환영할 수 있다.

그렇게 타냐는 형식적 자발성을 지키는 채로 토스판 중위가 방어전을 지휘하는 제1선 진지 부근으로 진출했다.

애초부터 전시하에서 적습은 익숙하다.

하지만 거기서 목격한 광경은 침을 뱉을 만큼 추악했다.

"……믿기지 않는군."

그렇게 중얼거리는 타냐의 눈 아래에 있는 것은 적병의 시체.

아니, 시체들이라고 복수형으로 말해야겠지. 적병의 주검이 너무나도 대수롭잖게 대지에 굴러다녔다.

라인 전선 초기, 통일력 1923년이라면 이야기는 다르다.

기관총의 위력에 대한 교훈이 없는 시대라면 밀집돌격 교의도 정당화할 수 있을지 모른다.

하지만 지금은 통일력 1927년이다.

대체 몇 년이나 전쟁을 했다고 생각하나? 아니면 연방의 이데올로기는 시공을 비틀기라도 하나? 여기가 대체 몇 년도의 시공인가? 밀집보병돌격이라니, 고대의 레기온이라도 불러온 건가?

물론 연방군도 어느 정도까지는 분산됐다. 그렇다곤 해도 진지에 틀어박혀서 농성하는 제국군 화력점을 향해 실질적인 육탄돌격. 게다가 통제하기 쉽도록 [일부러] 밀집시킨 듯한 돌격태세다. 탄막 하나라도 준비했다면 또 모르지만 이래선 오리 사냥이겠지.

경쾌한 경기관총의 응사음은 든든하지만, 타냐의 눈앞에서는 신나게 인간들이 쓰러졌다.

"빨갱이 놈들. 사람 목숨을 뭐라고 생각하는 거지?"

이런 낭비, 도저히 인도적으로도 경제적으로도 군사적으로도 합리적으로 정당화할 수 없다. 구태여 말하자면 공산주의만이 이것을 긍정할까?

인적 자원을 대체 뭘로 착각하는 거지?

존재X급으로 사악한 종교집단 놈들, 선량한 일개 시민으로서 구역질을 느낀다.

"명령할 뿐인 놈들은 무책임해서 곤란해. 이런 건 바꿔야만 한다."

의분이 무심코 입에서 튀어나왔다. 연방의 인적 자원을 연방이 어떻게 낭비하든 타냐로선 알 바가 아니겠지.

적이 얼간이란 건 실로 기쁘기도 하다.

하지만 타냐 폰 데그레챠프는 선량한 일개 시민이라는 자부심과 함께 분개하지 않을 수 없다. 다키아의 무지에서 나온 어리석음은 세상모르는 바보의 짓이라고 웃어넘길 수 있겠지만, 연방군은 [알면서] 무시하니까 웃을 수가 없다.

물론 타냐는 자유로운 사고와 현실에서의 직분을 명료하게 구분한다.

여기는 방어진지의 최전선이고, 적이 돌격해온다면 어떻게 효율적으로 적의 시체를 양산하고 적의 전의를 물리적으로 괴멸시키는가가 타냐의 일이다.

적이니까 그들에게 죽음을 선물한다. 헛된 죽음이라고 동정마저 느끼지만, 그건 그거고 이건 이거다. 법적으로도 죽느냐 죽이느냐는 카르네아데스의 널빤지다.

"끌어들여라! 탄막 사격, 잠깐, 아직이다!"

힘차게 쓸어버리는 것도 편한 수법이지만, 쾌적함이나 적당주의는 전장에서 기피해야 할 요소다. 슬프게도 라인 전선 때와 달리 동부에서는 경기관총의 총탄도 탄창도 너무나도 귀중하다.

제압사격을 할 여유조차 부족하기 때문에 탄막을 팡팡 칠 수도 없다. 현재는 쓸어버릴 근거리 사격의 타이밍을 숙련된 사수에게 맡기고 계속 참을 수밖에 없다.

지금 와서 하는 말이지만 탄이 부족하다는 게 열받는다.

해설 **【카르네아데스의 널빤지】**
긴급피난 때 윤리적으로 OK되는 일례입니다. 한 명밖에 살 수 없을 때, 어떤 사람이 다른 사람을 밀어내고 살려고 하는 행위가 용인되는가 하는 문제

라인 전선에서는 기막힐 정도로 낭비했다. 믿기 어려운 규모의 멍청이 같은 국가적 낭비──라고 정정해도 좋다. 하지만 국가이성이 지탱하는 병참망이 그 상식을 초월하는 물량을 확실히 제공해 주는 광란이기도 했다.

제정신으로 광기를 떠받친 건지, 광기가 제정신을 떠받친 건지는 모르지만.

동부에서는 모든 것이 부족하다. 병참의 한계가 얼핏얼핏 보인다. 아무튼 사치스럽게 공급되어야 할 포탄마저도 노골적으로 부족해서 눈을 돌릴 수도 없다.

"적 중포, 옵니다!"

부관이 외치는 경고에 타냐는 퍼뜩 정신을 차렸다.

여태까지 침묵하던 적의 포병대가 일을 재개했다? 제일 안 좋은 타이밍에 적의 중포가 온다. 제길, 역시 적은 잔탄을 온존했던 것이다.

적 보병이 접근중인 타이밍에 적 포열이 머리 위를 제압한다. 연방군 포병대의 눈먼탄에 휘말리는 연방군 보병부대의 희생에만 눈을 감으면 최적의 답이다.

"악랄하기 그지없군. 적 보병은 쓰다 버리는 패인가!"

사악함에 몸을 떤다는 게 바로 이거다. 인권이라는 단어를 공산주의는 모르는 걸까?

"적 마도사는?!"

"반응을 과시하며 멀리서 거리를 유지하고 있습니다."

타냐는 그때 순간적으로 어떻게 할지 생각했다. 적 포병에게 머리 위를 제압당한 상태에서의 방어전은 최악이다. 가능하다면 대항 포병전이든 후퇴든 명령하고 싶지만……라고 생각했을 때 야전용 전화기가 신호음을 내기 시작했다.

날아간 세레브랴코프 중위가 고개를 들고 타냐에게 보고하였다.

"메베르트 대위입니다. 바로 대포병 사격의 허가를!"

"안 된다!"

절박한 표정으로 세레브랴코프 중위가 꺼낸 말은 지극히 매력적이었다. 적 포병의 입을 틀어막고 싶다. 얻어맞는 장병이라면 누구든 공감하겠지.

그래도 타냐는 즉각 고개를 내저었다.

물론 신조로서는 쏘게 하고 싶었다. 짜증 나는 적 포병을 날려버리라고 할 수 있으면 얼마나 통쾌할까. 슬프지만 자기 전문 분야밖에 몰랐던 메베르트 대위조차도 자각할 만큼 포탄 비축량이 한계다. 여유는 전혀 없다.

"하지만 중령님!"

타냐의 결론에 대해 부관은 유감이라는 듯이 입을 열었다.

"의견상신을! 계속 얻어맞기만 해서는 사기에도 지장이 옵니다."

"안 된다!"

"하다못해 반격을!"

"끈질기군! 수중의 패가 절대적으로 부족하다! 더는 유혹하지 마라!"

물러나지 않는 세레브랴코프 중위의 얼굴에 떠오른 필사적인 표정을 이해할 수 없는 건 아니다. 오히려 타냐도 마음으로는 공감할 수 있다.

부하와 마음을 나누고 일치단결할 수 있다고 기뻐해야 할까, 본뜻과 다른 소리를 할 수밖에 없는 자기 운명을 한탄해야 할까? 한탄해야만 하겠지.

존재X에게 희롱당하는 이 몸은 불운하게도 조직 논리에도 희롱당한다. 이런 피해자가 또 어디에 있을까. 타냐는 자신의 부족함에 마음속으로 눈물을 지었다.

"하지만?! 이대로 있다간 제압당할지도 모릅니다!"

"문제없다! 마도사에게 막게 해라."

바이스 소령을 부르라고 타냐는 말을 이었다. 수화기를 들고 신호음이 울린 지 몇 초, 타냐는 이걸로 되는 걸까 자문했다.

적 마도사를 경계하는 쪽이 좋지 않을까?

하지만 적 마도부대는 현재 철저하게 양동이다. 그렇다면 이걸 과도하게 경계하여 바이스 소령 쪽이 유병(遊兵)이 되는 편이 리스크로는 더 크겠지.

"중령님, 바이스 소령입니다."

"수고 많다, 소령. 일할 시간이다."

"옙, 무엇이든지."

또릿또릿한 대답은 이럴 때에 더없이 든든하다.

"소령, 짜증 나는 적의 포탄을 격추하라. 마도부대로 대포병 방어다."

"이 규모의 진지를 우리만으로…… 방어합니까?!"

움츠러들려는 마음을 격려하며 타냐는 일부러 엄격한 명령을 바이스 소령에게 내렸다. 상황이 이렇지만 않으면 자기도 같이 한탄했겠지.

인간이란 발언 하나만 봐도 입장에 얽매인다. 직업상의 필요성이 자유를 구속하는 현황의 개탄스러움을 토하려고 해도, 그런다고 해결된 문제가 아닌 만큼 피로감도 한층 더하다.

"그러기 위한 훈련이라면 경험시켰다. 그리운 본국을 떠올려라. 대대 편성시에 멋진 대자연 속에서 했지 않은가."

"중령님! 병력밀도가 너무나도 희박합니다! 방어 대상 영역이 너무 넓어서 2개 항공마도중대로는 다 커버할 수 없습니다!"

"바이스 소령, 나는 연습장에서 뭐라고 가르쳤지? 혹시 과거의 나는 귀관에게 우는소리나 하라고 교육했나?"

정신론으로 부하의 합리적인 반론을 짓누르는 인간을 세간에서는 무능한 놈이라고 한다. 자기가 그런 무능한 놈과 똑같은 말을 하는 것만큼 불쾌한 현실도 없겠지.

혹독한 세계다.

중간관리직의 비애, 이 이상 갈 수 없다고 할 수밖에 없다. 토스판 중위에 이어서 바이스 소령까지 공허한 격려로 얼버무리다니, 정말 눈물 나는 일이다.

"아, 알겠……습니다, 최선을 다하겠습니다."

굳은 대답에 대해 적당한 격려의 말을 할까 하고 타냐가 고민할 틈도 없이 전국은 바뀌었다.

"사정권에 적 보병이 접근 중!"

토스판 중위일까, 혹은 보병부대의 하사관일까. 아무튼 하급 지휘관이 외치는 경보에 타냐는 고개를 들었다.

애초부터 사격을 삼가게 했다. 적이 진군하는 것도 당연하겠지. 어느 틈에 이미 적병의 얼굴까지 식별할 수 있는 거리다. 이 이상 사격을 삼갔다간 완전히 돌입해올 우려가 있다. 당연히 전력으로 응전해야 한다고 생각했을 때 타냐는 깨달았다.

자잘한 노력이지만, 왕왕 자잘한 노력이 커다란 변화로 직결된다. 해봐서 나쁘지 않겠지.

"마도사들, 대기! 보병만 사격 시작!"

"예?"

멍한 얼굴의 마도사들을 무시하고 우군 보병이 총격을 시작하는 가운데, 타냐는 옆의 세레브랴코프 중위에게 '적의 방식을 흉내 낸 것이다'라며 웃어주었다.

"달콤한 꿈으로 유인한다. 마도사 부재를 위장한다. 포병이 없는 척했던 연방인을 흉내 내자."

"적이 걸려들겠습니까?"

회의적인 세레브랴코프 중위에게 타냐는 자신만만하게 답했다.

"마도중위. 고생스럽지만, 보병의 심리로 생각해 봐라."

"예?"

타냐는 마도장교란 종종 자기들이 할 수 있는 일을 [그런 것]이라고 과소평가한다고 생각했다. 보병이 아닌 몸인 이상, 타냐도 추측할 따름이다. 그래도 적 보병이 얼마나 적 마도사의 도약을 두려워하는지는 쉽사리 상상이 간다.

마도사가 없나 싶어서 쭈뼛쭈뼛 하늘을 올려다보는 것을 깨달아야 한다. 더 말하자면, 보병이란 분대별로 기관총 사격에서 도망치려고 차폐물 뒤에 숨으려고 하는 법이다.

……자, 마도사가 없다고 생각했을 때 그들은 얼마나 위를 바라볼까?

위, 위인가, 그때 타냐는 쓴웃음을 지었다.

문제란 놈은 언제나 위에서 떨어진다는 게 흔한 진리다.

"제투아 각하도, 제투아 각하대로…… 말도 안 되는 소리를 하시지."

"말도 안 되는 소리입니까?"

혼잣말에 반응한 부관에게 타냐는 어깨를 으쓱했다.

"상관에게 기밀누설의 종용인가, 세레브랴코프 중위?"

"아, 아니요."

고개를 흔드는 부관에게 타냐는 농담이라고 가볍게 답했다. 차폐물 그늘에서 연방군의 파도에 대고 계속 총을 쏴대는 것은 인간의 정신성에 별로 좋지 않겠지.

진지하게 말해서 노동 환경으로서 최악에 가깝다.

"……역습 준비로 스트레스를 발산할까."

차폐물 구석에서 엿보니 적 보병은 슬슬 기민하게 이쪽으로 접근하고 있다.

말하자면 지면만 바라보고 공중위협의 존재를 의도적으로 잊은 돌진이다. 효율적인 전진이지만, 2차원 세계에서 완결하는 것은 근대 이전의 전쟁에서만 해야겠지.

무엇보다도 근현대는 3차원의 시대다. 술식을 날아오지 않는 것을 본 적 보병이 [마도사는 없겠지]라고 안도하는 틈새를 찌른다.

"끌어들였나? 끌어들였지? ……간다!"

지휘관 선두의 정신이라는 듯이 타냐는 날아올랐다. 단숨에 고도를 벌면서 술탄을 가득 담은 기관단총을 아래쪽으로. 연방군 보병부대와 총구가 겹친 순간 방아쇠에 건 손가락에 꾸욱 힘을 넣을 뿐.

탕, 탕, 타당, 하는 경쾌한 반동음과 함께 술식의 비가 대지에 쏟아진다.

연방군 보병부대가 무슨 일인가 하고 반응하려고 해도 이미 늦었다. 가까스로 하늘을 올려다본 이들이라도 아마 무슨 일이 일어났는지조차도…… 정확하게는 판별할 수 없었겠지.

세상에 간섭하는 마도의 힘이 술식 내부에서 발현.

흩뿌리는 폭렬술식은 건조물 파손을 피하기 위해, 극한까지 폭염의 출력을 담아서 파편을 흩뿌리는 일이 별로 없다.

고작 일격. 하지만 충분히 계산된 기습의 일격이다.

술탄의 작렬과 동시에 연방군이었던 무수한 제원들이 대지에 뿌려지면 대세는 정해진다.

"클리어! 클리어! 적병은 전의를 상실!"

누구든 죽고 싶지 않다. 죽음의 공포에 직면하면 본능적으로 도망치고 싶어진다. 규율훈련으로 억눌렀더라도 한계가 있다.

"01이 수반 제군에! 차폐물을 너무 부수지 마라! 토스판 중위를 생각해라. 은신처를 너무 부쉈다간 내가 사과해야 한다!"

"중령님! 적 마도부대에 움직임이 있었습니다! 우리 쪽의 대응에 반응하는 모양입니다. 돌입합니다!"

세레브랴코프 중위의 보고에 고개를 끄덕여준 뒤에 타냐는 대포병 방어 중이었던 부지휘관을 불렀다.

"바이스 소령, 적이다. 적 마도부대다!"

"드디어 납셨군요!"

"지각한 학생 같군! 전쟁에 늦게 오다니 인간으로서 한심한 일이다. 사보타주에 감사해야 할까?"

"옳은 말씀입니다! 지각한 놈들에게는 벌을 줄까요?"

타냐는 힘주어 끄덕였다.

"음, 놀아줘라!"

"옙! 세레브랴코프 중위를 빌려가도?"

"상관없다. 중위, 원호해 줘라."

부관을 보낸다면 대신할 것을 찾을 필요가 있다. 하지만 다행히 지상에서 보병을 막을 뿐이라면 그리 힘든 대역도 아니다.

마침 타냐는 근처에서 토스판 중위의 보병과 함께 싸우던 젊은이를 붙잡아서 말하였다.

"외스테만 중위, 귀관은 나와 함께 지상에서 숨바꼭질이다! 적 보병을 쫓아내라!"

"아, 알겠습니다!"

그를 대역으로 삼은 타냐는 잔당 소탕전에 임했다. 그렇다고 해도 전의가 붕괴한 적 보병부대를 흩어버리는 일은 지극히 단순하다. 사관학교를 갓 나온 신임 소위라도 어느 정도 맡을 수 있겠지.

실력 좀 보자 싶어서 외스테만 중위의 마도부대 운용을 관찰한 결과, 타냐는 마음속 고과표에 [미숙]이라고 적었다.

실력 자체가 나쁜 건 아니지만, 토스판 중위의 보병부대와의 연대를 제대로 의식하지 않았다. 갑작스러운 연대인 것도 있어서 상세한 능력을 파악하지 못했다는 사정을 감안하면 일정 수준의 정상 참작도 가능하겠지만, 동일 전투단 내부라는 것을 생각하면 [알고 있어야 한다]고 비판도 할 수 있다.

하지만 그때 타냐는 평가에 살짝 수정을 가할 필요를 인정했다. ……교육과 경력으로 볼 때 어쩔 수 없다고.

외스테만 중위만이 아니라 마도장교 전반이 본질적으로 [보병 운용]에 익숙하지 않다. 사관학교에서 보병 운용을 어느 정도 주입받았을 텐데, 마도장교의 태반이 보병을 운용하지 않기에 마도소대, 마도중대라는 단위 운용에 너무 익숙해졌다.

따라서 타냐는 외스테만 중위에게 [조금 더 하면 요구수준을 만족한다]라며 마음속 평가를 수정하였다.

"처리 완료입니다. 적 격퇴를 완료하였습니다."

"수고했다."

한 건 일을 마쳤을 때 타냐는 깨달은 사실 몇 가지를 외스테만 중위에게 충고했다.

"노력은 가상하지만, 조금만 더 보병을 이해해라. 마도중대의 운용이란 점에서는 미숙하긴 해도 어느 정도 틀이 잡혔지만, 다른 병과의 움직임을 이해하지 않으면 여러 병과가 합동인 전투단일 의미가 없다."

"충고 감사합니다."

"그렇긴 해도 나쁘진 않군. 아니, 좋지도 않지만…… 실제로 경험 부족인 것치고 잘했다고 할 수밖에 없다."

까칠한 말이긴 하지만, 평가로서는 지극히 적절하다.

"……엄한 칭찬의 말씀, 감사합니다."

솔직히 고개를 끄덕일 수 있는 외스테만 중위는 앞으로의 성장을 기대할 수 있다고 해야겠지. 경험이 부족할 뿐이라면 교육으로 보충할 수 있다. 지도를 받아들이고 배우려는 의욕이 있는 인재는 일정 수준까지 교육할 수 있다.

교육의 위대함이란 것에 감명을 받으면서 의식을 일로 되돌린 타냐는 우군 보병부대를 향해 발을 옮겼다.

"토스판 중위는 어디 있지!"

"이쪽에."

차폐물 구석에서 슬쩍 철모를 덮어쓰고 검댕으로 더러워진 얼굴이 나타났다.

"뭐냐, 너도 전선지휘인가."

우직한 인물, 땡땡이를 모르는 고지식한 바보라도 쓰기 나름.

최근 토스판 중위의 주가가 타냐의 안에서 상한가였다. 뭐, 애초에 너무 낮았다는 점이 크지만.

아무튼 곁에 있다면 이야기하기 편하다.

"두 중위, 일이다."

"옙!"

대답은 하나였다.

토스판 중위뿐이다.

"……외스테만 중위?"

옙 소리와 함께 끄덕이는 젊은 중위는 일이 끝났다는 생각에 안도에 넘치고 있었다. 이거 난처하다. 마음을 놓는 것은 일을 마치고 커피를 마시는 순간만으로 해야 하는데.

방금 칭찬했는데, 그건 너무 일렀을지도 모르겠다. 타냐는 부하의 허리를 때렸다.

"어이어이, 마음을 놓는 게 너무 이르다, 중위."

"예? 아직 적이 있습니까?"

그렇게 말하며 마음을 다잡으려는 모습은 경험 부족을 노골적으로 드러냈다. 적의 유무로 경계도를 바꾸는 시점에서 슬플 만큼 풋내가 난다.

"마침 잘됐군, 실전에서 재교육이다. 보급하러 간다."

"예? 보급, 입니까?"

의외라는 듯이 입을 쩍 벌리는 외스테만 중위의 말에 타냐는 고개를 끄덕였다.

"유실물의 회수, 말하자면 자연도 배려하는 재활용 활동의 시간이다."

환경은 이기적으로 보호해야 한다. 그것이 지속가능성을

담보한다.

환경 배려는 경제적 합리성을 따르는 한 최고로 훌륭한 것이다. 법적으로 정당하고, 경제적으로 우위가 있고, 시장 균형을 의미한다.

"외스테만 중위, 이삭줍기다. 적의 시체에서 무기와 탄약, 그리고 가능하다면 쓸 수 있는 것을 회수해라. 그것들이 모두 보급원이다."

타냐는 그러며 웃어주었다.

"음, 현시점에서 정보 수집을 위해 포로를 잡을 필요는 없다. 죽일 필요도 없지만, 함부로 접근했다간 총 맞을걸?"

"……제정신으로 못하겠습니다."

"제정신으로 전쟁을 할 수 있겠나? 말도 안 되는 소리."

타냐는 부하의 말꼬리를 잡아 눈을 부릅뜨면서 경고했다.

"깨끗하게, 올바르게, 말하자면 제정신이며 태연한 얼굴로 기쁘게 살육에 몸을 던진다는 소린가? 말도 안 되는 소리. 그것은 망가진 인간의 말로다. 얼굴을 찌푸리고 술기운을 빌려서 전쟁에 나가는 편이 훨씬 더 인간답지."

반발하려는 건지 살짝 얼굴을 찌푸린 외스테만 중위가 타냐에게 투덜거렸다.

"그럼 중령님도 술에 취해 계십니까?"

어허, 이거 잘못 봤군. 가정의 이야기를 그대로 받아들이면 곤란하다. 비유로 한 말이었는데.

"무슨 소리, 내가 성인이 된 것으로 보인다면 안구를 교환하도록. 미성년의 음주흡연은 엄금이다. 언제나 정신 말짱하지. 자발적으로 부하를 학대하는 취미가 있는 것도 아니다."

타냐는 곤혹스러운 얼굴로 반발하고 말을 이었다.

"아무래도 귀관에게는 오해를 산 모양인데, 나는 지극히 온당한 준법주의자다. 전장이라고 해도 규율과 법규를 따라야만 한다고 믿는다. 더 말하자면 부하에게도 같은 기준을 요구하는데."

"실례입니다만 말씀의 의미를 모르겠습니다."

"지극히 단순명쾌하다."

부하들은 종종 시야가 좁아지는 경향이 있다. 과거의 경험에서 유추하건대 바이스 소령 같은 샐러맨더 전투단의 베테랑조차도 이렇다는 사실은 자못 무섭다.

하지만 전쟁의 현실이다.

그러니까 전쟁에서 타냐는 인간으로서 중요한 점을 잊지 않는다.

"우리는 군인이다. 쏘라고 명령하니까 쏜다. 그것이 합법적인 명령이기 때문이다. 즉, 우리는 사령부의 명령으로 방아쇠를 당기는 것에 불과하다. 누가 기꺼이 죽고 죽일 수 있겠나."

"하지만 그렇다고 해서……."

쓴웃음을 지으면서 타냐는 지적했다.

"시체를 약탈하는 건 사양하고 싶다고? 어린애처럼 칭얼대지 마라, 중위. 나는, 내 부하는 일을 할 뿐이다. 보급하라고 말하는 것도 보급할 필요가 있기 때문이고, 보급할 필요가 생기는 명령을 위에서 받은 것에 불과하다."

"……그럼 군은, 군이, 그것을 명하면."

"뭐냐, 외스테만 중위. 너는 애국적 자원봉사 활동으로 전선에 나왔나?"

"애국심이 없다고는 하지 않겠습니다만."

타냐는 한숨을 흘렸다. 외스테만 중위는 자질 면에서는 좋을지도 모르지만, 이상하게 생각이 많은 경향이 있는 게 걱정이다. 침묵하고 지시를 기다리는 토스판 중위 쪽이 차라리 귀여운 맛이 있을지 모르겠다.

타냐는 토스판 중위 쪽으로 고개를 돌려서 단적으로 용건을 말했다.

"토스판 중위, 보병으로 순찰 겸 이삭줍기다. 밖에 떨어진 연방군의 선물도 회수해라."

"분실물 회수로군요? 바로 하겠습니다."

즉답. 망설임조차 없다. 시키는 대로 따르기만 하는 인간이라도 이 정도면 승진할 수 있다. 타냐로서는 육성을 통해 얻은 현저한 사례이기도 하다. 최근에는 인적 자원 투자에서 투자의 재미를 발견한 기분이다.

"봐라, 외스테만 중위. 이게 기본적이고 올바른 직무 태도다."

기억해 두라고 조언하면서 타냐는 토스판 중위를 돌아보았다. 진출해도 되는 라인을 지정하면서 상정되는 적의 역습에 대한 수순을 확인.

분명히 말해서 실로 능률적인 대화다. 토스판 중위 같은 타입조차도 확인 수순에 따른 단적인 대화가 성립될 정도로 제국군은 이삭줍기가 고도로 표준화됐다.

철저한 능률화는 기쁜 일이겠지. 솔직히 이 분야에서 너무 능률화를 강요하는 사태는 별로 내키지도 않지만.

"그런데 중령님. 이삭줍기 관련 질문입니다만, 괜찮겠습니까? 모처럼 보병이 나가는데 바깥쪽 진지의 구축을 검토하시는 건? 지금이라면 진출할 수 있습니다만."

타냐는 곤혹스럽게 토스판 중위를 바라보았다.

의견상신? 토스판이?

"······진출이라고?"

"예, 중령님. 지금이라면 적의 저항도 한정적이지 않을까요?"

합리적으로 생각하면 진지를 구축하고 확보공간에서 지연전투의 시간 염출을 검토하는 것도 일리가 있다. 하지만 토스판 중위로서는 지당한 의견이라도 타냐로서는 그걸 받아들일 수 없는 사정이 너무 많다.

"……기각이다. 귀관의 전술적 판단은 타당하다. 하지만 우리에게는 그걸 위한 자재가 부족하다. 애초에 그러니까 빌리러 가는 꼴이 되지 않았나?"

"세상도 참 빡빡하군요. 남의 분실물로 전쟁이라니."

"맞는 말이다, 토스판 중위. 동감이야."

아이러니하게도 물건이 있을 때는 사람이 없고, 사람이 있을 때는 물건이 부족하다. 투덜대듯이 타냐는 부하에게 불만을 늘어놓았다.

"보급이 필요하다. 중위 제군, 카드로 따든 어떻게든 해서 연방군에서 화물열차를 뜯어 와라."

"……어어, 중령님?"

입을 쩍 벌리는 토스판 중위에게 타냐는 어깨를 으쓱이며 고개를 내저었다.

"잊어버려라. 나답지 않은 푸념이었다."

익숙해진 세레브랴코프 중위라면 살짝…… 눈치 빠른 반론으로 타냐의 마음을 위로해 주었을지도 모르지만…… 토스판이나 외스테만 중위에게 기대하는 건 너무 가혹하겠지.

하지만 타냐는 푸념을 이었다.

"1개 전투단으로 시가지 방어다. 푸념 하나쯤은 하고 싶어지지 않나."

최소한 사단이 해야만 할 일이다. 전투단으로 거점 방어라니 일반적으로 생각하면 편성 목적과 너무 어긋났다.

"나도 인간이라서 말이지. 푸념 하나는 하고 싶어진다."

하지만 상사의 푸념은 듣고 싶지 않겠지. 부하가 아무 말이 없자 대해 타냐는 솔직하게 사과했다.

"어찌 됐든 예의 바른 침묵 고맙군. 장교 제군, 감사한다. 자, 문명인답게 시간에 맞춘 행동을 엄수한다. 토스판 중위, 회수는 맡기지. 외스테만 중위, 원호해라."

""옙!""

경례하자마자 재빨리 달려가는 놈들의 모습에는 불안과 기대를 모두 품을 수 있다. 구태여 말하자면 부하에게는 기대를 해야겠지. 타냐로서는 수중의 인적 자원을 최대한 활용할 수밖에 없으니까…… 기대하는 것도 나쁘지 않다.

부하의 뒷모습을 지켜보면서 자기 발로 일어서는 그들의 커리어가 착착 형성되어 가는 것을 타냐는 축복하였다. 부하의 출세를 방해할 만큼 무능해질 생각은 없다. 유능한 부하, 육성한 부하를 활용해야 관리직이라고 할 수 있다.

원래 인사부에 있던 몸으로서 뒤늦게나마 교육의 유용성을 재확인하는 동시에 자신에게 잠들었던 [사람을 기른다]는 재능을 꽃피운 것을 인정해야겠지.

"부족하다, 부족하다고 말하는 것은 노력이 부족하다는 뜻인데…… 기른다는 노력을 태만히 해서는 안 되겠지. 물론 현장의 한계는 있지만."

필요야말로 발명의 어머니라고 하지만, 인적 자원의 부족이 타냐에게 인재의 새로운 활용 방법을 개척하게 하였다. 토스판, 외스테만 중위를 [일부러] 교육하자는 코스트 의욕을 타냐가 품을 만큼 제국의 인적 기반은 빈약해진 것이다.

이거 어렵구나 싶어서 타냐는 머리를 흔들었다.

》》 통일력 1927년 6월 18일 《《
동부방면군 B집단 사령부 – 작전회의실

B집단의 사령부 작전실에 모인 장교들은 하나같이 험악한 표정을 지으면서 실내의 한가운데에 펼쳐진 지도를 들여다보고 있었다.

그것은 아무런 문제도 안 되겠지.

참모장교가 지도를 보는 것은 인간이 호흡하듯이 자연스러운 귀결이다.

문제는 단 하나.

감사, 감독이라는 명목상의 상석에 있을 제투아 중장이 떡 버티고 앉아서 발언을 요구하며 날카로운 시선을 날리는 가운데 모두가 입 다물고 있다는 점이다.

"제군, 의견을. 레르겐 전투단이 포위되고 일주일 이상 지났다."

B집단의 참모들은 서로에게 눈짓하면서 어려운 일을 떠넘겼다.

"레르겐 전투단은 현재 완전히 적지에 고립…….."

실컷 시간을 쓴 끝에 결국 한 장교가 간신히 일어서자마자 말한 내용은 진부하기 짝이 없다.

"제군, 내가 이런 말을 하기도 미안한데 잠시 괜찮을까? 실은 나도 지도를 볼 줄 아네."

따라서 제투아 중장은 단칼에 베듯이 그 인간의 말을 잘랐다.

"지도에 기입된 적 부대의 정보를 가미하면 솔딤528진지를 고립 말고 다른 말로 형용할 수 없다는 건 자명하다."

즉, 철도선이 있는 시가지라는 요충지를 탈환하려는 연방의 마음 또한 오해할 여지가 없다. ……남부에서 대규모 격전을 펼치는데도 주전선이라고 할 수 없는 중앙부로 이 정도의 병력을 움직일 수 있는 데에는 경탄할 수밖에 없지만.

그러니까 적 병력을 두들길 필요가 있다. 바로 지금, 두들길 수 있는 타이밍에.

"이상의 내용은 굳이 말하지 않더라도 보면 알고말고. 아, 하지만 일부러 정중하게 설명해 줘서 고맙군."

제투아 중장의 강렬한 야유에 대해 회의실에 가득한 것은 침묵이다.

"구원을 위한 계획 책정이 늦어지는 것은 왜지?"

거듭 답변을 재촉하는 제투아 중장. 하지만 대답은 없었다. 믿기 어렵다는 듯이 중장의 시선은 회의실 안을 방황하는 꼴이 됐다.

"전력은 준비되어 있다. 연방군의 이동에 대응하는 형태로 사전에 집적이 끝났을 거다. B집단의 전략예비가 대규모 염출됐다고 해도 바로 대응할 수 있을 정도의 머릿수는 갖추어져 있을 텐데."

"……각하, 정말로 최소한입니다."

"충분한 양 아닌가."

징징대는 B집단 참모에게 제투아 중장은 서슴없이 말했다.

루델돌프 중장을 시작으로 참모본부의 작전가들은 전력 집중의 원칙을 편애하지만, 측면을 무방비하게 방치할 정도는 아니다. 완전 편제를 지킨 기갑사단, 기계화사단과 보병사단, 이렇게 셋이 비장의 카드로 준비되어 있다.

"왜 움직이지 않지?"

"실패가 용납되지 않는 이상, 승산이 큰 방식을 취할 수밖에 없습니다. 동부 방면에서 제국군의 전반적 병력 사정은 각하도 잘 아시리라고."

다 알고 있다고 답한 제투아 중장은 지도를 살피며 쓴웃음을 지었다. 이상적인 상황과 비교하면 상황은 다소 으스스하다. 1개 사단 정도가 방어하는 영역은 사실 3개 사단에 가까스로 허용될 정도의 넓이다.

그런 의미로 B집단의 주저도 이해하지 못 할 건 아니다. 반격, 구원용의 긴급부대를 투입했다간 완전히 카드가 바닥

난다는 참모들의 위기감 그 자체는 지당하다.

상식만으로 전쟁을 한다면 말이지만.

이 점에서 무진장으로 보이는 연방군의 인적 기반, 외부에서의 원조가 뒷받침하는 물량은 믿기 어려울 정도로 경이적이다. 연방군의 병력, 인적 자원의 기반이 종래의 적 전력 평가에서는 너무나도 과소평가되어 있었다. 그보다도 제국의 상식에서 너무나도 엇나가 있었다.

연방병을 쓰러뜨리는 것은 쉽다. 하지만 연방군이라는 조직을 쓰러뜨리기란 너무나도 어렵다.

한 번의 실패로 파탄이 일어날지 모르는 제국의 현황을 생각하면 한숨밖에 나오지 않는다. 외줄타기에서 항상 성공하지 않으면 발밑이 무너진다니, 자기 일만 아니라면 웃음거리겠지. 꽤나 심한 상황에 몰렸다.

……하지만 말하자면.

실패가 허락되지 않는다면 실패하지 않으면 될 뿐인 이야기겠지.

영원히 계속 성공하는 것은 바랄 수 없겠지. 그렇다고 해도 오늘 여기서 성공할 수 없다는 이야기는 아니다.

"아무튼 말이지. 제군의 걱정과 현황은 이해하고 있다. 그러면서 소관은 [구원]하러 가는 방책을 모색할 것을 요청한다."

"각하, 병력이 너무 적으면 구원의 승산도……."

"우리 병력도 유한하지만, 시간도 마찬가지라는 사실을 떠올려 주게."

전략가인 제투아 중장은 상황을 근심하기도 한다. 하지만 전술가인 제투아 중장은 자기 역량에 의지하는 바가 크다.

무엇보다 시간과 타이밍이라는 요소를 이 자리의 누구보다도 이해한다.

안드로메다 작전이 연방의 남부 도시군을 공략전으로 삼을 때에 B집단의 위기 때문에 A집단의 예봉이 둔해지는 것은 전략적 차원에서 허용할 수 없다.

"결국 제군이 주저하는 이유는 무언가? 구원하러 가는 게 확정됐으면 어떻게 구원할지를 모색해야겠지."

"필요하더라도 동부 전반의 정세를 감안할 요소가……."

"목적, B전선의 유지. 목표, 전 야전군. 실로 심플하다. 복잡성을 넣는 것은 실패를 향한 영웅적인 제일보겠지."

시선으로 '이것도 모르겠나?'라고 물었을 때 제투아 중장은 자기 질문이 무익하다는 걸 깨달았다.

B집단의 참모들은 다시 말해 머리와 마음이 동떨어졌다.

머리로는 이해할 수 있겠지. 아군을 버리는 일은 허용할 수 없다고. B집단은 기동전으로 활로를 열 수밖에 없다는 사실도 마찬가지로 볼 수 있다.

군 대학 건물에서라면 전원이 모두 기동전을 택했을 것이 틀림없다.

다만 그들의 [마음]은 불안으로 가득하다. B집단의 힘든 상황을 감안하면서도 도전을 주저하는 것은 머리가 아니라 [마음]으로 생각하고 있다는 증거다.

이치를 설명한다면 그들의 머리는 몰라도 마음은 움직이지 않는다.

……가능하면 B집단 참모들의 자발성에 기대하고 싶었다. 하지만 이렇게까지 꺾였다면 [수재형 참모]라는 놈들을 활용하는 것은 포기할 수밖에 없다.

제투아 중장은 한숨을 삼키고 지도를 앞두며 또 묵고하기 시작했다.

충분히 유인하고 적이 굳어지기 직전에 두들긴다. 꿰뚫어야 할 예봉은 별로 미덥지 않고, 약간의 흔들림마저도 치명적이 될 수 있다. 모든 것은 타이밍의 문제다. 너무 이르면 적이 도망치겠지. 너무 늦으면 이쪽이 쫓겨나고 레르겐 전투단도 잃을 수 있다.

[결심]. 그것이야말로 지휘관의 책무다.

마음을 쓴다면 그것은 망설이기 위해서가 아니라 결단하기 위해서. 단 하나를 정하기 위해서 나는 여기에 있다. 등에 짊어지는 것은 장병의 생명과 조국의 운명.

한 사람의 결단 하나.

무게를, 괴로움을, 그리고 구역질도 느끼지 않는다면 그것은 이미 인간이 아니다. 기분을 진정시키기 위해 루델돌프 중장에게서 나누어 받은 시가를 태우며 제투아 중장은 머리에 냉정을 되찾았다.

책임의 무게를 자각하는 건 좋지만, 책임의 무게에 짓눌려서는 B집단의 참모들과 다를 게 없다. 그래선 본말전도에 불과하겠지.

지도를 바라보기만 해서는 한계가 직접 찾아온다. 중요한 것은 지도에 뭘 그릴까.

다행히 적은 충분히 낚였다.

그렇다면 근면한 노동자인 제국군으로서는 뿌린 씨앗을 거두는 수확에 임해야만 한다. 수확의 시간이 왔다고 봐야 할까.

"때가 됐겠지."

중얼거린 자기 목소리에 제투아 중장은 미소를 띠었다. 의문이 사라지고 어깨의 짐을 내려놓는 듯한 쾌감은 뭐라 형용하기 어렵다.

남은 건 타이밍을 놓치지 않고 때리는 것뿐. 심플하고 목적으로서도 명료하다.

철도선을 쓰고 싶다는 적의 의도는 명백하고, 그렇기에 연방군 부대도 [철도선]을 통한 제국군의 증원, 탈출이라는 가능성은 충분히 상정했을 게 틀림없다.

사실 들어오는 보고는 그들이 열심히 철도 경로를 경계한다는 것을 말한다.

다만 그것은 얽매이는 것이기도 하다. 연방군은 철도의 확보라는 목적으로 철도라는 한 길에 시점을 집중시켰다. 도달할 수만 있으면 어느 길을 가든 상관없다는 마음이 그들에게는 아직 부족하다.

그런고로 현재의 적에게는 무엇보다도 우회가 먹힌다.

철도 말고는 시야에 넣지도 않고, 완전히 포위하지도 않고, 어중간하게 철도에 의식을 할애한 적을 때리는 것은…… 피아의 전력 격차가 크더라도 가능하겠지.

기회는 찾아왔다.

논의하면서 시간을 허비하는 것은 나쁘지 않았지만, 전쟁의 이치가 행동을 요구한다. 따라서 아쉽긴 하지만 이 자리에서는 실례하도록 하자.

다음 일을 생각하며 제투아 중장은 준비할 필요성에 따라 졸병을 불렀다.

"……자네, 수고스럽겠지만 잠깐 괜찮을까."

대수롭지 않은 어조로 주문.

"커피를 두 잔 부탁하네. 내 집무실까지 가져다주게. 그리고 그란츠 중위를 불러 주겠나."

명령받은 졸병으로서는 방으로 돌아가려고 커피를 시킨 거라고 여겼겠지. 누구의 눈으로 봐도 제투아 중장이 회의에 두 손을 든 것으로밖에 여겨지지 않았다.

제투아 중장은 거기서 확인 사살을 날렸다.

"여러 의견이 나왔지만, 참모 제군, 아무래도 제군은 내 요청을 이해하고 존중해 주는 모양이군. 한편 제군이 검토하고 싶은 점도 제군에게 중요하다는 사실을 나도 이해한다."

일부러 피곤한 어조로 이보란 듯이 깊이 한숨을 한 번. 못을 박으면서 실망의 표명으로 보이는 태도를 한 번.

"따라서 나로서는 본국에게서 인정받은 부대 감사, 지휘의 권한으로 의논에서 거리를 두지. 완벽한 작전안이 완성되는 대로 가르쳐 주게."

"알겠습니다."

"좋아. ……최대한 빨리 결론이 나오길 기대하지."

자기가 한 말이지만 무슨 사기꾼 흉내인가 싶어서 제투아 중장은 마음속으로 쓴웃음을 지었다.

이것도 루델돌프 녀석이 쓸 만한 장교를 족족 적극성을 중시하는 공격 작전에 끌고 간 폐해일까? 남겨진 B집단의 참모진은 지성이 없는 건 아니지만…… 보수적, 덤으로 겁에 물들어서 주체성이 무너졌다.

동부 전장에서 너무 마모된 걸까.

이런 말은 심하긴 하지만, 부품으로서는 더 이상 써먹을 수 없다. 대담한 교체를 서두를 필요가 있다. 참모장교로서 골수가 뽑힌 놈들이다. 이미 참모장교로서 써먹을 수 없다.

회의의 일시적 폐회를 말하자마자 제투아 중장은 서둘러 작전회의실을 뒤로했다.

이미 그 자리에 볼일은 없다.

필요한 것은 행동하는 인간이다. 자기에게 주어진 집무실로 돌아가자마자 제투아 중장은 탁상의 전화로 손을 뻗었다.

돌리는 번호는 동부군 B집단에서 몇 안 되는 전략예비인 사단장 본인의 것이었다.

"크람 사단장, 나다. 제투아 중장이다."

"회의 중 아니셨습니까? 실례입니다만, 각하께서 소관에게 무슨……."

"산책 좀 같이 하겠나. 크람 사단장, 잠깐 나가 보세."

어디로 가는 거냐고 되물으려는 그람 사단장에게 제투아 중장은 대수롭지 않은 어조로 수화기 너머로 말의 폭탄을 투하했다.

"조금 전쟁을 하러 가세."

"시, 실례입니다만…… 명령입니까, 각하?"

온화한 어조로 이어진 말에 크람 사단장이 자기도 모르게 달라붙는 바람에 제투아 중장은 웃었다.

"아니, 정식으로는 동부방면군에 대한 전쟁 지도와 요청의 권한을 사단 단위로 행사하지. 거절하더라도 상관없네."

"예?"

"동부군의 참모진은 내 의향을 이해하고 존중해 주었지. 바꿔 말하자면 회의를 위해 듬뿍 시간을 써 주었어."

제투아는 그 말에 의미를 담았다. 부드럽고, 혹은 온화하게 들리도록 가장한 목소리로 계속된 말은 극약이었다.

　동부군의 참모들은 엉덩이가 너무 무겁다. 전쟁이란, 내리치면 끝나는 것이라면 어떻게 주먹을 빨리 내리치냐에 달렸다. 검토는 신중하게, 하지만 실행은 과감하게. 반대는 있을 수 없다.

　"그러니까 그들에게는 좋아하는 회의를 마음껏 하게 해줬지. 그리고 나는 그동안에 제군과 진지하게 전쟁을 할 생각이네."

　"……농담으로 하시는 말씀입니까?"

　"그렇다면 좋겠는데, 슬프게도 이것이 현실이야."

　오해할 수 없는 말로 딱 잘라 부정한 제투아 중장은 크람 사단장의 주저하는 목소리를 날려버렸다.

　"전쟁일세, 크람 사단장. 어떤가?"

　"……우군의 구원이로군요?"

　"물론이지."

　제투아 중장은 그렇게 장담했다.

　"목적, B전선의 유지. 목표, 적 야전군. 구원이지만, 그 행동의 결과라는 것은 틀림없겠지."

　순간 침묵하고 작게 신음한 끝에 크람 사단장이 쥐어짜낸 목소리가 제투아 중장의 귀에 닿았다.

　"우군을 구하는 것이라면…… 계획만이라도 말씀해 주신다면."

"사관의 모범이로군. 좋아, 간결하게 설명하지."

그는 명예를 아는 군인이다. 그렇기에 나이 많고 교활한 군인이라면 그를 쉽사리 다룰 수 있다.

참모장교와 사단장의 차이란 극단적으로 단순하다. 전자도 무능과 거리가 멀지만, 적극적 행동에 대한 편애라는 의미로는 후자가 월등히 뛰어나다.

머리로 이해하기 전에 마음으로 이해한다. 실로 단순하고 이해가 빠르다.

"기본적으로 우회, 우회, 직격이다. 사전에 연구를 요청한 계획을 기억하나?"

"예, 전략예비의 모든 사단이 받은 검토 요청에 기반하여 철저히 조사하였습니다. 기동전의 전형적 사례로서 기억하고 있습니다만."

밝은 목소리는 수화기 너머라도 잘못 들을 리가 없다. 마음이 동한 거라고 단박에 이해할 수 있다.

기동전으로 우군을 구한다!

그걸 싫어하는 군인이 있을 리 없다. 혹시 제국군에 그런 고약한 놈이 있다면 적군의 스파이 정도겠지.

"다른 사단장들과의 협의는?"

"요청이 있었기에 하였습니다만."

적극적인 사단장이 한 명, 주위와 조정도 완료. ……움직일 수 있다면 도박에 이긴 거나 마찬가지다.

"좋아! 사단장, 감사하지. 이걸로 어떻게든 되겠어."

확신과 함께 제투아 중장은 형식적으로나마 엄하게 요청을 말하였다.

"우리 좌익을 전진시켜서 적의 일익을 치고 처리하도록. 참모본부에게 위탁받은 권한으로 요청한다."

"그럼?"

결국 형식적인 구실이다. 하지만 구실이 있으면 군인을 움직일 수 있다.

"우군을 구해 주게."

"……제 마음과 같습니다. 지시를."

조직 안에 있는 제투아 중장의 생각대로 그들은 [우군 구출]을 가능하게 하는 구실에 달라붙는다.

변명을 제공하는 것.

그것이 제투아 중장이 동부에서 모든 부대를 움직이기 위한 유일하게 확실한 수단이다.

"기동전, 시계방향으로 편익포위다. 레르겐 전투단을 포위하는 연방군을 격멸. 그것으로 중앙부에서 적의 반공을 미연에 저지. 남부의 주공세에 대한 우환을 제거한다."

"알겠습니다."

"아, 그리고 하나 더. 아니, 이건 요청이 아니라 논의 사항인데."

"예?"

"차를 한 대 빌려주게. 사후승인이라도 되겠지만, 허락을 받고 싶군."

그 정도라면 별일 아니라는 크람 사단장의 대답에 감사를 표한 뒤 제투아 중장은 전화를 끊었다.

"각하, 실례하겠습니다. 그란츠 중위, 부름을 받고 대령하였습니다!"

그란츠 중위를 독촉할까 생각하던 타이밍에 모습을 보이는 훌륭한 타이밍. ……데그레챠프 중령의 교육은 정말 확실한 걸로 보인다.

살펴 보니 커피를 부탁했던 졸병까지 대기하고 있었다. 눈치 빠르게 밖에서 대기했던 거겠지.

이거라면 기대할 수 있다.

"수고 많군."

부드러운 표정을 지은 제투아 중장은 잡담이라도 하려는 듯이 가볍게 젊은 중위에게 자리를 권하면서 졸병에게 시켰던 커피를 마셨다.

"취향을 미리 물어보지 않아서 미안한데, 커피라도 같이 좀 마셔 주게."

"여, 영광입니다!"

긴장한 표정으로 "실례하겠습니다."라고 말하고 커피잔으로 손을 뻗는 그란츠 중위로서는 정말이지 긴장하는 자리겠지. 졸병이 퇴실할 때까지 제투아 중장도 부드럽게 미소를 보였는데…… 지금 현재 시간은 너무나도 중요하다.

이게 전장이 아니라면 제투아 중장도 조금 더 치기를 보였을지 모르지만.

"단도직입적으로 말해 주게, 그란츠 중위. ……어디 보자, 귀관이 데그레챠프 중령에게 받은 부대 상황은?"

"문제없습니다! 즉응대기 중입니다. 명령만 있다면 행동을 즉각 실행할 수 있는 상태를 계속 지키고 있었습니다."

제투아 중장을 더없이 만족시키는 대답이었다. 아니, 기대를 뛰어넘는다. 동부에 있는 병력의 평균적 훈련 사정을 생각하면 경악할 만하다.

역시나 데그레챠프 중령이 내놓은 부대였다. 하급장교의 기민함, 의욕과 전의가 넘치면서도 통제가 잡힌 분위기.

실로 잘 교육됐다. 폭력장치의 한 부품인 장교로서는 모범적이기 그지없다. 진흙물 같은 커피를 내놓는 동부에서 그들은 진짜로 좋은 향기를 낸다고 해도 좋다.

"아니, 이 맛대가리 없는 커피와 비교하는 건 좀 아닌가."

"각하?"

"아무것도 아닐세. 참모본부의 식당이 떠올랐을 뿐이야."

쓴웃음을 지으면서 제투아 중장은 마음고생을 말하듯이 어깨를 으쓱였다. 실제로 참모본부의 식사는 지독했다. 최전선 부근에 내던져진 제투아 장군의 식생활로 한정하면 좌천 후가 오히려 나아졌다고 단언할 수 있을 정도다.

예의 바르게 침묵을 지키면서 이쪽을 살피는 그란츠라는 젊은 마도장교의 존재도 그중 하나다. ……어디를 가든 그곳에는 그곳 나름의 장점이 있다. 장점을 찾아낼 수 있다면 그것은 커다란 한 걸음을 의미하겠지.

이 점에서 진주처럼 귀중한 1개 마도중대를 수중에 쥐고 있다는 사실이야말로 참모본부에서 동부군으로 권한도 없이 단신부임한 제투아 중장으로 하여금 자신만만한 결단과 행동을 할 수 있게 하는 것이다.

"그란츠 중위, 무리인 줄 알지만 부탁 좀 해도 될까?"

"예, 각하!"

호호 할아버지 같은 부드러운 표정으로, 그는, 그 말을, 꺼냈다.

"자네, 잠깐 탱크 데산트를 해 주게나."

"예?"

이해가 안 간다는 듯이 굳은 젊은이를 앞두고 제투아 중장은 눈을 가늘게 떴다. 척하면 딱인 것도 한도가 있는 것이다.

좋아, 말을 조금 더 보탤까.

"중위, 전쟁이다. 전쟁을 시작하자."

"저, 전쟁입니까?"

"음, 아니, 말을 똑바로 해야겠지. 실제로 전쟁을 하는 중이니까…… 정확하게는 우리의 전쟁이라고 말할까."

동부군을 끌어들인다고 해도 본질적으로는 타냐와 제투아 중장만이 아는 공연 내역이다. 우리, 라는 말을 쓸 때 잘난 척은 필요 없다.

존엄, 혹은 한 조각의 쓸쓸함.

형용하기 어려운 감정이지만, 그래도 긍지와 함께 제투아 중장은 말을 바로잡았다.

"그란츠 중위, 우리의 전쟁이다. 자네가, 자네들이 빠져서 어쩌겠나."

"각하……?"

"아니, 중위. 질문이 있다면 뭐든지 듣지. 질문을 쌓아 둬선 안 되지."

"대체 뭘 시작하시려는 겁니까?"

감이 좋군. 조심스러운 질문이다. 일부러 둔한 척하면서도 중요한 점을 확인하려고 드는 좋은 말재주다.

"대체 뭐냐니 쌀쌀맞은 말이군, 중위."

제투아 중장은 그란츠 중위에게 당당하게 말했다.

"솔딤528진지다. 레르겐 전투단이 포위당한 건 알겠지? 당연하지만, 우리는 구하러 간다."

"그럼!"

알기 쉬운 변화를 보이는 중위에게 제투아 중장은 진심으로 선망을 느꼈다. 티 없는 환희, 혹은 [상부의 말을 믿을 수 있다]는 마음.

의심을 모르는 젊음이란 너무나도 눈부시다.

"구원을 위해 공세로 전환한다. 우리가 선두에 서서. 그러지 않으면 동부군 놈들…… 엉덩이가 너무 무거워서 말이지. B집단만의 과제라고 생각하고 싶은데…… 아군의 위기를 머리로 이해하는 것에 불과해."

제투아 중장은 이유를 해설해 주었다. 사단장에게 했던 것과 마찬가지다. 설명하고 공감을 얻고, 그리고 변명을 제시한다.

그것이 올바르다고.

"그러니까 필사적인 마음이 부족해. 따라서 우리는 놈들의 엉덩이를 걷어차 준다. 독전이란 것을 좀 해 볼까."

"옙!"

당연하다고 해야 할까.

지휘관 선두를 이해하고 즉각 희색을 보이는 그란츠라는 젊은 중위는 역시 규율훈련이 너무 독하게 된 걸지도 몰랐다.

명목뿐이라고 해도 제투아 자신의 공적인 신분은 여전히 참모본부의 전무참모차장이다. 실수로라도 군용 차로 최전선에 달려가는 것은 추천되지 않는다.

하물며 몸소 소총과 수류탄을 들고 있으면 눈에 띄지 않을 수가 없다. 의심하지도 않고 기쁘게 수행하는 인간이 오히려 예외겠지.

실제로 보통 인간은 위화감을 갖겠지. 예를 들어서 크람 사단장.

출격 직전의 사단 사령부에 그란츠 중위와 그 중대를 호위로 데려고 간 제투아를 맞는 크람 사단장의 얼굴에는…… 곤혹스러운 빛이 벌써부터 드러났다.

"여어, 크람 사단장. 바쁜 참에 미안하군."

"각하? 어쩐 일이십니까?"

"신기할 거 있겠나, 사단장. 부대 상황은 어떤가? 늦지 않게 내 차를 따라와 준다면 좋겠는데."

무인의 기운을 풍기는 사단장조차도 아연해져서 말을 잃은 모양이다. 몇 초 정도 굳었다가 간신히 재기동한 그는 이쪽의 의도를 이해하고 외쳤다.

"저희가 가겠습니다! 각하, 부디, 제발! 물러나 주십시오!"

뒤에 있어 달라는 바람은 크람 사단장의 직분으로서 지극히 당연하겠지. 하지만 그래선…… 부족하다.

제투아로서는 여기서 억지로라도 [참모본부의 높으신 분]이 전선에 있다는 상태를 지킬 필요가 있다. 그래야 B집단의 겁쟁이들도 [제투아 중장]을 남기고 후퇴명령을 내리는 멍청한 짓을 주저하겠지.

"자네는 무슨 착각을 하는 건가?"

사단장의 멍한 표정을 바라본 뒤 제투아 중장은 한숨을 흘렸다.

"크람 사단장, 설마 친임(親任) 사단장의 몸으로 잊어버렸나. 진심인가? 제국군은 건군 이후로 항상 지휘관 선두가 대전제인데."

지극히 조용한 투로, 제투아 중장은 결론을 던졌다.

"요청했다고는 해도, 내가 제안자다. 내가 꺼낸 말이다. 제일 선두에 서는 것도 지극히 당연한 권리이자 명확한 의무겠지."

아연한 표정인 소장이 자세를 가다듬기까지 필요한 시간은 짧지만, 그 몇 초 동안 제투아 중장은 차에 뛰어들어서 벌써부터 자기 장구류를 확인하기 시작했다.

"각하, 진심이십니까? 그렇게까지 연기하지 않으셔도 저희는……."

무심코 튀어나온 질문. 진심이냐는 질문에 제투아 중장은 한숨과 함께 대답했다.

"……하나만 확실히 해 두지. 착오를 정정하마."

잘 들으라는 듯이 제투아 중장은 눈을 부드럽게 떴다. 우직하게 고지식한 야전장교가 [교묘한 말장난]을 경계하는 것은 이해한다. 자기가 그런 수를 쓰는 일은 더 이상 없다.

하지만 현재 자신은 [야전]에 나가는 [일개 장교]이기도 하다.

"블러프라고 생각하는 건 좋지만, 편익포위의 기회를 앞두고 나한테, 아니 참모장교에게, 라고 하지. 엉덩이로 의자나 닦는 취미가 있으리라 생각하나?"

"……각하, 구원을 염출하는 것이 목적 아닙니까?"

"B집단의 엉덩이를 걷어차고 싶냐고? 불론 그렇지. 그리고 말이지."

그렇게 말을 잇는 제투아 중장은 마음속 진심을 말했다.

"물론 구원이 맞네. 목표는 적 야전군. 적을 두들기고 우군을 구한다. 그 이상도 그 이하도 아니야."

간결한 말에 거짓은 없다.

제투아라는 개인으로서 그는 우군이 죽게 내버려두길 원하지 않는다. 구원으로 내보낼 수 있는 부대가 있다면 당연히 구원을 보낸다.

"그러는 한편으로는 조금, 그래, 아주 조금이야. 동부군의 참모 제군에게 미움을 산 대가를 치르는 것에 불과하지."

여전히 찻잔에 설탕을 더 넣는 것처럼 가벼운 투로 제투아 중장은 말을 이었다. '양념은 이 정도면 되겠지.' 라고.

"괜한 짓을 하는 연방군을 일소하는 것에 불과한 명쾌한 구원행동이야, 크람 사단장. 적은 없애고 아군은 구한다. 실로 단순명쾌하다."

더는 간결하게 할 수 없다며 제투아 중장은 미소를 보였다.

"제군, 우리도 진흙탕 속에서 전쟁을 하지 않겠나. 옷을 더럽히는 것을 싫어하는 멍청이도 아니겠지."

제투아 중장은 논의는 이제 끝이라고 말하며 경호를 맡은 그란츠 중위에게 지시했다.

"차를 출발시키게, 그란츠 중위. 가는 길은 잘 부탁하지."

"옙, 명령이라면. 하지만 각하, 이 차면 되겠습니까?"

"무슨 말인가?"

"장갑차도 아닙니다. 호위로서는 하다못해 경전차 정도에 타시기를 바랍니다만."

그 말이 맞다고 옆에서 크게 끄덕이는 크람 사단장에게는 미안하지만, 그것만큼은 승낙할 수 없다. 여기서는 최전선에 장성이 있다고 과시하는 게 필요하다.

"기각한다. 요청이란 책임을 동반하지 않는 행위다. 무엇보다 내가 여기에 있는 걸로 이해했겠지만 내 몸뚱이가 하나쯤은 걸어야겠지. 공평이란 단어는 이럴 때를 위해 있다."

"너무 위험합니다, 각하. 하다못해 제 사단에서 한 대 내놓을 테니……."

"크람 사단장, 전차는 느리지. 속도만 놓고 보면 이게 제일이야. 아무튼 부대를 신속하게 전개시킬 필요도 있으니까. 탱크 데산트든 뭐든 좋으니까 병력을 이동시켜."

"희생이……."

"꼭 탱크 데산트로 적진에 돌격하라는 게 아니야. 보병의 신속한 전개수단으로서 전차를 발로 삼아라. 긴밀한 보병, 전차의 통합운용이다."

철퇴작전에서 얻은 교훈이다.

연방군의 운용형태를 재연구, 혹은 데그레챠프 중령의 운용을 참고한 결과로서, 전차를 발로 써먹는 것이 [의외]로 효과적이라는 사실은 실전에서 증명됐다.

"적을 발견하는 대로 하차 전투입니까?"

"그렇지."

"……레르겐 전투단이 올렸다는 전투 보고서가 떠올랐습니다."

"그래, 공수부대 때 말이군. 으음, 보병을 전차에 태우고 신속한 전개, 측면 공격, 이건 광대한 지역을 품은 동부이기에 필요하지."

'다만.' 하고, 이으려던 말을 제투아 중장은 삼켰다.

탱크 데산트, 우회 공격, 그리고 포위섬멸 전술. 세 가지의 결합이야말로 기동력에 과도하게 의존한다는 것의 반증이기도 하다.

제국군의 병력 밀도는 극도로 희박하다. 다른 전술 옵션을 고려할 여지도 남아있지 않다.

"아무튼 모든 것은 속도에 달렸네. 크람 사단장, 전군의 예봉이 될 생각으로 전진해 주게."

"옙."

"자, 우리도 전진한다. 아, 다른 사단장에게 거듭해서 요청을 보내게. 일이 여기에 이르렀으면 주저하는 사단장이 있을 것 같진 않지만."

　포위당한 부대의 지휘관은 정신이 닳는 법이다. 그러니까 적절한 수면이란 심신의 건전함을 지키기 위해 꼭 필요하다. 수면이란 정신에게 가장 좋은 벗 중 하나다. 수면을 싫어하는 인간은 지극히 희귀하겠지.

　그러니까 긴급시가 아니면 깨우지 말라고 요구하는 건 지휘관의 권리이기도 하다. 바꿔 말하자면 부관인 세레브랴코프 중위가 자신을 깨웠다는 것은 언제나 안 좋은 일을 예측할 만한 유력한 근거가 될 수 있다.

　그렇긴 한데, 또인가.

　"중령님, 취침 중에 죄송합니다. 상급사령부에서 긴급 연락입니다!"

　달려온 부관이 또 깨운다. 세레브랴코프 중위가 잘못한 건 아니지만, 이렇게 연속되면 불평불만 한마디라도 하고 싶다. 간신히 눈만 붙이려다가 깨어난 것이 서글프지만, 상급사령부의 긴급이라면 조직인으로서 단잠을 누리는 것은 허락되지 않는다.

　"긴급이라고? 내놔 봐라."

　또 어려운 일을 맡기려는 건가 싶어서 각오를 하고 통신문에 손을 뻗었을 때 타냐는 뜻하지 않게 간결한 내용에 당황하였다.

"발신 제투아, [레르겐 전투단], [레르겐 대령] 앞, 신속하게 [소정]의 행동을 개시하라. 신속하게 [소정]의 행동을 개시하라? 이것뿐인가?"

"예, 이상입니다."

세레브랴코프 중위가 모른다면 말 그대로 이것뿐.

짚이는 데가 없는 전문을 두 번 바라보고 타냐는 생각했다. 적을 혼란시키기 위한 가짜를 내가 의미심장하게 받아들일 뿐일까?

기분 탓이라고 웃어넘기고 싶지만, 너무 간결한 것이 마음에 걸린다.

포위된 이에게 외부의 우군이 보낸 전문이다. 어떤 메시지를 담고 있는데 그것을 무시하고 넘겼다면 잘해야 웃음거리. 자칫하면 우군에게 버림받을 가능성조차 있을 수 있겠지.

"소정의 행동이란 게 뭐지?"

이건 무슨 암호일까. 아니면 단순히 적을 기만하기 위한 블러프? 하지만 소정의 행동이라고 하면…….

"……음?"

[레르겐 전투단], [레르겐 대령], [소정]?

강조하는 면을 보면 레르겐 전투단, 레르겐 대령이라는 두 가지가 [표면적인 말]이란 것을 이해할 수 있다. 그렇다면 [소정]도 그런 것이라고 생각하는 게 기본이다.

즉…… 이것들을 빼고 생각해 보는 게 좋겠지.

"신속하게 생각하라? ……행동?"

멍하니 중얼거리니 뭔가가 걸렸다.

행동, 즉 적극적 자발성.

제국군의 참모교육에서 몇 번이나 지휘관의 역할이란 [주어진 임무의 수행]이며 [명령의 형식이 아니라 의도에 대한 복종]이라고 주입받았다.

"의도? ……문제는 의도다. 이 명령의 참뜻은 뭐지?"

즉 발령자인 제투아 중장 각하는 무슨 결심을 하셨을까. 중요한 건 상사의 의향이다. 그리고 타냐는 상사의 결정을 소홀히 여길 수 있는 성격이 아니다.

상사가 희다고 하면 사내에서는 검은 것도 희다. ……법적으로 회피할 수 없는 시커먼 케이스는 배를 갈아탈 수밖에 없지만, 제투아 중장 각하는 괜찮을 것 같아서 고득점이다.

법률을 중히 여기고 선량한 근대시민적인 자의식이 타냐의 정신이다. 자신의 자유의지에 반하는 비합법적 명령이 나온다면 심각한 갈등에 직면할 수밖에 없다. 이 점에서 제국군 참모본부는 준법정신이 풍부해서 다행이다.

구태여 말하자면 [하고 싶지 않은 명령]은 많이 있지만, 그래도 합법적인 명령이었다.

이쪽의 자유의지를 묻지 않고 일방적으로 밀어붙이는 존재X 같은 해악과는 차원이 다른 대응이겠지. 정말이지 이러니까 악마의 친척들은 곤란하다. 아니, 계약 조건을 설명하는 것도 게을리하는 점을 생각하면 악마 쪽이 존재X보다 성실한 것 아니까?

그런 이물질이 횡행하는 것을 단속하지 않다니, 정말로 신은 죽었다. 신이 죽은 이상 자연법칙에 따라 근대적 정신으로 사악과 싸우는 자기방어가 있을 뿐.

세상은 왜 이리 힘들까.

거기서 타냐는 머리를 흔들어 생각을 현실로 되돌렸다.

제투아 중장 각하가 어떻게 생각하는지, 사고 실험으로 시뮬레이션해야만 한다.

"이런 상황에서 각하라면 어떻게 할까?"

회전문, 참수전술, 그리고 철저한 병참 전문가라는 제투아 중장 각하의 경력을 포함해 보자.

틀림없이, 거의 확실하게 아무런 작전도 없는 채로 수동적으로 움직이는 것을 거부하는 성격이다. ……자립한 주도권에 대한 집착일까? 잠깐, 그렇다면 적극적 행동을 통한 타개를 좋게 본다고 할 수 있다.

"적극성? ……신속하게란 그런 뜻인가?"

타냐는 고개를 들자마자 무심코 위쪽을 바라보았다. 가능하다, 아니, 이해하였다. 제투아 중장은 그렇게 보이면서도 제법 과격한 일면이 있으시다.

아무래도 상부는 신속하게 행동을 개시하라고 요구하고

있는 듯하다. 참모장교가 행동을 요구받는다면?

작전행동을 시작해라, 최적의 행동을 선택하라는 명령일 수밖에 없다.

의무는 언제든지 정해져 있다. 자기 머리로 어떻게든 하는 것이다. 즉, 현황을 타개하기 위해 필요한 한 수를 모색해야만 한다.

현황이란? 즉 포위됐다는 고뇌다.

타냐의 머리에 한 줄기 빛이 깃들었다.

답은 단순하다.

쉽사리 받아들이기 어렵지만, 그래도 가능할지도 모른다.

"포위를 와해하는 작전이로군. 믿기 어렵지만 제투아 각하는 이런 상황에서 군을 적극적으로 움직일 생각이시다!"

윗선이 기동전을 지향한다고 알면 자신의 역할도 의심할 바가 없다.

참모장교로서의 본분을 다하기를 위에서 기대한다면, 바로 지금, 이 순간밖에 없다.

"우군의 움직임에 호응한다!"

마음을 굳힌 타냐는 빠르고 민첩한 행동 개시를 선언했다.

"움직인다! 모든 부대장을 소집해라! 서둘러!"

"중령님, 그런데 답전은 어떻게 할까요?"

타냐는 자기가 정신을 놓고 있었음을 깨달았다. 흥분한 나머지 단순한 사실을 잊고 있었다.

노력, 배려, 그리고 승리.

조직인의 황금률이란 정말이지 단순하면서도 심오하다.

"배려심이 있군, 세레브랴코프 중위! 귀관의 말처럼 제투아 각하의 러브레터에 답장을 하지 않으면 장교로서 명예를 모른다는 비웃음을 사지! 좋아!"

타냐는 짧은 글에 대해 마찬가지로 간결한 글로 답신을 명했다.

"발신 레르겐 전투단장, [제투아 각하] 앞, [레르겐 대령]은 신속하게 [소정]의 행동을 개시하겠다. 이상이다!"

'그리고'라고 해야 할까.

그 전문은 제투아 중장이 혼자서 멋대로 전진지휘소라고 결정한 차에 마도장교를 통하여 지체 없이 도달했다.

"입전입니다, 각하. 레르겐 대령에게서 '알겠다.'라고."

"원문을 이리 줘보게."

"예, 여기에."

전문을 보주로 수신한 그란츠 중위가 적어준 전문을 쓱 보자마자 제투아 중장은 살짝 끄덕였다.

"발신 레르겐 전투단장, [제투아 각하] 앞, [레르겐 대령]은 신속하게 [소정]의 행동을 개시하겠다? 이것뿐이라니…… 훌륭하군."

받은 문장은 기가 막힐 정도로 단순하다.

간소하고 명료.

자신의 뜻을 헤아리지 못했으면 이렇게 단순한 형식으로 답할 수 없다. ……그걸로 행동의 의도가 전해졌다고 확신하는 순간이었다.

"만사는 순조롭게 진행되는군. 그란츠 중위, 좋은 소식이다. 레르겐 전투단이 우리의 작전 전개에 호응할 준비를 갖추었다. 이걸로 우리는 적을 협격할 수 있다."

뭔가 알아챈 듯한 그란츠 중위가 조심조심 제투아에게 물었다.

"각하…… 혹시 소정의 방침을 데그레챠프 중령과 이미 세우셨던 것입니까?"

"아니, 전혀."

"예? 그, 그럼, 지금 이건?"

"그란츠 중위, 참모장교란 그런 생물이다."

이해를 못하는 듯한 젊은 마도장교의 어깨를 두드리면서 제투아 중장은 마음속으로 쓴웃음을 지었다. 이심전심까지는 안 되는 듯한 이 젊은이가 부족하다고 느끼는 것은 부하에게 요구하는 수준이 너무 높기 때문일까?

"기억해 두게, 중위. 필요한 것을 필요한 때에 이해할 수 없으면 참모장교라고 할 수 없어."

무엇을 해야 하는가 하는 점에서 공통이해를 공통기반 위에 구축하는 고급장교들. 바로 그것이야말로 제국군이라는 폭력장치를 최대효율로 기능시키는 비결이다. 아니, 비결이고 뭐고 아니다.

누구든, 정말로 어린애라도 안다. 참모장교야말로 제국의 기틀이라고. 다만 모두가 [의미]를 모를 뿐이다.

"일부 인간이 데그레챠프 중령을 괴물이라고 부른다는 걸 들었나? 내가 보자면 녀석은 훌륭한 참모장교야."

참모장교의 강점.

그것은 판단력인 동시에 [행동을 생각한다]는 예측 가능성에 있다. 아군이 무엇을 의도하는지, 혹은 공세의 목적을 이해하고 주어진 목적에 따라서 [자율적으로 판단할 수 있다]는 참모장교의 유연성.

명령의 의도를 이해하고 독단전행할 수 있는 장교의 유기적인 결합체는 지극히 효율적이다.

머리가 여럿이지만 두뇌는 하나다. 전부가 하나, 하나가 전부. 참모본부의 이상이며 참모교육의 극치이며, 그리고 야전의 근본은 바로 이것이다.

"그보다도 그게 옳다고 할까."

이상적인 환경에서 참모장교는 같은 판단을 내린다고 기대를 받는다. 자기 역할을 이해하고 큰 목적을 위해 목적을 설정하고 독단전행을 하고, 그것이 결과적으로 유기적인 연동을 한다.

데그레챠프란 마도장교는 실로 우수한 전사다. 하지만 그 이상으로 탁월한 참모장교라는 것을 여실히 보여 주었다. 정말이지 즐거운 일이다.

"하, 하, 하, 이 정도면 유쾌하기까지 하군."

예전의 자신은 아이를 전쟁에 쓰는 데 일말의 괴로움을 느꼈는데, 이 정도까지 탁월하면 걱정이나 양심의 가책보다도 [호쾌함]마저 든다.

그건 그런 것이다.

그런 것이니까 그렇게 쓸 뿐.

"후방에 틀어박혀서 말로 일일이 설명해 주지 않으면 이해도 못하는 놈들을 상대하는 것보다 훨씬 이야기가 간단해. 척하면 딱이란 게 이렇게나 마음을 가볍게 해 주는군."

장교도 결국은 톱니바퀴 중 하나.

부품에 불과하다고 보면 신뢰성과 퍼포먼스만이 문제가 된다. 말하자면 능력이다. 능력 이외의 요소 따윈 전쟁에서 사소한 감상에 불과하다.

"얻기 어려운 장교, 우수한 지휘관, 말하자면 사악한 참모란 소리다. 으음, 젊은이들을 얕볼 수 없어."

우리는 분명 지금 같은 말을 외치고 있겠지.

유쾌하게, 아니, 진심에서 나온 환희의 외침을 제투아 중장은 내질렀다. 장교에게 이 이상의 기쁨이 어디에 있을까.

"공세 개시다! 전진한다. 공세를 개시하라."

전의란 관점에서 봤을 때, 제독을 총살하는 것과 마찬가지,
장군이란 것도 몇 명은 전선에서 죽어 봐야 한다.

———— 한스 폰 제투아 / 시기 불명 ————

한없이 계속되는 광대한 토지에서 그 인공물은 작은 점에 불과하다. 띄엄, 띄엄, 대지 위에 흩어진 점. 하늘 위에서 내려다볼 수 있는 자가 있다면 관심을 줄 필요도 없는 점이라며 지나칠지도 모른다.

하지만 더 다가가면 그 위용에 숨을 삼키겠지. 그것은 중후함이라고 표현할 수밖에 없는 근대기술의 정수인 장갑전력── 제국군 기갑사단의 예봉이다.

가로막는 것이 없는 대지에 발자국을 새기며 한 걸음씩 솔딤528진지로 돌진하는 집단. 그 선두로 달리는 것은 통솔을 위해 대형 무전기를 탑재한 지휘관용 전차이며, 바로 뒤에는 통신설비를 왕창 실은 몇 대의 군용차가 따랐다.

다소 돌출한 감이 있지만 지휘관 선두의 정신을 체현한 행동이다. 대규모의 기갑전이 빈발하는 동부에서는 즉각 판단을 내리기 위해서라도 현장지휘관이 최전선에 서는 일이 일상이 되어서 신기한 일도 아니게 됐다.

다만 주위를 달리는 전차나 보병수송차에서 힐끗힐끗 던지는 호기심의 시선은 몇 안 되는 완전편제를 지킨 베테랑 기갑사단의 장병에게도 그것이 기이한 일임을 말해 주었다.

대답은 무전의 대화에 귀를 기울이면 바로 알 수 있다.

"적과 접촉했습니다. 연방군의 방어부대입니다!"

경보의 목소리는 사단 장병에게 익숙하다. 적이라는 말에 긴장하겠지만, 그래도 드문 일은 아니니까…… 기이한 시선까지는 가지 않겠지.

그럼에도 불구하고 오늘만큼은 모두가 다소 곤혹스러움과 기대를 담아서 전투차량의 반응을 지켜보았다.

이유는 전차에서 쓰윽 고개를 내민 인물에게 있었다. 시선만으로 적을 태워 죽일 것처럼 노려보다가 슬쩍 고개만 돌려서 뒤를 돌아보며 그는 외쳤다.

"사단 전 병력에 전달. 반복한다, 사단 전 병력에 전달. 사단장 명령이다. 무시해라! 우회해라! 상대하지 마라!"

중대장도, 대대장도, 연대장도 아니다. 그 인물은 사단장이었다.

선두로 달리는 크람 사단장의 포효는 대형 무전기를 통해 뒤따르는 모든 차량에게 날아갔다.

"일절 고려하지 말고 돌진해라!"

자기를 따르라는 듯이 마구잡이로 팔을 휘두르며 뒤따르는 부하를 고무시키는 모습은 기백이 흘러넘쳤다. 물론 그 모습뿐이라면 사단 장병들은 '우리 아버지도 곧잘 저러지.'라며 살짝 시선을 주었을 정도겠지.

크람 사단장은 지휘관 선두의 정신으로 자기도 차량에 올라타자마자 "함께하겠습니다."라고 한마디 하더니 사단을 지휘하며 사납게 돌진을 개시하였다.

모든 것은 그 뒤에 붙은 군용차 뒷좌석에서 즐겁게 웃는 제투아 중장이 뿌린 씨앗이었다.

"……이거야 원, 크람 사단장에게 멋진 모습을 빼앗겼군, 그란츠 중위. 우리는 그냥 구경꾼 신세야."

"각하, 외람된 말입니다만……."

"뭔가, 그란츠 중위?"

"아무래도 크람 사단장 각하가 보기엔……."

제투아 중장이 몸소 최전선에 가려는 의지가 이 사태를 부른 것 아닌가? 그런 시선과 함께 뭔가 말하려는 이 호위 담당 중위는 전장에서 의견상신을 주저하지 않는 모양이다.

데그레챠프 중령 녀석, 정말이지 어린 사관들의 교육을 어떻게 했으면 중위 주제에 겁도 없이 장성에게 직언을 하는 정신력을 심어 주었을까? 야전 재능이 없었으면 고민하지 않고 후방에서 교육이나 시켰을 텐데…… 정말 고민스럽다.

유쾌한 고민이라는 듯이 활짝 웃은 제투아 중장은 그란츠 중위의 어깨를 두드렸다.

"말하지 않아도 알아, 중위. 하지만 본관의 직분, 다시 말해 사열직에는 전선 시찰도 임무 중 하나로 포함되지. 자, 전선은 어디지? 여기겠지?"

"외람됩니다만, 각하. 몸을 아끼시는 것이……."

"물론 이번 일이 끝나면 그러도록 하지."

뜻을 뒤집을 수 없다고 깨닫자마자 그란츠 중위는 애매모호하게 미소를 지으면서 침묵을 지켰다. 놀리는 보람도 없다고 아쉬워하면서 제투아 중장은 시선을 크람 사단장의 전차로 돌렸다.

해치에서 몸을 내밀고 자기 몸을 아끼지 않는 자세는 용사의 그것.

"으음, 그도 참 용감하군."

제투아 중장은 중얼거리면서 '사실은 모든 사단장이 저래야 하지 않나?' 하는 한탄을 삼켰다.

동부의 광대한 대지를 달리는 차량 행렬은 규율, 훈련이 보편화된 것으로 보이겠지. 그것이 [희귀하다]는 사실을 몇 명이나 알까.

어쩔 수 없다고 해도 대규모 동원으로 과도하게 확대된 제국군은 급격하게 조직을 팽창시킴으로서 장교가 필요한 자리가 늘어나는 한편, 충분히 교육받은 장교는 개전 이후 계속되는 소모 때문에 막대한 결원을 채 메우지 못하고 있었다.

[사단장 인사] 정도가 아니라 [연대장 인사]조차 불안을 느끼는 것이 실태다. B집단 참모들의 정신적인 쇠약을 봐도 본래는 교체시켜야 했다. 그러기 위한 요원을 찾을 수 없다는 것이 제국군의 인재 부족을 여실하게 말해 주었다.

그러니까 기갑사단 같은 중점부대는 질, 의욕 양쪽에서 높은 수준을 지킨다는 사실을 직접 재확인할 수 있는 것이 불행 중 다행이었다.

"이거 으스스한 현실이군."

동부처럼 광범위한 전선을 한정된 병력으로 방어하는 이상, 최대 효율로 임무를 수행하기 위해서라도 우수하고 적극적인 장교는 아무래도 꼭 필요하다.

"그런데 부족해. ……장교가 너무 부족해."

동부 최전선에 몸을 두면 좋든 싫든 실감할 수밖에 없는 현실이다.

데그레챠프 중령 같은 야전장교나 크람 사단장 같은 기갑사단장급이 전선의 요구 수준을 만족하는 것은…… 현재 제국군에서 지극히 예외적인 일이다.

그러니 준비할 수밖에 없다. 하지만 하루아침에 준비할 수 있는 존재도 아니다. 진짜 의미로 써먹을 수 있는 장교를 교육하려면 아무래도 시간이 걸린다. 하사관 중에서 발탁하려고 해도 하사관의 기반도 마찬가지 소모와 인재 부족에 직면하였다. 이런 상황에서 실전 사용에 견디는 장교단을 육성하려면 한 세대는 걸리겠지.

한숨을 쉬어야 할지 개탄해야 할지, 전쟁 전이라면 [규율 훈련과 철저한 교육을 받은 장교]라는 존재는 당연하였다. 제국은 그것을 잃고서 처음으로 진가를 이해했다.

본국의 태반은 지금 환상의 세계에 있을지도 모른다. 제
국군을 [전쟁 전과 다름없이 강인한 조직]이라고 믿는 구석
마저 있다.

제국 본국의 의향은 동부의 진창에 뛰어드는 것을 바라고
있었다. 그러니까 제국군은 이득이 없는 대지에 장병을 마
구잡이로 뿌려서 비료로 만들었다.

군용차 뒷좌석에 앉아 주위를 둘러보면 웅대한 대자연.
관광이나 행락이라면 경치가 자아내는 위대함을 있는 그대
로 즐기는 것도 나쁘지 않다. 자연으로의 회귀를 과도하게
지지하는 것은 아니지만, 이건 이거대로 나쁘지 않다고 생
각하게 된다.

하지만 뒤집어보면 [단순히 미개발인 공간]이라는 증거일
뿐이다. 제국에서 봤을 여기는 고향 땅과 거리가 멀다.

익숙한 고향은 머나먼 저편, 여기는 변경보다 더 먼 곳.

"……이보다 더 쓸데없는 전선도 따로 없겠군."

마음속의 말이 제투아 중장의 입에서 흘러 나왔다.

"뭔가가, 아니야."

그것이 무엇인지 말로 형용할 수 없다는 사실에 짜증을
느낀 지도 오래됐다.

현재 제국군의 작전 목적은 전쟁 경제를 지탱하기 위한
자원지대 확보에 있다. 이것은 이해하지 못할 것도 아니다.
무엇보다도 자원지대는 매력적인 트로피겠지. 안드로메다

작전이 성공하면 틀림없이 제국의 물질적 상황은 개선된다. 성공하면 실로 알기 쉬운 승리다.

위기감이 떠돌기 시작하는 후방의 전의에도 좋은 영향을 미치겠지. 다만 [후방에서 보면] 이상적이라는 한 구절을 덧붙여야만 하지만.

공세를 통한 승리와 점령지 확대는 현장에 있어 악몽에 가깝다. 최전선에 몸을 두면 얼마나 무의미한 짓을 하는 건지 모르는 인간이 이상하다.

지성을 똑바로 굴릴 필요도 없다. 너무나도 일목요연하다.

너무나도 광대한 진창, 정말이지 멋진 검은 흙이겠지. 하지만 결실을 거둘 수 없다면 정말 무의미할 따름이다.

"자치평의회의 농업 생산고를 늘릴 수 있다면 어쩌면 다소의 개선을 기대할 수 있지. ……문제는 비료인가. 화약 제조를 멈출 수도 없어. 배분이 어렵겠어."

그런 식으로 배분을 저울질하며 생각하기 시작했던 제투아 중장은 쓴웃음을 지었다.

그건 지금 내가 할 일이 아니다.

행운인지 불행인지, 지금 나는 최전선에 몸을 둔 뿌리 없는 풀이다.

"음?"

갑작스럽게 차체를 흔드는 진동과 무전에 넘쳐나는 긴박감 가득한 외침.

"적의 모습 확인! 1시 방향…… 적 전차입니다!"

적과 접촉. 그것도 회피가 어려운 적 장갑전력과. 속도가 빠른 적은 항상 진심으로 짜증 나기 그지없다.

불의의 조우전도 각오하였지만, 가능하면 피할 수 있기를 빌고 싶어지는 종류다. 시점을 바꾸면 제일 귀찮은 상대와 소모 없는 상태로 격돌할 수 있다는 소리이기도 하다──적진을 우회하고 솔딤528진지까지 간 뒤에 할 수 있으면 베스트였는데.

"응전 준비! 대전차포를 경계하면서 해치워라!"

무전 너머로 울리는 것은 크람 사단장의 용맹스러운 격려. 제투아 중장은 정신을 차리고 적정을 응시했다. 적 전차 집단이다.

어떻게 하려나 싶어서 크람 사단장의 차량으로 눈을 주니…… 물러날 생각은 없는 모양이다.

하지만 역시나라고 할까. 지휘관차가 최선두일 수는 없겠지. 전차소대가 앞으로 튀어나가서 적 전차와 맞서 싸우기 위해 연대를 지킨 복잡한 기동을 그리기 시작했다.

크람 사단장의 전차도 포격거리에 몸을 두고 주포가 울부짖기 시작했다. 자, 적 전차를 어떤 식으로……라는 마음으로 실전을 볼 기회를 다행으로 여기며 제투아 중장은 쌍안경을 고쳐들고 메모장을 펼쳤을 때 예기치 않은 통신을 받았다.

"각하, 물러나 주십시오."

무전기에서 흘러나오는 사단장의 목소리는 아무래도 곤혹스러울 수밖에 없는 것. 구태여 말하자면 멋대가리 없는 말이었다. 진심으로 이해하기 어려운 부류의 그것이다.

"크람 사단장? 미안하지만, 귀관의 말을 이해할 수 없군."

"예?!"

"왜 나만 따돌리는 건가? 귀관의 전차는 남을 거지?"

다음 순간 무전기가 포효했다.

"각하! 이건 전차입니다! 장갑이 있습니다!"

크람 사단장이 얼굴을 붉히며 외치는 거겠지만…… 그러니까 그게 어쨌단 말인가. 비장갑 차량으로는 너무나도 리스크가 크다는 지적은 분명히 옳다.

옳긴 하지만 전혀 무의미하기도 하다.

"충고 감사하지, 크람 사단장. 하지만 걱정 필요 없네."

"예?"

"호위로 마도사를 빌렸다고 했지? 녀석들이 정리해 줄 거야. 이쪽은 신경 쓰지 말고 전쟁을 하게나."

그 말을 하고 무전기 헤드셋에서 귀를 뗀 제투아 중장을 앞에 두고 그란츠 중위는 입에 거품을 뿜으며 믿기지 않는다는 듯이 매달렸다.

"각하!"

"데그레챠프 중령의 보고서에 따르면 마도사를 실질적으

로 장갑으로 운용한 탱크 데산트의 실례가 있었고, 귀관이
그 실행자라고 들었는데."

"그러니까 그건 장갑이 있는 전차의 이야기입니다!"

크람 사단장도 그렇고 그란츠 중위도 그렇고 같은 소리를
하는 것밖에 재주가 없나. 제투아 중장은 눈썹을 찌푸렸다.

요즘 인간은 장갑에 너무 의존하는 것일지도 모르겠는
데…… 패러다임에 불안을 품을 내용이기도 하다.

"그란츠 중위, 장갑은 중요한 부분이긴 하지만 그건 기술
이다. 궁극적으로 말해서 기술이란 쓰는 것이지, 거기에 휘
둘리는 것이 아니야."

"눈먼 탄 하나라도 오픈톱인 이 군용차는 이야기가 달라
집니다! 장갑은 장식이 아닙니다!"

"그렇겠지."

제투아 중장은 가볍게 고개를 끄덕였다. 그란츠 중위의
의견은 그의 입장에서 나온 의견으로서 지극히 지당하다.

전차를 지원하는 것과 단순한 이동용 군용차를 호위하는
것은 난이도가 다르다는 이야기는 옳다. 난처하게도 제투아
중장의 입장으로서는 결코 긍정할 수 없지만.

"그래서? 적이 쏘는 대로 나는 장갑 뒤에 숨어서 틀어박
히라고? 절대로 불가능한 이야기로군, 중위."

믿기지 않는다는 듯이 표정을 굳힌 젊은 중위의 마음속에
는 이쪽의 무모함에 대한 경멸까지 섞였을까.

정말로 무모하다.

전차전에 단순한 차로 동반하다니 먹잇감이나 마찬가지 겠지. 주위에 이만저만 민폐가 아니란 점에 대해서는 진심으로 사죄한다. 하지만 필요하다.

군무에서 필요하다는 말은…… 그것만으로 모든 것을 정당화할 만하다.

"중위. 레르겐 전투단의 구원은 내가 밀어붙인 걸세. 발안자가 물러나면 구원 가능성에 적신호라고 간주될 수 있어. 그런 구실을 제공하면 구원도 지체되지."

"외람된 말입니다만, 이건 군의 정식 군사행동입니다!"

"솔직한 대답이군."

그걸 믿는다면 말이지만.

그란츠 중위를 개인적으로 잘 아는 건 아니지만, 저 데그레챠프 중령 밑에서 단련된 장교라고 제투아 중장은 알고 있다. 야전에 익숙한 장교로 보기에 충분하고, 그러한 인간은 겉치레와 현실의 괴리 정도야 잘 알겠지.

"여기서 제안자가 도망치면 어떻게 될지 모른다고 주장할 셈인가? 당연히 움직임은 둔해지지. 예봉이 아니면 포위를 풀기 어려워."

"그건…… 대피! 대피!"

한순간 고개를 끄덕이려던 그란츠 중위는 갑자기 안색을 바꾸고 외쳤다. 동시에 앞좌석의 운전사가 안색을 바꾸며

핸들을 꺾기 시작하고, 제투아 중장도 늦게나마 이변을 깨달았다.

"정말 나이는 먹기 싫군. 눈이 마음을 못 따라가."

적과 만나면 바로 싸운다는 마음가짐을 가졌는데 문제의 시력이 떨어지면 죽도 밥도 안 된다. 자조하면서 그란츠 중위의 시선을 따라가니…… 그 앞에는 이쪽에 주포를 들이대는 적 전차인 듯한 실루엣.

적을 앞에 두고 의논이라니 정말이지 후방 세월이 너무 길었던 모양이다. 이거 꽤나 평화에 절어 있었군.

"마도사, 대포탄 방어! 방어외피로는 차가 날아간다! 받아내지 마라, 방어막으로 흘려!"

그란츠 중위가 절규하고, 동승했던 마도사들이 보주를 움켜쥐었다. 거의 동시에 울리는 듯한 소리가 작렬했다. 적 전차의 주포였다.

"……큭?!"

현대 과학, 현대 마도의 조합이야말로 기적을 일으켰다고 해야 할까. 아니면 이럴 때만큼은 주님의 가호가 넘쳤다고 해야 할까. 적탄이 분명히 이쪽으로 날아왔을 텐데, 아슬아슬하게 탄도가 어긋나서 기분 나쁜 소리를 뿌리면서 후방으로 날아갔다.

이 거리에서 수평 사격을 받아 흘리는 그들의 기량은 정말이지 경탄할 수밖에 없다.

……데그레챠프 중령은 훌륭한 이들을 보내 주었다. 정말 이지, 이건 본인이 '보내주고 싶지 않다'고 실컷 끙끙댈 만 하다. 빼앗긴 것을 원망할지도 모르겠다.

"훌륭하군, 중위!"

"칭찬, 영광입니다만, 제발 후퇴를! 적 전차가!"

"적이 있는 건 잘 아네. 하지만 그건 본관이 알 바가 아니 야, 그란츠 중위. 어느 쪽이냐면 귀관들이 어떻게든 할 일이 겠지."

"하지만 저건 적의 신형입니다!"

"그러니까 그걸 봐야 할 필요가 있는 건데. 사열 아닌가? 눈에는 눈을, 전차에는 전차를……."

하려던 말이 끊어지고, 꺼내 든 메모장을 떨어뜨렸다. 제 투아 중장은 눈앞의 광경에 눈을 치떴다.

이동하고 있음에도 불구하고 우군 전차가 사납게 적 전차 에 덤벼들었다. 이동 사격이면서도 주포를 정확하게 명중시 킨 전차병의 수완은 훌륭했다.

다만, 딱 하나 문제가 있다.

"……튕겨났어? 믿을 수 없군."

연방군의 전차에 대한 우군 전차포는 포전 거리이면서도 유효사가 되지 않았다. 맞아도 맞아도 적 전차는 건재했다.

적 전차의 캐터필러를 잘만 망가뜨리면 요리할 수 있다. 적 전차는 장갑을 자랑하지만 주저앉으면 끝장, 집중사를 갈겨서 불을 뿜게 할 수 있다. 하지만 그건 움직일 수 없는 적에게 화력을 집중하여 간신히 얻은 전과에 불과하다.

……적의 장갑을 앞에 두고 우군의 포는 거의 무력한 거나 마찬가지다.

보고서로는 읽었다. 하지만 읽는 것과 보는 것은 충격의 차원이 다르다.

틀림없이 우군 전차의 주포탄이 직격했을 터인 적 차량조차도 태연히 전투를 계속하는 것은 다소 납득하기 어려운 광경이다. ……머리로는 이해해도 멍해질 수밖에 없는 공간이다.

"그란츠 중위, 저게 문제의 신형인가. 마주칠 기회가 얼마나 되는지 느낌으로라도 좋으니까 말해 주겠나."

"우글댑니다. 질리도록 부쉈는데도 이 정도입니다."

태연하게 말하는 그란츠 중위의 표정에는 질렸다는 느낌도 있지만, 익숙하다는 빛도 섞여 있었다.

"……머리로는 알고 있어도 감각의 차이를 이제야 깨닫게 되는군."

50~70mm 정도의 전차포는 위력이 과도하고 기동력이 떨어지기에 37mm가 추천된 것은 몇 년 전이다.

지금은 어떤가?

진심으로 80mm, 100mm 이상의 포를 대전차포로 표준 운용하는 것을 검토하는 꼴이 되다니!

"전차의 공룡급 진화라고 해야 하나."

보병과 기병, 그리고 포병에 가까스로 소수의 마도사가 실용화됐을까 싶은 무렵. 제투아 중장이 제투아 중위일 때에 배웠던 전쟁이란 더욱 신비와 명예로 가득한 것이었다.

"지금은 어떤가."

통계적 전쟁이란 극한까지 인간을 호환 가능한 부품으로써서 치밀하고 유기적인 폭력장치인 전쟁기계를 움직이는 것이다.

눈앞에서 믿기 어려운 공룡 같은 적 전차가 포효하고, 이쪽의 보병과 전차가 연대를 갖추어 맞서는 모습은 개전 전이라면 SF소설의 허구라고 웃어넘길 광경에 불과하다.

"새로운 적입니다! 연방군 전차부대가!"

"연방군의 예비대인가?!"

"11시 방향에서도 옵니다! 적 전차!"

무전 너머에서도 제투아 중장의 귀에 들어오는 전국은 심상치 않다. 눈앞에서 가까스로 적 전차를 우군이 요리하고 있지만, 적의 단단함에 꽤 고생하고 있다. 격파 속도는 느릿느릿. 신속한 격멸은 기대할 수도 없다.

이래선 돌파도 꿈 속의 꿈.

기동전으로 몰아가려고 해도 이쪽의 충격력이 너무 둔하다. 우회할 수밖에 없는데, 적 기갑전력을 앞에 둔 우회는 연락선을 끊어달라고 하는 꼴이다.

아메바처럼 진군하려고 해도 늑대에게 뒤를 쫓기면서는 할 수 없다. 애초부터 힘들다는 걸 알지만 다리는 분명히 있었다. 하지만 제투아 중장이 알던 다리보다도 시들었고, 앞을 가로막는 적은 소름 끼칠 만큼 강력하다.

그래, B집단의 참모진이 주저하는 것은 이것들을 피부로 느꼈기 때문이라면 일리가 있다. 난처하게도 일리에 불과하지만.

[약체화]해서 이 정도인 적.

우리 군은 앞으로 얼마나 대치할 수 있을까?

"……제길, 모래시계의 모래가 부족하군. 어떻게 하면 보탤 수 있을까."

차 안에서의 독백은 평소의 습관이 아니라면 알아들을 수 없는 절규였겠지. 지기 싫다는 정신론도 쓰기 나름이다. 소금이 한 줌 부족한 거라면 어떻게 얼버무릴 수 있지만……소금밖에 없으면 먹을 수 있는 것이 없다.

바꿔 말하자면 상황은 힘들다.

"……상상 이상으로 유연하다. 축적된 데이터가 도움이 안 되는 건 실로 힘들군."

어쩔 수 없지만, 그렇기에 전쟁은 좋아할 수 없다. 후방의 정세는 이상하리만큼 전쟁을 좋아하는 건지 감각을 따라갈 수 없다.

한스 폰 제투아 참모본부 전무참모차장이라는 직분에서

보면 얄궂게도, 후방에 대해 생각하면 생각할수록 우울해진다. 전선의 분위기에 물들고 제도에 돌아갔을 때에 제정신을 지킬 수 있으리란 확신을 품을 수 없을 정도다.

"후속입니다! 우군의 후속이 이쪽으로!"

살았다고 누군가가 외쳤다.

적의 증원에 대항하는 형태로 우군의 기계화 보병전력이 때맞춰 와준 것은 다행이다. 축차투입과 별 차이가 없지만, 증강된 부대로 붙을 수 있다면 승산을 아슬아슬하게 지킬 수 있다.

"강하전투다! 빨랑빨랑 움직여!"

"대전차 지휘관, 대전차 전투다!"

사관, 하사관의 호령이 범람하고 차량에서 뛰어내린 보병이 급속하게 전투에 참가하기 시작했다. 상황은 개선되고 있었다. 적어도 제국측 전력은 증강됐다.

대신 진격 속도를 상실했지만.

"각하, 제발!"

애원하는 목소리를 앞에 두고, 제투아는 '억지로 죽을 생각은 없네.'라며 웃었다. 아무래도 제투아가 버티고 있는다고 어떻게 되는 차원이 아니다.

보병이 섞인 전투라면 진지의 진두에 서는 게 도리다.

"이거야 원, 나도 말귀가 꽉 막힌 건 아니야. 그럼 크람 사단장을 따라갈까."

영차 소리를 내며 군용차에서 뛰어내린 제투아는 그만 발을 헛디뎌서 넘어질 뻔했다. 참모본부의 의자를 엉덩이로 닦는 일만 오래 해서 야전사관으로서의 체력이 심각하게 떨어진 것에 충격을 받았다.

예전이었으면 보병부대의 진두에 서서 돌격할 수도 있었다. 백병전도 할 수 있었다. 중령 정도까지의 시절이라면 아직 할 수 있었다. 하지만 지금은 마음이 어쨌든지 숨을 제대로 쉴 수 없다고 깨닫는 게 괴로웠다.

"정말이지 이럴 때만큼 젊음이 부러워."

총을 손에 들고 투덜대면서 제투아 중장은 옛 실력이 남아 있다는 듯이 보병전투의 기본대로 우군이 포진했을 지대를 주욱 둘러본 뒤 [지휘관]으로서의 감각은 아직 시들지 않았다는 사실에 안도했다. 강하전투를 위해 전개하는 크람 사단장의 의도도 이해할 수 없어졌다면, 사관으로서 과거의 유물이 될 판이었다.

다행히 우군 진지에 서면 그들이 뭘 하고 싶은 건지 대략 알겠다. 그래도 때때로 눈이 번쩍 떠지는 게 있다.

그 일례가 바로 옆에 한데 뭉쳐 있는 대전차포 진지겠지.

"호오, 신기한 운용이군."

"각하?"

"그란츠 중위, 대전차포는……."

적절, 직접적으로 각 보병부대가 보유하여서 긴밀하게 원호해야 하지 않나? 라고 말하지 않은 게 다행이었다. 의문을 느낀 제투아 중장의 눈앞에서 다가오는 적 전차에 대한 대응이 답을 제시해 주었다.

"보병부대, 적 보병을 접근시키지 마라! 모든 포문은 돌출한 연방 전차를 사냥한다!!"

젊은 지휘관이 대전차포의 일제사격을 호령하고 십여 문의 대전차포가 일제히 한 대를 노렸다. 한정적인 화력우세의 확보, 혹은 단순히 중포급의 구경을 늘어세우면 원거리에서도 적 전차조차 격파할 수 있는 광경이다.

"대전차포의 집중운용, 지휘관에게 권한 위양. ……과연, 적 전차와 무식하게 일대일로 붙을 이유도 없으니까, 저게 옳겠군."

……그러기라도 하지 않으면 대전차 전투조차 여의치 않다는 증거이기도 하지만. 예전이라면 마도사가 아니라 보병의 육박전으로도 전차를 격파할 수 있다고 가르쳤는데, 이래서는 곤란하겠지.

그러니까 제투아 중장으로서는 감탄하면서 현장의 해설 담당에게 의견을 구했다.

"그란츠 중위, 저 대전차포 운용법은 동부의 표준인가?"

"저희 전투단에서는 그 정도는 아닙니다. 실제로 마도 전력의 충실 때문에 필요성이 떨어져서 대전차포 운용은 경차량을 상대하고, 보병을 지원하는 게 메인입니다. 하지만 마도전력이나 기갑전력으로 적 장갑전력을 무력화할 수 없고 화력이 부족한 부대에서는 임시방편으로서 집중사격을 통해 활로를 찾고 있습니다."

"궁여지책인가. 하지만 효과적이야."

필요는 발명의 어머니. 기술도, 운용도 필요하기에 태어난다. 생존이 달린 전장이라면 이것저것 개의치 않는 창의적 노력이 가속도적으로 생겨날 수 있겠지.

현장이란 놀라움으로 가득하다. 감탄하듯이 고개를 끄덕인 순간, 옆에서 솟구친 환성이 귀를 때렸다.

"……항공마도사다!" "와 주었나!" "최고의 타이밍이야!" "신호탄 준비! 쏴라!" "마도사들아, 이쪽이야!"

쾌재를 외치는 병사들의 환성을 따라서 하늘을 올려다보니 편대가 셋. 항공마도대대의 돌입일까. ……B집단이 제대로 움직인다는 증거다.

항공함대가 지원해 준다는 것은 적어도 크람 사단 혼자 고립된 군사행동이 아니라는 뜻이다.

"일단 안도할 수 있군. 동부 부대도 움직여 줄까."

무심코 흘린 한마디가 본심이었다. 정신을 차린 제투아 중장은 마음속으로 쓴웃음을 지었다.

'……이거야 원. 실전에서 아군에게 불안을 느끼는 날이 오다니.'란 소리를 아무래도 할 수 없었다. 거짓 없는 본심이란 그렇기에 삼켜야만 한다.

갈등을 얼버무리듯이 다시금 상공으로 시선을 돌린 제투아 중장은 나타나준 아군 항공마도부대를 축복했다.

"참나, 항공마도부대의 등장은 참 좋군. 그들의 도움을 받고 보니 정말 더없이 기뻐."

우군이란 신호를 보내는 건 아니겠지만, 피아식별용 신호탄에 응하여 롤 기동을 취하는 모습은 밉살스러울 만큼 멋지다. 항공마도분야에 관해서 제투아 중장은 자기가 중도참가조인 문외한이란 사실을 자각했다.

선입관, 편견, 또한 오해도 피하기 어렵다.

실제로…… 동부의 항공마도사가 잘 싸운다는 사실에 참신한 놀라움을 느끼는 것도 선입관 중 하나겠지. 제203항공마도대대 선발시의 광학계 기만식이란 것에 속았던 많은 동부군 소속자의 모습이 너무 인상적이었을지도 모른다.

아니, 그때 제투아 중장은 마음속의 평가를 보류하기로 했다. 몇 년이나 전쟁을 하고 있다. 살아남으면 원하지 않더라도 최소한은 몸에 익겠지.

"비싼 수업료군. 경험이란 교사는 수업료를 조금 더 깎아줘도 좋을 텐데."

탐욕스럽긴 해도 월등히 우수한 교사라는 것도 사실이다. 교육효과가 몹시 뛰어나다는 점은 아무도 부정할 수 없다. 이 자리에 있을 수 있었던 것은 역시 뜻밖의 행운이었다. 이 기회에 얻어야 할 지식, 교훈을 현장에서 얻는 것이 좋다.

물론…… 제투아는 항공마도 분야의 비전문가다. 목격했다고 해도 이해할 지식이 부족한 건 부정할 수 없지만, 다행히 이번에는 경험 이외의 교사가 곁에 있다.

이 기회에 사양 없는 의견을 들어봐야겠다 싶어서 제투아 중장은 해설을 요구했다.

"그란츠 중위, 어떻게 보나?"

"예?"

제투아 중장은 눈앞의 광경을 가리키면서 하던 말을 계속했다.

"전문가가 본 의견을 듣고 싶네."

"무슨 말을 듣고 싶으십니까. 뭐든지 물어보십시오."

옆에 있는 젊은 마도중위의 고지식한 대답. 제투아 중장이 사열한다고 해도 공식적으로는 문제 하나 없겠지. 하지만 최전선에서는 위화감이 있는 태도다.

전선에 있으면서 그는 왜 이렇게 태연할까?

"그들의 실력에 대해 기탄없이 말해 주게."

"항공마도부대의 전투기량 평가입니까. 데그레챠프 중령님이 계셨으면 좋았겠습니다만, 저는 전투기량 교도 자격을 갖고 있지 않습니다."

겸손한 거야 좋지만, 그건 후방의 감각일 텐데.

"딱히 공식시험도 아니야. 뭣하면 마구 욕을 하고 폭언을 해도, 절찬을 해도 좋아. 중계를 하더라도 좋고."

"각하? 저기, 말씀하신 중계란 건?"

"라디오의 중계방송 못 들어봤나? 으음, 실전을 관전하려고 해도 해설자가 필요한데."

"……그런 건 생각도 못했습니다."

성실한 젊은이는 아무래도 딱딱하다. 전쟁이란 엿 같은 일에 대해 너무 진지하게 맞서고 있다.

전쟁이란 마물이다.

장교조차도 [전쟁]이란 부분에만 맞서야 하고, [전쟁의 의미]란 것과 맞서면 마음을 잡아먹힐지도 모른다. 놀 줄을 모르는 장교는 마음이 딱딱하다. 딱딱한 마음은 약한 마음이다. 단단하지 않으면 마음을 지킬 수 없다고 말한다면, 그건 정말로 심각하다.

"성실한 게 나쁘다고는 안 하겠는데, 중위. 사고방식에 다소 주의하게나."

"사, 사고방식 말입니까?"

"괜한 생각이 너무 많은 거겠지. 내가 보기론 귀관이란 장교는 너무나도 성실해. 전장이란 뭐든지 부수지 않나? 그럼에도 불구하고 제정신을 지키고 있군. 그렇다면 생각은 후방에 물러난 뒤에 하게나."

포탄, 포성, 비명, 그리고 코를 찌르는 냄새. 이런 가운데에서 문답이라니, 인류사상 얼마나 있었을까. 제투아 중장은 다소 재미를 찾아냈다.

진지 앞에서 우군 전차와 대전차포들이 적 전차**와 격돌하**는 전장에서 참 느긋한 소리라는 생각에 제투아 중장은 가볍게 쓴웃음을 지으면서 말을 이었다.

"고민은 사치이기도 하지. 고민에 시간을 쓸 수 있으니까. 바꿔 말하자면 고민할 여유가 없는 때에 고민하는 건 그만두게. 생각이 너무 많은 것도 마찬가지겠지."

늦어지기 전까지는 일부러 그 길을 가야 할 이유도 없다. 제투아 중장은 환경이란 요소를 떠올리고 살짝 쓴웃음을 지었다. 잊어선 안 되지만, 그는 바로 그 [데그레챠프] 중령의 부대에 소속됐다.

아무튼 상관이 그 인간이다. 하급장교에게 요구하는 수준이 믿을 수 없을 만큼 높은 인간인 이상 무엇 하나도 생각하지 말라는 것도 꽤나 어려운 요구일지도 모른다.

"녀석의 옆에 있는 건 꽤 어려울지도 모르지. ……뭐, 노인의 혼잣말이네. 잊어버려도 괜찮아."

제투아 중장은 마음을 다잡고 쌍안경을 가볍게 흔들어 전투를 계속하는 우군 항공마도부대를 가리켰다. 이야기가 엇나갔지만, 모처럼이니 본직의 강평을 들어보고 싶다.

"본론으로 돌아갈까, 중위. 우군 항공마도부대는 어떤가?"

"숙련도만큼은 그럭저럭입니다. 대지공격 패턴도 나쁘지 않습니다."

이 사이에 뭔가가 낀 듯한 말. 욕하는 건 아니지만, 평가라기보다는 보류가 강한 말이다. 솔직하게 말하자면 뉘앙스가 완전 부정에 가깝다.

"칭찬은 아닌데 그 이유는?"

"전술이 너무 굳어 있다……라고 평하면 과언일지도 모릅니다. 하지만 한정된 동작에만 좁혀서 훈련된 듯한 흔적이 엿보입니다."

"근거는 있나?"

그란츠 중위가 잠시 생각하기 위해 입을 다물었다.

"……저라면 다른 식으로 접근할 국면에서 몇 번이나 비슷한 패턴의 움직임이 있었기에 그렇게 판단했습니다."

"상황에 맞추어 자유자재로 바꾸며 최적의 수법을 채용하는 게 아니라, [한정된 패턴] 속에서 방법을 찾아서 채용한다?"

그란츠 중위는 단언하며 끄덕였다.

"예, 움직임이 다소 어색하고 전체적으로 동작에 돌발성이 부족합니다. 아마도 그것만 주입한 속성교육의 폐해겠지요."

서방항공전과 같나. 어딘가 여유가 없다. 그러니까 아무튼 시일에 급하게 맞추는 형태로 숫자만 채우고 싶어 한다.

결과적으로 미숙성한 인간을 어떻게든 써먹는 방법이 발전한다……는 것은 이상론이다. 실제로는 전쟁 이전의 항공마도중대와 오늘의 항공마도중대의 능력이 너무나도 다르다. 오로지 교육시간의 문제가 너무나도 크다.

임무는 다양한데 숙련도를 채운 장병이 군에서 바닥을 드러낸 지 오래다. 인원 부족 탓에 단기속성교육으로 숫자만 채우는 작태가 이 문제를 더욱 복잡하게 만든다.

작전입안자로서 알고 있던 제국군의 능력과 현존 제국군의 능력에는 이미 메우는 게 불가능에 가까울 정도의 괴리가 생겼다. 이 문제는 손 댈 수 없을 만큼 심각해졌다. 두통거리가 될 수 있는 리스크를 품었을 정도로.

"……괜찮다면 좀 물어보고 싶은데. 중위, 제203항공마도대대가 저 우군과 모의전을 벌이면 어떻게 될까?"

"같은 숫자로 싸울 것도 없습니다. 절반에서 3분의 1이면 낙승입니다."

즉답하는 그란츠 중위의 말은 자신감이 너무 넘친다고 웃어넘길 만했다. ──본래라면 말이다. 하지만 전장에 몸을 두고 그들의 호위를 받아 보면 그 말이 그대로의 진실이라고 이해하게 된다.

"그것참 대단하군."

제투아 중장은 진심으로 감탄하였다. 수중의 말이 얼마나 우수한지 머리로는 이해했는데…… 직접 보니 차원이 달라서 감개 깊다.

"그럼 반대로 저 우군이 연방군 마도부대와 교전하면 어떻지?"

"나쁜 싸움은 안 될 겁니다. 같은 숫자라면 호각 내지 호각 이상으로 싸울 수 있겠죠. 일단 뒤처질 불안은 없습니다."

"……호각 내지 호각 이상? 틀림없나?"

곤혹스러움과 불안이 입에서 튀어나왔다. 제국군 항공마도부대가 연방군의 그것과 팽팽한 실력이라니 정말 엄청난 소리였다.

"예, 여태까지 교전한 연방군의 수준에서 판단하면 괜찮을 겁니다. 소문으로 나도는 연방군의 친위마도부대 정도가 아니라면 일방적으로 몰릴 불안은 없습니다. 안심하십시오."

그렇게 장담하는 그는 오해하고 있다.

연방군 마도부대와의 기량차를 걱정하다니, 너무나도 본질에서 벗어났다.

문제는 단순하다. 수적 열세에 있는 제국군이 가까스로 자랑했을 터인 질적 우위의 동요에 있다. 호각이라면 무엇보다도 확실한 흉조다. 킬 레이시오가 1 대 1이라니, 제국의 인적, 국력 기반으로서 도저히 간과할 수 없는 숫자다. 이런 숫자로는 제국군이 죄다 증발한 뒤에도 우세인 연방군 부대가 남는다는 뜻이다.

"해설 고맙군, 중위. 많이 배웠네."

표정, 감정을 지우고 예의 바르면서도 공허한 감사의 말을 하면서 제투아 중장은 쌍안경을 들여다보았다. 항공마도

해설 【킬 레이시오(Kill ratio)】
피아의 소모비율(kill rate)을 말합니다. 이쪽이 한 명 죽는 동안 상대를 몇 명 죽일 수 있느냐 하는 뜻.

부대가 펼치는 대지습격은 개전 전에 상정됐던 항공마도부대의 운용과는 차원이 다르게 세련된 듯하면서도 동부의 실전 경험자가 보기엔 [속성]이라고 한다.

세대에 뒤처진 늙은이가 된 것이다. 진보에 따라갈 수나 있을지 심히 의심스럽다고 마음속으로 강하게 자조할 수밖에 없다.

"어라, 아무튼 정리된 모양이군."

일부러 담담한 어조로 제투아 중장은 말을 이었다.

"대전차 진지, 항공마도전술, 그리고 장갑차량군의 집중 투입. 적어도 구멍은 낼 수 있군."

이거라면 적을 돌파하고 포위기동을 노릴 수도 있겠다며 견적을 늘어놓은 순간 그 계산은 무너졌다.

"제투아 중장 각하! 크람 사단장에게서입니다!"

"이리 주게."

"제투아 중장 각하, 항공함대에서의 흉보입니다. 연방군 부대가 이쪽에 반응하여 진지 변경 중이라고."

"오오, 손님들인가."

"각하!"

제투아는 쓴웃음을 지었다.

참모본부에서 의자나 닦던 자신은 오래간만의 외근에 너무 들뜬 걸지도 모른다. 전선은 복잡하지만 심플하기도 하다. 최고통수회의의 분위기보다는 훨씬 바람직하다.

"크람 사단장, 귀관은 위기라고 하는데…… 이건 뒤집어 보면 기회인데? 들뜰 생각은 없지만, 고양감은 부정할 수 없군."

"기회라고 하시면?"

"진지에 틀어박힌 적병이 줄줄이 튀어나오는 것 아닌가. 그거라면 라인 전선의 바다 너머까지 걷어찬 적이 있지."

"하하하핫, 하지만 그것도 꽤나 위태로운 전진이었습니다. 지금은 그 이상으로 위태롭습니다."

"상황은 해석하기에 달렸겠지. 우리의 측면은 분명히 리스크가 있지만…… 이쪽의 공세에 레르겐 전투단이 호응하여 적을 협격한다면 이야기도 다르지."

"포위가 성립했다고 말씀하시는 겁니까?"

"아직이야."

짜증을 살짝 섞으면서 제투아 중장은 말을 보탰다.

"우리는 포위의 가능성을 붙잡은 것에 지나지 않아. 시간과 함께 그 가능성이 손에서 흘러내리지. ……그러니까 잔재주가 좀 필요해."

"자, 잔재주입니까?"

"왜 그러지, 그란츠 중위?"

"아뇨, 시, 실례했습니다."

"이 상황에서 잔재주를 부린다면……라는 소린가? 자네가 걱정하는 바로 그거겠지만, 이대로 가다간 레르겐 전투단의 분전과 인내가 단순한 전술적 헛고생으로 끝날지도 모르지."

"뭘 하시려는 것인지 알려 주신다면 감사하겠습니다만?"

질문이 아니라 확인이겠지. 크람 사단장의 굳은 표정을 보면 각오를 굳힌 게 명백했다.

고로 경의와 함께 말했다.

"미끼일세, 크람 사단장."

"알겠습니다, 각하. 하지만 하나만 말하게 해 주십시오."

"뭔가?"

고생하는 인간이 올리는 의견을 거부할 만큼 제투아 중장은 오만하지도 불손하지도 않다.

"협격책을 레르겐 대령과 미리 준비하신 거라면…… 사전계획으로서 저희에게도 귀띔해 주시는 게 좋지 않을까 합니다."

"안 했네."

""" "예?"" "

주위 인간이 일제히 자기를 응시하고 물음표를 띄우는 것에 제투아 중장은 쓴웃음을 지었다.

"이상한가? 레르겐 전투단과는 딱히 사전계획 같은 걸 짜지 않았네."

"하, 하지만, 협격을……."

"협격이라는 명령은 하지 않았지. 참모본부는 신을 대신하여 조국을 지키는 것이 직분이지만, 아무리 그래도 이 사태를 사전에 예측하여 명령을 내릴 수 있을까. 하지만 다행히 그걸 지휘하는 것도 참모장교다. 최악의 경우라도 최소한으로 필요한 반응은 하리라고 믿을 뿐이야."

"믿으신단 말씀입니까."

그렇게 되묻는 사단장에게 제투아 중장은 밝게 웃으며 말했다. 당연하다, 라고.

"거듭하는 말이지만, 구태여 하도록 하지. 다름 아닌 참모장교다."

공통의 패러다임을 주입받았다. 하물며 녀석은 군 대학에서 12기사로 선발된 부류다.

"뭐, 그러니까 필연이겠지."

"아, 아까 전문은?"

"심리적 위장, 중압, 그리고 통보. 전보 한 통으로 적과 아군을 가지고 놀 수 있다면 실로 단순하다고 생각하지 않나?"

괜한 말이 필요 없는 사관이란 즉각적인 결단, 즉응, 그리고 필요한 행동으로의 이행에 주저가 없다. 데그레챠프 중령이란 분명히 망가진 존재일지도 모르지만, 그래도 사관으로서는 망가지지 않았다.

그것은 조국을 위한 축복일 만큼 유능하다.

"자, 제군. 나는 요청하지. 적을 끌어들이도록. 최대한 성대하게."

그러니까 힘든 일이지만 믿자. 우리가 여기로 적을 끌어들이면 협력이 성립된다고. 전술이라고 말하기 어려운 폭론이지만, 정공법을 취할 수 없는 이상 어쩔 수 없다.

무모하다는 것은 다 알면서도 한 번 더 밀어붙인다.

"그럼 각하. 요청에 대해 공식으로 답변하겠습니다. [우리는 요격한다], 반복합니다, [우리는 요격한다], 이상입니다."

간결한 상황 보고, 명료한 보고야야말로 이상적인 모습.

그럼에도 불구하고 명령계통상의 모호함을 지키는 문장은 정말 대단하다. 제투아 중장의 입장과 상황을 가미하면 예술적인 에센스겠지.

그도 각오하였단 뜻이겠지.

"좋군, 실로 좋아. [무운을 빈다], 이상이다."

"옙! 그럼 각하. 실로 유감입니다만, 오늘을 기해 원수와 대장이 되어 발할라로 쳐들어갈 각오를 하겠습니다."

"어느 쪽이 먼저일지는 모르지만, 좋구만. 함께하지."

달려가는 그들을 지켜보는 자신의 입가가 풀어진 것을 제투아 중장은 깨달았다. 마음이 느슨해진 것은 아니지만, 밝은 재료가 마음을 가볍게 해 주었겠지.

"……의외로 나이를 먹어서 감상적이 됐나."

과제는 산더미만큼 있다.

하지만 산을 허물 수는 있었다.

파 들어가는 것도 꿈은 아니다.

활로, 그대는 어디에 있는가?

"자, 나도 지고 있을 수 없지. 한 번 더 힘을 써야지."

총을 손에 들고 보병에 섞여서 방어전에 임하려고 제투아 중장이 발을 옮기려던 차에 얼굴에 긴장감을 띤 한 마도중위가 앞길을 막았다.

"각하, 물러나 주십시오, 이 이상은!"

"위험하다고? 말하지 않아도 아네, 그란츠 중위. 자, 여기가 중요하다. 보병전 준비. 나도 총 정도는 쏠 수 있네."

"그만두십시오, 각하!"

앞을 막으면서 전장에서 그를 멀어지게 하려는 그란츠 중위는 좋은 호위겠지. 억지스러운 말에 어울려주고 불평불만 한 마디 없이 몸을 던지는 것에는 감사한다.

하지만 그건 안 된다.

눈앞에서 적이 밀려드는 때에 자기만 물러날 수도 없다.

"중위, 여기가 중요하네."

"저희가 정리하겠습니다! 각하, 물러나주십시오. 소관은 데그레챠프 중령에게서 각하의 호위를 명받았습니다!"

"……잔여 사단은 아직인가? 그들에게도 요청하게. 전진하라고."

"각하!"

"총을 맞은 것도 아닌데 어찌 물러날 수 있을까."

그란츠 중위는 계속 말리려고 했지만, 그러던 그가 무심결에 귓가의 헤드셋에 뭐라고 소리쳤다.

"크람 사단장, 부상 후송! 차석지휘관인 슐츠 준장이 지휘권을 계승한다고 합니다. 각하, 더 이상은……."

"들었나? 뒤로 물러나는 역할은 크람 사단장이 맡았군."

그 이상 의논할 것 없이 총을 바로 쥔 제투아 중장은 최전선에 몸을 두었다. 슬프게도 경기관총의 경쾌한 작동음은 띄엄띄엄 났다.

라인 전선에서의 교훈을 살려서 제국군은 포와 기관총을 편애하는 수준으로 사랑하는데…… 그러기 위한 보급망을 유지하는 것이 동부에서는 여의치 않다. 포병용 포탄이야 제조되고 있지만, 최전선까지 닿지 않는 것이다. 경기관총에 이르자면 만성적인 탄창, 탄환 부족이 만연하였다.

인프라가 죽었다는 사실이 무겁게 짓누른 지 오래됐다. 그저 물자가 도착하지 않는 것만으로 군은 비틀거린다. 제국군의 이상인 대규모 포병운용을 통한 적 진지 분쇄는 동부에서 실현이 곤란하고, 보병 화력밀도의 저하는 안 그래도 수적으로 열세인 제국군 보병부대의 전투 조건을 극도로 악화시킨다.

그 결과, 제국군의 고급지휘관은 종종 [적의 연락선]을 노린 간접 어프로치 내지 우회를 전제로 한 기동전에 도박을 걸 수밖에 없어진다.

루델돌프 중장이 남부 자원지대를 표적으로 발동하는 안드로메다 작전이 대규모 기동전으로서 입안된 것도 그것이 근본적인 원인이다. 이제 타임 스케줄 대로 움직이는 기동전 말고는 공세가 성공할 공산이 없다. 철도를 맡은 우거 중령이 우거지상을 하며 내뱉었듯이 제국에게는 [오차]를 허용하는 여유가 사라졌다.

그 모순이 드러나는 것이 동부군 B집단의 탄약 부족. 숙달된 철도 운행 담당자들을 혹사시키면서도 군이 염출할 수 있는 물량은 달랑달랑하다. 제국군의 현황은 그렇게까지 심각하다.

전선에서 그 대가를 경험하면 가타부타 없이 이해할 수 있다.

"슐츠 사단장 대리가 피탄했습니다! 각하!"

"징징 울어도 말이지. 임기응변으로 계속하게 해. 병사들 앞에서 장교가 우는소리를 할 수 있을까. 우리는 지금 시점을 유지할 수밖에 없어."

"연대장급도 이미 다수! 이제 한계입니다! 각하, 후퇴를!"

"그란츠 중위, 우는소리 하지 말게. 이미 작전이 움직였네. 이 상황에서 후퇴라도 해 보게. 전군이 붕괴할지도 몰라. 라인 전선과는 상황이 다르지."

사전계획, 집적된 비축물자, 적절한 철도 운행, 그리고 풍부한 예비전력.

그 모든 것이 동부에는 없다.

한번 시작한 행동을 멈추면, 멈춘 순간 제국군은 와해될 지도 모른다. 괴롭지만 계속할 수밖에 없다.

외줄이라도 건널 수밖에 없다. ──못한다면 죽을 뿐.

……전쟁을 하고 있다. 피하기 어려운 운명이라고 웃을 수밖에 없다.

"고위 장성이 죽는다. 좋군. 뒤의 놈들도 조금은 눈을 뜨 겠지."

하급, 중급장교의 노력과 훈련받은 하사관을 믿으며 장성 이 몸을 던져 밀어붙인다.

이것을 전술이라고 부를 순 없다.

몇 년 전의 자신이라면 [지적 우열함에서 나온 소모전]이 라고 웃어넘길 추태다. 적을 격파하기에 화력이 약간 부족 하다. 부족한 것을 메우기 위해 정신론을 외친다. 정신론으 로 메울 수 없다면 피와 각오로 메울 수밖에 없다.

……정말이지 어리석다.

"끌어들여! 내가 여기 있다고 과시해라! 군기를 들어라!"

"적병이 노릴 겁니다!"

"바로 그게 목적이야! 상관없다, 해!"

일이 여기에 이르면 자신의 역할은 미끼가 한계다.

연방군을 유인하고 공세를 성공시킬 수 있기를 바란다.

……도박에 거는 시점에서 정말 치졸하겠지. 도저히 제대

로 된 작전 레벨의 지성이라고 할 수 없다.

물론…… 죽어도 무의미하지 않다. 본국에 충격을 줄 수도 있겠지.

동부의 극한 정세를 후방에 충격과 함께 전할 수 있다면.

"……생각할 수 있는 내 몸의 활용법. 장병의 시체란 최대한 효율적으로 활용되어야 한다. 흠, 이 전쟁도 갈 데까지 갔나."

하지만 그렇기에 지금은 분전할 수밖에 없다.

"입보다 손을 움직여! 반격하라!"

⟫⟫⟫ 같은 날 솔딤528진지 ⟪⟪⟪

군령, 혹은 상사의 무리한 요구.

어느 쪽이든 동부에서 우군이 솔딤528진지 구원을 위해 행동을 개시한 것을 눈치챈 시점에서 타냐는 우아한 수면 로테이션을 내던졌다. 바쁜 시기의 잔업은 노동협정이 있으면 합법이다. 하물며 제국 군인은 [공무원]이니까 군소리하지 않는다.

명령 하나로 묻고 따지지도 않고 모든 부대를 즉응태세로 전환할 수 있는 것은 노무관리를 맡는 중간관리직에게 이상적인 모습이다. 전쟁만 아니라면 정말 완벽한데, 그건 어쩔 수 없다.

토스판, 외스테만 중위에게는 전선 경계를 엄히 명하고, 메베르트, 알렌스 대위에게는 지휘통제를 위해 사령부에서의 대기를 지시.

수중의 항공마도대대를 자유롭게 쓸 수 있는 상황을 만들고서 타냐는 항공마도부대를 이용한 구원부대와의 합동 돌파를 남몰래 생각했다. 제투아 중장이 확약해 준 구원부대가 움직이는 건 다행이지만, 우군 부대의 출격이 곧바로 자신의 구출 성공을 의미하지 않는다는 사실은 타냐에게 자명했다.

솔직히 말해서 역사를 보면 실패한 구출작전도 많다.

그러니까 귀를 기울이고 뭐 하나 흘려듣지 않으려는 최대한의 노력을 한다. 때를 놓쳐서 전멸이라니 사양이다.

"연방군의 통신 상황에 변화가!"

목청 높이는 통신요원의 목소리에 기다렸다는 듯이 타냐는 고개를 들었다. 사령부에서 계속 기다리던 소식.

자기도 헤드셋에 달라붙어서 귀를 기울였다. 과연, 통신량이 급증한 데다가 평문뿐. 암호화가 불충분한 게 아니라 그럴 여유가 없는 거겠지.

하지만 문제의 통신을 알아들을 수가 없다.

"세레브랴코프 중위, 설명해 주게. 나도 연방어를 배우긴 했는데…… 네이티브 정도는 아니야. 이렇게 사투리 심한 통신 상황을 알아듣기란 너무 어렵군."

대량의 평문이 섞인 무전 상황을 보면 대규모의 정세변화 내지 전투가 발생했을 거라고 추측할 수 있다.

하지만 문제의 [내용]을 모른다. 아니, 알 리가 없다.

허둥대며 방수한 통신이다. 모국어도 아닌 연방공용어 화자의 불규칙한 방수에서 상황을 곧바로 읽어낸다는 건 꼭 타냐가 아니더라도 네이티브가 아닌 한 불가능하다.

헤드셋에 달라붙어서 열심히 귀를 기울이는 부관조차도 얼굴에 살짝 비지땀을 흘렸다. 알아듣기란 이렇게 어렵다.

"중요 목표? ……사령 기능? 죄송합니다, 통신 상황이 혼란한데다가 방수 상황이 안 좋아서 명료하게는."

풀 죽은 부관의 보고는 단편적인 방수 정보에 머물렀다. 하지만 본격적인 방수 설비를 준비한 것도 아니라서 수중의 통신 설비를 유용한 것으로는 최선이었다.

"다만 우군 사령부 소재지가 노출됐을 가능성이."

"노출? ……다키아 공국군도 아니고 제투아 각하가? 오보일 가능성이 농후하겠지. 아니면 기만부대에 연방군이 낚인 것 아닌가?"

"가능성은 부정할 수 없습니다만, 그래도 계속 나오는 말입니다."

타냐는 무심코 부관의 얼굴을 바라보았다. 틀림없냐고 묻자 그녀는 조심스럽긴 해도 흔들림 없이 긍정했다.

"하하하, 하하하하하하하."

타냐는 폭소를 터뜨렸다.

확신마저 품을 수 있는 최고의 순간이다. 바로, 바로 저 제투아 중장이 자기 위치를 일부러 공산주의자들에게 드러냈단 말인가.

"노출이라니, 거참 멋지고 참신한 해석이군!"

경험한 몸으로 단언하는데, 전무 같은 후방 데스크워크의 전문가쯤 되면 정보 보호만이 아니라 의도적인 정보 유출 수단에도 정통하였다. 정보란 흘릴 때도 요령이 필요하다.

"각하를 모르는 인간의 허언이군. 아니, 삼천세계의 정담도 저리 가랄 정도로 명료한 유혹인데…… 이거 오래간만에 전장에서 실컷 웃는군. 좋지 않다는 건 알지만 너무 웃겨!"

인품을 파악한다는 것은 판단할 때 최고의 식별재료라고 할 수 있다!

진짜 이상한 웃음까지 치밀어 오른다. 타냐가 알기로 참모장교는 정말이지 주의 깊다. 야전에 임할 때는 일단 그 못된 성격이 배어나올 만큼 음습하다.

"주, 중령님?"

"비샤. 잘 기억해 둬라."

놀라는 부관에게는 이러한 [훈련된 편집증]을 주의해둬야 겠지. 타냐는 활짝 웃으면서 말을 이었다.

"이럴 때는 사령부 위치가 노출된 게 아니라, 노출해 줬다고 말하는 거다."

말장난이 아니라 주체성의 문제가. 그보다도 현상에 대한 적절한 이해라고 해야 할까.

"하, 하지만…… 그러기엔 너무 리스크가……."

"그렇지. 사령부 위치가 드러나는 것은 본래 리스크가 너무 크다. 다름 아닌 자기 자신이 참수전술을 연방군에게 갖다 바치는 꼴이니까."

"……제투아 각하의 생각을 알 수 없습니다. 너무나도 무익하게 생각됩니다만……."

실전부대에 있던 세레브랴코프 중위니까 나오는 발언이겠지. 그녀도 어느 정도까지 연방군을 이해하기에 걱정할 수 있다.

실제로 연방군은, 연방인은 사령부에 대한 참수전술에 [너무나도] 과민하다. 사령부의 철저한 방어는 정말 굴 안에서 잠든 곰이냐고 비웃고 싶어질 만큼 철저하다.

"귀관은 정상이군."

"예?"

"기회가 있으면 군 대학에서 참모장교가 어떻게 교육받는지 조사해 보는 게 좋아. 말하자면 남들이 싫어하는 짓을 솔선해서 모색하도록 교육받거든?"

기업인 중에서도 드물게 있는 케이스지만, 제국군은 조직적으로 그걸 선발 육성한다. 말하자면 어떤 의미로 신용과 신뢰가 담보된 인적 자본의 집결체란 뜻이다.

……그리고 참모란 생물의 사고양식을 이해하기에 타냐는 행동을 선택하지 않을 수 없었다.

주변의 장교들을 둘러보니 메베르트, 알렌스 같은 대위들조차도 깨닫지 못한 모양이지만, 고관이 이렇게까지 몸을 던지는 건 이례다.

간단히 말해 너무 이례적이라서 수상하다. 즉, 구원을 시도했다는 알리바이 만들기가 아닐까 싶은 심각한 의심을 타냐로서는 버리기 어려웠다. 물론 근본적으로 제투아 중장을 믿는다. 믿기는 하지만…… 조직의 논리란 중장이라는 고급 군인의 확약조차도 때로는 날려버릴지 모른다.

"아무튼 말이지. 뒤집어 생각하는 것이야말로 참모장교의 기본원칙. 이 경우 제투아 각하의 사령부 위치 노출은 거대한 낚시 등불이란 소리다."

"예?"

"자, 조촐한 사회 교과 시간이다, 중위."

"어, 어어, 예?"

교육적 배려로서 타냐는 부하에게 가벼운 투로 말했다.

"연방군 앞에서 제국군의 반격부대가 사령부 위치를 노출했습니다. 앞으로 어떻게 될까요? 자, 어떻게 되리라고 생각하나? 솔직하게 말해 보게."

"아뇨, 그러니까 연방군의 목표가 되어서……."

"정답이다."

해답은 매우 단순하고, 정답률은 틀림없이 100퍼센트다.

애초에…… 사령부 기능이 단절되고 포위되고 전멸한다는 괴로운 경험을 연방군은 숱하게 맛보았다. 적 사령부를 찾아서 복수전을 하고 싶다는 충동이 없다는 말은 헛소리일 것이다.

복수는 꿀맛이라고 한다. 당했으면 갚아 준다. 그것은 통쾌하기 짝이 없겠지. 그렇기에 연방군도 [적 사령부를 부술 수 있다]라는 일에 춤을 추고 있을 게 틀림없다.

어떻게든 [두들긴다]는 말이 뇌리를 점령했다고 추측해도 크게 틀리지 않겠지.

"그럼 문제를 바꿔보지. 적의 유인이…… 의도적인 것이라고 하면 어떻지?"

"완전한 미끼가 될 수 있습니다만, 의도를 알 수 없습니다. 적을 끌어낸다고 해도 그걸 두들길 부대가 없는 걸로 보입니다만."

"세레브랴코프 중위, 귀관은 혹시 유령이라도 됐나?"

멍해 있는 부관의 다리를 가볍게 걷어차서 다리의 유무를 확인하며 타냐는 웃어 주었다. 그녀는 실존한다. 따라서 여기에 있다. 레르겐 전투단이라고 간판을 바꿔 단 샐러맨더 전투단은 여기에 실존한다. ……솔직히 가능하면 혹사하고 싶지 않지만. 나의 전투단은 정예이며 잃기에 아까울 만큼 귀중하니까.

하지만 여유가 없는 동부군 B집단이 희생을 두려워않고 일부러 구할 가치가 있는지는 의문이 남는다. 이러한 상황에서 상사의 자질이나 선악을 초월한 조직의 이해는 타냐로 하여금 잔혹한 결론을 쉽사리 내릴 수 없게 한다. 만에 하나를 생각하면 철없이 계속 구원을 기다리는 것은 용서받을 수 없는 우행이었다.

고로 타냐는 위의 입장과 같은 것을 선택한다. 최선이라면 좋고 최악이라도 자기보전이 가능한 선택지를 택한다.

단순한 이야기다.

"모르겠나? 정말이지 놀랍군. 미끼에 덤벼들려는 얼간이들을 뒤에서 느긋하게 걷어차는 부대라면 분명히 존재한다."

'어디에 말입니까?'라는 소리 없는 말이 사령부에 충만하는 것을 느끼며 타냐는 한숨을 흘렸다. 통신요원이나 하사관이라면 모를까, 사관교육을 받은 전투단 장교들까지 이런 꼴이라니.

전원, 조금 더 실존을 확신해 주면 좋을 텐데. 아니면 천진난만하게도 군 조직을 너무 신봉하는 거 아니냐고 한탄해야 할까?

푸념하고 싶은 마음을 억누르고 타냐는 일부러 가벼운 어조로 말을 이었다.

"여기다, 제군."

톡, 톡, 춤을 추듯이 지면을 가볍게 두드리면서 타냐는 말했다.

"우리가 있지 않나?"

연방군은 솔딤528진지를 포위하여서 점으로 간주하는 게 틀림없다. 그래, 고립된 점이 배후를 위협하기는 어렵겠지. 하지만 여기에는 역전의 항공마도대대 2개 중대가 있다. 외스테만 중위의 보충마도중대를 넣으면 정수를 채워서 1개 대대다.

아무래도 보충마도중대까지 뽑아가면 진지 방어에 지장이 있으니까 안 하겠지만…… 자기 몸을 챙기기 위한 2개 중대를 이끈 탈출행정이란 의외로 정당화할 수 있을 것 같아서 좋다.

"대대의 이빨이 얼마나 날카로운지 잊었나? 공산주의자들을 제대로 교육해 줘야 하지 않겠나?"

의미하는 바를 이해한 사관들이 숨을 삼켰다.

"주, 중령님! 포위된 상황에서, 진지에서 제203항공마도대대를 빼내서 출격하신다는 겁니까?!"

"그렇다."

메베르트 대위가 아연해지는 것은 당연하겠지. 솔딤528진지는 돌출된 외딴 곳이다. 포위된 것도 살짝 정수에 못 미치는 1개 전투단에 불과하다.

항공마도대대를 거기서 빼내면 그 방어전력은 극적으로 떨어진다. 진지화를 추진하고 토스판 중위의 보병부대에 외스테만 중위의 보충마도중대를 기대한다고 해도 반파된 시가지에서 적의 맹공을 받아낼 수 있으리라고는 생각되지 않겠지.

"고생 좀 해야겠다, 메베르트 대위. 온존책을 명받아서 지루하기 짝이 없을 알렌스 대위의 기갑부대를 써도 좋다. 어떻게든 지켜라."

그는 잃기에 아까운 인재다.

진심으로 방어의 성공을 빈다. 동시에 타냐는 우군에게 버림받는 최악의 사태를 대비하여 진출하는 부대를 인솔해야만 한다.

그러면 잘 풀리면 다 살 수 있다. 실패해도 자기는 산다.

"지시를."

아무것도 모르겠지. 예의 바르게 침묵을 지켰던 바이스 소령이 평소처럼 명령을 요구하는 말에 타냐는 명령을 내렸다.

"……항공마도부대, 장거리 진출이다. 다만 반응은 최소한으로 억눌러라. 출격을 들키고 싶지 않다."

"예?"

"최대한 은밀행동을 명심해라. 마도반응을 억제하면서 전력을 다해 진출이다."

부하를 미끼로 써서 도망치는 게 아니다. 이 점에 철저해야 한다. 최대한 마도부대의 부재를 숨기는 것으로 적이 진지에 밀려드는 것을 늦춰야만 하겠지.

부하를 구하고 자신도 구하고, 내친김에 제투아 중장에게 어필한다. 일석삼조의 결론을 내기 위해서라도 이 점은 타협할 수 없다.

"거리를 벌린 뒤에 뒤쪽에서 연방군 부대를 걷어찬다. 위에서 만들어 주신 최고의 타이밍 아니겠나? 얼간이 적을 뒤에서 덮친다."

잘만 하면 정말로 최고의 결과가 약속되겠지.

"알겠나, 제군? 조용히 버티는 것보다 적의 엉덩이를 성대하게 걷어차는 거다. 나로서는 더 말할 이유가 없군."

》》》 　　같은 날 연방군 제1 포위선 부근　　 《《《

드레이크 중령에게 레르겐 전투단이란 무시무시한 강적이었다. 끈질긴 방어전투, 때때로 벌이는 과감한 습격행동, 그리고 완강한 보병부대.

적 정세를 시찰하고 느슨한 곳이 없는지 거듭 감시해도 진지에 구멍다운 구멍이 없는 모습은 고개를 절레절레 내젓게 할 정도였다.

타냐의 의도대로였다고 해야겠지. 연방군과 마찬가지로 드레이크 중령도 솔딤528진지는 고립된 점이라는 생각에 사로잡혀 있었다. 포위한 이상 적의 전력이 몰래 빠져나간다고는 꿈에도 생각하지 않았다.

하지만 운명은 신기한 법이다.

[이탈을 위해 반응을 억제하라]라고 데그레챠프 중령이 부대에게 내린 명령이 신기한 방아쇠로 변했다. 적의 배후를 걷어차기 위한 기습계획을 감안하면 그것은 지극히 당연한 명령이었다. 아니, 당연한 정도를 떠나서…… [정석] 그 자체였다.

단순히 말하자면 데그레챠프라는 장교의 판단은 정통파였다. 교본도, 교칙도, 태반의 항공마도장교의 야전감각으로도 마도반응을 억제한 은밀행동은 전혀 잘못되지 않았다.

하지만 딱 하나, 그것은 예기치 않은 반작용을 수반한다.

솔딤528진지에서는 낮잠으로 대표되듯이, 병력의 과도한 피로를 막으며 전투능력을 최대한 유지하기 위해 풀어지는 곳은 극한까지 풀어졌다.

당연히 주둔한 항공마도부대도 24시간 마도봉쇄를 명하지 않는다.

하지만 타냐는 진출할 때 반응을 차단하라고 엄명을 내림으로서 이 은밀행동은 감이 좋은 마도사들에게 뭐라고 할 수 없는 위화감을 느끼게 했다.

그러니까, 라고 말할 수 있겠지.

제국군이 틀어박힌 거점을 포위한 제1선 부근에서 적정을 관찰하던 한 해병마도사관── 드레이크 중령이 머지않아 위화감을 품기에 충분한 변화였다고.

"칫, 짜증 날 만큼 철벽이군. 철도선 인근은 이래서 마음에 안 들어. 보병, 포병, 기갑의 유기적인 방어진지라니 엿이나 먹으라지."

시가전이면 아무튼 차폐물에 숨어서 보호를 받는 적 보병이 끈질기다. 여기에 적의 포병이나 기갑전력이 끼어드는 건……

"음?"

드레이크 중령은 자기 말에 문득 굳어버렸다.

유기적인 방어진지는 그렇다고 치자.

보병이 구축하고 포병이 지원하고 때때로 적 기갑전력이 타격축으로서 기능하는 방어진지가 튼튼하다는 건 당연하다.

하지만 하나 부족하다.

적의 위협요소가 하나 빠졌다.

"……보병, 포병, 기갑뿐? 마도는?"

평소라면 적 마도사들이 벌이는 대보병 습격을 쫓아내는 것이 자신들의 일이었다. 그런데 묘하게도 오늘은 그게 의식에서 빠져 있다.

왜일까? 의문의 답을 말하려던 때에 드레이크 중령은 간신히 아까부터 느꼈던 위화감의 원인을 깨달았다.

적 진지에서 느껴지는 마도 반응이…… 격감했다?

"놈들은 어디 있지?"

전혀 없는 것도 아니다. 어느 정도는 활동하고 있겠지. 약간의 반응이라면 감지된다. 하지만 어제까지의 위협과 비교하면 잔재라고 할 정도로 미미한 것에 불과하다. 감각으로 말하자면…… 극단적일 정도로 적다.

단적으로 말하자면 매미 껍질 정도로밖에 느껴졌다.

"놈들이, 그 지옥에나 갈 마도부대가 없다고?!"

반응을 제어하고 기만으로 유인하려는 의도도 의심해야 한다. 전형적인 복병의 교범은 적을 어떻게 꾀는가가 중요하다고 말한다. 서로를 속이려는 상황에서 제국이라는 플레이어는 제법 우수하니까 방심도 금물이다.

……하지만 직감으로 이해하였다.

바닷바람을 읽는 것과 같다.

끙끙대며 생각만 하는 머리보다도 본능이나 직감이다. 마음이 훨씬 정확할 때도 있다.

특히나 악의나 위협이라는 놈이 상대라면 더욱 그렇다. 살아남기 위해서는 생존본능이 중요하다. 이러한 직감은 논리적으로 말할 수 있는 게 아니지만 꽤나 정확하다. 오컬트라고 비웃는 놈들은 생물 고유의 감각이 둔해진 얼간이든가, 전선을 모르는 대갈장군들이다.

포위 하에 있을 터인 적 진지에서 느껴지던 강력한 위압감이 흩어졌다. 구태여 말하자면 뭔가가 빠진 공허함이다.

전쟁의 감이 있다면 알아차릴 수 있다. 이건 매복이 아니다. 놈들이, 그 귀찮은 괴물들이 없어졌다!

드레이크 중령은 무심코 달려가고 있었다. 다국적 부대라는 귀찮음 때문에 호령 한번으로 움직일 수 없는 게 너무나도 답답하다.

연합왕국군의 부대에게 할당된 진지에서 사령부까지의 이동은 지휘관급으로 간주되는 드레이크 중령조차도 연방군에게 제지되기 때문에 귀찮기 짝이 없다.

"드레이크 중령님? 실례지만, 이쪽에 계시면⋯⋯."

전장에서 얼간이로 찍힐 말을 하며 앞을 가로막으려는 정치장교 따윈 관료주의의 전형적인 사례겠지. 하지만 평소에는 귀찮은 일의 온상에 불과한 정치장교도 지금만큼은 환영할 수 있다. 결정권을 가진 인간이 있으면 이야기는 지극히 간단하다.

"타네치카 중위, 곧바로 미켈 대령을 불러 주게."

"대령 동무에게? ⋯⋯정세에 변화가?"

역시나 이럴 때에 귀찮은 허언으로 시간을 낭비하지 않는 점에서 이 정치장교도 괜찮은 축이겠지. 차라리 낫다는 말을 이해하면서 드레이크 중령은 거듭 말했다.

"적에게 움직임이 있었다. 놈들은 마도부대를 몰래 빼돌렸다!"

마도부대를 빼냈다고 해도 적 진지는 욕이 나올 만큼 단단하겠지.

적 보병부대는 더없을 만큼 악랄하고, 적 포병은 기막힐 만큼 기량이 좋고, 적 전차부대를 보자면 시가전을 숙지하고 있다. 하지만 시가전에서 무한에 가깝게 귀찮은 존재라고 알레느에서 증명된 적 마도사는 극감하였다.

따라서 의심할 바 없이 결론이 나왔다고 드레이크 중령은 말을 이었다.

"적 마도부대가 행방을 감추었다! 곧바로 적 진지에 돌격전을 개시해야 한다!"

물량을 쏟아 부으면 밀어버릴 수 있다.

잔혹한 산수지만, 확실한 귀결을 기대할 수 있다. 리턴이 있는 희생이겠지. 적어도 공격을 했다가 부하의 사체만 남기고 물러나는 추태보다는 낫다.

"탱크 데산트로 두들긴다! 어이, 통역가 어디 있지?! 출격 준비! 서둘러! 무기와 연료를 있는 대로 모아!"

"기다려 주세요!"

찬물을 쏟아 붓는 한 마디. 믿기 어려운 마음을 숨기지도 않으며 경악한 표정으로 드레이크 중령은 대답했다.

"보다시피 지금이 기회다! 대체 뭘 기다리란 말이지?!"

"드레이크 중령님, 적 진지에 탱크 데산트는 측면공격을 제외하고 금지되어 있습니다! 인민의 생명을 헛된 리스크에 드러내는 만용은 허용할 수 없습니다. 장병 동무를 헛되이 소모하는 행동은……."

"멍청이가!"

무례함을 알면서도 말하지 않을 수 없었다.

"봐! 자기 눈으로 보라고!"

시가지 외곽을 가리키면서 최대한 차분한 목소리를 내려는 노력과 함께 드레이크 중령은 말을 이었다.

"제국군의 마도전력은 거의 사라졌다! 지금이라면, 아니, 지금만큼은 보병과 전차, 그리고 우리가 가면 돌파할 수 있어!"

"확증은?"

"확증이라고? 대체 무슨 확증?"

"적이 매복을 위해 숨은 게 아니라는 확증이 어디에 있습니까!"

그런 게 어디에 있나.

그런 걸 누가 찾나?

여기는 최전선인데?!

"리스크를 0으로 만들고 싶다면 군복을 벗어! 무덤에라도 묻혀서 영원하고 안락한 잠이나 자! 우리는 전쟁을 하고 있다!"

불확실성이 떠도는 전장의 안개 앞에서 헤맨 끝에 최적을 붙잡는다. 결국 인명을 건 도박이다. 항상, 언제든, 리스크가 따라붙는다.

하지만 이번만큼은 불안 없이 싸울 수 있는데!

"너무나도 적은 반응, 운용 조건, 무엇보다 상황 판단이다! 적의 움직임을 보면 확신할 수 있다. 귀관도 장교라면 전장의 이치를 판단해!"

"실패하면 어떻게 되는지 생각하시는 겁니까?!"

"위력정찰은 된다! 애초에 마도부대가 없어진 적이 전선을 유지할 수도 없겠지! 시가지 일부에 파고 들 수는 있어!"

"도무지 승산이 있다고 할 수 없지 않습니까! 당의 전달내용을 모르십니까?"

사람을 바보 취급하는 정치장교의 말에 드레이크 중령은 폭발했다. 전쟁에 대해서라면 언제 어느 때라도 진지하게 생각한다.

정치장교라는 성가신 장애물에게 괜한 지적을 받을 필요도 없다.

"남부 도시군에서 격전 중이란 것 말인가? 그렇기에 이쪽에서 적을 압박하는 것도 의미가 있겠지! 그러니까 우리가 모였지 않나!"

"우리 방면에게 전달된 명령은 제국군의 약한 부위에 위협을 가하여 남부 도시군 작전에 적이 힘을 기울이는 것을 저지하는 것입니다. 따라서 우리는 여기서 적을 포위하는 것만으로……."

여성의 말을 자르다니, 연합왕국 본국이었으면 얼굴에 매너 교본이 날아올 짓이겠지. 하지만 전장에서 남녀 구별 없이 바보는 바보다.

한없이 말귀를 못 알아듣는 놈에게 드레이크 중령은 짜증을 담아서 외쳤다.

"그러니까 철도선의 확보는 최우선이다! 시가지를 포위하는 것만으로는 전진할 수 없지만, 눈앞에 버티고 있는 레르겐 전투단을 제거하면 진격 루트는 확보된 거나 마찬가지야! 그것만 해내면 제국군에 미치는 영향은 막대하다!"

왜 이해를 못하는 걸까. 정치장교라고 해도 일단은 군에서 중위 계급장을 달고 있는데!

"남부 원호를 위해 다국적 부대를 포함한 잔존부대로 제국군 전선에 적극적인 압박을 가한다! 그게 진짜 목적이잖나!"

격전이면서도 팽팽한 상태. 잘만 하면 버텨낼 수도 있다는 이야기를 며칠 전에 들었다. 진위는 불명이지만 남쪽이 버텨낸다면…… 여기서 확실히 적을 두들기는 것이 보다 큰 의미를 갖는다는 걸 왜 모를까!

"그건 우리가 판단할 일이 아닙니다!"

믿기 어려운 발언에 드레이크 중령은 무심코 말을 잃었다. 사관의 역할이란 판단을 내리는 것이다. 그것에 기반하여 명령을 내린다. 그리고 책임을 지면 된다.

그런데 판단을 안 해?

그럼 누가 판단을 할까.

"당의 명령은 포위입니다. 우리는 적을 포위하고 계속 조이라는 명령을 받았습니다."

"……당의 판단에 따르라고?"

"당연합니다."

의심조차 품지 않는 듯한 단언은 전쟁터에서 으스스한 것이다. 그것이, 그 태도가 연방군에게 정답이라면 사관이 사관답지 않은 것도 당연하다.

"정치장교, 한마디 말해도 될까?"

"뭡니까?"

"나는 명령의 의도를 이해하라고 교육받은 연합왕국 군인이다. 포위하고 놀고 있으라는, 주도권의 방치와 같은 명령에 따를 의사는 없다."

사관만이 아니라 지휘를 맡은 인간은 명령의 의도를 이해하고서 목적의 달성에 노력해야만 한다. 그러기 위한 사관이다. 그러지 않으면 사관 같은 게 필요할 것 같나!

"미켈 대령에게 보고하고 싶다. 나는 연합왕국의 군인이고 양국이 합의한 작전 목적에만 구속된다고. 나까지 귀국의 공산당에게 명령받을 이유는 없다."

"서방측 저널리스트 앞에서 우리의 존엄을 망가뜨리는 제안은 도저히 받아들이기 어렵습니다!"

"정치장교, 실례지만 거듭 말하도록 하지. 우리는 제국군과 전쟁을 하고 있다!"

"맞는 말씀입니다. 우리는 전쟁을 하고 있습니다!"

정치장교를 상대로 노성을 주고받는 것은 궁극의 힘 낭비다. 이 순간에도 황금보다도 귀중한 시간이 흘러간다. 의논에 시간을 낭비하는 동안에 손가락 틈새로 승리가 흘러내릴지 모른다.

"그럼 전차만 있으면 된다! 마도사는 우리 연합왕국 부대만으로 하지! 귀군의 전차부대를 내놔라! 나머지는 우리와 그들이 할 수 있다!"

"안 됩니다! 그런 독단전행은 군의 통제를 흐트러뜨립니다!"

"이제 됐다! 미안하지만 정치장교가 아니라 사령부와 이야기해야겠어! 미켈 대령에게 연결해 주게!"

감정적이 되지 말라고 사관학교에서 배웠다. 그 이유를 잊었다면 드레이크 중령도 동부에서 너무 지친 걸지도 모른다.

"라인의 악마까지 행방을 감췄던 말이다! 지금 이 기회를 놓치면 안 돼! 지금 당장 전면공세를!"

그는 다소 마음이 흐트러져서 말귀를 못 알아듣는 정치장교를 상대로 언성을 높였다. 누가 듣고 있는지도 확인하지 않은 것은 치명적이었다.

떨그렁 하고 뭔가 떨어지는 소리에 무심코 돌아본 드레이크 중령의 시선에 들어온 것은 급수통을 떨어뜨린 줄도 모른 채 안색을 바꾸고 주먹을 움켜쥔 젊은 마도중위의 모습.

여기서, 이 타이밍에서는 최악이었다.

"……그 녀석이, 없어?"

모든 게 너무 늦었다.

"수 중위? 수 중위?!"

제지하려는 드레이크 중령의 외침을 뿌리치고 그녀는 달려갔다. 방에 돌아가서 얌전히 있을 만한 녀석이 아니라는 건 잘 안다.

"제길, 저, 앞뒤 못 가리는 꼬맹이!"

정치장교를 상대로 시간을 쓰는 것도 이미 논외다. 아무튼 붙잡아야 한다 싶어서 드레이크 중령은 수 중위의 뒷모습을 좇아 달렸다.

하지만 묘하게 이럴 때만큼은 그녀도 기민했다. 장구류 일체를 짊어지고 대기 중이었나 싶은 의용마도사들이 제지할 틈도 없이 날아가는 것을 목격하면…… 폭주를 저지할 수 없음이 명백하겠지. 어느 쪽으로 가는지를 주시하니 침로 또한 명료. 적 진지를 우회하는 장거리 진출인 모양이다.

"멍청이가. 좇아가려는 건가?"

폭주했다고 해도 방향성이 다르면 그나마 나을 것을!

"적진으로 돌격하면 좋을 텐데, 여기서 일부러 적 마도부대를 좇나?!"

그렇게 내뱉으면서 드레이크 중령은 재빨리 각오했다.

일이 여기에 이르렀으면 망설임이 바로 적이다. 얌전히

적 진지 공격은 포기하자. 그쪽의 포위는 우군에게 맡기고 귀찮은 마도부대와 붙는다.

고백하자면 하기 싫다. 진짜로 하기 싫다.

단독으로 적 방어부대의 주력과 맞붙는 게 제정신으로 할 짓인가?

자문할 것도 없이 답은 명백하겠지. 대략 최악이다. 얼마나 많은 유족에게서 원망을 들을까.

사람들이 한탄하는 모습이 쉽사리 상상될 정도다. 분명 조국의 난로 앞에 남겨진 그들은 묻겠지. [이 무능한 상관은 왜 무모하게 적의 주력에 돌진했지?]라고.

하지만 순수한 전술 면으로는 [적 주력]을 구속할 군사적 기회이기도 하다.

할 수밖에 없다면 할 수밖에 없다.

"HQ에 연락! 우리는 출격한 것으로 보이는 적 레르겐 전투단 마도부대를 독단전행으로 추격한다."

위세 좋은 말만 보자면 분명 추격전에 의기양양한 것으로 읽히겠지. 하지만 그걸 받는 것이 미켈 대령이라면…… 드레이크의 심중을 이해해 주리라고 기대하고 싶다.

"이쪽은 맡겨 줘!"

기세에 몸을 맡기고 움직이는 것은 바라는 바가 아니다. 하지만 만사에는 흐름이 있다. 그것은 부정할 수 없는 사실이다.

같은 시각 동부전선 공역
제203항공마도대대 최선두

돌파를 목적으로 해서 은폐기동으로 진격하는 대대는 자기들이 적을 걷어차려고 벼르고 있었다. 뒤에서 몰래 덤벼서 걷어차려고 말이다.

하지만 철없는 확신은 출격 직후부터 흔들렸다.

"중령님! 적에게 움직임이!"

"뭐? 너무 이른데."

부관의 말에 반신반의한 표정으로 타냐는 답했다.

제203항공마도대대는 숨바꼭질에 능하다. 타냐라는 제국군에서도 당대에 다섯 손가락에 드는 마도사조차도 진심으로 숨은 부하들의 마도반응을 감지하기란 어렵다.

라인 전선에서의 참호전 이후로 실컷 은밀기량을 길렀다. 97식이라는 쌍발 사양의 보주를 기동하더라도 마력이 마구 샐 리가 없다.

하물며 간접적으로 그런 이유로 적이 움직이는 것은 타냐의 상상을 벗어난다. 따라서 곤혹스러울 따름이다.

"우리가 마도봉쇄를 했는데도 들켰단 말인가?"

우군 진지에 적이 오기까지는 잠시 시간적 유예가 있다고 보았다. 적이 마도대대 중핵의 부재를 이렇게 일찍 파악하면 진지가 위험하다고 타냐는 걱정했지만, [남의 일]인 양 걱정할 수 있는 것도 거기까지였다.

"중령님! 저걸!"

"쫓아왔다고?!"

부관이 가리킨 것은 드문드문하게 낱알 같은 점. 하늘에 점이 떠올랐다 싶더니 이쪽으로 달려오는 모습은 틀림없다. 적이다. 적 마도사다.

웃기지도 않는다 싶어서 타냐는 외쳤다.

"멍청하긴, 나를 쫓아? 보통 마도사가 없어진 진지로 가는 거 아닌가?!"

방어진지에서 마도부대가 빠지면 붉은 천을 투우 앞에 흔드는 꼴. 망설임 없이 적이 진지로 쇄도하는 게 도리다. 제203항공마도대대의 이탈이 발각되는 대로 적의 전면공세가 있을 거라고 타냐가 점쳤을 정도다.

"……믿기지 않는군. 정말로 이쪽으로 오고 있어."

출발 직전 단계에서 바이스, 알렌스, 메베르트라는 베테랑 지휘관들도 같은 걱정을 말했을 정도다. 그러니까 타냐를 필두로 샐러맨더 전투단, 다시 말해 레르겐 전투단에서는 철저하게 부재 중의 방어전을 준비하였다.

물론 마도부대의 부재를 적에게 언제까지고 숨길 수 있다고 생각할 만큼 타냐의 머리가 낙천적인 것도 아니다. 하지만 이런 타이밍일 줄은 읽을 수 없었다.

"드러나는 게 시간문제라고 각오했지만…… 쫓길 줄은 꿈에도 몰랐다."

자기가 적이라면 망설임 없이 [귀찮은 적]을 쫓지 않고 [귀찮은 적이 없어진 진지]를 덮친다.

대체 어디서 뭘 잘못하면 이쪽으로 돌격하지?

"……적이 이쪽으로 온다고 알았으면 다른 수를 썼을 텐데."

예하부대에 [사수 명령]을 내리면서 [외부]에서 전투한다는, 궁극적으로 [최악]에 대비하는 보험은 들어 두었다.

최악의 방식이지만 의외로 이걸로 살아남은 이도 많다. 자기 몸을 지키려는 각오가 타냐에게는 갖추어져 있다. 살아남으려는, 굽힐 줄 모르는 마음은 흔들림 없다.

고로 일이 어떻게 굴러가든 유리한 입장일 터였는데…… 적에게 쫓기게 되니 입장과 전제 조건이 뒤집힌다.

제투아 중장의 공세에 합류하면서 추격당한다니 앞에는 호랑이, 뒤에는 늑대인 꼴이다. 초과노동이 너무 가혹하다고 한탄하고 싶다.

──하지만 할 수밖에 없다.

여기는 전장이다. 슬프게도 비문명적인 세계다. 문명적인 토론이 아니라 통제된 폭력이 만사를 논하는 세계에 재앙 있으라, 아니면 존재X 같은 놈들에게 재앙 있으라.

이의 제기, 혹은 불평불만의 클레임은 살아서, 후방에 돌아가서, 서류의 산으로서 후방에 내던져 줘야만 한다.

"바이스 소령, 마도봉쇄 해제, 전력 발휘로 응전 준비. 아껴둔 항마도 저격술탄도 아끼지 마라."

"옙! 마도봉쇄를 해제, 적 추격부대에 전력으로 응전하겠습니다!"

내심 기대하기도 했다. 연방군, 연합왕국군의 쌍두 체제라는 키메라라면 머리가 두 개인 탓에 결단이 늦어서 못 올 거라고.

괜히 기대한 모양이다.

할 수밖에 없다면 여기서 하자.

다만 발을 멈춰선 안 된다.

"바이스 소령, 응전은 좋지만 끌어들이면서 전진이다! 추격해 오는 적이 따라오거든 상대해 줘라!"

"쫓기면서 전진입니까?!"

경악하는 부하에게 타냐는 당연하다며 고개를 끄덕였다.

"발을 멈추는 쪽이 문제다! 전진, 전진하라! 필요에 따라 응사하면서 속도를 지켜라!"

돌파를 위한 충격전력인데 이런 데에서 발이 묶이면 본말전도다. 애초에 엘레니움 97식 돌격보주의 발을 살리지 않고 적과 난전을 벌인다니, 단순한 시간 낭비다.

돌아보면서 사격전에 임하라고 지시를 내렸을 때 타냐는 부관의 목소리에 정신을 차렸다.

"적, 사정권에 돌입!"

사정권 안에 뛰어든 것은 1개 중대 규모의 적 마도부대.

마도반응을 억제하고 최대전투속도에 오를 때까지 약간의 속도 차이가 있는 건 알지만, 그렇긴 해도 발이 빠르다.

1개 중대인 듯한 부대가 선두로 쫓아오는 것에는 감탄하지 않을 수 없다. 회피기동조차 그리지 않고 일직선으로 쫓아오다니, 정말이지 간도 큰 봉이다.

"한 세대 전의 용사들에게 현대풍으로 장거리 사격의 세례를 퍼부어 줘라! 이번에는 방어외피까지 뚫어버려!"

타냐의 명령에 2개 중대의 응사. 숫자와 질 모두 당대 최고인 그것은 돌입하려고 쫓아오는 적 마도중대에게 멋지게 직격하여 적병을 연방의 대지에 처박았다.

하지만 그 전과는 타냐의 기대에 못 미쳤다.

일격으로 절반은 베어낼 생각이었는데, 떨어진 것은 고작 몇 명. 선두의 사관인 듯한 콩알은 집중사의 대상이 되고 부하가 몇 방 직격시켰을 텐데도 의연하게 건재하다.

장거리 사격이라는 사정을 생각해도 정말 튼튼하다.

"칫, 끈질기군! 스토커냐!"

혀를 차면서 적 방어외피를 뚫을 술식을 발현시키려고 광학계 저격술식을 선택, 일제사격을 가하려는 때에 타냐는 적의 초장거리 사격을 알아차렸다.

돌출한 적 1개 중대의 후속이 순간 발을 멈추고 이쪽을 저격? 살펴보니 적 또한 1개 대대 정도의 숫자를 갖춘 모양이다. 2개 중대와 완전 충족의 1개 대대라면 별로 붙고 싶지 않은 차이다.

하지만 잠깐의 교전만으로도 적이 만만한 상대가 아님은 자명하다.

"중, 근거리에 들어갑니다! 연방군치고 꽤 빠릅니다. 너무 빠릅니다."

"식별해라, 소령. 놈들은 다국적 부대다. 즉, 연방계와 달리 속도도 있다. 저런 경쾌한 놈들이 달라붙으면 일을 할 수 없지."

할 수밖에 없다고 타냐는 각오했다. 그 뜻을 이해하고 고개를 끄덕이는 바이스 소령의 어깨를 가볍게 찌르고 타냐는 세레브랴코프 중위와 페어를 짜서 반전.

적의 돌출한 중대를 사냥하려고 2개 중대가 일사불란하게 대열을 즉각 다시 짜는 것은 반할 만한 기량이다.

국소적으로 수적 우위를 확보하고 적 부대를 부수기 위해 맹렬히 돌진한 제203항공마도사의 돌격을 받은 적 중대의 운명 또한 가련하기 짝이 없다. 쫓는 자에서 쫓기는 자로 바뀐 심리적 충격을 뛰어넘을 틈도 없이 태반이 아까의 튼튼함을 발휘할 틈도 없이 산화.

웃기게도 어리석은 돌출을 지휘하는 듯하던 적 사관은 아직 건재하지만.

"뭐냐, 저 멍청한 적은!"

개인의 역량을 과신한 돌출이었나?

이해하기 힘들어서 타냐는 눈썹을 찌푸리면서도 일일이 고민할 이유도 없었다. 못난 사관의 지휘를 받은 적병에게는 진심으로 애도의 뜻을 표해야겠지만, 일단 자기 자신이 살아남아서 승리를 맛본 뒤의 일이다.

지금은 날아오는 적 후속 대대와 맞서기 위해 응전 체제를 정비해야만 한다.

"02가 01에, 긴급입니다. 후방에서 또 새로운 적! 연방군입니다!"

"뭐?!"

부지휘관의 경고는 경천동지할 것이었다.

"말도 안 돼! 공산주의자까지?! 놈들은 무슨 생각이지?! 시가지를 방치하고 이쪽으로?!"

태세를 정비하고 적을 두들기려고 해도 수적 열세로 응전하려면 아무래도 다리가 둔해진다. 애초에 이쪽으로 오는 걸 이해하기 어렵다.

왜 놈들은 솔딤528진지를 방치할까.

곤혹스럽지만, 그래도 현실에 있는 이상 무시할 수도 없다. 타냐로서는 귀찮다지만 느긋하게 생각할 시간을 줄 만큼 적 마도사들은 예의 바르지 않다.

"적 마도사가 이쪽으로! 격추하겠습니다!"

"맡기마. 그쪽은 재빨리 해라!"

옆에 있던 세레브랴코프 중위가 응전을 위해 날아가고 이쪽의 시간을 빌어주는 것을 기회로 여기며 타냐는 상황을 다시금 파악했다.

전장을 한 번 훑어보기론 연방군의 속도는 그리 빠르지 않다. 저번에 교전한 고참들과 다른 계통일까. 과신은 위험하지만, 속도가 느린 타입의 보주를 장비했다고 판별하면 되겠지.

이렇게 되면 슬슬 떠나가고 싶어진다.

연방군, 연합왕국군의 혼성부대는 속도가 빠른 쾌속부대가 이쪽에게 매달려서 발이 멎었을 때 본대로 두들기려는 속셈일까. 그렇다면 사이좋게 응전하는 건 바보나 할 짓.

이쪽에게 매달리는 쾌속부대는 어느 정도라고 해도 타격을 입혔다. 역시 이탈해야겠지.

"바이스 소령, 이탈을 재개한다! 존불과 빨갱이를 한꺼번에 상대해 줄 이유는 없다!"

"하지만 아직 달라붙은 상태입니다!"

"혼전이 되어서 발이 멎는 것보단 낫다!"

"……알겠습니다!"

이해했겠지. 재빨리 부대를 수습하기 시작하는 수완은 역시나 베테랑이다. 이쪽도 지고 있을 순 없지만, 부관에게 맡겨 두면 된다.

"음?"

문득 깨닫고 보니 세레브랴코프 중위의 모습이 옆에 없다. 아니, 적의 요격을 맡아서 나갔으니까 없는 건 이상하지 않지만…… [돌아오지 않았다]고?

"세레브랴코프 중위? 아직 놀고 있나?"

무전으로 불러도 반응 없음.

어디서 뭘 하는 건가 의아하게 여길 때 타냐의 귀는 짤막짤막한 목소리를 들었다.

"떼어, 낼 수, 없어서."

숨 가쁜 통신에 타냐는 이변을 확신했다. 저 부관이 여유를 잃었다는 것은 보통 사태가 아니다.

일시적으로 사고를 전환하고 단 한 명의 적을 격추하기 위해 전력을 집중. 위치를 캐고 동정이나 주저 없이 전력공격을 결정.

"세레브랴코프 중위를 원호하라! 지원사격 3연!"

2개 중대의 부하에게 동시 사격을 지시하고 거기 맞춰서 두들긴다.

"적 확인! 건재합니다!"

"거리를 벌려라, 중위! 폭렬술식 3연이다! 제압을 우선해라!"

"적, 증속!"

"머리에 박아 줘라! 진로를 막아!"

믿기 어렵게도 그조차도 충분하지 않다. 아까 몇 번 직격을 맞았는데도 건재한 것도 그렇고, 이상하게 방어막, 방어 외피가 견고하기 이를 데 없다.

그렇긴 해도 속도가 빠르다! 연방군식과는 다른 걸까. 단단하고 빠른 적이라니 최악이다. 세레브랴코프 중위가 막아낼 수 없는 레벨의 기량도 있어서 더할 나위 없이 흉악하다. 방치할 수도 없는데 대처법이 한정되는 것이 답답하다.

수중에 예비로 가지고 있는 엘레니움 95식에 힐끗 눈을 준 타냐는 고민했다. 이걸 쓰고 싶지는 않지만, 안 쓸 수도 없겠지.

인적 자원의 온존을 위해 자신의 정신건강을 얼마나 소모해야 할지는 항상 관리자, 사용자로서 윤리성을 묻는 문제다.

이 점에서 타냐도 고민스럽다.

하지만 부관을 잃는 것으로 생길 새로운 커뮤니케이션 코스트를 감안하면 일정 정도의 희생도 허용할 만하다.

"주여, 성스러운 이름으로, 적을, 치시고, 세상에 안녕을, 주시옵소서."

증오스러운 청렴함으로 가득한 저주의 말을 읊으며 타냐는 무시무시한 전개속도로 광학계 저격술식을 발현. 연방군의 신형도 일격으로 갈라버릴 그것을 다중발현, 투사.

일단 잡았다……라고 본 그것조차도 맞지 않는다.

"빗나갔다, 아니, 또 피한 건가?!"

정확도, 위력 모두 확신을 품었던 타냐로서는 배신당한 기분이었다. 엘레니움 95식, 정신을 좀먹는 주제에 제대로 성과도 못 내는 멍텅구리.

"……주여, 우리의 적을 대지에 떨어뜨리옵소서. 힘으로서, 땅에 평온을!"

짜증을 섞어서 한층 위력, 정확도를 올려서 발현시킨 술식 사격. 이번에야말로 직격 코스였다.

실제로 직격했다.

그랬을 터였다.

"이럴 수가, 이번 건 직격했는데?"

그런데 타냐는 당황스러움에 고개를 내저었다. 눈앞에 있는 것은 자신의 일격이 적에게 직격했다는 사실을 근본적으로 의심하게 하는 광경이었다.

항마력 사양의 마도저격탄을 일부러 사용한 저격술식. 방어외피조차 달군 나이프로 버터를 가르듯이 젖혀버릴 터인 그것.

97식의 방어외피조차도 확실하게 쪼갠다. 그것이 직격했는데 튕겨났어?

"대체 강도가 어떻게 되어먹은 거지. 장난도 정도가 있지!"

타냐는 투덜거렸다. 하지만 머리로는 개인으로의 대항을 재빨리 단념. 세레브랴코프 중위를 구출하고 얼른 여기서 이탈하고 싶다.

찔끔찔끔 붙고 있을 시간은 1초도 아깝다.

"포화공격! 공간 폭파! 일산화탄소 중독으로 만들어서 떨어뜨려라!"

"휘말립니다!"

당황한 바이스 소령에게 설명할 틈도 아까워서 타냐는 자기 부관을 무전으로 불러서 단적으로 말했다.

"직격만 아니면 문제없겠지?! 비샤, 들리나?! 피해라!"

"아, 알겠습니다."

대답이 오자마자 바로 작전을 개시.

"폭렬술식, 산소를 태운다. 위력보다도 효력범위로 노려라. 적병의 폐를 좀먹는다."

주저 없이 술식의 발현을 시작하는 2개 중대의 모습은 그야말로 통제된 폭력의 상징이다.

"사격 개시!"

일제히 발사된 것은 2개 중대의 폭렬술식. 그것도 산소만 노리는 일격.

"세레브랴코프 중위! 살아 있나?!"

"괘, 괘, 괜찮습니다. 간신히, 예."

직전에 이탈에 들어갔던 세레브랴코프 중위가 건재한 것을 직접 보았던 만큼, 이 대화는 위로 같은 것일까. 애프터케어라는 것이다.

"세레브랴코프 중위, 이탈하겠습니다!"

"그거라면 사양할 필요 없다. 좋아. 폭렬술식을 연막으로 치고, 진짜 공격은 저격술식을 섞어라. 이번에야말로 떨어뜨려서……."

"적 마도사, 이탈합니다!"

공격 명령을 내리지 못한 것을 타냐는 후에 후회하게 된다. 하지만 적어도 그 순간, 적을 격퇴했다는 사실은 시간이 없는 타냐에게 충분한 성과였다.

"추격을?"

"거리를 벌렸지 않나. 물러나는 적을 쫓다가 시간을 낭비할 수 있겠나."

"알겠습니다."

쓴웃음을 짓는 바이스 소령도 형식적으로 말한 거겠구나 싶어 타냐는 쓴웃음을 지어 주면서 부대를 정돈하고 연방군 부대를 뿌리치려고 속도를 올리라고 지시.

"무사해서 다행이다, 중위."

"예, 감사합니다. 그렇긴 해도 휘말리는 건 사양하고 싶었습니다만."

"어쩔 수 없지."

그게 무슨 말이냐고 볼을 부풀리는 점에서 세레브랴코프 중위도 여유가 돌아온 모양이다.

그 참에 대열에서 약간 떨어졌던 바이스 소령이 돌아왔다.

"중위, 아까부터 고생이 많다."

"감사합니다, 소령님. ……아주, 귀찮은 적이라서."

"보고 있어서 이해한다. 저건 대체 뭐였지? 연방의 신형 보주급으로 방어외피가 단단했는데. 광학계 저격식이 튕겨 나다니."

"게다가 속도도 있습니다. 솔직히 말이 안 됩니다."

투덜거리며 한숨을 흘리는 부관에게 쓴웃음으로 답하는 부지휘관. 여기에 그란츠 중위가 놀리기만 하면 항상 보던 광경이었는데.

타냐는 거기서 머리를 비웠다. 새로운 위협을 인식한 이상, 대응책을 검토하지 않으면 문제다.

"바이스 소령, 귀관이라면 그걸 격추할 수 있겠나?"

"……아주 어렵습니다."

그거란 말이 아까 그 마도사를 의미한다고 곧바로 알아차린 부지휘관은 백기를 들었다.

피아의 역량 차이를 확실히 객관시할 수 있는 부지휘관의 말이었기에 타냐는 등골이 싸늘해졌다.

역전의 용사라고 해야 할 바이스조차도 못 이긴다. 그런 적의 귀찮음을 다시금 인식하게 됐단 소리다.

"당하지 않도록 어울리는 거라면 할 수 있을지도 모릅니다. 진심으로 격추하려고 들면 꽤 어렵습니다. 아마도 단독으로는 곤란하리라고."

"그렇겠지. 나도 사양이다."

방어외피를 깎을 수 있을까, 이쪽이 먼저 힘이 다할까의 치킨 레이스가 되겠지. 도무지 적극적으로 달라붙고 싶은 게임이라고 하기 어렵다.

"연방계의 질적 향상도 그렇고, 요즘은 편치 않아."

"……질이라고 하자면 적은 쫓아올까요? 전술 판단 능력 쪽도 향상됐다고 생각하십니까?"

타냐의 투덜거림에 떠올랐다는 듯이 바이스 소령이 묻는 것은 적의 동향 이야기였다. 그리고 이 점에서 타냐는 단언할 수 있다.

"쫓아온다. 그건 틀림없다."

"돌진밖에 모르는 적이기 때문입니까?"

타냐는 무심코 웃음을 터뜨렸다.

"바이스 소령, 더 단순하다."

"그 말씀은?"

"말하자면 놈들은 사냥개다."

적어도 단순히 집이나 지키는 개는 아니다. 군용견, 그것도 훈련받은 맹견이다. 이빨을 보이고 짖을 뿐인 일에 만족할 리도 없겠지.

"아무리 그래도 사냥개 아닌가? 사냥감을 앞에 두고 물러날까? 물어뜯지 않는 겁쟁이 사냥개 따위는 본말전도도 정도가 있지. 놈들은 온다."

"전술 판단을 해야 하지 않습니까?"

"놈들이 유연하게 방침 변경을 할 수 있을 것 같나? 무리겠지."

편제를 읽으면 추측할 수 있다. 연방과 연합왕국의 합동부대란 다국적 부대다. 즉 멋진 다양성! 물론 차이를 인정하는 것을 타냐는 전면적으로 부정하지는 않는다. 다양성의 부정이 막다른 곳에 이른다는 것도 일면의 진실이겠지.

하지만 다양성의 존중은 시간을 필요로 하는 절충이다.

"결국 시간문제로 수렴된다. 적 사관들이 유능하다면 절충을 위해 시간을 낭비하는 것보다도 기정방침을 밀어붙이는 것으로 상황의 개선을 꾀할 것이다."

아무리 유능하고 성실한 인재라도 소통에 필요한 코스트를 완전히 0으로 만들 수는 없다. 다 아는 사실을 일일이 확인하고, 다 아는 사실을 일일이 결정하는 수고는 막대하다. 방침 변경 따윈 악몽이나 마찬가지겠지.

목숨을 빼앗는 전쟁과는 거리가 먼 평화적 일본에서도 이 폐해에서 도망칠 수 없다. 오히려 답답했을 정도다. 합병기업이든 복수 부분의 합동 팀이든 업무를 볼 때의 경험을 염두에 두면 명백하기 짝이 없다.

머리가 여럿 있는 부문은 움직임도 늦지만, 방침 전환은 더욱 고생스럽다.

잔혹한 현실을 해설하자면…… 전쟁이란 결국에 가서는

즉단즉결이다. 느릿느릿 잘하는 것보다도 서툴러도 빨리 하는 것이 승리로 이어지는 지름길인 이상, 통합된 명료한 지휘계통을 가진 폭력장치 쪽이 유용하다.

그러니까 합리적인 적이라면 망설이기보다도 만용을 택하겠지. 슬프게도 타냐는 적이 불합리하다고 가정할 재료를 가지지 않았다.

"사냥개로서 쫓아가라는 규정으로 출격한 적 항공마도부대가 우리를 앞에 두고 반전하면 정치적으로 버티기 어렵겠지. 놈들에게 선택지 따윈 없다."

"그렇다고 해도 끈덕진 놈들입니다. 거리가 벌어졌으면 돌아가면 될 것을, 이라고 생각합니다."

"완전히 동감이다. 스토커처럼 끈덕진 놈들이었지. 정말로 싫어."

그렇게 속도를 올리고 올리고, 거기에 기만기동을 섞어서 제203항공마도대대는 적을 뿌리치는 거리를 확보하는 데 성공했다.

이 점에서 적이 또 돌출하여 달려들지 않아 다행이었다.

주변경계를 엄하게 하여 적이 없다고 확실히 판단했을 때 타냐는 침로를 본래 목적지, 우군 사령부 위치 부근으로 되돌렸다.

그 다음부터는 마도봉쇄로 목적지까지 일직선으로 비행이다.

다행히 적은 이쪽을 놓쳤는지 도중에 지장은 없다. 아주 순조롭게 우군과 교전 중인 적 부대 배후를 덮치기에 이르렀다.

"보였습니다! 0시 방향! 우군입니다!"

"부관, 진지를 불러라! 소령, 대지 지원 돌입 준비. 우군과 상대하는 적을 뒤에서……."

날려버려라, 라는 호령이 입에서 나오려던 참에 타냐의 오감이 그것을 가로막았다. 찌릿찌릿 빛을 받는 듯한, 기억에 있는 악의.

으으, 제길.

"마도 조준이 다수라고?!"

제일 먼저 감지한 타냐는 경보를 외쳤다.

"돌입 중지! 산개!"

놈들이다. 뒤에서 달라붙어서 떨어지지 않는 놈들. 놈들이 매복하고 있었든가, 목적지를 읽힌 것일까. 아마도 후자다. 우리를 놓친 뒤에 침로를 예상하고 쫓아온 것일까.

훌륭한 추측, 혹은 타당한 추측이라고 해야 할까. 어느 쪽이든 짜증 나기 그지없다.

배후에서 쫓아오는 적 마도사는 항상 최악의 타이밍으로 개입해 온다.

문명적인 세계라면 법정투쟁으로 끝을 볼 수 있겠지만, 여기는 동부전선. 문명세계라고 형용하기 어려운 폭력적 공간인 이상 자기구제도 어쩔 수 없다. 질서와 평온이 사랑스럽기 그지없다.

"응전하라!"

짜증 섞어서 호령을 내리고 타냐는 난수회피를 개시. 대열이 흐트러지고 부대 이동이 대폭 늦어지는 건 잘 안다.

하지만 알고 납득하려고 해도 기회비용의 막대함에는 개탄할 수밖에 없다.

놈들에게 방해만 받지 않았으면 대체 얼마나 유의미한 일을 할 수 있었을까? 빨갱이를 자발적으로 지원하는 다국적 부대는 빨갱이보다도 해악이다.

"칫, 짜증 나도록 끈질기군. ……광학계 기만술식으로 속이면서 사격전에 대비하라!"

속도 때문일까, 연합왕국계로 보이는 마도부대만으로도 충분히 귀찮았다. 적 지상부대가 경악에서 회복되면 대체 무엇을 위해 배후에서 강습했는지…… 배후?

"음? ……마침 잘됐군!"

이거다 싶은 것을 깨달았다.

지상에 1개 중대가 있지 않은가. 그걸로 적의 배후를 찌른다.

"그란츠 중위, 나다."

"중령님?!"

지상에서 전투 중이었겠지. 그란츠의 배경음악도 중기관

총인 듯한 발포음에 섞여서 폭음을 울렸다. 상당한 격전이 겠지만, 그래도 타냐는 자기 상황을 우선하여 명령했다.

"유인격멸전을 한다. 우리가 상공을 통과한 뒤에 적의 배후를 걷어차라."

"옙! 하지만, 저기, 호위는?"

그래, 이 상황에서 그들을 쓰면 제투아 중장 등이 위험해질지도 모른다. 타냐 개인으로서는 자기 안전을 위해서라도 그란츠 중위 쪽을 쓰고 싶지만, 그건 상사의 몸을 위태롭게 한다는 점에서 결과적으로 자기 입장을 위태롭게 하는 선택이란 것도 고민스럽다.

어떻게 할지 고민하는 타냐의 갈등은 통신에 끼어든 바로 그 중장 각하의 말에 날아갔다.

"상관없네, 하게나."

부담 없이 담담히 꺼낸 상사의 말은 여태까지 실컷 무리한 일을 떠넘겨준 장본인이 아니라면 감동의 눈물마저 흘렸겠지.

"……감사를. 그럼 예술을 하나 보여드리죠."

"기대하도록 하지."

상사가 보고 있다면 싫더라도 실력을 내야만 한다. 재주 하나라고 해도 실패하면 두고두고 욕을 먹으니까.

"놈들, 술래잡기에 빠져서 주위가 안 보이겠지? 세계는 2차원이 아니라 3차원이라는 것을 놈들이 깨닫게 해 줘라."

2개 중대로 계속 싸워왔던 만큼 아무리 적이라도 이쪽이 2개라고 믿을 게 틀림없다.

"01이 대대 전원에게! 술식 3연! 적의 머리를 눌러라!"

번뜩이는 술탄, 우르릉 소리와 함께 발현하는 폭렬술식, 흩어지는 붉은 액체와 소음에 지지 않게 타냐는 목청을 높였다.

"주여, 주여, 우리에게 빛나는 영광을, 하늘의 철퇴를, 질서와 평온을 주시옵소서!"

"중령님의 뒤를 따르라! 백병전 준비!"

"돌입 전 원호사격!"

적의 머리를 누르고, 아무튼 정면에서 상대하겠다는 모습을 보이면 저쪽도 맞서려고 응전. 정면충돌이라고 믿어 의심하지 않겠지.

언뜻 보면 쌍방이 전력을 쥐어짠 충돌.

하지만 아니다.

"돌입! 돌입!"

갑자기 대지에서 날아오르는 1개 중대의 난입을 예견할 수 있는 것은 명령한 장본인뿐.

"지금이다! 놈들과 맞추어 협격하라!!"

급속 돌입 중이었던 2개 중대와 난전을 벌이던 참에 [아래쪽 진지]에서 그란츠 중위가 이끌고 날아오른 1개 항공마도 중대의 돌입.

멋지게 배후에서의 습격으로 갚아 주는 형태가 되면서 형세는 단숨에 기울었다.

사력을 다해서 정면으로 맞서려던 참에 등에 칼을 맞으면 어떠한 용사라도 전열을 지킬 수 없다. 결국 완강하게 저항을 계속하던 적 마도부대도 통제가 흐트러졌다.

그렇다고 해도 무너질까 말까 하는 걸 보면 적 지휘관이 고삐를 잘 쥐었겠지. 어느 정도까지 조직적인 움직임으로 그들은 이탈하기 시작했다.

"적 마도부대, 이탈하고 있습니다!"

세레브랴코프 중위의 기쁜 보고에 타냐는 살짝 표정을 풀었다. 스토커를 쫓아낸 것과 같다. 변태에게 얽힌 몸으로서는 어찌 이걸 기뻐하지 않을 수 있을까.

"01이 전원에! 추격은 삼가라! 대열을 정리해라, 서둘러!"

재편성을 하면서 공로자를 치하하는 것을 잊지 않는다. 타냐는 상사로서 배려의 중요성도 염두에 두고 있다.

"그란츠 중위, 훌륭했다."

"아뇨, 구원, 감사합니다."

"피차 그게 일이지."

맞는 말이라고 웃는 부하의 어깨를 두드리며, 거리감도 꽤 줄었다고 생각한 것도 있어서 타냐는 당찮은 명령을 내렸다.

"너는 지상으로 내려가서 각하를 원호해라."

언제 어느 때라도 자기 몸을 지키는 것을 게을리해서는 안 된다. 괜히 호위를 상공에 남겨 두면 지상전에서 참모본부 전무참모차장 각하가 명예롭게 전사하고, 타냐 폰 데그레챠프 중령의 빛나는 경력은 불명예스러운 죽음을 강요당할지도 모르니까.

"중대, 따라와라! 지상 강하!"

위세 좋게 날아가는 부하에게 제투아 중장을 맡기고, 타냐는 적을 쓸어버리기 위해 대지 지원에 부대를 투입했다.

"전원, 머릿속을 정리하고 지상 진지를 원호해라! 대지 지원! 대지습격 대열 형성!"

"주진지가!"

"적 보병?! 제길, 날 따라와라!"

하지만 중요한 순간에 저지화력이 쏟아졌다. 애초부터 포위되어 있던 솔딤528진지의 탄약 사정은 풍부하다고 할 수 없어서 대대도 이리저리 메우느라 고생했다. 게다가 도중에 성대하게 화력전을 벌인 것이 결정적이었다.

지휘관으로서는 정말 한심하게도 이럴 때에 탄약이 부족하다.

"칫, ……연전이 아프군."

수중의 잔탄 없음. 원거리 무기의 선택지가 한정되는 것은 실로 마음에 안 든다. '접근전을 하려고 해도.'라고 생각하던 찰나에 타냐는 허리에 찬 야전삽의 존재를 떠올렸다.

시가전에서 쓸 것을 염두에 두어서 달고 왔는데, 그러고 보면 3차원 전투에서도 야전삽을 써먹을 수 있지 않나?

힐끗 보니까 시야 밑에서는 우군 진지에 적 보병이 밀려들려는 판이다. 정규 진지전이라면 또 몰라도 예비 호조차 없을 가설 방어진이다. 유린당하면 피해가 적지 않겠지.

어쩔 수 없다. 야전삽이라는 문명의 이기를 활용할 수밖에 없다.

결심하자마자 타냐는 야전삽의 광채와 함께 강하를 개시. 그리고 주저 없이 휘두른 그것은 적병을 향했다.

중력가속도에 마도사가 감속 없이 그대로 들이받는 돌격. 고금동서, 기병돌격이 맹위를 떨친 것과 같은 이유. 타냐 자신의 질량이 가볍더라도 그것은 이미 무시무시한 질량탄이다.

둔한 충격음.

나뒹구는 적병.

그리고 감속용 브레이크 대용인 방어외피와 방어막으로 주위의 적병을 날려버리며 지상에 [착탄]한 데그레챠프 중령은 나뒹구는 적병의 시체에서 주워 든 총을 한 손에 들고 주위를 둘러보아서 찾던 사람을 곧바로 찾아냈다.

황당해야 할까, 호담하다고 감동해야 할까, 놀랍게도 마도사도 아닌 제투아 중장 각하가 태연하게 전장에서 보병들에 섞여 소총을 들고 계셨다.

시체가 첩첩이 쌓였는데 후퇴도 않고 잔류라니…… 정말이지 좋은 상사 아닌가. 타냐로서는 도저히 흉내 낼 수 있을 것 같지 않다.

"무사하십니까, 각하?"

"으음, 야삽의 광채에 반할 것만 같았네."

탄이 다 떨어진 것을 들켰다니 창피할 따름이다. 살짝 붉어지기 시작한 얼굴을 숙이고 타냐는 무례를 사과했다.

"이거 부끄러운 모습을 보였습니다."

"아니, 참모본부에서 엉덩이로 의자나 닦던 때에는 상상도 못 할 귀중한 광경을 구경했네, 중령. 아주 재미있는 여흥이었다."

"그렇게 말씀해 주시니 영광입니다, 각하."

웃을 수 있는 실패로 넘어가 주는 걸까. 최선을 다한다고 노력했던 만큼 나쁜 평가가 아닌 점에 마음을 놓아야겠지.

"앞으로는 다소 개선하겠습니다."

"좋아, 좋아. 아무튼 이게 정리되거든 차라도 같이 하세."

"멋진 말씀입니다."

전장인데도 기묘한 소리라며 타냐는 웃었다.

"문화야말로 우리와 동물을, 일상과 비일상을 구별한다고 생각하지 않나?"

"소관은 그렇게까지 철저할 순 없습니다. 하지만 아주 영광스러운 초대에 감사드립니다."

"좋아."

제투아 중장도 웃고 있었다.

"이르도아의 친구가 귀국 전에 주고 간 좋은 게 있지. 가끔은 같이 홍차라도 마셔주겠나. 그럼 마무리하고 오게."

"옙! 그럼 다음에 또 뵙겠습니다!"

한스 폰 제투아

Hans von Zettour

이건 글렀군.

돌격을 개시한 제국군 기갑부대에 대해 연방군 부대의 대응은 규정에 따른 것이었다. 준비했던 예비전력으로 즉응하면서, 돌파를 꾀하는 제국군 구원부대를 요격.

수적 우위를 중시하는 연방군의 독트린과는 달리 제투아 중장의 돌진을 받아내는 그들은 결코 수적 우세를 확신할 수 없는 상황이었다. 하지만 그들은 숫자 부족을 실력으로 메웠다.

연방군 부대가 보인 대응은 전장에 낀 안개의 지배선상에 있었고, 완벽에 한없이 가까웠다. 공들여 준비했던 사전계획은 지체 없이 발령됐고, 원군으로는 비장의 카드로 온존시켜서 완전충족 상태인 기갑사단을 망설임 없이 급행시키는 결단.

제국군 참모본부조차도 이런 조치는 모방의 대상으로 삼아야 할 만한 조직적 저항이었다.

정치장교의 과도한 간섭이 억제되고 군사적 합리성을 추구하기 시작한 연방군의 군사기구는 튼튼한 방비를 구축할 수 있었다. 교과서 같다고 하자면 정말 교과서 같지만, 정공법을 취할 수 있을 때의 정공법이란 지극히 튼튼하기 그지없다.

제국 측의 구원부대가 움츠러들면 틀림없이 연방군은 승리할 수 있었으리라. 반격의 전진을 전의와 함께 깨뜨리고 멀리까지 쫓아갈 수 있었겠지.

맞서는 연방군에게 치명적인 오산이 있다면, 딱 하나.

포위했을 터인 제국군 진지에서 맹수가 뛰쳐나와서 뒤에서 이빨을 드러내고 물어뜯을 거라고 예상하지 못했다는 점이다.

팽팽한 상태에서 뒤에서 찔리면 강인한 군대마저도 붕괴한다.

일찍부터 예비전력을 대응에 집중투입하고 교과서 같은 정답을 계속 선택했기 때문에, 패러다임에 없는 수가 연방군의 생각을 경직시켰다.

불행 중 다행은 맹수를 쫓던 목양견이 있었다는 점이다.

우군을 구하는 영웅적 역할을 맡게 된 드레이크 중령으로서는 내키지 않았더라도, 군 전체로서 보면 전화위복이었다.

폭주한 수 중위의 돌출에 끌려가는 형태로 의용마도부대가 추격에 임하여 솔딤528진지에서 날아오른 1개 마도대대의 발을 둔하게 만드는 것으로, 연방군 부대는 치명적인 일격을 가까스로 치명적인 일격의 선으로 억누르는 데에 성공했다.

하지만 임기응변으로는 한도가 있었다.

B집단의 전의 부족을 파악하고 있던 연방군의 예상을 뒤

엎는 제국군 구출부대의 돌진과 뒤에서 물어뜯는 마도대대의 협격에 수중의 예비대를 죄다 내보냈다.

어떤 군대라도 사령관은 골치가 썩겠지.

하지만 사실 돌파당한 시점에서 연방군의 손해는 그 단계만 보자면 국소적인 것에 불과했다. 진짜 문제는 역경에 직면한 연방군의 조직적 구조가 유폭을 일으킨 것이다.

즉, 결단의 문제다.

전선을 유지할 수 없다면, 과연 어떻게 해야 할까.

반격인가, 철수인가, 방어인가.

그 어느 쪽이 하나의 길이 될 터였다. 하지만 연방군의 지휘관들은 그 방침을 정하지 못했다. 그 누구도 한번 무너진 대열을 정돈할 여유를 붙잡을 수 없었다.

정세를 즉단할 수 있는 지휘관이 없었던 건 아니다.

격전에 이은 격전 속에서 연방군 장교의 판단력, 전투 경험은 제국군과 겨루는 형태로 갈고닦이고 있어서, 경험과 지혜를 모두 겸비하기도 했다.

그런 그들이 결단을 채 내릴 수 없었던 원인은 단 하나.

아무리 우수한 장교들이라도 연방군의 사관은 어떤 때든지 복종을 미덕으로 삼았다. 아니, 등져선 안 될 대원칙으로 삼았다. 그들에게는 비상시에도 독단전행하는 조직 문화가 결여됐다. 그랬던 인간이 과거에 없었던 건 아니다. 하지만 그건 강한 마음 이상의 뭔가를 필요로 하는 영웅적 결단이다.

태반의 인간은 그저 기다린다.

명령을.

보다 정확하게 말하자면 [허가]를.

그렇게 길들었다. ──당을 적보다 두려워하도록.

물론 늦었다는 걸 깨달으면 움직이겠지.

하지만 아무래도 한 걸음 부족하다.

그런고로 한 걸음 정도가 아니라 온몸으로 달려든 제투아 중장의 끈기가 문을 연다.

만용, 무식한 돌진, 혹은 망설임을 뿌리쳤다고 할 만큼 깨끗한 돌진. 어떻게 형용하든 제투아 중장은 도박에서 이겼다.

통일력 1927년 6월 19일
동부전선 / 제국군 추격부대

승리의 보수란 다양하지만, 도망치는 적의 뒤를 쫓는 권리는 확정적인 대가다. 고금동서, 적의 등짐을 쏘는 것만큼 유쾌한 일은 없다.

다름 아닌 적의 등을 쏠 수 있다는 소리니까.

총추격령이 떨어지면 장병도 군소리 없다.

추격 명령이 나오고 용맹하게 전진하는 부대 안에 타냐의 제203항공마도대대의 모습도 끼어 있었다. 공중돌격 대열을 형성하고 똑바로 적의 뒤를 쫓기 위해 전속력으로 사냥개 역할을 맡았다.

하지만 지휘관인 타냐 폰 데그레챠프 중령은 진두에서 한순간 얼굴을 흐렸다가 근처를 나는 바이스 소령에게 넌지시 눈짓을 보냈다.

역시나 대수롭지 않은 기색으로 다가온 부지휘관의 눈치 빠른 표정. 그 또한 훈련받은 사관이고, 부하의 시선을 의식한다는 점에서 만점짜리 대응이다.

"으음, 장관입니다. 게다가 추격전이라니."

"맞는 말이다. 돌격은 성공. 솔딤528진지를 방어한 성과가 있군."

지휘관과 차석 지휘관이 하하핫 소리내어 웃으면 정말이지 훈훈한 담소겠지. 제203항공마도대대가 한솥밥을 먹으며 지낸 이들이라고 해도 최소한 지휘관들의 생각이란 게 있다.

그 점에서 타냐와 바이스 소령은 잘했다. 타냐와 바이스 사이에 떠도는 미미한 은폐의 빛을 알아차린 건 부관 정도겠지.

"잔당을 토벌하면서 추격하여서 주변을 확보하라는 것입니다만…… 중령님?"

"바이스, 솔직하게 묻지……. 추격이 가능한 상황인가?"

타냐는 부지휘관에게 쓸쓸한 표정으로 작게 내뱉었다.

"추격전 명령이 내려왔습니다만…… 바라지 않으십니까? 분명히 부대에도 피로가 있습니다만, 전력 발휘는 가능한 상태입니다."

"바이스 소령, 상대적으로 소모가 양호한 편인 나조차도 피폐해졌는데?"

돌파작전에 참가한 부대 중 제203항공마도대대가 가장 나은 상태겠지. 그 제203항공마도대대조차도 전과 확장의 기회를 두고 타냐가 [추격] 단행을 주저하는 상황이다.

자기들뿐이라면 어쩌면 우군과 보조를 맞추어서 무리를 하기도 했겠지. 슬프지만 희망의 동아줄이어야 할 다른 우군 부대가 얼마나 움직일 수 있을지도 의심스럽다.

B집단의 현황을 생각하면 돌파에 성공한 시점에서…… 군은 이미 한계까지 늘어졌다.

"무리일까요."

바이스 소령이 씁쓸한 표정으로 흘린 한마디에 타냐는 살짝 끄덕였다. '뭐가?'라고 말할 것도 없고, 물을 것도 없는 사실이다.

추격에 전력을 기대할 수 없는 것은 안타깝지만, 수중의 패가 여의치 않은 것은 어쩔 수 없다.

"항공마도부대 단독 추격은 리스크가 너무 크다. 항공함대가 함께하는 형태의 지원전투가 한도겠지. 다소의 진출은 전술적 조치로서 인정하지만, 더 이상의 피로는 피하고 싶다."

"명령이라면."

"엄명하지. 나는 이미 격전을 겪은 부대를 더 지치게 만들고 싶지 않다. 안 그래도 끈질긴 다국적 부대란 놈들과 얽혔다. 이 이상은 허용할 수 없다."

"중지하시겠습니까?"

중지를 검토하고 싶긴 하다. 하지만 타냐는 그때 머리를 채운 난제를 생각했다.

합류 직후에 만난 제투아 중장은 적을 일소하고 싶다는 냄새를 희미하게나마 확실히 풍기고 있었다. 중장 각하가 직접 진두에서 총을 쏠 정도로 용맹한 모습이었다.

그런 상대에게서 [중령. 추격이 끝난 뒤에 출두하여 상황을 보고하도록]이라는 요청을 추격 전 다과회 약속과 함께 받았다.

그걸 떠올리며 타냐는 한숨을 흘렸다.

위에선 항상 쉽게 말한다.

보고하라고 하는데, 선물로서 성과도 가져가야만 할까. 아니면 일부러 빈손으로 가야만 할까.

위의 모순을 밑에 전달할 뿐인 상사는 되고 싶지 않다.

되고 싶지 않지만, 눈앞에서 작은 점으로 떠 있는 적 마도사들을 시야에 넣으며 타냐는 작게 투덜거렸다.

"……계륵이라고 투덜거리고 싶어지는군."

고사를 생각하면 물러날 수밖에 없다. 하지만 아깝다고

한탄하고 싶어진 조맹덕의 마음도 맞다.

달라붙어서 우리를 상당히 고생시킨 연방, 연합왕국의 군마도부대의 목을 조를 수 있으면……이라는 바람도 꼭 없다고 할 수 없겠지.

"중령님?"

"아무것도 아니다. 감정적으로는 물러나고 싶지만, 눈앞의 적에게 인사 좀 하고 싶다는 마음도 있는 이율배반이다. 이렇게 되면 한 번 부딪쳐서 캐볼 수밖에 없지."

게으른 자세의 작전행동이라니 나답지 않다고 타냐는 자조했다. 선택지가 없는 입장에 처하면 이렇게 된다.

심한 이야기지만, 심한 이야기 따윈 흔해빠졌다.

현실이란 존재X로 시작해서 중간관리직의 비애, 혹은 자신을 전철에 떠밀친 멍청이까지 부조리로 가득하다. 정말이지 사악한 놈들에게 재앙 있으라.

각오를 하자.

부조리에 맞서자.

이 자리에서 단호하게 실행하자.

"01이 대대 전원에게! 눈앞의 적 마도부대를 쫓아낸다! 돌입 준비!"

할 거면 주저를 버린다.

돌입 신호를 내리며 타냐는 대대를 인솔하여 드레이크 중령, 미켈 대령 등이 이끄는 다국적 부대를 향해 급속히 거리를 좁히기 시작했다.

같은 날 다국적군 최후미

한편 쫓기는 쪽인 드레이크 중령 또한 고민하고 있었다. 아니면 전장에서 조직에 속한 사람이 생각하는 것은 비슷하다고 해야 할까. 이겨서 추격하는 쪽이든, 혹은 패배하여 철수하는 쪽이든 의외로 고민의 차원은 다르지 않다.

[빈손으로 돌아가도 될까]라고 추격전을 받으면서 고민하는 것은 연합왕국군, 해병마도 중령이자 역전의 용사인 드레이크 중령으로서 태어나서 처음 하는 갈등이었다.

신선한 경험의 감상을 한마디로 하자면 구역질 맛. 두 번 다시 경험하고 싶지 않은 딜레마였다.

"적이 온다. 그런데 어떻게 해야 할지 고민이다. 이것 참!"

아무래도 말로 하진 않았지만 심하긴 하다. 맞서 싸워야 할까, 도망쳐야 할까, 결단을 주저하다니!

엄밀하게는 자기가 빈손인 것이야 문제없다. 하지만 연방 공산당에 대한 [미켈 대령님]의 입장을 고려할 필요가 있다.

다국적 부대 지휘관이 빈손으로 후퇴했을 경우, 미켈 대령은 물리적으로 목의 안전이 보장될지 위태롭지 않나? 안 그래도 패배가 사태를 꼬이게 한다.

이 고민, 연방군 사관 전체에게 공통되는 것이라고 쉽사리 상상도 갔다. 그렇기에 드레이크 중령은 [그러니까 연방군이 약하다]라고 싫어도 알 수 있을 정도였다. 연방군에게서 흘러드는 풍문을 믿기론 군사적 합리성을 중시하게 된 모양이다. 하지만 연합왕국 군인으로서의 감각으로 보자면 여전히 괴리감이 강하다.

"……자, 어쩐다."

중얼거리던 드레이크 중령은 자기가 싫어하는 조직론과 연방 내부의 이치에 대해 생각했다. 눈앞의 적을 격추할 뿐이라면 간단하지만…….

이래선 사이에 낀 꼴이다.

"후퇴전의 최후미인 게 그렇게 마음에 걸리나?"

"……반대겠죠. 이걸 어떻게 변명할지 고민하고 있어서."

"드레이크 중령?"

의아한 표정을 하는 미켈 대령과 통역 없이 본심을 털어놓는 대화. 리스크가 있는 행위지만, 역시나 정치장교나 입이 가벼운 수 중위가 없다면 괜한 형식적 수사로 시간을 낭비할 여유조차 없다.

리스크, 리스크, 리스크.

연방과 공동보조로 전쟁을 하는 것뿐인데, 왜 이렇게 생각할 게 많을까.

"솔직히 말해 주시죠. 성과 없이 후퇴할 수 있습니까? 특히나 귀관의 입장에 지장이 없냔 말입니다. 처벌 없이 허용되리라고 생각합니까?"

"정치 이야기는 하지 않기로 했지. 기밀 누설을 부채질하는 건 참아 주겠나?"

즉, 정치가 얽힌다는 소리. 그게 얽힌다는 소리는 그냥 안 넘어간다는 뜻. 언외의 말로 긍정하는 미켈 대령에게 드레이크 중령은 공허한 웃음을 하늘에 흘렸다.

"……이해했습니다. 연방의 문화를 이해하고 존중하고 싶다고 생각합니다."

선물을 가지고 돌아갈 필요가 있다. 그건 정치적 요청이다.

정치 따윈 되어먹지 않은 것이라고 믿었는데, [진짜로 어쩔 수 없을 만큼 되어먹지 않았다]라고 확신을 품게 됐다.

"성과가 필요하다고 하지만, 최후미 부대로서 분전하면서 후퇴하고 있습니다. 수 중위의 폭주 덕분이라고 인정하는 건 아주 짜증이 나지만, 우리는 효과적으로 우군을 지원하는 결과를 얻었습니다."

협격 실행부대를 물어뜯어서 전군이 곧바로 와해되는 것을 저지했다.

"최후미에서 버텨보죠. 우리도 함께하겠습니다."

미안하다는 미켈 대령의 한마디는 바람이 쓸어가 주었다.

무슨 소리였는지 들리지 않았다. 그것은 전우 사이에 주고받아야 할 말이 아니다. 남자란 전우의 옆에 서는 것에 이유를 찾지 않는다.

전우가 있다.

자신이 있다.

그럼 호라티우스처럼 지켜야 할 것을 지키자. 조국의 이름으로 한 남자가 신의를 거는 것이다. 뭘 두려워할까.

"하다못해 알려 주게……. 자네 부하는 몇 명이지?"

"열세 명."

잃은 부하는 사실 1개 중대 규모.

수 중위의 폭주가 아니었으면, 아니, 괜한 생각이다.

내가 내 지휘 아래에서 죽게 했다. 유족에게 사과하자. 욕을 먹자. 부끄러움은 달게 받아들이자.

"……주여, 조국이여, 바라건대 그들의 영예를 알아 주소서."

작게, 하지만 희미하게 드레이크 중령은 기도했다.

"중령, 하지만 그들은 적과 싸우다가 죽었네."

"그 말씀은?"

"……가족을 잃는 데에 익숙하지 않은 건 좋은 일이지. 게다가 적과 싸워서 죽을 수 있어. 죽는 법으로선 나은 편이지."

어렸을 적에 배운 이야기다. 용기 있는 정의지사의 영웅담. 조국에서 머나먼 곳, 궁극의 희생을 지불한 헌신도 거기에 더해져야만 한다.

의미 있는 일을 하고 있다.

그렇게 믿고 싶다.

적어도 그들은 그걸 믿으며 조국의 적과 싸우다 스러졌다. 이만큼 연합왕국인이라는 사실을 축복하고 싶다고 생각하는 때는 드물겠지. 조국이여, 사랑하는 조국이여, 우리의 비할 데 없는 사랑을 기뻐하라.

아아, 감정적인 생각은 이 정도로 하자.

지금은, 지금만큼은 멋대가리 없는 현실에 이치를 맞부딪쳐야만 한다.

"위로도 해 주셨으니 슬슬 진지하게 전쟁 이야기를 하죠. 적의 추격, 얼마나 거셀 거라 생각합니까? 문제의 마도대대가 이쪽을 쫓아오고 있습니다만, 그걸로 끝내줄까요?"

쫓아오는 제국군의 대응은 실로 예리하다고 할 수밖에 없다. 중포위 하에서 그렇게 궁지에 몰렸던 솔딤528진지에서 뛰쳐나온 제국군 마도부대, 라인의 악마와는 숨바꼭질깨나 하였다.

다소 피폐해져도 좋을 텐데 아드레날린을 좍좍 뿜어내는지 덤벼드는 모습에는 수 중위처럼 이해하기 어려운 불쾌함이 있었다. 인간답게 좀 뻗어주면 좋을 텐데.

"답은 명백하겠지, 드레이크 중령. 적의 등가방을 쏘는 것만큼 유쾌한 일도 드물지?"

"등가방?"

"뭐야, 세대 차이인가. 적이 등에 진 등짐을 뒤에서 쏘는 건 고전적인 오락이지. 장교라면 적의 등가방을 보는 게 꿈이라고 해도 좋아."

"품위 있는 도련님이었군요. 취미는 차라리 여우 사냥이."

손에 든 총을 엽총처럼 들며 드레이크 중령은 여우 사냥 흉내를 냈다.

고향의 풍습. 평화적인 문명의 향기가 그립다. 상무의 격식이자, 조국에 문제가 생긴 날에는 손에 총을 들고 달려간다는 수렵의 전통.

전장에 몸을 두었기에 그것이 너무나도 그립다. 천진난만하게 엽총을 들고 사냥감을 쫓아다닌다니 얼마나 단순하고 명료한가.

"각각의 문화적 차이란 거지. 자, 그럼 전쟁애호가인 제국군을 환영해야지. 환영회 준비를 잘해야겠어."

"전투기 부대들은 기대할 수 있겠습니까? 정치장교가 보증하였습니다만, 결국 그 녀석의 보증에 불과합니다. 나로서는 미켈 대령님의 의견을 듣고 싶습니다만."

"……중령. 자네의 정치장교 혐오는 도를 넘었어. 그녀는 비교적 나은 인간이라고 거듭 말했는데."

"그게 낫다는 말만큼은 몇 번 들어도 이해할 수 없습니다."

정치 혐오가 심하다는 자각이 없는 건 아니지만, 정치적인 이유로 후미를 맡을 필요성에 쫓기는 일만큼은 사양하고 싶다.

"가장 밑바닥은 귀관의 상상력을 넘은 저편에 있어. 그녀는 뭐라고 해도 그래도 나아. 선량한 어린양이 늑대 흉내를 내는 것에 불과하지."

"선량하다고 해도 양의 탈을 쓴 늑대입니다. 선량한 양이 친하게 지낼 수 없는 게 신기할 일도 아닙니다. 아니, 이 이야기는 여기까지로 하겠습니다. 파티 시간이니까."

요격 수순을 정하고 난적과 상대하기 위한 부대의 대열을 정비하라고 부하에게 호령하기 시작했을 때, 드레이크 중령에게 몇 안 되는 낭보가 들어왔다.

"중령님! 수 중위에게서 퇴로에도 적의 모습이 보인다고."

통신기를 짊어진 부하가 말하는 낭보.

적의 모습을 보았다는 건 흉보일지도 모르지만, 추격을 받는 중이다. 적이 오는 건 당연하다. 비구름이 끼면 비가 오는 것과 같은 자연현상 같은 것이다.

수 중위라는 변덕스러운 인간이 명령을 제대로 수행하고 보고해 주었다는 사실이 중요하다.

"제국 놈들, 조금쯤 늦어도 좋을 것을. 곧바로 응전……. 아니, 잠깐. 돌파하고 퇴로 확보를 명해라."

"옙, 퇴로 확보의 명령을 전하겠습니다!"

수 중위도 [우군을 구한다]는 점에서는 드레이크에게 반발하지 않고 얌전히 따르는 모양이다. 아군을 생각하는 순진함이 있다고 해야 할까. 아니, 그래도 신참 중위다.

근본이 못된 인간인 것은 아니고 선의로 움직이는 만큼 복잡하다. 하지만 이번만큼은 그게 다소 나은 방향으로 작용해 주겠지.

"내친김에 연방군의 원호에 인명이 걸려 있다고도 덧붙여라! 실수로라도 눈에 띈 제국군에게 분별없이 돌진하는 짓을 시키지 마라. 고삐를 놓지 마!"

"알겠습니다!"

무전 너머로 수 중위를 유도하도록 고참들에게 지시를 마친 드레이크 중령은 안도의 한숨을 살짝 흘렸다.

제어할 수 있다는 건 다행이다.

그 폭주 계집도 제국군 마도부대에게 집중사를 맞아서 격추될 뻔한 덕분에 다소는 무식한 돌격을 자제하는 버릇을 붙여주었다.

제국군 놈들이 확실히 교육해 준 건 다행이었다. 수업료로 의용마도사라고 해도 자기 지휘 하에 있는 부하를 꽤나 빼앗긴 것은 배알이 뒤틀리지만.

아니, 이건 돌출한 수 중위의 지휘에 문제가 너무 많았던 걸지도 모르지만.

"자, 우리의 전우 제군!"

화풀이처럼 드레이크 중령은 목청을 높였다.

"살아 돌아간다. 돌아가면 비장의 술을 전부 내주지. 다만 죽은 사람의 몫은 없다. 자기 몫을 빼앗기기 싫으면 힘내라!"

"적 포착, 적 마도부대, 2개 대대 규모입니다."

"그래, 이쪽에서도 보인다."

부관의 헤아린 적의 숫자가 거의 정확한 것은 아쉬운 일이다.

"……여전히 연방군, 연합왕국군의 합동부대 주제에 대응이 빠르군. 아니, 이제 그런 말은 써선 안 되겠지."

쌍두 체제로 지휘권이 혼란스럽다면 편할 텐데, 놈들은 아무래도 지휘권을 일원화했는지, 아니면 연합왕국군의 지휘관이 공산주의자인지, 공산주의 군대와 자본주의 군대가 보조를 맞추고 있다.

"싫은 광경이다. 으스스한 느낌마저 든다."

"그럼 저희에게 맡겨 주시길. 치고 들어가서 무너뜨리겠습니다!"

푸념 한마디에도 깍듯하게 반응해 주는 그란츠 중위의 마음은 제법이다. 실제로 제투아 중장 각하의 호위 임무에서 해방된 것이 자못 기쁜 모양이다.

뭐, 높으신 분과 동행하는 일과 자기 임무를 자기 페이스로 하는 일을 비교하면 후자가 편하다고 이해하지 못할 것 아니지만…… 그렇긴 해도 의욕이란 적절하게 행사해야만 한다. 현재 그란츠 중위는 의식 과잉이다.

"적의 숙련도가 떨어질 거라고 기대하지 마라. 기각이다, 기각."

항상 그렇지만 이만큼 단언하면 부하는 물러난다. 기막히게도 그란츠 중위는 어지간히 하고 싶은 건지 '안 되겠습니까?' 라는 시선을 보내지 않는가.

그 모습을 보면 애냐고 꾸짖고 싶을 정도였다.

"그란츠 중위, 안 되는 건 안 된다. 거듭 말하지 않으면 모르겠나?"

"아, 아니요. 알겠습니다!"

시선에 힘을 담아서 이해를 촉구하자 역시나 알겠다는 대답. 신경을 더 굵직하게 가졌으면 좋겠다고 생각하는 한편으로 얌전히 말귀를 알아듣는 것도 중요하다.

적진이 흐트러진다면 타냐도 과감한 전과 확장에 반대하지 않는데.

"전혀 흐트러짐 없는 적병이라니, 너무 귀찮아."

눈앞에 있는 것은 돌격대열에 응전하기 위해 대열을 조정하는 적 마도부대의 모습. 2개 대대 규모라고 하지만, 그 움직임이 일사불란하고 유기적으로 연대를 갖춘 듯한 모습은 도저히 패잔병이라고 할 수 없는 것이다.

이상하다. 추격전이었을 텐데 이건 뭘까.

추격이란 적의 등을 쏘는 일이다. 이쪽과 맞서려는 의욕이 넘치는 상대는 단순한 조우전에 가깝다. 일이 단단히 꼬였다.

이때가 바로 간접 어프로치의 차례겠지.

"부대를 둘로 나누어서 퇴로를 노린다. 퇴로가 위험해지면 놈들도……."

"돌진해 옵니다?!"

부관의 비명에 타냐는 당황하여 외쳤다.

"또 그 수인가! 사람을 바보로 아나!"

추격전인데도 정면에서 반항전? 배짱 좋지만 사람 얕보는 것도 정도가 있다. 그 페인트 섞인 연대공격이라면 이미 맛본 적이 있다. 두 번이나 똑같은 수에 걸릴 거라고 생각한다면 너무나도 뜻밖이다.

"적 항공기의 난입에 경계하면서…… 큭, 3시 방향 적! 식별!"

"적기로 추정되는 실루엣입니다! 다수 접근!"

"수고했다, 바이스!"

귀신의 탈을 벗겨낸 기분이다. 마도부대와 항공기를 조합한 공중전술은 재미있지만, 속임수가 까발려진 마술에 불과하다.

학습력이 있다. 똑같은 수작이 먹히는 건 환상이라고 교육해 주마.

"대열간 거리를 지키면서 각개 탄막 형성!"

난수회피에 따르는 대열 붕괴를 저지하면서 적절한 저지 화력을 형성해 탄막 방어 사격. 적기를 멋지게 비싼 고철덩이로 만들려고 즉각 행동한 대대의 움직임은 완벽에 가깝다.

하지만 응전은 허탕으로 끝났다.

"응? 적기의 움직임이…… 이런!"

돌입 궤도를 읽고 요격을 준비한 대대의 눈앞에서 적기는 느긋하게 반전했다. 한 기 정도 이탈하는 게 아니라 죄다.

완전히 표적이 빗나가서 대대의 사격은 성대한 허탕으로 끝났다. 뿐만 아니라 요격을 위해 대열간 거리를 벌렸을 때 적 마도부대에게서 약 올리는 초장거리 사격이 날아온다.

역시 선량한 근대적 시민인 자신은 양식에게 발목을 잡힌다. 연합왕국과 연방, '연' 자에는 무슨 사신이라도 깃들어 있는 게 아닐까. 연합왕국, 연방이라는 세계 양대 사악만큼 사람들이 싫어하는 짓을 잘할 수 없다는 것은 자랑해야 할까.

또다시 한 방 먹었다고 분하게 여겨야 할까?

"적 마도부대, 반전합니다!"

세레브랴코프 중위의 보고에 타냐는 혀를 찼다.

짜증스럽게도 적의 진퇴는 교과서적일 정도로 교묘하기 짝이 없다. 관찰해 보니 돌진해 올 터였던 적 항공마도부대는 재빨리 도망 완료. 김 샐 만큼 체념이 빠르다.

"양동인가……. 한 방 먹었군. 적도 제법이로군."

이렇게 됐으면 일제사격, 돌진, 그리고 추격전 완수 같은 건 환상 중의 환상이겠지. 손해 경미라고 해도 추격에 임하려는 마음이 크게 줄어들었다. 솔직히 말해서 저만한 활력을 조직적으로 지키는 적을 단독으로 추격하는 건 논외다.

자기 힘을 이쪽으로 퍼부으면서 화려하게 철수하는 적 마도사는 위험한 존재지만, 그렇기에 가능하다면 엮이고 싶지 않다.

"이거 월급에 보너스를 더 받아도 부족하군……."

노동조합, 노동조합은 어디 있나. 아니, 사관은 공무원이니까…… 단체교섭권은 인정되지 않겠지. 이렇게 됐으면 노동기준법에 기대할 수밖에 없다.

노동기준법은 대체 어디에 있지? 전 세계의 장교가 기대하고 있는데.

"전투기 부대를 격추해라! 폭렬술식의 공간면 제압! 하다못해 놈들만이라도!"

"그만둬라, 그란츠."

"예?"

머리를 싸쥐고 싶은 마음을 누르면서 타냐는 부하를 제지했다.

월급을 그만큼 받는 것도 아니고, 무엇보다 마도사로 항공기와 전투를 벌이면 대열이 흐트러진다.

적 마도부대가 거리를 벌렸다고 해도 발이 빠른 놈들이 [교전거리 근처]에 머물러 있는 상황에서는 하고 싶지 않다.

함대 현존주의는 아니지만, 위협을 가진 존재가 거기에 있다는 것은 자유를 현저하게 저해한다.

"무시해라. 저 연방군 마도부대와 거리가 너무 가깝다. 애초에 적 전투기와 속도 차이를 죽이기 위해 가속하면 97식이라고 해도 피폐는 막대하다."

적이 괴롭힘의 목적도 넣어서 장거리 사격을 가한다고 해도 자발적으로 후퇴해 준다. 일단 추격했다고 할 수 있는 정도로 교전도 했다. 최소한의 의리를 다했다고 해도 좋다. 뒷일은 지상군의 지원과 잔당 소탕의 전과를 제투아 중장 각하에게 선물로 가져다드리면 되겠지.

그래도, 그렇긴 해도, 남들이 싫어하는 짓을 솔선해서.

인간으로서 당연하다고 의무교육에서 배웠다. 일본의 학교에서도, 제국의 참모 교육과정에서도, 전장의 실체험에서도 비슷하게 배운 이상 이것은 만국 보편의 법칙으로 불러야겠지.

"적이 물러나는 걸 빤히 보기만 할 도리는 없지."

그 말에 신이 난 부하에게는 미안하지만 돌입은 없다.

그란츠 중위나 바이스 소령, 또한 세레브랴코프 중위처럼 활력 넘치는 장교와 달리 타냐는 고생을 그리 좋아하지 않는다.

노동력은 파는 물건이다. 부당한 염가 판매는 시장에 대한 성실의 덤핑. 솔직히 범죄적이다.

"술탄 준비! 장거리 광학계 저격술식 전개다! 적의 엉덩이에 한 방이라도 먹여 줘라! 놈들에게 추억을 새겨 줘라!"

귀찮은 놈들에게 소금 대신 납탄을 선물. 그들에게 어울리는 상대는 지면이다. 꼭 하늘에서 급추락으로 열렬한 포옹을 했으면 좋겠다.

하지만 아쉽게도 연방인도 연합왕국인도 지면과 열애를 하고 싶지 않은 모양이다. 훈훈하고 살가운 면으로는 전설적인 이르도아인에게 기회가 있으면 시험해 봐야 할까. 행운이라면 그 기회가 당분간 없을 듯이 평화의 기운이 있다는 점이겠지.

어찌 됐든 장거리에서 콩알만 한 적에게 술탄을 퍼부었을 때 성과는 한없이 부족하다. 십여 발의 일제사격 후에 사정권 안에서 적 항공마도부대는 질서를 지키면서 유유히 이탈하였다.

후퇴하는 적을 쏠 뿐인 간단한 추격전이었을 텐데, 전과는 쓸쓸하기 그지없다.

"하지만 이거면 된다."

타냐는 적에게 향하던 라이플을 어깨에 다시금 지는 것으로 전투의 종결을 부대에게 알렸다.

"더는 쫓지 마라. 이 이상은 리스크가 너무 크다. 바이스, 그란츠, 물러난다!"

"하지만 지금이라면!"

등가방 애호가인 그란츠 중위가 아쉽게 적의 뒷모습을 가리키고 이를 갈면서 추격을 눈으로 호소하는 건 이미 익숙하다.

"그란츠 중위, 또인가?!"

"지상군이 고생하면서 간신히 붙잡았습니다! 제발!"

"……안 된다."

우군이 희생을 지불한 것은 이해한다. 비용 대 효과의 관점에서 보면 피아의 킬 레시오를 개선해야 한다는 것도 맞는 말이겠지.

하지만 타냐는 도박을 싫어한다. 투자로 말하자면 데이 트레이드보다도 견실한 신탁투자나 종신저축형, 혹은 스스로에 대한 인적 자본이 최적이다.

적의 추격도 안 좋은 선택은 아니지만…… 손익의 분수령은 이미 넘었다. 이 이상은 리스크만 너무 크다. 돌아가는 것을 [패배주의]라고 얕보는 놈들에게 필요한 것은 지성이겠지. 타냐 자신의 자기진단에서 자신은 심각한 지성부족에 이르지 않았을 터이다.

"지금이라면 아직 돌아갈 여력이 있다."

중요한 것은 안전이다.

안전, 평화, 그리고 확실.

명확한 원칙에 기반을 두고 타냐는 단언했다.

"내가 지휘관인 이상 이건 절대로 양보할 수 없다. 부대에게 괜한 리스크를 지게 하는 것은 용납할 수 없다. 기억하도록."

"……알겠습니다."

다소 작은 목소리지만 확실한 대답이 돌아왔기에 타냐는 만족스럽게 끄덕였다. 빠릿빠릿한 대답을 기대하고 싶지만, 인간이 감정을 가진 이상 항상 100퍼센트를 요구하는 게 아니라 평균적으로 70퍼센트를 요구하는 편이 확실하다는 것을 타냐는 교육자로서 발견하였다.

자신의 예민한 관찰안으로 보면 당당한 타냐의 선언을 듣고 그란츠 중위는 스스로의 부족함을 이해했겠지. 어쩌면 정론을 앞두고 부끄러워하는 걸지도 모른다.

무리도 아닌 이야기다.

이 실패에서 그란츠 중위가 배우고 활용해 줄 거라고 타냐는 기대한다. 실패는 인간이 항상 저지르는 것이고, 실패에서 허심탄회하게 배울 수 있다면 훌륭한 인적 자원이다.

"교육자로서 언젠가 이 식견을 책으로 내고 싶군."

"무슨 일 있습니까, 중령님? 묘하게 기분이 좋은 모양입니다만."

"아무것도 아니다. 스스로도 꽤나 진기한 경험을 해서 말이지. 언젠가 교육 쪽 책이라도 써 볼까 생각했을 뿐이다."

시점을 바꾸는 것이 중요하다고 말을 이으려던 때에 타냐는 벌써 자기비판의 필요성을 깨달았다. 자신의 직장만 봐도 소용없다. 광범위한 부감시점에서 보이는 커다란 리소스를 놓칠 뻔했다.

아니, 놓친다기보다는 [아래]를 꿰뚫어 본다고 해야 할까.

"봐라, 소령."

"예?"

"적의 유기물이다. 보물 천지다."

적 마도부대의 진퇴는 모범적이지만, 적 지상부대의 혼란 또한 반대의 의미로 전형적이다. 구태여 말하자면 패주의 구체적 사례로 교재에 쓸 수 있을 정도겠지.

프랑소와 공화국군을 회전문에 몰아넣었을 때에도 본 광경이다. 책임자들이 명확한 방향성을 보이지 않았을 때 회사도, 군대도, 나아가 국가를 포함하여 대략 인간의 조직 전반이 얼마나 약해지는가 하는 전형적인 예로 말할 수밖에 없다.

적 지상군의 태반은 상황의 급변에 대해 유효한 결심을 하지 못하다가 차례로 현지 진지의 유지라는 최악의 우행을 택하고, 가속도적으로 혼란의 도가니로 변하였다.

소수의 영특한 또는 용감한 사관이 후퇴를 지시하지만, 조직적 후퇴와 개개인의 영웅적 후퇴는 손해와 혼란의 규모가 격이 다르다.

그 결과 분실물이 잔뜩 생긴다.

"우군에 전달. 차량을 좀 빼서 유기된 연방군의 포병 장비를 노획하도록 청을 넣어라. 내친김에 우리 몫으로 발견료를 청구한다."

"적 포병장비를 말입니까? 야전삽이라면 그란츠 중위더러 줍게 한 적도 있습니다만, 중장비라면 운용할 수 있을지……."

"보급조달처의 다양화란 것이다. 게다가 보급도 무섭지?"

손자도 말했지만 [적지에서 조달한 물자]는 수송 코스트, 조달 코스트의 모든 면에서 본국 조달보다 저렴하다. 일본에 있을 적에는 손자의 말이 너무 원리원칙이라서 도대체 이해할 수 없었지만, [코스트 의식]을 손자가 가지고 있는 것은 사실이겠지. 안타까운 것은 약탈 경제를 현행 국제법이 명확하게 금지하는 점일까.

룰 위반은 할 수 없지만, 그래도 [노획]까지는 금지되지 않은 것이 다행이다. 반대로 말하자면, 미국처럼 본국에서 모든 것을 가져올 여유가 없다는 사실이지만.

……무심코 입에서 힘들다는 소리가 흘러나왔다.

"이러다간 조만간 우리 소총도 적에게서 조달하는 꼴이 될지도 모르겠군."

설마……라고 웃으려던 바이스 소령에게 타냐는 가볍게 고개를 내저었다.

"소령, 불가능하다고 웃는 건…… 어쩌면 지금뿐일지도 모른다."

소박한 집무실에서 방의 주인인 내무인민위원…… 사람들이 말하기론 악마라고 하는 로리야는 의외라는 듯이 고개를 갸웃거렸다.

"졌다?"

책상을 사이에 두고 주름 하나 없는 군복에 대령 계급장을 꿰맨 직업군인이 흠칫 등골을 떨더니 비지땀을 흘리면서 말없이 끄덕였다.

"제국군 B집단을 상대로?"

"……예."

쥐어짠 듯한 목소리에 밴 것은 숨길 수 없는 공포의 빛. 이 대령 동무와는 결코 짧지 않은 시간 동안 알고 지내서 어느 정도는 [본심]도 말해 주게 됐는데…… 실패에 대한 로리야의 가혹함을 옆에서 직접 보았으면 마음 편치 않겠지.

안심시키기 위해 로리야는 가볍게 어깨를 으쓱이고 더욱 밝은 표정을 만들었다.

"……뭐, 상관없네. 중요한 남부 도시군에서는 이겼으니."

"이걸 승리라고 부를 수 있겠습니까?"

"어허, 대령 동무. 자네는 군인이면서 군사 상식도 모르는 건가? 이건 군사적으로 승리라고 부를 수 있는 거야.”

사랑받는 것보다도 두려움의 대상인 것이 적절하다고 해도 공포만으로 목 조르는 것은 어리석은 자나 할 짓이다.

“동무, 분명히 말해 두지. 동무 제군은 잘해 주었네.”

공포는 진통제와 같다. 적량은 원활한 조직 운용에 좋지만, 과도한 공포는 부작용의 폐해가 뚜렷하다.

“하지만…….”

아직도 머뭇거리는 연방군 장교에게 로리야는 단적으로 결론을 말했다.

“남부 도시군에서 제국군의 예봉을 막아냈다. 자원지대는 탈이 없다.”

제국군의 맹공은 강렬하기 짝이 없었지만, 그래도 적도 드디어 호흡곤란을 일으켰다. 거리의 맹위와 애국심의 조합은 틀림없이 제국군조차도 집어삼킨다는 소리다.

로리야는 그때 마음속으로 요소를 하나 덧붙였다. 자본주의자들의 물자원조가 큰 역할을 하였다는 사실도 [확실]하긴 하겠지.

어찌 됐든 적의 의도를 꺾은 것은 당 지도부에 결정적인 심리적 영향을 미친다. 제국에 대해 대항할 수 있다는 것은…… 굴욕적인 강화모색보다도 훨씬 밝은 전망을 그릴 수 있다는 것을 더없이 웅변하는 증거라고 할 수 있다.

“적의 의도를 저지했을 뿐만 아니라 적의 기갑전력을 소모시킬 수 있었다. ……고작 도시 하나를 잃은 게 무엇이 대수인가?"

잃은 것이 서기장 동무의 이름을 딴 도시라고 해도……이름을 딴 도시를 하나 잃었다. 그것뿐이다. [전쟁계속능력]에 미치는 영향은 지극히 한정적이겠지.

당 지도부로서는 남부 자원지대의 상실을 진짜로 두려워했던 만큼 [잃어버릴 터였던 도시]를 하나 잃어버린 정도로 떠드는 놈들은 [이미 남아 있지 않다].

생각해 보면 당도 꽤나 의사소통이 좋아졌다.

"군부가 지켜낼 수 없다고 판단하고 후퇴했다. 장군 동무들의 판단을 당이 무조건 지지한다는 확약을 뒤엎지는 않아."

"하, 하지만…… 잃어버린 도시는 바로 [요세프그라드]입니다만."

서기장 동무의 심기를 아래에서 두려워하는 것도 일리가 있지만, 쓸 수 있는 것은 모두 써도 된다는 언질을 오래전에 받아냈다.

"서기장 동무에게는 내가 말을 더 해 두지. 제군은 잘해 주었네. 현장의 동무 제군에게는 약소하게나마 뭔가 준비해 두지."

"가, 감사합니다!"

어깨에서 힘이 빠지고 안색이 진정되는 대령 동무가 흘리는 안도의 한숨에 대해 로리야는 눈치 빠른 아버지 같은 태도로 미소 지었다.

"문제는 적의 B집단이다."

견제공격, 전선정리, 그리고 사소한 승리를 얻을 터였던 중앙전선에서 격퇴당한 것은 예기치 않은 사태다.

연방으로서는, 이라고 해야겠지.

로리야도 놀라기는 했지만 [납득]도 하였다.

"그 뭐라더라, 라인의 악마였나. 그게 날뛰었다는 보고를 보았지만 자세한 정보는 없나?"

그것이──.

장난을 좋아하는 나의 귀여운 요정이.

조그만 나의 악마가 맹위를 휘둘렀다.

하반신이 무심코 열기를 띤다는 것이 바로 이거다.

아아, 거기에, 거기에, 나의 요정이 있다는 것은 몰랐다.

"모스코에 장난을 쳤던 놈들로서 우리도 쫓고 있었는데."

목소리에 열기가 깃드는 것을 억누르며 로리야는 가급적 대수롭지 않은 자세를 지켰다. 이 나이에 연애라니 스스로도 참 풋풋하다 싶어서 부끄러움마저 느꼈다.

"공격 실패의 영향도 있어서 확실하게는. 현재 제일 유력한 것으로는 다국적 부대가 교전했다는 미확인 정보에 머무릅니다."

"미켈 대령이라는 동무가 지휘관이었지."

"예, 우리 쪽에서는 미켈 대령입니다. 연합왕국 쪽에서는 드레이크라는 해병마도중령이 지휘관으로 와 있습니다. 이 해병마도중령은 아무래도 연합왕국 정보부의 끄나풀인 듯합니다만."

'괜찮겠습니까?'라는 언외의 말에 로리야는 웃었다.

"문제없겠지. 우리는 연합왕국의 좋은 친구다. 친구 정도 되면 내력을 신경 쓸 것 없고, 들키면 곤란해지는 짓도 하지 않아."

그러지 않으면 걸러냈다고는 해도 저널리스트를 받아들이는 짓을 허가할 리도 없다. 서방 놈들에게는 공산주의의 [좋은 점]만 보여주지 않으면 곤란하다.

외부의 눈이 있는 곳에서 안 좋은 모습을 들키는 짓은 않는다. 물론 연합왕국군의 정보부가 괜히 들쑤시거나 하면 기쁘게 파견기자들 앞에서 규탄하고 동맹에 대한 불의를 규탄하기도 하겠지만…… 이런 것은 체면상의 일이다.

"아무튼 재건할 수 있어."

남부 도시군에서 막아내고 자원지대를 지켜낸 것은 정말로 크다. 사랑에 산다고 해도 일에 발목을 잡히면 사랑을 데울 시간도 부족하니까, 열심히 싸워준 군에게는 정말로 감사한다.

"적의 안드로메다 작전이었나?"

"예, 코드는 그렇습니다."

"공상작전주의였다고 웃어주자. 이기는 것은 과학적 공산주의로 뒷받침된 우리다. 우리가 승리를 붙잡는다."

"옙!"

자세를 바로잡고 경례하는 대령 동무는 좋은 직업군인이겠지. 그들이라면 내 생각을 성취시키는 좋은 말이 되어주겠지.

"대령 동무, 그럼 수고스럽겠지만…… 참모본부에 잘 좀 전해 주게. 순수한 군사적 관점에서 필요한 조치를 준비해 주었으면 싶네."

"확실히 전하겠습니다."

"그리고 하나 더. 라인의 악마 말인데, 역시 너무 귀찮군. 동의해 주겠나?"

"물론 위험한 존재라고……."

"그야 특별하게 위험하지."

로리야는 고개를 끄덕였다.

내 마음을 훔쳐가는 못된 요정이다. 어떤 목소리로 헐떡일지 생각하기만 해도 한없이 불끈거린다.

너무나도 알고 싶다.

정말이지, 호기심을 자극하는 위험한 괴물이로군.

"그래서 말인데, 특임 추적부대를 군에서 좀 만들어 주었으면 싶네."

"……명령입니까?"

"아니, 단순한 연방시민의 제안이네. 잘 좀 검토해 주게. 혹시 내킨다면 내무인민위원부와 합동으로 추적해 주면 기쁘겠는데?"

》》》 동부전선 B집단 가설전진사령부 / 솔딤528진지 《《《

"데그레챠프 중령, 입실하겠습니다."

입실하자마자 의외의 자극에 타냐의 후각이 혼란스러워졌다. 실내에 충만한 것은 따뜻하게 퍼지는 향기. 한순간 당황했다가 타냐의 뇌는 그것이 정말 오래간만에 맡는 홍차 향기라는 것을 떠올렸다.

그래, 그거다. 이건 진짜 홍차다.

"수고했네, 중령. 아, 약속대로 홍차를 대령하게 했지. 이리 와서 앉게."

"실례하겠습니다!"

존불의 해상봉쇄로 거의 끊긴 카페인. 기쁘게 동석하기 위해 타냐는 제투아 중장 각하의 말에 응했다.

"지금 병사에게 가져오게 하지. 자, 데그레챠프 중령. 그동안 잡담이나 좀 할까. 추격전 상황은?"

풀어진 표정으로 의자에 앉은 순간 딱하고 한 대 치고 보는 질문. 세게 나올 때와 부드럽게 나올 때를 능수능란하게 바꾼다고 속으로 쓴웃음을 지으면서 근엄한 표정으로 타냐는 상관의 질문에 대답하였다.

"……미처 쫓아갈 수 없었습니다. 아무래도 소관의 병력만으로는."

증강 항공마도대대가 있었다면, 어쩌면?

아니, 힘들겠지. 이미 제국군은 질적 우위를 유지할 수 없다는 현실을 솔직히 인정해야만 한다. 공산주의자가 질적으로 이쪽과 맞먹는 것만으로도 제국의 미래는 깜깜하다.

"애초에 군 전체에게 병력이 부족했습니다."

"무리도 아니다. 예비전력이 족족 구멍 나는 이상, 전과 확장의 추격 따윈 처음부터 너무 큰 꿈이었어."

"……추격전이 불가능한 전력 상태로 이겼다고 할 수 있겠습니까?"

물러나는 적을 쫓을 수도 없다는 것은 적의 조직적 후퇴를 허용한다는 것과 거의 같다. 전선을 밀어올리거나 포위를 깨뜨린 것으로 보이더라도 공평치 않다.

"귀관은 어떻게 생각하지?"

"소관의 생각 말입니까?"

느긋하게 끄덕이는 중장 각하의 모습에 타냐는 얼떨떨해졌다. 의견을 구할지도 모른다고 생각했지만, 이렇게나 직설적이라고는 예상도 않았다.

하지만 의견을 구하고 있으니 주어진 이 기회를 활용하지 않으면 월급 도둑이겠지. 한순간 주저한 끝에 타냐는 이전부터 품었던 사견을 말하였다.

"적 야전군의 격멸에 실패했습니다……. 추격할 여력조차 없다면 이미 비극적이기 그지없습니다. 이대로 가면 소모전입니다. 제국군으로서는 가장 기피해야 할 현상이지요."

상대는 제투아 중장이다. 이리저리 말을 돌리기보다도 단도직입적으로 본론을 꺼내야겠지.

"외람되지만…… 그럼에도 제국군은 그 수렁에 빠지고 있다고 할 수밖에."

"솔직한 말은 대환영이야. 하지만 하나만 수정하지."

"예?"

"제국군은 빠지고 있는 게 아니라 목까지 잠겼다."

현황은 최악이라고 투덜거리는 제투아 중장은 슬프게 어깨까지 으쓱였다. 평소의 여유가 사라진 중얼거림은 무력감마저 떠돌며 타냐를 공포에 질리게 했다.

"……그 정도, 입니까?"

"나는 전무였지 않나? 아니, 지금도 직책만은 지키고 있지만, 그리고 여기서 전선 지도에 얼굴을 내밀고 있지."

후방에 정통하고 현장에 실제로 뛰어든 인간의 분석. 말하자면 현황 이해로서 가장 적절한 그것.

"양쪽 다 둘러본 결론을 말하지. 중령, 상황은 지독하네. 너무 심하다고 설명해도 과언은 아니야."

흘끗 시선을 보내는 모습에서 타냐는 그 위험한 분위기를 느꼈다. 비탄할 정도도 아니지만, 좋지 않은 무드는 피하고 싶다. 군자는 위험한 곳에 가까이 가지 말라고 했다.

화제를 바꾸기 위한 방법을 찾다가 타냐는 얼굴을 폈다.

"……아, 이거 소관이 실례했습니다. 정신을 놓고 있었습니다. 각하, 전승 축하드립니다."

"……솔직히 기뻐할 수 없군."

그러다가 제투아 중장은 쓴웃음을 지었다.

"아, 나도 예의를 지켜야만 하는데 말이야. 중령, 구원에 감사하네. 위험하던 때에 도움을 받았군. 이건 본심으로 하는 말일세."

"예?"

본심이라는 단어에 타냐는 무심코 곤혹스러워졌다. 잘 피했다고 생각했는데, 이야기가 이상한 방향으로 가는 모양이다.

"왜 그러나, 데그레챠프 중령?"

"사령부 위치를 드러낸 것은 미끼가 되기 위한 의도적 행동이었다고만…… 뭔가 사정이 달랐습니까?"

"미끼라는 인식은 틀림없군."

그대로 제투아 중장은 억양 없는 목소리로 내뱉었다.

"도움이 오리라는 확신도 보증도 없었지만."

죽을 각오로 미끼? 타냐로서는 도저히 공감할 수 없는 행위에 불과하다. 자기 안전을 도모하지 않고 미끼가 됐다고?

"……소관으로서는, 다소 이해하기 어려운 일입니다."

"그렇겠지. 사령부를 미끼로 삼아야만 할 정도로 곤궁해지는 건 상정하지 못했다. 힘들 거라고는 생각했지만, 내 생각이 짧았던 모양이야."

가볍게 말하는 제투아 중장. 타냐는 그를 합리주의자라고 믿어 의심치 않았다. 마음속 인물 평가 항목에 말이 통하는 실용주의자라고 기록했을 정도다. 그런 인간의 일면에 자기 몸을 버리는 용맹함이 있다는 건…… 중대한 결락이다.

무조건 함께했다간 위험한 곳까지 동행하게 될지도 모른다는 경보가 타냐의 머릿속에 메아리쳤다.

"그렇기에 귀관에게는 감사하고 싶군. 추격전에서 그랬듯이 솔딤528진지 방어 진두지휘도 실로 고생이 많았네. 레르겐 대령에게 전해서 서훈 신청서를 내게 하지."

"인간방패로 장병을 갈아 넣었기에 가능했던 것. 소관의 재능이 아닙니다."

"나아가 그것을 명령한 인간의 책임이라고? 재미있는 야유로군. 그게 아니면 무시무시한 무책임이라고 해야 할까?"

"소관의 입장으로서는 형식적 의례를 존중하고 침묵해야 한다고밖에."

제투아 중장은 쓴웃음을 흘렸다.

"여전하군, 데그레챠프 중령. 귀관은 흔들림이 없어."

"스스로를 믿고 있기에."

거짓말을 해도 되는 것은 타인에게 할 경우뿐이다. 자기 자신을 속이는 것은 어리석음의 극치. 모든 것이 불확실한 시대에서 유일하게 무조건 믿어야 할 것은 스스로에 대한 성실함이다.

자기 길을 가는 것이다. 존재X처럼 영문 모를 놈들에게 운명을 맡기기보다도 자기 수완과 근대적 자신을 통한 자기 결정을 믿어야 할 텐데.

자기 몸을 지키지 않는 존재는 그렇기에 무섭다.

"자기 결정을 그렇게까지 믿나?"

"하고 후회하는 편이 하지 않고 후회하는 것보다 훨씬 생산적입니다. 저는 스스로의 책임을 떠맡는 쪽이 자기 운명을 누군가에게 맡기는 것보다 훨씬 바람직하다고 믿습니다."

"……그래서겠지."

뭘 어떻게 본 건지는 모르지만, 타냐로서는 자기 자신의 모습을 제투아 중장이 인정해 주기를 절실하게 기대하는 수밖에 없다.

이런 시대니까 따라갈 상사를 확실히 볼 기회를 얻는 것은 매우 중요하다. 제투아 중장과 다소 커뮤니케이션 갭이 있었던 것을 감안하면 여기서 철저하게 공통이해를 확인할 수 있는가가 앞으로의 운명을 좌우할지도 모른다.

"아, 마침 좋은 타이밍에 홍차가 왔군."

"잘 마시겠습니다."

졸병이 내놓은 것은 적절하게 김을 쐬어 적절하게 데운 컵에 따른 홍차.

오랫동안 잊었던 꽃 피는 듯한 방순한 향기. 호박색이면서 논알코올성의 홍차를 동부에서 일을 마치고 마신다니 도착적인 즐거움마저 있었다.

"이르도아의 친구란 분, 센스가 좋군요."

"중립국의 야유겠지. 아니…… 우리에게 공통의 친구인 그는 그런 성격이 아닐지도 모르겠군."

제공자의 성격은 몰라도 취미가 좋다는 건 틀림없다. 제공자인 칼란드로 대령 개인의 기질로 보면 선의가 반, 타산이 반이라는 사교적인 것이겠지.

그리고 [동부의 최전선]에 홍차잎을 지참한 제투아 중장의 센스도 기억해 둬야 한다. 괴팍함 반, 순수함 반일까. 문명적인 기적의 발로라는 건 틀림없다.

"인간의 선의는 실로 맛있는 것입니다."

"맞는 말이군. 하지만 선의란 최악의 요소이도 하지. 때로는 악의 쪽이 훨씬 더 선한 결과를 이루기도 하지."

타냐는 고개를 들어 제투아 중장의 표정을 엿보았다.

"선의보다도 악의 쪽이 때로는 선을 이룬다고 말씀하시는 거군요? 실례지만 각하의 입장을 감안해 말씀하시는 거라면…… 괜히 이상한 방향으로 짐작할지도 모릅니다만."

"귀관이 어떻게 생각하든 자유지. 상식으로 판단하게."

"본국의 상식이 동부에서도 보편적입니까?"

멋진 농담을 들었다는 듯이 타냐는 웃었다.

"말을 삼가도록, 중령. 아무래도 불손이 지나치군."

"옙, 명심하겠습니다."

"조심하게나. 본관은 개의치 않지만, 이러한 말은 왜곡되어서 뜻하지 않은 곳에 전해질 수도 있네."

본국의 선의가 어떤 것인지 모르지만, 적어도 제투아 중장을 보내준 악의에는 감사해야겠지. 솔직히 말해서 현장으로서는 고마웠다. 장기적으로 보면 또 다른 영향이 있을지도 모르지만.

더 말하자면 이만큼 쓴소리를 들을 수 있는 것도 예상 밖이다. ……생각했던 것보다 심한 꾸지람을 들은 것은 어디에 원인이 있는 걸까.

"그 정도로 생각 없는 말인 줄은 미처 몰랐습니다."

"사정이 있네. ……방금 들어온 나쁜 소식을 알면 귀관도 동의하게 되겠지."

긴장한 타냐의 앞에서 제투아 중장은 말의 폭탄을 대수롭지 않다는 듯이 던졌다.

"전승에 찬물을 끼얹어서 미안하지만 흉보다. ……안드로메다가 주저앉았다."

폭탄은 멋지게 타냐의 정신 중추에서 폭발했다. 가까스로 평정을 가장하면서도 동요는 숨길 수 없었다.

주저앉았다? 그건 즉, 실패했다?

"나, 남부 도시군을 돌파하지 못했다는 겁니까?"

"그 이전의 문제다. 요세프그라드까지 전격적으로 진격한 뒤에 보급선의 혼란으로 진출이 정체. 그 결과 연방군의 방어가 굳어져서 진출할 여유가 없어졌다. ……지금은 빈약한 측면부의 방어에 쫓겨서 진출할 상황이 아니야."

다음 말은 질문이 아니라 확인이 된다.

"그럼 자원지대는?"

"손이 닿질 않아, 중령."

아아, 라고 탄식할 만하다. 전쟁 경제의 근간, 자원의 확보에 실패다.

간당간당한 생활비를 외환 투자로 탕진했다는, 아무튼 그런 식의 해서는 안 되는 실패를 제국은 국가 레벨로 저질렀다고 생각할 수밖에 없다.

"놀랍습니다. 루델돌프 중장 각하가 실패하시다니."

"물류의 지연이 막대했겠지. 담당자인 우거 중령답지 않은 모습으로 보이지만…… ."

"지만?"

"상황을 다시금 읽어보면 자연스럽게 다른 대답이 나오겠지. 옮길 수 없었던 거라면 틀림없이 철도국에 책임의 일부가 있겠지."

"레일입니까?"

제국 본토와 연방령 안의 철도는 레일의 규격이 다르기 때문에 그대로 유용할 수 없다. 곳곳에서 발생하는 물류의 병목 현상은 누구나 아는 사실이다.

문제라고 할 문제가 있다면 그 정도겠지.

"규격 통일은 어려운 문제이지만, 우거 중령을 얕보지는 말게."

기술적인 문제는 다 대처했다고 제투아 중장은 말했다.

"임시변통이지만 간선은 일부 노선 수정을 하면서 노획 차량으로 병참을 버티는 마법을 부렸지."

즉, 철도국의 문제면서 철도국의 문제가 아니다.

"그럼 너무 멀었다는 뜻입니까? 아니면 자치평의회 놈들, 노선 보전에 실패했습니까?"

"아니, 평의회는 잘해 주었지. 내정기구를 어느 정도 정비하고 자치도 마을 레벨의 그것을 잘 꾸리고 있을 정도다."

"그렇다면 정말이지 최악의 가능성만이 남습니다만."

"그래, 정말로 최악이지."

제투아 중장이 긍정하는 그 의미는 너무나도 크다.

……길은 있다.

그럼에도 불구하고 물류가 흐르질 않는다.

이유는 단순하다.

"물건 자체가 부족합니까."

"부족하겠지."

"실례입니다만, 각하께서는 어떤 식으로 물량을 맞추셨습니까?"

"쥐어짜면서 한정된 리소스를 집중 투입해 생산량을 유지했다. 조정 담당으로 압력을 가하는 방법도 알고 있었기에 말이지."

그리고 지금 여기, 동부로 좌천됐다.

그것이 현장에 어떤 혼란을 야기했는지는 물어볼 것도 없다. 상상력이 부족해도 쉽사리 이해할 수 있겠지.

조정 담당이 비싼 월급을 받는 것은 조직 전체의 원활한 통합운용에서 지휘관이 없으면 움직이지 않는다는 경험을 배웠기 때문이다. 그것을 쳐내고 현장에 다 떠넘기며 종래처럼 문제없는 운용을 계속하려는 것은 현장을 모르는 바보의 짓이라고 생각된다.

"정말로 외람된 말입니다만, 말하게 해 주십시오."

심각한 두통에 시달리면서 타냐는 무심코 입을 열었다.

"아무리 우거 중령이라고 해도 아무래도 그래선 짐이 너무 무겁지 않습니까? 일개 중령과 중장 각하입니다. 가진 권위도, 권한도, 위압감도 다릅니다."

"군 조직은 대체 가능한 개인으로 형성되어야 한다. …… 그래야 했다고 말할 수밖에 없겠지. 자, 중령. 나는 동부에서 충분히 배웠다."

"예."

"이래선 안 된다."

타냐는 끄덕였다.

"이대로는 안 된다."

부정할 생각도 없기에 타냐도 제투아 중장의 독백에 예의 바르게 끄덕였다.

"결론은 단순하다."

"듣겠습니다."

"……이건, 이대로는, 지금의 길로는, 안 된다."

"예?"

"머릿속 어딘가로는 어쩌면…… [이 길]을 계속 걸으면 [활로]가 보이지 않을까 기대했다."

통한의 감정을 띠고 제투아 중장은 흰머리가 부쩍 늘어난 머리를 흔들었다.

"덧없는 꿈이었다."

제국군은 동부전선의 빈약한 부위를 안정시켰다. 표면만 보면 남부에서의 공세가 꺾인 것을 메울 수 있는 위대한 진보겠지.

하지만 제국이라는 국가의 내정을 잘 알면 자연스럽게 다른 측면도 보인다. ……보고 싶지 않은 일면이지만 보인다.

파고들어서 다리를 뻗고 손까지 뻗는데, 닿지를 않는다.

하지만, 그럼 각하는 무엇을?

"동부 남방전선에서 공세가 좌절된 것은 현재로서 너무나
도 치명적이지. 따라서 보완 조치가 필요하다. ……일단 별
일이 없으면 귀관들의 부대도 동부 남방으로 이동하겠지."

"이 위험천만한 균형을 방치하고 동부 남방으로 전력 투
입을? 제정신이라고 생각할 수 없습니다. 오히려 전선 정
리를 겸하여 모스코라도 직격하는 편이 현실적이지 않습니
까?"

"참모본부는 귀관의 견해에 동의하겠지."

내포된 바가 너무 많은 말에 타냐는 무심코 등골이 굳었다.

"……앞서 이르도아와의 유쾌한 이야기가 날아갔다고 들
었습니다. 그쪽도?"

"군은 그것을 명령받았다. 이거면 될까, 중령?"

타냐는 놀라서 제투아 중장의 표정을 엿보았다. 군이 명
령받았다? 그럼 군의 의도는 반대다?

그건 즉……. 아니, 명령할 수 있는 것은 최고통수회의뿐
이다. 형식적인 추인기관의 폭주, 아니면 여론이라는 괴물
에게 군이 잡아먹혔다?

"조국은 의존증이다. 중령, 슬플 정도로 말이야."

"승리 의존증입니까?"

제투아 중장은 가면 같은 표정으로 끄덕였다.

"그래, 모든 문제는 승리로 해결할 수밖에 없다. 바꿔 말
하자면 승리에 대한 만성적 중독 증상이다. 승리 없이 내일

도 기대할 수 없다면 너무 말기적이지."

눈을 가늘게 뜬 제투아 중장이 작게, 하지만 놓칠 리 없는 음색으로 내뱉었다.

"조국은 꿈을 꾸고 싶어 한다. 위대한 꿈이다. 위대한 조국의 위대한 승리를, 다들 그것이 현실이었으면 하고 바란다."

"그럼 꿈을 깨뜨릴 수밖에 없습니다. 기분 좋은 단잠에서 걷어차 깨우고 싸늘한 현실을 보이는 것으로 멍청이들의 눈을 띄워야 합니다."

"매국적인 발언이군, 중령. 조국을 멍청이라고?"

"유감이지만 소관은 군인입니다. 현실을 볼 수 없는 인간은 멍청이라고 불러야 한다고 본국의 사관 과정에서 배웠습니다."

전쟁을 하는 군대에서 현실을 직시할 수 없는 멍청이는 멍청이라고 부르는 게 지극히 당연하다. 바보 자식을 바보 자식이라고 부를 수 있는 것이 군의 장점이다. 온건하게 말할 필요도 없는 것이 정말로 대단하다.

타냐는 계속해서 입을 열었다.

"무엇보다 중요한 것은, 소관은 조국의 평화로운 생활을 사랑하고 있습니다. 맹목적 애국주의란 놈이 그 평온을 깨뜨린다면 그것들은 비애국주의자나 마찬가지입니다. 돼지처럼 매달고 평온을 위해 처리해야만 합니다."

타냐 폰 데그레챠프는 뼛속까지 공리적 평화주의자이다.

전쟁을 원칙적으로 반대한다. 특히나 쉽게 이길 수 있고 재정적으로 흑자인 전쟁이 아니면 대반대를 아끼지 않는다.

이길 수 있는 전쟁에서 저렴한 비용으로 간편하게, 더 말하자면 안전하게 리턴을 얻을 수 있지 않으면 전쟁 따윈 투자의 대상이 될 리도 없다.

말하자면 그런 투자를 계속하는 놈들은 사기꾼이나 얼간이, 아무튼 범죄적으로 무능한 것이나 마찬가지다.

"애국이란 무모함을 긍정하는 것이 아닙니다. 애초에 국가를 사랑한다면 국가의 평화를 사랑해야 하며, 거듭 말하자면 파멸을 저지하는 것이 애국자의 의무이기도 하겠죠."

"맞는 말이군. 진정한 애국자란 그런 것이다."

유쾌한 눈치의 말에 타냐로서는 커뮤니케이션이 이상한 방향으로 향하는 것을 깨달을 수밖에 없었다. 딱히 그렇게 애국자 연기를 한 기억은 없는데…… 그렇게 간주되는 건 왜일까.

"자, 데그레챠프 중령. 귀관은 이 상황에서의 애국자로서 승리를 어떻게 정의하나? 그 승리는 제국의 승리인가? 제국이 몽상하는 승리인가?"

딱히 애국자인 건 아니지만, 부정하면 모가 난다는 정도는 타냐도 이해할 수 있다. 장교, 그것도 고위 장성을 상대로 '나는 애국심을 밀리그램 단위로도 갖고 있지 않습니다'라고 솔직하게 말하는 건 얼간이다.

괜한 소리를 하지 않는 것은 사회를 원활하게 돌리기 위한 약간의 윤활유. 침묵이란 것은 사회 전체의 마찰을 받아들이기 위한 방편이다.

그렇기에 애국자로서의 시점으로 무엇이 최적인가를 타냐는 재빨리 생각했다.

딱히 제국과 운명을 함께 할 생각은 없기에 제국이 승리하든 패배하든 알 바 없지만, 자기 생명과 재산을 보전하지 않으면 곤란하다. 매우 곤란하다.

"전자와 후자의 차이를 소관은 인정하지 않습니다. 인정할 수 없습니다. 그것은 군규가 허락하지 않습니다."

뭐가 웃긴 건지 제투아 중장은 살짝 쓴웃음을 지었다. 이런 문답 도중에 웃음을 띨 수 있다니.

"실로 우등생 같은 견해로군. ……나는 예전 방식을 포기했다."

"포기하셨다고요? 놀랍습니다."

"필요하다면 수단은 가리지 않는다. 결국 전술로는 전략을 돌이킬 수 없어. 전략 차원에서 나설 수밖에 없다. 그렇게 생각하지 않나?"

생각합니다, 라고 말할 수 있을 리가 없다. 표정이 굳으면서도 타냐는 자기 보신의 관점으로 무심코 끼어들었다.

"각하, 아시겠지만…… 우리는 군인입니다."

직업군인, 혹은 사관. 말하자면 직무 내용은 관련 법규로

명기됐다. 폭력장치의 통제란 문명적 폭력 행사의 **최소** 조건이다.

일탈은 엄히 처벌받을 것이고, 계약위반이니까 이의를 제기하기도 어렵다.

"군령에 복종하는 군인의 역할이란 명확하게 군무로 명시된 것뿐입니다. 정치는 우리의 직분에 포함되지 않습니다."

"이상적인 발언이다. 슬프게도 비현실적이라는 점만 제외하면 아무런 문제도 없겠지."

찜찜한 의논이 됐다고 타냐는 마음속으로 한숨을 흘렸다. 제투아 중장이 무슨 생각을 하는지 [아무] 짐작도 안 가는 건 아니지만…… 짐작하는 바를 말하면 같이 죽어야만 하는 운명으로 엮일지도 모른다.

"데그레챠프 중령, 결국 모럴이란 소금과 같다. 소금이 없으면 죽을지 모르지만, 소금만으로는 살아갈 수도 없다."

자못 중대하게 말하는 제투아 중장의 태도와는 달리 그 말에서 튀어나온 것은 지극히 평범하며 지당한 상식이었다.

타냐로서는 영문을 알 수 없었다.

"실례입니다만, 공리 같은 것 아닙니까? 소금만으로는 요리도 할 수 없습니다. 그러한 것은 어린애도 압니다. 우리가 괜히 떠들 이유도 못 됩니다."

"데그레챠프 중령, 다음부터는 저급한 유행도 쫓아 보게나. 작금의 제도에서는 소금을 쓴 연금술이 대유행이야."

"……제도가 소금의 연금술사를 목표로 한다고요? 현자의 돌이라도 만든답니까?"

타냐는 견디다 못해 비웃음을 드러냈다. 연금술! 마도과학이 체계화되기 이전의 몽매한 사회도 아니고 이게 무슨 소린가.

솔직히 말하자면 비유로도…… 별로 좋지 않다.

'그딴 바보 같은 짓을 누가 한답니까?' 라는 괜한 한마디를 삼켜야 할까, 내뱉어야 할까.

"만들 수 있다고 믿는 이가 있지. 정말이지 얼마를 들이든지 본전을 회수할 수 있다고 맹목적으로 믿어 의심치 않아."

"가능성은 있습니까?"

"0이다. 대실패를 저질러서 우리 제국을 소금에 절일지도 모른다."

소돔과 고모라, 혹은 소금의 도시.

안 좋은 말이 머리를 스쳐서 타냐는 즉각 부정했다. 몽매함에서 태어난 신화의 세계도 아니고 말이지. 존재X 같은 사악한 신의 실존을 확인한 이상 완전히 부정할 수 없다는 것이 짜증 나지만…… 최근 간섭이 없는 것에 안도했던 것은 실수였을까?

"……각하, 후방은, 최고통수회의는 그렇게 도움이 안 됩니까?"

"지극히 선량한 사람들이, 죽은 자에게 지배되고 있다."

갑작스러운 말에 타냐의 뇌는 문맥을 채 잇지 못하였다. 최고통수회의의 내정을 물었더니 '지극히 선량한 사람들이 죽은 자에게 지배되고 있다.'는 대답이 돌아온 것에서 의도를 풀어낼 만큼 타냐는 후반의 분위기를 모른다.

"데그레챠프 중령?"

"예? 시, 실례했습니다. 죽은 자에게 지배된다는 말씀은?"

이해하지 못했다고 솔직하게 밝히는 것은 어쩜 이렇게 괴로울까. 짜증 나게도 전선이, 전선근무가 너무나도 길었다고 통감하는 순간이다.

"[여태까지 지불한 희생]이라는 단어를 들어본 적 있나?"

"이전에 우거 중령에게서 다소."

"그렇다면 이야기는 간단하지. 우거는 뭐라고 말했나?"

본국의 테이블에서 손절의 필요성을 역설한 기억이 있다. 우거 중령의 반론은 희생이 너무 크기에 보상을 요구하는 의견이 너무 강하다는 것이었다. 콩코드 효과도 저리 가라 싶은 감정론이고, 솔직히 태반이 이해하기 어렵다. 존귀한 인적 자본을 낭비한 끝에 손해의 극소화도 선택할 수 없다니 살인적일 정도다.

인간의 목숨을 뭐라고 생각하는 거냐고 묻고 싶다. 우거 중령 정도의 증언자가 오죽하면 그랬으랴 싶게 믿기 힘든 마음이 앞섰다.

"솔직히 말씀드리자면 저는 우거 중령의 명예를 험담으로 훼손해야 하지 않을까 싶어서."

"하하하, 아주 비합리적인 감정론이 강력하게 뿌리를 내렸다고 주장했겠지?"

"예."

우거 중령의 말을 타냐는 이해하기 어려웠다.

그렇다기보다도 '아무리 그래도 그 정도로 바보는 아니겠지.'라고 과신했다고 해야 할까. 인간이 바보가 되는 것은 잘 알았어도 그 정도의 바보 천치가 될 수 있다는 건 모른다.

그런 게 가능할까?

"제국군의 최고 중추를 엿본 인간으로서 단언하지. 우거 중령은 진실을 말하였다. 가령 문제가 있다고 하면 과대가 아니라 과소로 전한 정도일까?"

"……도무지 믿기 어렵습니다. 전쟁 중이지 않습니까?!"

당황하여 동요를 드러내며 타냐는 외쳤다.

평화주의자인 타냐에게 평화란 무엇과도 바꾸기 어려운 가치를 갖는다. 인적 자본은 정말로 회복이 어렵다.

"우리는 인명을 장작으로 전화를 계속 지피는 우행을 저지르고 있습니다!"

교육을 받은 노동 인구를 마구잡이로 줄이는 행동은 세상의 이코노미스트가 보면 졸도할 게 틀림없다. 에볼라나 에이즈와 같다. 치료약이 비싸다고 해서 방치하면 결과적으로

치료약 이상의 비용을 사회 전체가 짊어지게 된다.

비싸든 괴롭든 해결을 위한 처방전이 있다면 처방전을 인정해야만 한다.

"귀중한 인명을 계속해서 흘린 것도 모자라, 회수 불가라는 손절 판단도 불가능하다? 도무지 지성 있는 인간의 언동이라고는 생각할 수 없습니다."

평화란 기본적으로 배당이 확실한 투자다.

그래, 어쩌면 초기 비용이 비쌀지도 모른다. 하지만 계속 적자를 내는 사업을 무리하게 계속하는 것보다는 훨씬 현명하겠지.

타냐의 비명과도 비슷한 반발에 대해 제투아 중장은 모호하게 메마른 웃음을 지었다. 반론도, 설명도, 부정도 아니라 무언의 침묵.

차라리 뭐라고 말해 주면 좋았다.

논리의 노예인 참모장교가 말로 장난치는 거라면 그래도 가능성이 있다. ……아무 말도 더 할 수 없다는 의미.

말할 수 없는 것에 대해서는 침묵하는 게 옳다.

말의 한계, 혹은 논리의 한계.

"……낭비, 적자, 결국에는 비생산적인 현실에서 후방은 도피했다고?"

침묵 끝에 제투아 중장은 시가를 꺼내어 갑자기 커팅을 시작했다. 그리고 성냥을 그어서 느긋하게 한 대 태우기 시작하는 모습은 언뜻 보면 평소와 다름없다.

"전쟁에서 명예와 긍지를 추구하는 낭만주의는 간신히 처치했을지도 모르지. 하지만 복수를 원하는 보복 감정이 희생에 대한 성과를 원하는 감정은 별개다. 키메라처럼 뒤섞인 괴물이 여론 속에서 태어나고 있다."

"기관총의 일제사격으로 쓸어버려야만 합니다. 철과 피가 해결해 줍니다."

물리법칙은 허언을 분쇄한다.

아무리 힘주어 말하더라도 세계는 [믿은 대로] 움직여 주지 않는다. 존재X 같은 놈들에게는 안 좋은 진실일지도 모르지만, 세계란 것은 있는 그대로 존재한다. 의도로 개입할 수 있는 게 아니다.

"모두가 귀관과 같은 사고방식을 가졌으면 그것도 한 방편이겠지. 인정해서는 안 되지만, 우리는 너무나도 소수파다."

"천동설을 믿는 다수파, 지동설을 믿는 소수파란 겁니까. 우매한 놈들에게 현실을 가르치는 선구자가 된 기분입니다. 승리를 위해 의식 개혁이 필요하지 않습니까?"

"데그레챠프 중령. 실제 문제로 귀관의 의견은 검토할 가치가 있을 정도군. ……인정해야만 하겠군. 제국은 내면 과제에 승리해야만 한다."

자기가 한 말이지만 타냐로서는 어째 분위기가 이상하게 흘러가서 곤혹스러울 뿐이었다.

"군인이 내무로 승리라고요? 주도권을 쥘 승산이라도?"

"난처하게도 성실한 군무관료로서 성실하게 일해 왔을 뿐이다. 군 기구를 움직이는 법은 몰라도 정치 기구를 움직이는 법은 전혀 모르지. 기초적인 방법도 하나 모르는 초심자야."

"그러니까 지금부터?"

"공부해야지, 중령. 못된 수단을 배우기로 하자. 일단 귀관도 공범자가 되어 주어야겠다."

타냐는 몸을 흠칫 떨었다.

싫은 말이었다.

"[공범자]입니까?"

"……그렇다."

"소관은 곤혹스러울 뿐입니다."

합법적이며 준법정신 풍부한 선량한 규범적 근대적 일개 시민인 타냐 폰 데그레챠프로서는 도저히 고개를 끄덕이기 힘든 유혹이다.

타냐로서는 범죄 취미가 없다.

법률이란 그것으로 사람을 패기 위한 도구에 불과하다. 말하자면 편리한 칼이긴 하지만 스스로를 단죄하는 *다모클레스의 검이면 안 된다. 법률에 대한 신뢰야말로 시장에서의 신용을 담보하는 것을 고려하면 법률을 정면에서 깨뜨리

---

* 다모클레스의 검 : 고대 그리스 시대 시칠리아 시라쿠사의 왕 디오니시오스의 그 신하 다모클레스의 일화에서는 권력이란 언제 자신을 죽일지 모르는 검이라는 사실을 전했다.

는 행위만큼은 안 된다.

근대사회에서 만인이 합의할 수 있는 금기란 것이 있다면 그것은 법률을 [깨는] 짓뿐이겠지.

"……귀관은 가장 경험이 풍부한 전선지휘관 중 하나다. 무엇보다도 참모장교로서의 재능이 있다. 현황을 이해 못하는 건 아닐 텐데."

"각하, 외람되지만 이해하기에 주저하는 것입니다."

제국군 참모본부는 딱 부러지는 상사였다. 내려오는 일은 잔혹할 만큼 가혹하고, 배속지의 희망 따윈 전혀 고려해 주지 않는다.

하지만 종합직의 운명은 그런 것.

가라고 하면 어디든 부임하고, 하라고 하면 합법적인 업무명령이라면 뭐든지 할 수밖에 없다.

하지만 그것은 명령을 내리는 상사가 이치를 이해한다는 대전제에 기반을 둔 것이다.

경영자가 멍텅구리라서 그걸 케어하면서 자기 일상 업무까지 같이 하는 것은 보통 사회인이 두 손 들 난제겠지. 그런데 전쟁 중의 지도부가 이성을 내던졌다는 사실을 알게 된 끝에 대응책을 비합법적으로 검토한다?

상식적인 타냐의 신경으로서는 도저히 견디기 어렵다.

"실례입니다만, 계급 차이를 고려해 주십시오."

"흠?"

"소관은 합법적인 명령에 복종할 의무가 있는 군사기구의 일원에 불과합니다."

일이라고 해도 빨간불일 때 함께 건너는 건 사양이다.

타냐로서는 어디까지나 합법적인 사회생활을 사랑한다. 일탈하고 싶은 것은 아니고, 하물며 공범자로 끌려가서 본격적인 한패가 되는 건 사양하고 싶다.

법률이란 남들에게 깨뜨리게 하는 것이지, 자기가 깨는 게 아니다.

제투아 중장이라는 높으신 분이 언외의 말로 여러 가지를 언급하는 것은 알겠지만, 켕기는 일에 손을 물들이면 평생 그 루트다. 한번 손을 더럽힌 조직인은 [더러운 손]으로 평생을 사는 게 대원칙.

아니, 일본 기업과는 다소 이치가 다를지도 모른다.

제국 내부의 인사 독트린은 더러운 일에 관대한 걸까? ……즉, 필요하면 법을 묵살하는 명령이 내려오는 구조다?

그것은 정의로운 인간이라고 자부하는 타냐에게 지극히 유감인 세계다.

"각하, 거듭 말씀드리겠습니다. 소관은 법적 의무에 구속되는 일개 군인에 불과합니다. 어떠한 의도로든 법적 규범에서의 일탈이라는 행동은 결과적으로 제실과 조국에 대한 반역입니다."

법 정신이 아니라 조문에 한정한 이야기지만, 적히지 않은 것은 즉 존재하지 않는 것이니까.

"아주 좋다. 그런데 귀관의 의무는 [제국의 방어]이지 않던가?"

"예, 각하."

명목적인 의무다.

타냐에게 그것은 계약상 직무 전념의 의무에 불과하다. 부업 금지 규정이라고 할까, 제국의 승리 말고 다른 것을 추구하는 일은 [계약]이라는 개념에서 보면 심각한 모순이다.

"그럼 미안하지만 명령을 하지. 데그레챠프 중령, 귀관의 자기재량으로 [최선]이라고 믿는 방법을 한 가지 모색해 주게나."

"각하의 [명령]이라면."

"좋다. 음, 그래. 명령을 할까."

무슨 명령일까 싶어서 마음속으로 공포를 느끼는 타냐에게 제투아 중장은 안심시키려는 듯이 가볍게 미소를 지었다.

"완전히 새로운 구조다. 새로운 활로다. 사악하기 그지없지만, 군인으로서 어떤 의미로는 바라는 바일지도 모른다."

"말씀해 주시죠."

제투아는 알겠다는 듯이 느긋하게 끄덕였다.

"예방적인 외과적 조치를 귀관은 좋아하나?"

이 문맥에서.

이 대화에서.

예방적 조치.

외과적?

너무나도 의미심장한 말의 나열에 타냐는 자기가 처음에 느낀 제투아 중장의 위험천만한 분위기의 근본을 찾아냈다.

고급군인이 이런 말을 하는 건 보통이 아니다.

"……외람되지만 소관은 제국군의 군인입니다."

명분은 훌륭하다.

명분은 안전하다.

따라서 타냐 폰 데그레챠프 마도중령으로서 타냐는 이상적인 모범답안으로 도망쳤다. 일개 군인이자 장교로서 의무를 다한다고 말하면서, 한편으로 일탈은 단호히 거부.

필사적인 타냐의 모습을 보고 제투아 중장은 살짝 입가를 풀었다.

"아주 좋군. 혹시 다른 대답이었으면 귀관을 쏴야만 했다. 그걸 이해해 준다면 적절한 외과적 조치도 궁리할 수 있겠지."

"……대체 뭘 시키시려는 겁니까?"

듣기 싫지만, 안 들으면 리스크가 너무나도 크다.

"동방에 전념하려면 서쪽의 전쟁에서도 이겨야만 한다."

"서방항공전 말씀입니까?"

스스로도 희망적 관측이 과했다고 알지만, 가능성을 얼른 체념할 수도 없는 마음이었다.

"그보다는 조금 동쪽이군."

으으, 젠장. 상상은 간다. 역시 그렇게 되나.

서쪽보다도 동쪽이라면 타냐가 여태까지 돌아가고 싶어서 애가 달았던 아름다운 본국님이시다. 후방으로 물러날 수 있는 것은 원칙적으로 기쁘다. 하지만, 하지만…… 이래선 쳇바퀴를 도는 꼴이다.

"기뻐해라, 중령. 일종의 평화로운 전쟁이다. 본국에서 마음껏 즐길 수 있다."

"그것이 군의 명령인 이상 미력하나마 최선을 다할 뿐입니다. 군인입니다. 조직에 속한 군인입니다."

타냐는 거듭해서 말했다. 자기 입장을 상사에게 암암리에 말하는 것은 몸을 지키기 위해 빼놓을 수 없다. 물론 효과가 얼마나 있을지는 모르지만.

애초에 자신을 바라보는 제투아 중령은 [군정]의 전문가다. 명분의 전문가가 제대로 마음만 먹으면 필요한 길이야 찾을 수 있겠지.

"그럼 좋다."

"옙."

"제국에 황금의 시대를. ……황혼일지라도 해는 또 솟는다고 알려야만 한다. 기대해도 좋다, 중령."

"제국에 황금의 시대를."

"좋다! 아주 좋아! 각오해 보실까. 우리는 그래야 하겠지."

"……각오만큼은 하겠습니다."

타냐는 살짝 맞장구를 흘렸다. 분명 되어먹지 않은 명령이 내려오겠지. 필요한 일이라고 정당화하겠지만, 어울리는 쪽으로는 정말이지 뜻밖이다.

그래도 도망칠 수 없다면 각오해야 한다. ……무슨 일이 일어나든 놀라지 않도록.

(『유녀전기 8 - In omnia paratus -』끝)

Appendixes
부록

해설

①

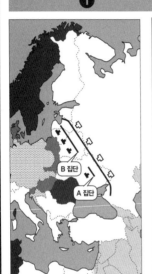

통일력 1927년 5월 하순 이후

1 제국, 동부전선과 외교방침을 둘러싼 군, 정부 사이의 대립이 수면 밑으로 확대. 소극파, 한스 폰 제투어 중장은 동부 방면 [사열관(전무참모차장 겸)]으로 전출. 중장은 방어선 재구축 등을 지도.

2 제국군 참모본부, 연방 남부 자원지대에 대규모 공세를 발령, 안드로메다 작전 개시.

3 연방군, 동맹국과의 연대 강화. 보도 관계자를 받아들이는 등, 국제협조 노선의 조짐.

②

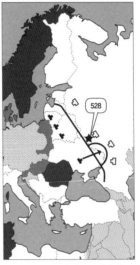

레르겐 전투단, 솔딤528진지에 긴급 전개해 야전농성을 개시

1 제국군, 안드로메다 작전 발령. 남부에 A집단으로 본격 공세를 개시 반응하는 형태로 동부전선 전반에 걸쳐 연방군의 견제를 겸한 반공작전 개시. 제국군 B집단과 대치.

2 B집단, 전선에서 힙겹게 농성하는 레르겐 전투단을 구원하는 움직임을 모색. 진지는 역전의 전투단이 지키고 있지만 포위망은 계속 좁아지고 있다.

3 한편, 안드로메다 작전은 난행. 진격 속도가 예정을 밑돌아서 성공이 위태로운 상황에 이르다.

③

통일력 1927년 6월 18일

1 제국군 A집단은 남부 도시 중 전략요충지 하나를 확보하지만 진군 한계에 도달. 같은 날 B집 단 사령부, 레르겐 전투단에 대한 [긴급 구원 작전]을 개시.

2 구원군과 농성군의 기막힌 연대로 포위부대를 격파. 일부나마 포위부대를 반포위하고 추격전으로 이행하다.

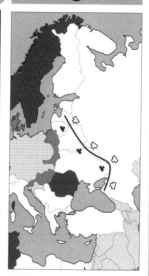 

통일력 1927년 6월 22일

1 제국군, 연방군 모두 주요 군사행동을 정지. 제국군은 안드로메다 작전을 단념. 하지만 제국군 최고통수회의는 전선의 한정적인 진격과 방어 성공을 보아 동부에서의 대승리를 선언하다.

2 샐러맨더 전투단, 대규모 공세에 종사. 우군 공수부대와의 합류를 목표로 동진을 개시.

≪≪ 총평

제국은 공세 한계에 이르렀지만, 전선을 굳게 지키는 데 성공했다.
한편, 연방은 정부와 군이 협조하는 반격체제가 기능하기 시작하고, 제국군을 상대로 호각 이상의 싸움을 벌이기 시작한다. 제국에 남은 시간은 모래시계의 모래와 같다.

작가 후기

애니메이션을 보고 1권을 구입하신 용사님이 계십니까?

소문으로 듣고 반신반의했습니다만, 용기와 만용의 혼동에는 주의해 주세요.

처음 뵙겠습니다, 안녕하세요, 혹은 오래간만입니까. 카를로 젠(@sonzaix)입니다.

슬슬 코믹스에 권수를 따라잡힐 것 같습니다. 대체 왜 이렇게 됐을까요.

원인을 생각해 보면 아무래도 애니메이션 관련으로 시간을 빼앗긴 탓 같습니다만, 잘 생각하면 항상 늦었던 것 같습니다. 평소처럼 끈기 있게 신간을 기다려주신 동지 제형에게 간절히 인사드릴 따름입니다.

집단지성이라고 해야 할까요. 유녀전기를 즐기는 법을 많은 분들이 발견해 주신다는 의미로 애니메이션은 다행스러운 결과가 됐다고 할 수 있지 않겠습니까. 애니메이션 스태프 여러분에게는 신세도 졌고 여러 억지도 부렸습니다. 이제 제가 신간을 꾸준하게 낸다는 매우 간단한 작업을 종종 하면 충분하겠지요.

신기하게도 예정대로 진행된 적이 없다는 것만이 고민거리입니다만, 이 점에서 원고는 여름방학 숙제와 비슷한 걸지도 모릅니다. 그런 생각을 하면서 올해 여름은 여름방학 숙제 정도야 계획적으로 하자고 맹세하고 있습니다.

초등학교, 중학교, 고등학교의 총 12년 동안 똑같은 맹세를 했던 것도 같은데, 바꿔 말하자면 흔들림 없이 굳건한 사상을 12년 동안 지켜오는 성실함을 인정해야겠지요.

이런 제가 계속 써서 한 권의 책을 만들 수 있는 것도 힘을 보태주신 여러분 덕분입니다. 디자이너인 츠바키야 사무소, 교정을 본 도쿄 출판 서비스 센터, 담당 후지타 님, 타마이 님, 일러스트레이터 시노츠키 님, 신세 많이 졌습니다.

그리고 거듭해서 함께해 주신 독자 여러분에게. 항상 감사합니다. 괜찮다면 앞으로도 잘 부탁드립니다.

2017년 6월 카를로 젠

유녀전기를
읽는 제군에게
영원한 분전을
기대한다!

애니판 타냐
귀엽습니다 (ﾉﾟ∀ﾟ)ﾉ

이번에 총기 구조나 역사 등을 배우고자, 무가동실총과 관련해
시카고 레지멘털즈 님에게 취재 협력을 얻었습니다.
정말 감사합니다.

죽을힘을
다해서

2018년 봄 출간 예정

幼女 ⟨9⟩ 戰記
(유)女 (녀) (전)記 (기)
Omnes una
manet nox

카를로 젠 [지음] / 시노츠키 시노부 [그림]
※발매 정보는 변경될 수 있습니다.

저 너머에 있는
어둠을 봐라.

불을 피울 때,
집을 부숴서 땔감을 구하는
인간이 얼마나 있을까?

총력전이란,
갈 때까지 가면 그렇게 되는 법이다.

유녀전기 8 -In omnia paratus-

2017년 12월 15일 제1판 인쇄
2022년 05월 30일 제3쇄 발행

지음 카를로 젠 | **일러스트** 시노츠키 시노부

옮김 한신남

발행 영상출판미디어(주)
등록번호 제 2002-000003호
주소 21315 인천광역시 부평구 부평대로 283 A동 702호
전화 032-505-2973(代) | FAX 032-505-2982

ISBN 979-11-319-6894-9
ISBN 979-11-319-0577-7 (세트)

幼女戦記 8 In omnia paratus
ⓒ2017 Carlo Zen
First published in Japan in 2017 by KADOKAWA CORPORATION, Tokyo.
Korean translation rights arranged with KADOKAWA CORPORATION, Tokyo.

● ● ●
영상출판미디어(주)

단행본 출간작 리스트
[주요 해외 라이선스 작품]

◆

[오버로드] 1~11
· 마루야마 쿠가네 지음 · so-bin 일러스트

[이 세계가 게임이란 사실은 나만이 알고 있다] 1~7
· 우스바 지음 · 이치젠 일러스트

[방패 용사 성공담] 1~16
· 아네코 유사기 지음 · 미나미 세이라 일러스트

[유녀전기] 1~8
· 카를로 젠 지음 · 시노츠키 시노부 일러스트

[이세계는 스마트폰과 함께.] 1~9
· 후유하라 파토라 지음 · 우사츠카 에이지 일러스트

[백마의 주인] 1~5
· 아오이 야마토 지음 · 마로 일러스트

[내가 마족군에서 출세하여 마왕의 딸의 마음을 사로잡는 이야기] 1~4
· 토오노 소라 지음 · 카미죠 에리 일러스트

[약속의 나라] 1~3
· 카를로 젠 지음 · 이와모토 에이리 일러스트

[동화 나라의 달빛공주] 1~4
· 아오노 우미도리 지음 · miyo.N 일러스트

[흑의 성권사~세계 최강 마법사의 제자~] 1~3
· 히다리 류 지음 · 에이히 일러스트

[로드 엘멜로이 2세의 사건부] 1~3
· 산다 마코토 지음 · 사카모토 미네지 일러스트

[Fate/Apocrypha] 1~5 (완)
· 히가시데 유이치로 지음 · 코노에 오토츠구 일러스트

**영상출판
미디어(주)**

영원한 바보 아즈리가 쓰는 현자의 서
1

마법 대학에서 낙제한 못난이 청년 아즈리는
우연히 신의 비약을 정제해서 불로의 몸을 얻게 된다.
자신을 업신여긴 놈들을 놀라게 하려고 속세를 떠나 마법과 마술 연구에 매진하다 보니
어느새 5천 년이 지나, 깨닫고 보니 귀중한 고대 미술 사용자가 되어 있었다!
사역마인 포치와 더불어 견문을 넓히기 위해 여행을 떠난 아즈리의 인생은
곤경에 처한 사람들을 돕다가 급전개를 맞이한다.

마법 대학 생활에 몬스터 토벌까지.
5천 살의 청년 아즈리의 두 번째 청춘 라이프는 어떻게 될까?

히후미 지음 / 무토 쿠리히토 일러스트

영상출판
미디어㈜

아저씨가 미녀
1~2

얼굴도 모르는 게임 속 친구와 함께 회복약 버튼을 연타하면서 던전 보스를 공략하던 중에 생각지도 못하게 게임 세계에 날아간 아키라. 그런데 함께 소환된 사냥 친구인 이사토, 통칭 '아저씨'는 사실 연상의 미녀였다!?

게임과 비슷하면서도 다른 이세계에서 원래 세계로 돌아갈 방법을 찾는 아키라&이사토. 어떻게든 안전하게 게임 세계에서 살아남으려 하지만, 시작부터 도적이 마을을 덮치고, 몬스터가 창궐하는 이상한 사건에 조우하는데—— '아저씨'와 함께하는 파란만장한 이세계 게임 판타지, 개막!

야마다 마루 지음 / 후지타 카오리 일러스트 / JYH 옮김

영상출판
미디어㈜

노쇠한 몸을 이끌고, 스네이크는 낯선 전장으로 향한다.
── 솔리드 스네이크, 그 마지막 전장이 여기에 펼쳐진다.

「노병은 죽지 않는다. 단지 사라질 뿐이다.」

메탈기어 솔리드
건즈 오브 더 패트리어트

코드 네임 「솔리드 스네이크」. 악마의 핵병기 「메탈기어」를 몇 번이나 파괴하고 세계를 파멸에서 구한 남자의 육체는 급속한 노화에 침식당했다. 나노머신과 네트워크로 관리 및 제어되고, 이윤을 추구하는 경제 행위로 변화한 전쟁. 중동, 남미, 동유럽── 노쇠한 몸을 이끌고, 스네이크는 낯선 전장으로 향한다. 「전 세계적인 전쟁 상황」의 실현이라는 악몽에 사로잡힌 숙명의 형제, 리퀴드 스네이크를 말살하기 위해서, 그리고 자신의 저주받은 피를 끊기 위해서.

이토 케이카쿠 지음 / 한신남 옮김
문학으로 탐닉하는 엔터테인먼트